퇴마록

퇴마록

말세편 5

이우혁

VANTA

공통 일러두기

- 도서는 『 』, 단편이나 서사시 등은 「 」, 그림, 글씨, 영화, 오페라, 음악, 필담 등은 〈 〉, 전화, 방송, 라디오 등은 [ ]로 구분했습니다.
- 각주는 모두 저자 주입니다(엘릭시르 판본에서 용어 해설로 처리된 부분 중 가감된 내용의 일부가 이에 해당).
- 영의 목소리(빙의됐을 경우 제외)와 전음이나 복화술 등 육성으로 하지 않는 말은 등장인물과의 구분을 위해 고딕체로 표기했습니다.
- 피시(PC) 통신에서 사용하는 메시지는 별도의 서체로 구분했습니다.
- 본문의 ( )는 편집자 주이며, ㅡ는 저자가 보충하려 덧붙인 이야기를 구분한 것입니다.

차례

묵시록의
재현

일러두기

- '종부 성사'는 현재 '병자 성사'로 명칭이 바뀌었으나 작품의 시대 배경에 맞춰 '종부 성사'로 표기했습니다.

두 괴인과의 싸움

한편, 지하실 내의 상황은 더욱 급박해지고 있었다. 박 신부는 혼신의 힘을 기울여 아하스 페르즈를 막아 내고 있었지만 오래 버티기는 힘들어 보였다.

현암은 월향검을 휘두르며 고반다에게 죽기 살기로 달려들었으나 이만저만한 무리가 아니었다. 공력을 쓸 수 없는 탓에 눈썰미와 검법의 조예만으로 상대해야 하는데, 고반다 같은 괴물을 상대하기엔 역부족이었다. 월향검으로도 고반다의 오라는 뚫을 수 없었다. 그래도 현암은 악착같이 달려들 수밖에 없었다. 도망만 다닌다면 고반다가 다른 사람들을 덮칠 것이 분명했기 때문이다.

두 사람 모두 필사적으로 버티고는 있었지만 언제 쓰러질지 모르는 급박한 상황이었다. 도움을 줄 만한 상황도 아니었지만, 다른 사람들이 도움을 주려 해도 아하스 페르즈의 주술과 박 신부의 오라가 워낙 강해서 승희나 백호 등은 발을 동동 구를 뿐, 감히 그 근처로 갈 엄두조차 낼 수 없었다.

"아직 멀었나요?"

승희가 말과 동시에 로파무드가 간디바의 힘을 빌려 아스트라의 빛줄기를 내쏘았다. 그러자 무너진 돌무더기가 우르릉 소리를 내며 흔들렸고, 이내 돌들이 굴러 내렸지만 구멍은 뚫리지 않았다. 로파무드가 다시 서둘러서 아스트라를 외우는 순간, 승희의 비명이 지하실을 가득 메웠다.

"악!"

고반다의 손이 현암의 몸을 스친 것이다. 정통으로 맞지 않고 스친 것인데도 현암의 옷이 찢어지고 할퀸 자국에서 금방 피가 솟구쳐 올랐다. 그럼에도 현암은 물러서지 않고 오히려 그 틈을 타 고반다의 손목을 월향검으로 후려쳤다. 그러나 월향검은 그 강철 같은 오라에 튕겨 나가 버렸고 그 반탄력으로 현암마저 넘어지고 말았다.

고반다가 현암을 밟아 버리기라도 하려는 듯 사납게 달려드는 순간, 누군가가 그의 앞을 막아섰다. 의외의 사태에 고반다가 잠시 움찔하고 멈추어 섰다. 그 앞에 선 사람은 키건이었다.

"키건?"

승희가 의아해하며 중얼거리는 순간, 키건은 현암을 향해 인정사정없이 칼을 휘둘렀다. 그러나 월향검이 가까스로 키건의 칼을 튕겨 내는 순간 현암은 몸을 굴려 칼을 휘둘러 댔다.

키건도 다시 현암을 향해 칼을 휘둘렀다.

그때 박 신부는 아하스 페르츠와 절망적인 힘겨루기를 하고 있었다. 극도의 힘을 가한 박 신부의 오라는 이제 연녹색에서 맑은 녹색으로, 그러다가 거의 투명하게 바뀌었다. 아하스 페르츠의 몸에서도 무서운 기운이 휘몰아쳤지만, 박 신부의 오라를 그리 쉽게 뚫을 수는 없었다.

언뜻 보기에 두 사람 모두 아무것도 하지 않고 조용히 서서 서로를 노려보고 있는 듯했지만, 둘 다 전력을 다하는 중이었다. 아하스 페르츠도 박 신부가 여간 아님을 알았기에 자신의 모든 주술을 쏟아붓고 있었지만, 박 신부를 밀어 낼 수는 없었다.

박 신부 역시 전력을 다하는 탓에 몸을 뺄 수 없었다.

"너……! 이 치사한 놈아!"

승희의 욕설에도 키건은 대답하지 않았다. 승희는 무척 화가 난 탓에 박 신부의 당부도 잊어버리고 염력을 발동해서 키건의 몸을 찔렀다. 키건도 보통은 넘는 자라서 염력에 그리 쉽게 당하지는 않았지만 화가 머리끝까지 치민 승희가 무자비하게 통각 신경을 찔러 대자 상당한 고통을 느끼는 것 같았다.

그래도 키건은 여전히 칼을 휘둘렀다. 이번엔 승희는 염력을 사용해 먼지와 잡동사니들을 마구 키건에게 집어 던졌다. 백호도 가만히 볼 수 없는 듯, 키건에게 달려가면서 옆 차기를 했다.

키건은 눈이 먼 데다 승희가 정신을 어지럽혀서 그런지 백호의 옆 차기에 턱을 얻어맞고 쓰러질 듯 휘청거렸다. 키건은 화가 나서 승희가 있음 직한 곳에 칼을 휘둘렀지만 그녀를 맞히기엔 역부족이었다. 백호와 승희 두 사람은 힘을 합해 간신히 키건을 막아냈으나 이제는 그들도 몸을 뺄 수는 없게 되고 말았다.

겉으로 보기에 박 신부는 아하스 페르츠와 꼼짝도 하지 않고 대치해 있는 것처럼 보였지만 실상은 그렇지 않았다. 박 신부는 기도력이 상승하면서 남에게 마음속으로 이야기를 걸거나 접촉하고 있는 사람의 마음을 읽을 수 있는 부수적인 능력을 갖추게 됐다. 그래서 아하스 페르츠와 오랜 시간 접촉하면서 그의 본질을 어렴풋이 눈치챌 수 있었다.

물론 아하스 페르츠 같은 자는 투시가 통하지도 않고 마음도 읽히지 않았다. 그러나 그가 내뿜는 기운에 감추어진 그의 본성이라고 할 어떤 느낌을 박 신부는 놓치지 않았다.

'그랬구나. 아마도…….'

박 신부가 아하스 페르츠에 대해 뭔가 추측할 즈음, 약간의 동요를 일으켰다.

그때 아하스 페르츠가 박 신부에게 마음속으로 말을 걸어 왔다. 물론 둘의 이야기는 마음속으로 전해지는 것이니만큼 눈 깜빡할 사이 굉장한 속도로 전달됐다.

버티기 힘들지? 언제까지 버틸 수 있을 것 같나, 베드로의 후예여?

박 신부는 대답하지 않았다. 아하스 페르츠와 대치하는 것은 힘겨웠지만 그 때문에 동요한 것은 아니었기 때문이다.

아하스 페르츠가 또다시 말을 전해 왔다.

타보트도 소용없고, 네가 버티는 것도 한계가 있다. 이제 곧 너희 모두는 끝장이다. 하지만…… 만약 내 부하가 된다면 한 번 눈감아 줄 수도 있지.

왜 그런 소리를 하오?

박 신부의 질문에 아하스 페르츠가 대답했다.

시몬의 복수가 되기 때문이다. 베드로의 후예가 시몬의 후예에게 무릎을 꿇는다면…… 하하, 재미있을 것 같지 않은가?

덤덤한 표정으로 박 신부가 아하스 페르츠에게 말했다.

나는 파문당한 신세이고 성 베드로의 후예를 자처할 수도 없소. 그리고…….

잠시 말을 끊었다가 박 신부가 이내 덧붙였다.

아직도 그런 생각을 하는 거요? 가련하군요.

내가? 뭔가 착각하는군. 죽는 것은 내가 아니라 너다. 네가 나를 당할 수 있을 것 같은가?

그 말에 박 신부는 태도를 바꾸어 정중하게 대답했다.

내가 당해 내고 못 당해 낸다는 것에 대해 이제껏 생각해 본 적이 없소. 단지 근본적으로 슬프기 때문에 이런 말을 하는 거요.

슬프다니? 곧 죽을 처지가 된 당신 신세가 슬픈가?

나, 그리고 우리들은 솔직히 당신을 당해 낼 수 없소. 그러나 당신은 절대 천하무적이 아니오. 인간 중에는 분명 당신을 상대할 자가 있소.

무슨 헛소리냐? 고반다와 바이올렛은 조만간 내 손에 모두 없어질 것이다. 그때는 아무도 방해할 자가 없다.

그 말을 듣는 순간 박 신부는 아하스 페르츠에게 필적할 만한 두 사람이 고반다와 바이올렛이라는 것을 알게 됐다. 그러나 아무런 내색하지 않고 박 신부는 계속 말했다.

그 둘 말고도 당신이 절대 당해 낼 수 없는 자가 있소. 분명히.

충동질할 생각은 버려.

그럴 생각은 없소. 그리고 그 때문에 나는 당신을 해치지 않을 생각이오.

별안간 아하스 페르츠가 몹시 화를 내며 뿜어내는 기운의 강도를 높였다.

그놈이 누구냐?

돌연 아하스 페르츠는 냉소를 섞어 말을 이었다.

해밀턴 말인가? 그건 이제껏 내가 수없이 바꾸어 썼던 가면 중 하나일 뿐이야. 그는 내 안에 웅크리고 내가 나타날까 봐 전전긍긍하는 바보에 불과하다. 그리고 앞으로는 영원히 나타나지 못할 거야.

박 신부가 천천히 되받았다.

그는 당신의 가면이 아니오. 그는 당신과의 다른 인격과 생각을 지닌 사람이오. 당신은 그와 떨어질 수 없소. 아무리 당신이 천하무적이고 아무도 당신을 죽일 수 없다지만 당신은 그를 어쩌지 못하오. 그러나…….

잠시 박 신부는 생각을 가다듬다가 이윽고 말했다.

내가 말하는 것은 그가 아니오.

그럼 누구냐?

아하스 페르츠가 묻자 박 신부는 조용히 대꾸했다.

바로 당신이오.

헛소리!

헛소리가 아니오. 물론 나는 당신을 만나기 전에 당신 이야기를 들은 바 있소. 그리고 당신은 악마나 다름없는 잔학한 인간이라 여겼소. 하지만 당신을 만나서 접하고 보니 당신은 선량한 본성을 아주 잃은 건 아니더군. 그리고 당신은 속고 있소. 몇천 년 동안이나 말이오. 그래서 가련하다고 한 거요.

미쳤군!

아하스 페르츠가 코웃음을 치자 박 신부는 담담하게 말했다.

당신 입장이 된다면 누구나 괴로울 것이오. 이해할 수 있소. 하지만 당신은 생각을 고쳐야 하오. 당신을 만나 보기 전에는 반신반의했지만…… 당신을 만나 보니 확실히 알겠소. 당신이 죽지 않는 몸이 된 것은 절대 예수 그리스도의 저주 때문이 아니오!

이제 그만 닥쳐!

아하스 페르츠가 날카롭게 소리치며 손을 휘저었다. 박 신부는 오라 막에 저항하기 힘든 무서운 힘이 부딪쳐 오는 것을 느꼈다. 곧이어 박 신부는 오라 막으로 보호하고 있음에도 오라 막째로 뒤로 붕 떠서 넘어질 뻔했다.

급히 박 신부는 오라 구체와 비슷한 오라를 몇 줄기 내뻗었다. 그 오라 줄은 마치 고무줄처럼 아하스 페르츠의 몸 주위 허공에 못 박힌 채 박 신부를 지탱해 주었다. 박 신부는 아하스 페르츠의 앞으로 되돌아왔다. 아하스 페르츠는 신기한 듯 눈을 크게 떴다.

이런 술수는 비록 기도력이 엄청나게 증가한 박 신부라 하지만 사력을 다해야 간신히 쓸 수 있는 것이라 박 신부의 안색은 백지

장처럼 하얗게 변했다.

박 신부가 다시 말을 전했다.

나는 당신에게 질 수 없소. 져서는 안 되오. 우리의 목숨 때문만이 아니라, 당신에게 진실을 밝혀야 하기 때문이오.

당해 내지 못할 것 같으니까 마구 혀를 놀리는군. 내가 그따위 언변에 넘어갈 것 같으냐?

당신이 한을 품은 것도 이해가 가오. 그리고 이천 년 동안이나 그 한을 쌓아 왔으니 성격이 변하고 인격이 분열된 것도 이해할 수 있소. 그러나 당신은 잘못 생각한 것이 있소. 예수 그리스도는 그렇게 남을 저주해서 이런 지경에 빠뜨릴 분이 아니오.

대뜸 아하스 페르츠가 악을 썼다. 물론 마음속으로만 지른 소리였지만 박 신부는 강한 주술적 타격을 받았다. 박 신부의 오라 줄이 휘청할 정도였다.

나는 직접 그 말을 들었다!

예수께서 십자가를 지고 가시다가 당신의 집 앞에서 넘어지신 것은 알고 있소. 그때 당신은 예수를 비웃었다고 전해지오. 정말 그랬소?

옛이야기를 끄집어내자 감정 없는 아하스 페르츠의 얼굴이 놀랍게도 붉게 격동되는 듯했다. 그도 그럴 것이, 그 일이야말로 아하스 페르츠에게는 잊을 수 없는 일이었다.

아하스 페르츠는 자신도 모르게 고대 히브리어로 뭐라고 중얼거렸다. 박 신부는 성서 연구를 하느라 히브리어를 약간 배운 적이 있어 그 말이 비웃는 저주의 말임을 알아들을 수 있었다.

당신이 그 말을 그리스도께 했소?

그러자 아하스 페르츠는 무섭게 분노한 얼굴로 으르렁거렸다. 그의 눈에는 불빛 같은 것이 번쩍였다. 돌연 내뿜는 그 눈빛은 주변을 비출 정도여서 보기만 해도 가슴이 철렁 내려앉을 정도로 무시무시했다.

그렇다! 그리고 나는 또 할 것이다! 이번에는 그자를 내 손으로 십자가에 못 박으면서 말이다!

흔들림 없는 표정으로 박 신부가 물었다.

당신은 그리스도를 다시 만나기 위해 말세가 오기를 바라는 것이오?

그렇다!

박 신부는 마치 환자를 진찰하는 의사의 표정, 과거 닥터 박의 표정을 짓고 있었다. 박 신부의 진지한 표정 때문인지, 과거에 대한 격정 때문인지 아하스 페르츠는 자신도 모르게 박 신부의 말에 대답하고 있었다. 하지만 그런 가운데에도 두 사람의 몸에서 뿜어져 나오는 기운은 조금도 약화하지 않았다.

당신이 그 말을 한 다음 그리스도께서는 어쩌셨소?

로마 병사 한 명이 다른 자를 붙들어서 예수의 십자가를 대신 지게 했다. 그리고…….

그리고?

그는 다시 골고다의 언덕으로 걸어갔다. 그때, 그때 나는 들었다. 그가 걸어가면서 남긴 저주의 목소리를……!

당신은 그리스도에게서 직접 저주의 말을 들었소?

박 신부가 외쳤지만 아하스 페르츠는 코웃음을 치며 비아냥거렸다.

그때 그 자리에 있었던 게 너냐, 아니면 나냐?

내가 없었으니 묻는 거요.

그 말에 아하스 페르츠는 크게 웃으며 외쳤다.

그래?

그러면서 아하스 페르츠는 분노에 가득 찬 태도로 히브리어를 한 자 한 자 또박또박 박 신부에게로 전달했다. 소리를 내어 읊지 않았음에도 한 음절을 읊을 때마다 벽과 천장이 우르릉거리며 울렸다. 말로 전달한 것이 아니라서 박 신부는 그 말의 의미까지도 같이 느낄 수 있었다. 그 말의 뜻은 이러했다.

가련한 자여, 저주받은 자여. 내가 돌아올 때까지 너는 네 십자가를 지고 헤매며 기다리리라…….

아하스 페르츠는 말을 마치고는 무섭게 웃어 젖혔다. 그러고는 다시 이글이글 불타는 눈으로 박 신부를 바라보면서 말을 이었다.

한 글자도 잊을 수 없다. 이 말을 나는 들었다. 그리고 나는 그 이후 죽을 수 없는 신세가 됐어. 이것이 바로 너희가 말하는, 세상을 위해 모든 죄를 짊어지고 죽었다는 예수의 입에서 나온 말이다! 그는 위선자였다!

그러나 박 신부는 냉정히 고개를 저었다.

그렇지 않소.

너희의 예수는 무척이나 성질이 급한 자였지. 입으로는 원수를 사랑하고, 왼뺨을 맞으면 오른뺨을 내밀라고 하면서도, 무화과나무가 열매를 맺지 않는다고 그 자리에서 나무를 말라 죽게 만든 자였다! 그리고 나에게도!

그래도 박 신부는 침착하게 되받았다.

그렇지 않소.

흥! 그렇지 않다고?

박 신부는 또렷하게 대꾸했다.

그때 그 자리는 분명 당신의 집 앞이었지만 그곳에는 가야바의 사주를 받았거나 그리스도를 이해하지 못해 비웃는 사람들도 많이 있었소. 그런데 그리스도께서 그자들은 모두 내버려두고 왜 유독 당신만을 저주하셨겠소? 그것을 생각해 보셨소?

아하스 페르츠는 뜻밖인 듯, 금방 대답하지 못했다. 박 신부가 말을 이었다.

당신은 예수 그리스도를 말로 조금 비웃었지만, 이후 로마 병사 하나는 그를 조롱해 십자가 위에 비웃음의 꼬리표를 달았고, 다른 자는 그가 목이 마르다고 할 때 물이 아닌 식초를 주었소. 그런데 그자들도 당신 같은 경우가 됐소? 게다가 예수 그리스도가 빌라도의 재판을 받을 때, 예수를 죽이고 바라바를 살리라고 소리친 수많은 군중은 어떻소? 그들도 모두 저주를 받았소?

그러자 아하스 페르츠는 힘겹게 박 신부의 말을 부정하듯 외쳤다.

그것은 그가 꾸민 연극의 일부였기 때문이다! 그래서 그는 그런 모욕은 참아 넘겼지만, 내가 준 모욕에는 화가 치밀어 올라서 저주를 내린 것이다!

그 부정의 말을 박 신부는 단호하게 받아쳤다.

이것은 내 신앙과 믿음의 문제이기도 하오. 예수 그리스도께서 사람의 아들로 태어나셔서 인성을 지니고 있었다는 것을 나는 외람되다고 여기지 않소. 오히려 그분도 기뻐하고 성내고 슬퍼할 줄 아는, 우리와 같은 인간이었다는 게 자랑스럽소. 그러나 그분께서 당신을 모욕했다고 이렇게 엄청난 세월 동안 한 인간을 저주했다고는 결코 믿을 수 없소. 그는 용서하고 또 용서해서 일곱 번, 아니 일흔 번이라도 용서해 주실 분이시지, 영원히 용서해 주시지 않고 죗값을 치르게 하는 분이 아니오!

논리 정연한 박 신부의 말에 아하스 페르츠가 악을 썼다.

하지만 현실이 그랬어!

당신은 그리스도의 말을 한마디도 잊거나 틀리지 않게 기억하고 있다고 장담하시오?

나는 바보가 아니야!

그렇다면 그 목소리가 그리스도께서 내신 것이 틀림없소?

그 음성을 기억한다. 틀림없이 그의 목소리였다! 당시에 나는 믿지 않았지만 사람들은 수군거렸고, 나중에 내가 정말 늙지 않자 사람들은 그런 이야기를 퍼뜨렸다! 그래서 그 이야기는 전설이 돼 버린 것이다! 그 이후…… 그 이후에 내가 겪은 일들이 어떤 것인 줄 아나? 모든 사람은 나를 보고 도망치듯 피했고, 숨어 버렸다! 저주받은 자라고 하면서 말이다!

박 신부는 침착하게 말했다. 박 신부의 말투는 그야말로 환자를 보고 있는 의사같이 차분하면서도 빈틈이 없었다.

그래서 당신은 어떻게 했소? 자신이 저주받았다는 것을 정확히 언제 알았소? 아니, 언제 믿게 됐소?

예수가 죽고 십 년 이상이 지나서다!

십 년이라면 그리 오래된 것이 아니오. 나이가 조금 들었어도 늙어 보이지 않는 사람은 많이 있소. 좋소. 그런데 당신은 시몬의 제자라고 했소. 당신은 왜 시몬을 찾게 됐소?

나는 걱정 때문에 초조해져서, 저주를 풀기 위해 가장 강력한 술법을 지닌 사람을 찾았다.

그때는 아직 그리스도의 열두 사도들도 살아 있었을 텐데, 당신은 왜 그 사도들을 찾아가지 않았소?

그자들은 나에게 저주를 내린 예수의 제자들인데, 왜 내가 그들을 찾아간단 말인가!

그 말에 박 신부는 고개를 설레설레 저으며 탄식했다.

당신은…… 너무도 잘못 알고 있구려, 좌우간 좋소. 그러면 시몬을 만난 것은 언제요?

시몬을 찾아내기까지 또다시 오랜 시간이 걸렸다. 내가 시몬을 만났을 때는, 그가 거의 폐인이 된 뒤였다.

베드로와 로마에서 대결한 이후에 만난 것이오?

그렇다! 시몬은 전신의 뼈가 부스러져서 더 이상 움직일 수 없는 사람이 됐으나, 그 한 사람만이…… 나를 제대로 된 눈길로 보아주었다. 그 한 사람만이 나를 저주받은 자라고 피하지 않았다. 그만이…….

아하스 페르츠의 말은 박 신부의 말에 의해 중단됐다.

당신은 속았소. 바로 그 시몬에게 속은 것이오.

하지만 아하스 페르츠는 박 신부의 말을 무시했다.

한편, 키건이 끼어든 틈을 타서 고반다가 마침내 현암의 멱살을 잡아 들어 올렸다. 현암은 준후와 마찬가지로 온몸에 전기가 흐르는 것 같은 지독한 고통을 참지 못하고 비명을 질렀다.

그때 키건이 고반다를 향해 돌진해 들어왔다. 이제 보니 키건은 거의 제정신이 아닌 것 같았다. 반쯤 미쳐 버려서 아무나 마구잡이로 공격하는 것이었다.

키건이 덤벼들자 고반다는 현암을 돌벽에 패대기쳐 던지고 키건에게 손을 뻗었다. 키건은 때마침 승희의 염력을 간신히 버티며 칼을 휘두르던 중인데 고반다의 힘이 흘러 들어오자 이중의 타격을 받았다. 키건의 거구가 축 늘어지자 고반다는 다시 승희와 백호에게 달려들려 했다.

로파무드는 더 이상 참을 수 없다는 듯 돌벽을 무너뜨리려다 말고 몸을 돌려 연신 고반다를 향해 간디바의 시위를 튕겼다. 고반다의 몸이 펑펑 소리를 내며 세 번이나 불길에 휩싸였지만 그는 끄떡도 하지 않고 외쳤다.

"아스트라? 너는 누구냐?"

"바바지님의 원수!"

로파무드는 비로소 억눌려 왔던 성질이 폭발한 듯, 인도어로 저주의 말을 외치면서 다시 간디바의 시위를 당겼다. 이번에는 검은 기운이 화살처럼 쏘아져 나가면서 고반다의 몸 주위를 소용돌이처럼 무섭게 휘감아 돌았지만 여전히 고반다에게 타격을 주지는 못하는 듯했다.

고반다는 로파무드의 고함을 듣고 눈을 빛냈다.

"바바지의 제자냐? 그렇다면 그냥 둘 수 없지."

고반다는 현암을 내버려두고 로파무드를 향해 음산한 눈빛을 흘리며 다가왔다. 로파무드는 강력한 아스트라가 별로 효과가 없자 당황해서 계속 아스트라를 쏘아 붙였으나 고반다는 한 발 한 발 다가왔다.

그때였다. 아이들과 황달지 교수를 밀어 넣었던 문이 덜컹 열리면서 준호와 아라, 수아가 달려 나왔다. 그리고 황달지 교수도 파랗게 질린 얼굴로 그 뒤를 따라 나왔다. 황달지 교수는 아이들을 나가지 못하게 하려 했지만 아이들이 참지 못하고 뛰쳐나온 모양이었다.

아라가 로파무드의 뒤로 가면서 그녀의 등에 손을 얹자 준호는 수아를 안고 로파무드의 어깨에 손을 얹었다. 다급한 상황이라 예전에 준후와 연습한 퇴마합진의 방법을 응용해 보려는 것이었다.

준호와 아라, 수아의 힘을 받는 순간 로파무드가 들고 있던 간디바에서 푸르스름한 빛이 흘러나왔다. 연이어 발사되는 아스트라는 아까보다 훨씬 강력한 힘을 뿜어냈다. 그 아스트라를 계속 맞은 고반다는 주춤거리면서 연신 뒷걸음질할 수밖에 없었다.

그사이 쓰러진 현암을 마하딥이 일으켜 세웠다. 현암은 무서운 고통에 신음하고 있었지만 마하딥이 부축하자 억지로 몸을 일으키려 했다. 그러나 고반다의 술수가 하도 지독해서 몸이 저릿저릿하고 힘이 들어가지 않아 일어설 수가 없었다. 아무래도 단순히 충격을 준 것이 아니라 무슨 저주 같은 것을 건 듯했다.

그때 준후가 힘겹게 현암 쪽으로 기어 왔다. 준후도 현암처럼 힘을 쓰지 못했다. 고통에 찬 준후가 더듬거리며 현암에게 말했다.

"이건…… 속박술…… 저자를 쓰러뜨려야……."

현암은 입술을 질끈 깨물며 상황을 살펴보았다. 박 신부는 간신히 버티고 있었고, 승희와 백호 역시 오래 버티지 못할 것 같았다. 로파무드와 아이들이 고반다와 평수를 이루고는 있지만, 고반다에게는 전혀 타격을 주지 못하고 있으니 기운이 빠지면 그쪽도 끝장이었다. 상황은 그야말로 절망적이었다.

"하지만 어떻게……?"

자포자기식으로 중얼거리던 현암은 문득, 아까 준후가 무슨 말을 했기에 잠시나마 고반다를 움직였는지 궁금해졌다.

'혹시 준후가 고반다의 약점을 알고 있는 것은 아닐까?'

현암이 곧 준후에게 물었다.

"준후야, 너 아까 고반다에게 무슨 말을 했지?"

그러나 준후는 말꼬리를 흐렸다.

"그건……."

그때였다. 고반다의 눈이 준후를 향하는 순간 준후는 자지러지는 비명을 질렀다. 그리고 현암의 몸에도 전기 고문을 당하는 것 같은 극심한 충격이 왔다. 하지만 현암은 워낙 고집이 세고 극기심이 강해 도리어 커다랗게 소리를 지르면서 몸을 일으켰다. 고통으로 감각이 무디어져 그 고통은 이루 말할 수 없었지만, 몸이 다시 움직였던 것이다.

현암은 월향검을 빼 들고 마음속으로 말했다.

'월향……! 있는 힘을 다해 보자!'

그러고는 현암은 월향검을 자신의 왼쪽 다리에 깊숙이 찔러 넣었다. 월향검은 본래 귀검이라 피를 매개로 하면 힘이 강해질 수 있었다. 그동안은 현암의 공력이 계속 강해져 왔기에 그럴 필요가 없었지만 지금 현암에게 남은 방법은 이것뿐이었다.

월향검은 순간 부르르 떠는 듯하다가 곧 현암의 뜻을 알았는지 두 번 끄덕끄덕 움직였다. 그러자 현암은 월향검을 쑥 빼냈다. 피가 사방에 튀었고 월향검은 힘을 회복했는지 모골을 송연하게 만드는 귀곡성을 냈다.

현암이 손을 떨치자 월향검은 서릿발 같은 검광을 흩날리면서 고반다를 향해 쏘아져 나갔다. 실로 무시무시한 기세였고 서늘한 살기가 지하실 안을 가득 메울 정도였다. 키건이나 아하스 페르츠조차도 한순간 그 살기에 놀라 몸을 움찔했다.

고반다는 무서운 은빛 광채가 자신을 향해 다가오자 놀라면서 양손을 휘저어 월향검을 막으려 했다. 그 틈을 놓치지 않고 로파무드가 연속으로 아스트라를 세 번 발사했다.

무리하게 힘을 쓴 탓에 아라와 준호는 세 번째 아스트라가 쏘아지는 순간 비명을 지르면서 엉덩방아를 찧었다. 온몸의 힘이 모조리 탈진되는 것 같아서였다.

로파무드와 아이들이 만든 퇴마진의 힘을 모조리 모아 날린 세 발의 아스트라가 고반다에게 적중되자 고반다는 비틀거리다가 넘어졌다. 그 틈을 타서 월향검은 고반다의 어깨 부위, 그것도 로파무드의 아스트르가 맞혔던 부위를 정확히 명중시켰다.

"아아!!!"

고반다가 길게 뜻 모를 고함을 질렀다. 기이하게도 그 고함에는 고통뿐만이 아니라 알 수 없는 기쁨의 탄성 같은 울림이 있었다.

"저자가……?"

로파무드와 아이들, 현암까지도 잠시 의아한 표정으로 고반다를 바라보았다. 고반다의 오라 막은 그 일부가 월향검에 의해 뚫린 상태였고, 그의 어깨에서는 피가 솟구쳐 나오고 있었다. 그런데도 고반다의 얼굴은 더없이 밝아 보였다.

그 모습을 보고 박 신부와 대치하던 아하스 페르츠의 안색이 굳어졌다.

"이 바보들아!"

아하스 페르츠가 박 신부에게 말했다. 박 신부는 지금 그야말로 모든 힘을 다해서 그에게 매달리는 참이라 피를 토하면 토했지 대답할 기운이 없었다.

"바보 같은 네놈들 때문에……."

그러나 아하스 페르츠가 무슨 소리를 하든 관심 없다는 듯이 로파무드는 고반다 어깨에 오라가 걷힌 것을 보고 급히 없는 힘을 끌어올려서 아스트라를 내쏘려 했다.

그때 고반다가 급히 숨을 들이마셨다가 천천히 내뿜으며 소리를 냈다.

"오오오."

알아들을 수 없는 기이한 소리였지만 역시 그 소리에는 울림이 있었다. 그리고 그 울림은 살아 있는 것처럼 주변의 모든 것을 흔들어 댔다. 그 소리를 듣자마자 로파무드의 얼굴이 하얗게 질렸다.

"나다 요가(Nada Yoga)[1]! 귀를 막아!"

로파무드가 소리쳤으나 애석하게도 그 말이 인도어여서 누구도 알아듣지 못했다. 그녀는 다급하게 간디바를 내던져 버리고 옷자락을 찢어 넘어진 아이들의 귀를 막아 주었다.

고반다가 내뿜는 소리는 더더욱 커져서 사방의 모든 것을 뒤흔들기 시작했다. 황달지 교수가 제일 먼저 고함을 지르며 귀를 막다가 쓰러지고 키건과 싸우던 백호와 승희가 고통을 이기지 못하고 그 자리에 주저앉았다. 예사로운 고통이 아니라 온몸의 세포 하나하나를 잡고 쥐어짜는 듯한, 저항할 수 없는 고통이었다.

그 와중에도 키건은 백호에게 칼을 휘두르려다가 견디지 못하고 풀썩 무릎을 꿇었다. 그다음에는 현암이 버티지 못하고 앞으로 퍽 엎어져 버렸다. 로파무드도 간신히 수아와 아라의 귀를 막았지만 자신의 귀를 막지 못하고 쓰러졌다.

수아와 아라는 귀를 막기는 했지만 나다 요가의 진동은 그런 옷

---

1 나다(Nada)는 소리라는 뜻으로, 정교한 음향에 집중하는 수련을 말한다. 반면 육체나 생리 조절을 중시하는 요가는 '하타 요가'라고 한다. 그 외에도 많은 요가 수행법이 있다.

자락으로 막을 수 있는 정도가 아니어서 그 둘도 비명을 지르며 넘어져 버렸다. 준후는 고통을 이기지 못하고 있는 차에 다시 진동이 엄습하자 온몸에 경련을 일으켰다. 박 신부는 오라에 둘러싸여 그 지독한 나다 요가의 고통을 겪지 않았지만 아하스 페르츠에게 붙들려 있어 결국 준후와 박 신부 둘 다 꼼짝할 수 없는 상태였다.

그런데 그 상황에서 정신을 잃지 않은 사람이 한 명 있었으니, 준호였다. 준호는 엉겁결에 양손으로 귀를 막았는데, 정신을 잃기는커녕 오히려 온몸에 넘칠 듯 힘이 솟구치고 있었다.

'이게, 이게 어찌 된 일이지? 모두 쓰러지는데 왜…… 나는……?'

준호는 도무지 영문을 몰랐다. 그 이유는 준호의 양손에 흑마법과 백마법의 문양이 있다는 데에 있었다. 상반되는 두 문양은 상대의 힘을 흡수해서 다른 문양으로 되돌려 주는 기능을 지닌 것이었다.

지금 고반다가 사용한 것은 음파를 이용한 정통 요가로서, 백마법에 해당하는 것이라 할 수 있었다. 따라서 준호의 흑마법 문양이 그 힘을 흡수해서 준호의 머리를 통해 백마법 문양으로 보냈고, 백마법 문양은 다시 그 힘을 흑마법 문양으로 보냈다. 그리고 흑마법 문양은 그 얻어진 힘을 더해 다시 백마법 문양으로 보내기를 반복해서, 그사이에 끼인 준호의 몸에는 고반다가 보낸 힘이 기하급수적으로 쌓인 것이다.

물론 일시적인 현상이기는 했지만, 고반다의 힘이 워낙에 대단해 지금 준호의 몸에 축적된 힘은 현암의 공력에 필적할 만했다.

준호가 어리벙벙하고 있는 사이, 곁에 쓰러져 있던 준후가 꺼져가는 듯한 목소리로 준호에게 속삭였다. 준후는 워낙 재치 있고 눈치가 빨라서 준호의 표정과 자신이 아는 사실만으로 진상을 파악한 것이다.

"준호야, 엎드려……. 너도 쓰러진 척……."

그러나 준호는 준후를 차가운 시선으로 노려보았을 뿐, 곧 고개를 돌렸다. 아까 숲속에서 목격했던 장면 때문에 반발심이 생긴 것이다.

준후는 의아해하다가 다시 힘겹게 말했다.

"지금은…… 네, 네가 마지막…… 너밖에 없어. 그러니 기습하려면…… 어서……."

준호는 그 말을 듣고 이내 정신을 차렸다.

준후가 연희를 죽이는 광경을 보기는 했지만 아직 그 사실을 믿을 수 없었고 믿기도 싫었다. 그리고 설령 준후가 그랬다 해도 지금은 일단 고반다와 아하스 페르츠의 마수에서 벗어나는 것이 급선무였다. 준호는 곧 준후의 말대로 거짓 비명을 지르면서 땅에 뒹굴었다.

이제 서 있는 사람은 아하스 페르츠와 박 신부밖에 없었다. 그리고 그 둘은 오라에 둘러싸여 고반다의 나다 요가의 영향을 크게 받지는 않은 듯했다.

고반다가 껄껄 웃으며 쓰러진 자들을 보며 외쳤다.

"고맙군! 고마워! 그러니 몇 분 더 목숨을 붙여 주겠다."

그러면서 고반다는 로파무드의 머리를 살짝 어루만지고는 아하스 페르츠에게 눈을 돌렸다.

"일단 저 보기 싫은 놈부터 처리해야겠지……?"

상황이 기이하게 돌아가자 아하스 페르츠는 심각한 표정이 돼 급히 박 신부에게 말했다.

어서 날 놔라! 이 밥통 같은 신부!

그러나 박 신부는 아하스 페르츠를 놓을 수가 없었다. 아하스 페르츠가 박 신부의 오라를 뚫기 위해 발출한 주술들은 그야말로 무시무시했다.

박 신부로서는 그 주술을 오라로 중화시키거나 흩어지게 할 수 없어서 간신히 그 힘을 가두어 두고 있는 형편이었다. 지금 오라를 풀고 아하스 페르츠를 놓아주면 그 주술력들이 사방에 쏟아져 나와 무력하게 쓰러진 모든 사람이 금방 떼죽음을 당할 판이었다. 그리고 박 신부는 현암을 믿고 있었다.

'현암 군에게 뭔가 생각이 있을 게다. 현암 군을 믿자.'

허나 박 신부는 현암에게 공력이 하나도 없다는 사실을 모르고 있었다. 현암도 박 신부를 만나자마자 아하스 페르츠 같은 강적을 눈앞에 둔 터라, 굳이 자신의 약점을 말하려 하지 않았던 것이다. 아하스 페르츠는 박 신부가 아직도 자신에게 매달리자 분통을 터뜨렸다.

네 동료들이 모두 저 인도 놈에게 쓰러졌는데, 넌 뭘 하는 거냐?

당신은 왜 당황하오? 누구도 당신을 해칠 수 없다면서?

말장난하고 있을 때가 아니야!

당신은 깨달아야 하오. 당신이 깨달을 때까지 나는 당신을 놓을 수가 없소. 당신은 시몬에게 속았고, 시몬에게 저주받은 것이오. 그리스도가 당신께 하신 말씀은 당신을 저주한 것이 아니라, 당신의 이런 운명을 가여워해서 하신 말이 분명하오!

그 말에 아하스 페르츠가 멈칫했다.

뭐……라고?

당신은 처음에는 그리스도의 말씀을 대수롭지 않게 여겼을 테지만, 그리스도가 부활하시고 사도들이 활동해 그분의 이름이 널리 알려진 후부터 주위에서 당신이 저주받았다고 수군거렸을 것이오. 그때까지가 대략 십 년이라고 당신은 말했소. 그 정도면 시몬에게 충분한 시간이지.

……무슨 소리를 하는 거냐?

나 또한 한때는 교단에 몸을 담았던 사람이고 신비주의 연구에 심취했었소. 시몬의 행적은 나도 잘 아오. 시몬은 스스로의 힘을 과신한 나머지 그리스도를 무시하고 자신이 신이라 착각하던 그릇된 자였소. 그가 만든 그노시스파의 한 분파는 그를 성부의 자리에 대신 올리기도 해 대규모적인 이단 논박을 낳았소. 하지만 그는 주술사에 불과했소. 그것도 오만에 가득 찬.

그래서 시몬이 뭘 어쨌다는 거냐? 네가 뭘 아느냐?

그리스도의 말을 이렇게 생각해 보시오. 그리스도께서는 미래를 볼 수 있는 능력이 있었소. 그분이 당신을 보고, 당신이 이렇게 수천 년 동안을 증오와 비통에 가득 차 떠도는 운명이란 것을 보셨을 때, 그분이 당신을 가엾게 여겨 한탄하셨다고 생각해 보란 말이오!

하지만 예수 말고 누가! 누가 이런 짓을 할 수 있단 말인가?

분명 그 누구도 그런 어마어마한 주술을 쓸 능력은 없소. 단 한 사람을 빼고는 말이오…….

시몬? 시몬 말인가?

그렇소. 시몬 마구스. 그는 당신도 잘 알다시피 그리스도의 힘을 이어받은 초대 교황, 성 베드로와 경쟁할 정도의 능력을 지녔고, 그 또한 죽은 자를 살려 내는 기적을 보였으며, 하늘을 나는 이적을 보이기도 했소. 그만큼 강한 힘을 지닌 주술사는 그 이후로 아무도 없었을 것이오. 그러니 시몬, 그만이 몇천 년의 세월을 뛰어넘은 지금까지 당신을 이렇게 붙잡아 둘 수 있었을 것이오.

하지만 내가 시몬을 만난 것은 그보다도 훨씬 후의 일이다!

당신은 시몬을 몰랐겠지만, 시몬은 당신을 알고 있었을 것이오. 당신 스스로를 되돌아보시오. 당신이 자유롭게 사용하는 주술의 능력은 대단하오. 거의 시몬에게 필적할지도 모르오. 당신은 비록 이천 년이 넘게 존재해 왔지만, 당신은 도대체 몇 년 사이에 이런 주술을 쓸 수 있게 됐소?

그건…….

모르긴 해도 몇 년 내로 당신은 대주술사가 됐을 것이오. 당신이 시몬을 만났을 때, 시몬은 베드로와의 대결에서 져서 죽어 가고 있었을 테니까……. 시몬의 주술을 그토록 빨리 익힌 것을 보면, 당신은 천부적인 주술사였소. 시몬은 그것을 미리 뚫어 본 것일 테지.

하지만 그가 왜? 무엇을 바라고 그랬단 말이냐?

아직도 모르겠소? 당신에게 퍼진 소문들. 시몬에게는 그것이 절호의 기회였을 것이오. 그는 처음부터 그리스도와 맞서는 자였소. 그는 분명 그리스도를 시기했을 것이오. 그러던 중 그는 당신의 소문을 들은 것이 분명하오. 스스로는 몰랐더라도 당신은 대단한 주술적인 자질을 타고났고, 더구나 그리스도가 저주를 내렸다는 소문이 퍼지기까지 했소. 그런 당신이야말로 그가 이용해 후계자로 삼기에는 적격이었을 것이오!

그렇다면 그가 무엇을 바라고!

처음에는 그도 단순히 당신을 후계자로 삼으려는 생각이었을지도 모르오. 다만 당신을 이용한 것뿐이겠지. 하지만 그가 베드로와의 대결에서 패해 죽음을 맞게 되자, 그는 복수를 꾸몄고, 당신에게 그것을 명한 것이오. 그렇지 않소?

네, 네가 그것을 어떻게 아느냐?

당신은 나와 처음 만났을 때 나를 베드로의 후예라 말했고, 자신을 시몬의 후예라 자청했소. 당신이 시몬의 말을 듣지 않았다면 굳이 그런 옛이야기를 끄집어내지는 않았을 것이라 여기오. 그리고…….

박 신부는 조금 고민하다가 다시 말했다.

당신 내부에는 해밀턴이 있소. 그도 분명 당신에게서 비롯된 인격이고, 그것은 당신이 원래부터 이토록 악랄한 사람은 아니었다는 것을 의미하오.

헛소리! 네가 의사냐?

그러자 박 신부는 조금 웃으며 대답했다.

나는 원래 의사였소……. 비록 정신과는 아니었지만, 흥미는 많이 가지고 있었소.

아하스 페르츠는 어이가 없는 듯, 아무 말도 하지 않았다.

그러자 박 신부가 다시 말했다.

당신의 증상은 정확히는 해리성 정체 장애라고 하지만, 당신의 경우는 주술과도 연계가 돼 일반적인 정체 장애라 볼 수 없으니 다중 인격이라 하겠소. 그것도 압박과 타인에 의한 강제적인 다중 인격이라고 볼 수 있소. 해밀턴의 말에 의하면 당신은 그 후 많은 번민을 했고, 그리스도께 귀의하려고 여러 번 마음을 먹었다고 했소. 그것은 당신 스스로가 지금 보이는 것처럼 악랄한 자가 아니라는 것을 의미하오. 당신이 정말 스스로 말세를 꾀하고 그리스도의 재림을 이끌어 내어 그를 십자가에 못 박으려 할 만큼 악당이었다면, 해밀턴이라는 이중인격이 떨어져 나가게 될 정도로 심한 갈등 같은 것은 겪지 않았을 것이오. 당신은 시몬의 악랄한 주술과 그의 명령에 핍박받아 이천 년 동안을 증오 속에서 살아왔고, 스스로를 말세를 이끄는 자, 가장 악한 자로 만들기 위해 자아까지 분열시켰소. 하지만…….

박 신부는 간절하게 덧붙였다.

……이제는 눈을 뜨시오. 더 이상의 죄는 짓지 마시오…….

박 신부의 마음은 진심이었다. 그는 더 이상 아하스 페르츠를 미워하지도 않았고, 두려워하지도 않았다. 박 신부의 마음속에는 그에 대한 연민과 동정, 사랑이 가득했다.

그런 느낌 때문인지, 아니면 박 신부의 말 때문인지 아하스 페르츠의 몸이 조금씩 떨리기 시작했다.

한편, 박 신부와 아하스 페르츠가 주변의 일을 까맣게 잊고 서로의 대화에 몰두하는 모습을 보고 고반다는 다시 한번 득의양양한 웃음을 흘리면서 숨을 들이마셨다.

준후는 다급하게 낮은 소리로 준호에게 말했다.

“어서 있는 힘을 다해 고반다를 쳐! 오라에 뚫린 구멍으로! 그것만이 유일한 방법이야!”

“하지만…….”

“저 오라가 뚫린 지금이 기회야! 지금이 아니고서는……!”

준호는 더럭 겁이 났다. 아무도 손가락 하나 건드리지 못한 고반다를 자신이 과연 쓰러뜨릴 수 있을까? 고반다가 과연 그렇듯 만만하게 자신이 오라에 손을 넣게 둘까?

죽는다는 것이 두려웠지만, 예전의 준호였다면 이렇게 망설이지는 않았을 터였다. 그러나 지금, 준호는 준후를 믿을 수 없었다. 연희를 죽인 준후는 더 이상 자신이 믿고 따르던 사부가 아니었다. 혹시 준후는 자신을 희생시켜서 혼자 빠져나가려는 것은 아닐까?

“뭘 하는 거야? 준호!”

준후가 다그치자 준호는 버럭 소리를 질렀다.

“난…… 난 사부를 믿을 수 없어!”

준호가 버럭 소리를 지르자 고반다가 준호에게 눈을 돌렸다. 그러나 준호 따위는 관심 없다는 듯 이내 아하스 페르츠를 쳐다보며 비아냥거렸다.

“너는 죽지 않는 자라며? 그렇다면 이것은 어떨까?”

그리고 고반다는 숨을 불어 댔다. 그러자 아하스 페르츠의 얼굴이 납덩이처럼 질렸고 박 신부의 얼굴도 파랗게 변했다. 고반다가 나다 요가의 힘을 집중하자 박 신부의 오라 막마저도 흔들렸던 것이다.

준후는 다시 준호를 다그쳤지만 준호는 고개를 저었다.

"안 돼……. 내 힘으로는 저리로 갈 수조차 없어, 사부…… 그리고 난 사부의 말을 못 믿어……."

그때 쓰러져 있던 현암이 입을 열었다.

"준호야! 그렇다면…… 나를…… 나를 저자에게 밀어줘!"

"예?"

현암은 무시무시한 고통에 쓰러져서 움직일 수조차 없었지만 정신을 잃은 것은 아니었다. 오히려 지금의 현암은 주술에 대해서는 승희보다도 약했다. 하지만 그는 초인적인 의지로 버티고 있었다. 게다가 현암은 고반다의 오라가 뚫리고, 그가 기다렸다는 듯 나다 요가를 사용하는 것을 보고는 한 가지 생각이 떠올랐다.

"어서!"

현암이 다시 재촉하자 준호는 급히 서둘러서 현암의 몸을 일으켜 세웠다. 순간 준호의 몸에 모인 기운이 현암의 몸으로 자연스럽게 흘러 들어갔다. 그 기운은 고반다의 나다 요가에서 모인 기운으로, 근본을 따지자면 수련을 통해 얻은 공력과 흡사했다.

흑마법의 문양 때문에 일부 변질돼 현암에게 고통을 안겨 주기는 했지만, 그 힘은 현암이 받아 무리 없이 사용할 수 있을 것 같았다.

현암은 기뻐하며 급히 말했다.

"내 몸에 힘을 넣어라! 있는 힘을 다해서! 그리고 나를 저자에게 밀어붙여!"

"예……? 하지만……."

"나도 생각이 있다! 인정사정 보지 말고 어서!"

고반다는 나다 요가를 뿜어내면서 현암 쪽을 힐끗 보았지만 그의 눈에는 쓰러져 비틀거리는 자가 어린아이의 부축을 받아 일어나는 정도로만 보였다. 그는 안심하고 숙적이기도 한 아하스 페르츠를 향해 더더욱 강한 나다 요가를 내뿜어 냈다. 박 신부와 아하스 페르츠는 이제 둘 다 쓰러질 판이었다.

그때였다.

"얍!"

준호는 현암의 말대로 있는 힘을 다해 현암의 몸을 밀어 냈다. 현암의 몸으로 엄청난 기운이 흘러 들어왔고, 그 상이한 힘 때문에 현암은 엄청난 고통을 느꼈다. 그 힘 덕분에 현암의 혈도가 잠시나마 제자리를 찾았고 단전에도 기운이 모였지만 코와 입에서 피를 뿜어냈다. 그리고 다음 순간, 현암은 준호의 힘에 밀려서 고반다에게로 곤두박질치며 날아가다시피 했다.

'저 구멍이다, 구멍…… 월향!'

현암은 손을 제대로 놀릴 수 없어서 월향에게 마음속으로 외치면서 왼손에 월향을 쥐고 자신의 오른 손목에 월향검을 찔러 넣었다. 그리고 오른손에 그나마 간신히 모은 힘을 모두 끌어모았다.

"뭐, 뭐야?"

준후는 현암이 스스로 팔목에 검을 찌르자 놀라서 눈을 크게 떴다. 준호도 마찬가지였다. 순간, 월향은 있는 힘을 다해 현암의 오른손을 끌어 고반다의 오라에 뚫린 구멍으로 향했다.

준후와 준호는 현암의 손이 과연 고반다의 몸을 칠 수 있을지 긴장하며 손에 땀을 쥐었다. 그런데…….

"어!"

준후가 자신도 모르게 놀라 소리를 질렀다. 현암의 오른손은 분명 월향이 이끄는 대로 오라 막에 뚫린 구멍으로 향했다. 그러나 손은 그 안으로 들어가지 않고 오히려 손가락을 활짝 펴서 그 구멍을 막는 것처럼 보였다.

준후와 준호는 현암의 의도를 파악할 수 없었다. 그때였다. 고반다가 미친 듯이 비명을 지르면서 몸을 굴렀다. 현암 또한 오라 막에 밀착되자 무서운 고통을 느꼈다. 하지만 그는 죽어라 하고 손을 떼지 않았다.

현암은 왼손을 들어 오른 손목에 박힌 월향검을 다시 내리찍었다. 그러자 월향검은 오라 막에 깊이 박히면서 고통스러운 듯 길게 귀곡성을 울렸다. 두 사람과 한 개의 검 모두가 고통에 가득 찬 비명을 내지르면서 한 덩어리가 돼 뒹굴었다. 그러나 왜 그러는지 이유를 아는 사람은 하나도 없었다. 아하스 페르츠와 박 신부마저도 멍하니 그 광경을 보고 있을 뿐이었다.

이윽고 고반다의 오라 막이 확 하고 밝아졌다가 사라져 버렸다.

잠시 후 그 자리에는 현암과 월향검, 그리고 쪼그라든 노인만이 남아 있을 뿐이었다. 천하무적이라던 고반다가 쓰러진 것이다.

"형!"

고반다가 쓰러지자 준후의 몸을 옭아맨 속박이 풀렸다. 준후는 급히 현암에게 달려가려 했지만, 아직도 몸이 잘 움직여지지 않았다. 제일 충격을 받지 않은 준호가 쪼르르 현암에게 달려가 그를 일으켜 세웠다. 현암은 그야말로 만신창이가 돼 있었지만, 아직도 의식은 잃지 않고 있었다.

"월향……은?"

"여기……! 여기 있어요!"

준호는 어느 순간에 현암의 오른 손목에서 떨어져 나온 월향검을 집어 현암의 손에 쥐여 주었다. 준호의 마법 문양과 부딪혀 일순 월향검에 불똥이 튀었지만 준호는 개의치 않았다.

힘겨운 목소리로 현암이 준호에게 말했다.

"고맙다. 너…… 잘했어……."

그 자리에 있는 사람들은 모두 자신의 눈을 믿을 수 없었다. 현암은 도대체 어떻게 고반다를 쓰러뜨린 것일까?

준후가 멍한 표정으로 물었다.

"도대체 어떻게……?"

"신부님을 도와드려라……."

현암은 짧게 말하면서 눈을 감고 안도의 한숨을 내쉬었다.

'다행히…… 다행히 내 생각이 맞았구나…….'

그때 승희가 현암에게 다가와 울먹이며 말했다.

"이 바보……! 자기 몸도 좀 생각해야지!"

승희는 아직도 피에 물든 월향검을 꼭 쥐고 있는 현암의 손을 잡았다. 그 순간, 현암의 피를 뒤집어쓴 월향검을 보고 울화가 치밀어 현암에게 매몰차게 물었다.

"그런데 도대체 어떻게 한 거야?"

현암은 피범벅이 된 얼굴에 애써 미소를 지으며 대답했다.

"기운 없어. 네가 읽어……."

승희는 현암의 열린 마음속을 들여다보고는 "아!" 하며 탄성을 냈다.

현암은 고반다의 몸을 둘러싼 오라를 처음 보았을 때부터 의심을 가졌다. 과연 그 오라는 정말로 고반다가 내보낸 것일까? 그 오라는 주술적으로 바바지를 연상하게 했다. 더구나 오라라는 것은 악의 힘으로 만들어질 수 있는 것이 아니다. 박 신부나 윌리엄스 신부 등도 모두 오라를 사용했지만, 그들은 기독교계 성령의 힘을 사용했다.

현암은 힘의 근본을 스스로 수행한 공력에 두고 있어서, 고반다가 지닌 오라의 느낌을 다른 사람보다 더 잘 알 수 있었다. 그 오라는 사악한 고반다가 뿜어내는 것이라 생각할 수 없을 정도로 밝고 맑았다. 그래서 현암은 내내 고반다의 정체에 대해 궁금증을 지니고 있었다. 게다가 고반다의 행동에도 의아한 점이 많았다.

고반다는 아하스 페르츠와 겨루면서도 주술을 쓰지 못했다. 그리고 그의 추종자들도 고반다가 텔레포트 이외의 다른 술법을 쓰는 것을 보지 못했다. 그런데 오라 막에 구멍이 뚫리자마자 그는 나다 요가라는 무시무시한 술법을 썼다. 또 고반다는 월향검이 오라 막에 구멍을 내고 자신에게 상처를 입혔는데도 고맙다는 말을 했고, 그 보답으로 그들을 좀 더 놔두겠다고도 말했다. 무슨 이유로 그렇게 말했을까?

고반다의 오라 막도 이상했다. 텔레포트까지 자유자재로 구사할 수 있는 고반다라면 굳이 자신의 몸 주위를 에워싸지 않아도 충분히 스스로를 지킬 수 있을 터였다. 만약 현암이었다면 그렇게 항상 몸 주위에 오라를 치느라 공력을 낭비하지는 않을 것이었다.

그런데 고반다는 오라를 유지하는 데 그 어떤 노력도 기울이지 않는 것처럼 보였으며, 심지어 그가 기절했을 동안에도 오라는 그대로 유지됐다. 공력을 운용해서 힘을 쓰는 현암으로서는 그러한 현상을 도무지 이해할 수 없었다.

마침내 현암은 이런 결론에 이르렀다. 그 오라는 고반다가 자신을 보호하기 위해서 친 것이 아니라, 누군가가 고반다를 속박하기 위해서 친 것이 아닐까 하고…….

평상시의 현암이라면 그렇게까지는 생각하지 않았을 것이다. 그러나 지금 고반다라는 일생 최대의 강적을 눈앞에 두고, 현암은 공력을 잃어 아무런 힘도 없었다. 그렇기 때문에 필사적으로 고반다를 공격하기 위해 그의 약점을 잡으려 온 신경을 집중했고, 그럴지도 모른다고 상상을 한 것이다.

일단 그렇게 정리를 하자 그동안 의아했던 고반다의 행동들이 설명됐다. 고반다의 오라 막이 그토록 강철같이 빈틈없었던 것도. 그리고 고반다의 추종자들이 그리도 넓게, 많이 퍼져 있는 것도 이해가 됐다. 고반다는 사악한 자였지만, 그의 추종자들은 모두 그의 몸에서 빛나는 순수한 오라를 보고 그를 믿었던 것이다.

승희는 여기까지 읽고 마음속으로 현암에게 물었다.

그렇다면 바바지님이 고반다를 만나서 싸우지도 않고 죽임을 당한 것도 설명되겠구나. 현암 군, 그렇다면 바바지님은 이 악인이 마음대로 활개 치며 다니지 못하게 자신의 모든 힘을 모아 그를 가두어 둔 것 같아. 어때, 맞는 것 같아?

아마도…… 하지만 고반다는 바바지님을 만나기 전부터 추종자들을 거느리고 있었다고 했으니, 아마 이전부터 오라 막을 지니고 있었을 거야. 어쩌면 바바지님 이전의 어떤 또 다른 성인이 그렇게 해 놓은 것일 수도 있지.

그 말에 승희는 고반다를 만났을 때의 광경을 돌이켜 보았다. 고반다는 거짓말을 할 수 없다고 말했고, 승희가 당신이 세상을 망하게 하려는 것이냐고 물었을 때, 아니라고 대답하고는 고통을 느끼는 듯했다. 그런데 고반다가 자신이 칼키라고 한 것으로 보아, 그는 말세가 오기를 바란 것이 분명했다.

그렇다면 고반다가 거짓말하지 못하게 한 것도 오라 막의 한 가지 기능일지도 몰랐다. 이 위험하기 짝이 없는 인물을 가두고 거짓말을 할 때마다 고통을 주게 안배한 것이라면 모든 의문이 풀렸다.

그런데 왜 현암 군은 고반다를 공격하지 않았지? 그리고 고반다는 왜 쓰러졌지?

그 물음에 현암이 대답했다.

지금 내 힘으로 고반다를 맞혀 보았자 그를 쓰러뜨릴 확률은 거의 없었어. 그런데 나다 요가는 음파를 쓰는 주술이야. 아주 강력한 힘을 담은…… 만약 그 힘이 나가지 못하고 안에서 맴돈다면 어떻게 되지?

자신도 모르게 승희는 "아하!" 하며 감탄사를 내뱉었다. 고반다도 오라 막에 갇혀 있어 드러나지는 않았지만 무서운 인물임이 틀림없었다. 아마도 현암의 공력이 그대로 남아 고반다를 명중시켰더라도 이렇게 한 방에 고반다를 쓰러뜨리지는 못했을 터였다.

더구나 이번 나다 요가는 아하스 페르즈를 공격하려던 것이라 무섭기 이를 데 없었다. 하지만 고반다의 주위를 둘러싼 오라 막이 강력하여 나다 요가의 힘은 구멍을 통해서만 밖으로 나갈 수 있었다.

그런데 현암이 그 구멍을 막자 그 힘이 밖으로 나가지 못하고 안에서 맴돌면서 오히려 고반다 자신을 공격하게 된 것이다. 결국 고반다는 스스로의 힘으로 스스로를 공격하게 된 셈이었고, 단 한 방에 쓰러지게 된 것이다.

돌연 승희가 현암의 머리를 콱 쥐어박았다.

이런 무모한! 만약 그 생각이 틀렸으면…… 그랬으면 어쩌려고 그랬어?

현암은 빙긋 웃고 말았다. 대뜸 승희가 눈물을 펑펑 쏟았다.

승희의 마음은 현암에게도 그대로 전달돼 현암도 눈물이 날 것 같았다. 승희가 자신을 얼마나 생각하는지 잘 알고는 있었지만 지금 자신을 부여잡고 눈물을 흘리는 승희를 보니 오히려 현암이 괴로울 정도였다. 그런 두 사람을 백호는 저만치서 말없이 바라보고 있었다.

그때, 갑자기 지하실 전체가 우르릉거리며 흔들렸다. 그와 동시에 박 신부의 몸이 허공을 몇 미터 날아서 돌벽에 부딪치다가 땅에 넘어져 버렸다.

아하스 페르츠가 미친 듯 소리를 지르며 날뛰기 시작했다.

"믿을 수 없다! 믿을 수 없어!"

현암과 준후, 승희와 준호 등은 모두 깜짝 놀라 아연해하고 있는데, 느닷없이 박 신부의 목소리가 들려왔다.

"절대로 나서지 말게!"

박 신부는 만신창이가 된 몸을 억지로 일으켜 절뚝거리면서 다시 아하스 페르츠의 앞으로 다가섰다. 박 신부의 몸에는 오라도 펼쳐져 있지 않았으며, 성한 곳이 한 곳도 없는 것처럼 보였다.

아하스 페르츠가 박 신부를 향해 으르렁거렸다.

"다가오지 마라! 죽여 버리겠다!"

그러나 박 신부는 되레 피로 물든 얼굴에 미소까지 머금으면서 전혀 망설이지 않고 아하스 페르츠에게 다가갔다. 아하스 페르츠는 위협하듯 몸에서 무시무시한 기운을 뿜어냈다.

그 모습에 승희와 준후가 달려 나가려 하자 현암이 급히 그들을 붙잡았다.

"나가면 안 돼!"

"하지만……."

"신부님에게 맡겨!"

"하지만 신부님은 지금 아무 힘도……."

승희가 말을 얼버무리자 곧바로 준후가 외쳤다.

"아하스 페르츠를 죽일 수는 없지만, 그를 공격할 수는 있어요! 그건……."

그러나 현암이 딱 잘라 말했다.

"더 이상 필요 없다. 신부님이 이기셨어! 패한 것은 아하스 페르츠야!"

현암의 말에 모두 놀라서 그쪽을 바라보았다. 박 신부는 만신창이가 돼 무작정 아하스 페르츠를 향해 다가가고만 있을 뿐이었고, 아하스 페르츠는 아까보다 더 무서운 기세로 날뛰고 있었다. 어떻게 박 신부가 이겼단 말인가?

현암은 아하스 페르츠의 표정에서, 이유는 알 수 없지만 그가 마음속으로 이미 무너졌다는 것을 느낀 것이다. 하지만 준후는 참지 못하고 소리를 질렀다.

"신부님! 아하스 페르츠는……! 그는……!"

여전히 박 신부가 아하스 페르츠의 앞으로 다가서려 했다. 준후는 더 이상 견디지 못하고 달려 나가 아하스 페르츠를 들이받았다.

현암과 승희 등은 준후가 무모하게 주술도 쓰지 않고 아하스 페르츠에게 달려 나가자 놀라서 준후를 잡으려 했지만 준후의 행동이 더 빨랐다. 하지만 아하스 페르츠는 준후에게는 눈도 돌리지 않았다. 준후는 아하스 페르츠의 몸을 둘러싼 기운에 부딪쳐서 튕기고 말았다.

준후가 울상이 돼 외쳤다.

"신부님! 죽이지 않을 만큼의 약한 공격으로만 그를 쓰러뜨릴 수 있어요! 하지만 지금은 안 돼요! 안 돼요! 그의 몸 주위의 기운이 너무 강해요! 그를 쓰러뜨릴 수는 없어요!"

"뭐라고?"

승희가 놀라 준후에게 묻자 준후는 울상이 돼 말했다.

"그는 죽지 않아요! 그러니 그를 죽이지 않을 약한 공격만이 그를 쓰러뜨릴 수…… 그러나 지금은…… 지금은 그에게 다가갈 수가……!"

준후는 지난번 아하스 페르츠를 만나 결사적으로 도망친 이후 그를 쓰러뜨릴 방법만을 생각했다. 아하스 페르츠는 분명 아무에게도 상처를 입지 않았지만, 이상하게도 황달지 교수가 몸으로 부딪치는 것은 두 번이나 허용했다. 그 덕분에 연희와 수아가 목숨을 건졌다.

그리고 준후의 강력한 주술들은 모두 빗나가고 무위로 돌아갔지만 우보법만은 잠시나마 그에게 통했다. 그 이후로 준후는 곰곰이 생각을 거듭한 끝에, 이런 결론을 내렸다.

아하스 페르츠는 어떤 일에도 죽지 않을 운명이며, 어떤 공격도 그를 죽일 수 없다. 그를 죽일 수 있는 공격이나 행동은 항상 빗나가게 돼 있다. 그 때문에 모든 주술이 빗나갔으며, 타보트 상자의 뚜껑조차도 열리지 않았다.

그러나 그 점을 뒤집어 생각하면, 그를 죽이지 않는 공격은 그에게 적중시킬 수 있다는 말도 됐다. 사실 모든 접촉이 불가능하다면 아하스 페르츠는 숨도 쉴 수 없고 말도 할 수 없을 것이니, 그가 죽임을 당할 우려가 있는 공격만이 빗나간다고 보는 편이 사리에 맞았다.

그래서 준후는 아까 아하스 페르츠를 상대할 수 있을 것이라고 말한 것이다. 그렇더라도 역시 아하스 페르츠가 지금처럼 무서운 주술력으로 자신의 주변을 에워싸고 있다면, 그를 쓰러뜨린다는 것은 불가능에 가까웠다.

현암이 준후를 잡으며 말했다.

"장준후! 싸움은 힘으로 하는 것이 아냐! 신부님을 믿어!"

아하스 페르츠는 박 신부가 천천히 다가오자 일그러진 표정으로 외쳤다.

"내가 너를 죽이지 못할 것 같은가?!"

그러면서 한 줄기 기운을 뿜어내자 박 신부는 한숨을 내쉬며 오라 막을 펼쳤다. 그러지 않고서는 도저히 아하스 페르츠에게 다가갈 수 없기 때문이었다.

박 신부가 노기 띤 표정으로 물었다.

"혼자서는 도저히 깨닫지 못하겠나?"

아하스 페르츠가 악을 썼다.

"오지 마라!"

돌연, 박 신부는 버럭 호통을 쳤다.

"왜 진실을 두려워하나?"

아하스 페르츠가 다시 무시무시한 힘을 뿜어냈지만 그 힘은 아까보다는 훨씬 약했다.

박 신부가 모든 사람의 생각을 뛰어넘은 행동을 한 것은 그때였다. 철썩 소리와 함께 아하스 페르츠의 뺨을 후려친 것이다. 그 손에 어떤 주술이나 영력도 담지 않았다.

아하스 페르츠는 자신도 모르게 얻어맞은 뺨에 손을 대면서 얼굴을 일그러뜨렸다.

다시 박 신부가 호통을 치면서 또 한 번 그의 뺨을 후려쳤다.

"아픈가? 놀라운가?"

순식간에 박 신부는 아하스 페르츠의 뺨을 대여섯 대나 후려갈겼다. 그 광경을 본 승희와 준후는 물론 현암마저도 어안이 벙벙해졌다.

더욱 놀라운 것은 아하스 페르츠가 그 몇 대의 뺨을 맞은 것 때문에 아파서 어쩔 줄 몰라 하며 연신 뒤로 물러섰다. 천하무적에 당할 자가 없다는 아하스 페르츠가 따귀를 맞다니!

박 신부는 그가 조금 물러서자 그의 멱살을 잡고 연신 손등과 손바닥으로 따귀를 갈겼다.

"고통이 무엇인지도 잊었나? 남에게는 그렇게 고통을 가해 왔으면서도 고작 이것이 그토록 견디기 힘든가?"

아하스 페르츠는 거의 이천 년 동안 두려움의 대상이자 무적의 대명사와 같았다. 아무도 그에게 단 한 번의 공격을 성공시킨 적이 없었다. 아하스 페르츠를 상대하게 된 그 수많은 사람은 있는 힘을 다해 더욱 강한 물리력과 더욱 강한 파괴력으로 아하스 페르츠를 무너뜨리려 했다.

그러나 아무리 강한 힘을 써도 아하스 페르츠를 쓰러뜨릴 수는 없었고, 아하스 페르츠는 고통이 무엇인지를 잊어 갔다. 그리고 모든 것에 권태로움을 느껴서 주체할 수 없을 지경이 됐다. 아무런 자극도 없고, 아무런 느낌도 없는 지옥 같은 나날이었다.

박 신부는 아하스 페르츠와의 접촉에서 그 점을 느낄 수 있었다. 그 때문에 이러한 가장 원초적인 방법을 사용한 것이다. 아하스 페르츠는 실로 이천 년 만의 고통을 느끼다 보니 아무것도 생각나지 않았다. 오히려 아파서 소리 지를 지경이었지만, 그의 마음속에는 알 수 없는 희열 같은 것이 끓어올랐다.

그는 무기력하게 얻어맞으면서도 아무 저항을 하지 못했다. 그는 인간이었다. 죽지 않는 존재, 초월적인 존재 아하스 페르츠이기 이전에, 그는 여느 사람과 다름없는 평범한 인간이었다. 그리고 그것, 평범한 인간처럼 살고 아파하고 사랑하고 죽는 것이야말로 이천 년의 세월을 살아온 그가 정말로 되찾고 싶어 한 것이었다. 지금 박 신부의 매를 맞으면서, 아하스 페르츠는 자신이 잊었던 가장 큰 것을 다시 찾아가고 있었던 것이다.

어느새 아하스 페르츠는 박 신부에게 이십여 대의 따귀를 얻어맞았다. 아하스 페르츠의 얼굴이 벌겋게 부어올랐다. 박 신부의 체구가 크고 힘이 센 편이라 더 많이 부어오른 것 같았다. 박 신부는 문득 아하스 페르츠의 눈에 눈물이 맺힌 것을 보고 내리치려던 손을 멈추었다.

"뉘우치게! 그리고…… 그토록 힘든 길은 이제 가지 말게."

그러면서 박 신부는 아하스 페르츠의 등을 두들겨 주었다. 돌연 아하스 페르츠가 허물어지면서 박 신부를 붙잡고 엉엉 울기 시작했다. 박 신부는 마치 아이를 다루듯이 그의 등을 다독거리면서 온화하게 말했다.

"됐네, 됐어……. 주님께서는 자네도 사랑하신다네……."

박 신부는 아하스 페르츠의 몸에서 사악한 기운이 사라져 가는 것을 느꼈다. 이제 그는 다시 해밀턴으로 돌아온 듯했다. 해밀턴이라기보다는 원래의 순박했던 예수 때의 아하스 페르츠라는 편이 옳았다.

그리고 지하실에 있던 모두는 그의 몸에서 사악한 기운이 사라져 간다는 느낌을 받았다. 박 신부는 준후를 향해 살짝 눈짓해 보였다. 준후의 조언이 큰 도움이 됐으니까.

묵시록의 악마들

프란체스코 주교의 명이 떨어지자 여섯 명의 가디언은 즉시 흩어져서 모든 사람을 공격하기 시작했다. 아녜스 수녀는 혼자서 바람을 타고 나는 듯 허공을 건너뛰어 용화교의 세 노승 앞을 막아섰다. 사실 그녀는 예전에 박 신부에게 감복한 바가 있었기 때문에 굳이 그의 동료들과는 싸우고 싶지 않았다.

시므온 수사와 바오로 수사는 가야바와 율리아 앞에 섰고 루카 수사와 가브리엘 수사, 그리고 아우구스티노 수사가 이반 교수 등의 앞으로 달려왔다.

대뜸 바이올렛이 겁먹은 듯 소리를 질렀다.

"쏴요! 어서 쏴요!"

그러나 이반 교수는 입술만 깨물 뿐, 총의 방아쇠를 당기지는 못했다. 그의 앞으로 달려온 자가 하필 가브리엘 수사였기 때문이다. 가브리엘 수사가 이반 교수 앞으로 간 이유는, 무화 능력자여서 총에 맞아도 상처를 입지 않았기 때문이었다.

하지만 이반 교수는 아예 총을 쏘지 않았다. 그는 가브리엘 수사가 달려와 자신을 쓰러뜨리는데도 방아쇠를 당기는 대신 단 한 마디만을 했을 뿐이다.

"왜 하필…… 자네가……."

가브리엘 수사는 가슴이 뜨끔해지는 듯한 기분이었지만 이내 이반 교수를 쓰러뜨리고 재빨리 성난큰곰과 맞섰다.

한편, 루카 수사는 소리만 질러 대는 바이올렛을 간단히 제압했다. 루카 수사는 감각이 예민할 뿐, 다른 가디언처럼 대단한 능력은 없었지만 바이올렛은 그보다도 더 능력이 없었다.

그다음 루카 수사는 아우구스티노 수사와 함께 윌리엄스 신부를 상대하러 달려갔다. 윌리엄스 신부와 성난큰곰은 이반 교수와 바이올렛이 쓰러져 기절하자 화가 나서 각자 힘을 끌어올렸다. 강신술을 쓰는 성난큰곰의 몸은 무섭게 늘어났고, 윌리엄스 신부는 다시 흡혈귀의 힘을 발휘했다.

사실 프란체스코 주교는 일이 이상하게 되리라는 것을 짐작하고 미리 여섯 명의 가디언에게 모두를 상대하도록 대비하고 있으라 말한 바 있었다. 그 때문에 여섯 명은 가장 적절한 상대를 공격한 것이다. 여섯 사람의 행동은 무척 신속해서 다른 사람들에게 틈을 주지 않았다.

한편, 시므온 수사와 바오로 수사가 앞을 막아서자 안나스가 입을 열었다.

"당신들, 자신 있나요?"

그러자 시므온 수사는 간단히 대꾸했다.

"랍비 가야바, 세상에서 가장 극악한 저주 술사. 그의 온몸은 저주로 가득 차 있어 손끝만 대도 사람을 죽일 수 있다지? 아니, 손을 대지 않고 상대가 자신의 몸에 스치기만 해도, 심지어는 무기로 찌르는 순간에도 그는 저주를 걸어 상대를 죽일 수 있다던데?"

“그걸 알면서도 무모하게 덤비려는 건가요?”

안나스가 묻자 시므온 수사가 되물었다.

“내가 누구인지는 아는가?”

“당신이 누군지는 몰라도, 세븐 가디언의 최강자는 아닐 테죠. 최강자는 아네스 수녀니까.”

“하지만 나는 가야바를 상대할 수 있다. 주여, 저의 이 죄를 용서하소서…….”

시므온 수사는 품에서 기이하게 생긴 단검을 꺼내어 손에 쥐더니 잠시 눈을 감고 속죄의 기도를 올린 뒤, 자신의 팔과 다리를 마구 찔러 댔다. 피가 사방에 튀며 시므온 수사는 금방 만신창이가 됐다. 참혹하고도 기이한 광경에 가야바와 율리아는 선뜻 덤비지 못하고 눈살을 찌푸렸다.

다음 순간, 시므온 수사의 앞에 무엇인가가 일렁이며 검은 형체가 드러냈다. 그것을 보고 가야바는 대경실색하며 뒤로 물러섰고, 안나스의 얼굴도 하얗게 질렸다.

“저건……! 너는 악마 조종자구나!”

시므온 수사는 비록 세븐 가디언 중 최강자라고는 할 수 없지만, 가장 베일에 가려진 자였다. 그는 교회와는 가장 극단에 있다고 할 수 있는, 악마를 불러내어 조종하는 능력을 지닌 인물이었다.

그는 몹시 불우한 어린 시절을 보내면서 온갖 죄를 저지른 어두운 과거가 있었는데, 그 와중에 악마에게 영혼을 파는 계약을 맺었고 무서운 악행을 저질렀다.

이후 프란체스코 주교에게 발견돼 다른 가디언들의 힘으로 악마를 제압하고 난 다음, 참회해서 지금은 가디언이 돼 있었다. 아마 가디언들의 행동이 한 발만 늦었어도 그는 죽임을 당했을 뿐만 아니라 영혼까지 소멸했으리라.

그런데 과거 악마와의 계약은 깨어지지 않아서, 이번에는 거꾸로 악마가 시므온 수사에게 복속하게 됐다. 그래서 시므온 수사는 악마에게 자신이 흘린 피를 주면서 악마를 부릴 수 있었다. 물론 그 악마는 블랙 엔젤처럼 대단하지는 않았으며, 한번 제압당했기 때문에 엄청나게 강하다고는 할 수 없었지만, 무서운 위력을 발휘할 수 있었다.

시므온 수사의 단점은 악마를 부리려면 몹시 많은 피를 흘리고 상처를 입어야 하기 때문에 한 번 그 힘을 쓰고 나면 최소 몇 주 이상은 병원 신세를 져야 한다는 것이었다. 그 때문에 그는 그동안 내내 병원에 있다가 이번 일에 동행해 이곳으로 오게 됐다.

시므온 수사의 피를 받은 악마는 형체가 자세히 드러나지 않아 검은 안개 덩어리 같아 보였지만, 시므온 수사의 명에 따라 가야바를 덮쳤다.

예상과는 전혀 달리 악마를 상대하게 되자 가야바는 단박에 수세에 몰렸다. 가야바는 무서운 저주술사여서 현암이나 박 신부도 상대하기 힘들었지만, 악마에게 저주가 통할 리 없으니 아무런 힘도 쓰지 못하는 것이나 다름없었다.

그러나 가야바는 물러서지 않고 악마 앞에 버티어 서서 계속 저항했다. 안개 덩어리로 보이는 악마는 무서운 기운과 물리력을 구사해 가야바의 온몸을 할퀴고 물어뜯었다.

그런데 기이하게도 가야바는 계속해서 몸에 상처를 입었으나 순식간에 회복돼 갔다. 가야바는 극도로 고통스러운 듯했지만, 상처가 계속 회복되는 데에야 악마도 별수 없는 듯했다.

그것을 보고 시므온 수사가 초조한 어조로 외쳤다.

"바오로 수사! 저 여자를!"

시므온 수사는 가야바의 등 뒤에 율리아가 바짝 붙어 서서 가야바를 계속 치료하고 있는 것을 눈치챈 것이다. 율리아는 지금까지 정체를 드러낸 적이 없었지만, 그녀는 심령 치료사였다. 그것도 놀랍고 엄청난 힘을 지닌. 그 때문에 가야바는 계속 버텨 낼 수 있었던 것이다.

시므온 수사의 외침을 듣고, 매우 드문 공중 부양 능력자인 바오로 수사가 달려 나가 가야바와 율리아의 앞에서 훌쩍 허공으로 날아올랐다. 하지만 바오로 수사는 가야바를 건드릴 수 없었다. 가야바를 건드렸다가는 금세 저주받을 테니 말이다.

바오로 수사는 계속 허공을 날면서 율리아만 공격하려 했지만 가야바가 악마의 공격을 무시하면서 필사적으로 율리아를 보호하려 해서 줄곧 힘만 허비하고 있었다.

가야바와 율리아도 순식간에 힘이 소모돼 갔지만, 시므온 수사 역시 마찬가지였다. 시므온 수사가 악마를 부리기 위해서는 계속 몸에 상처를 내어 피를 흘려야 했기 때문이다. 바오로 수사도 공중 부양을 하려면 많은 힘을 써야 했기 때문에 그리 오래 날아다닐 수가 없었다.

결국 이들의 싸움은 누가 더 오래 고통과 피곤함을 참고 버티느냐 하는, 소모전의 양상이 되고 말았다.

용화교의 세 노승은 최강자인 아네스 수녀를 맞아 의외로 선전하고 있었다. 아네스 수녀는 사대 원소력을 모두 발휘해서 때로는 냉기로, 때로는 열기로 세 노승을 공격했다. 그러나 세 노승도 만만치 않았다. 세 노승은 각각 필생의 공력을 모아 다른 기운을 몸에 실었다.

즉, 무색은 초열공(焦熱功)[2]을 써서 냉기를 버틸 수 있게 했고, 무성은 빙한공(氷寒功)[3]을 써서 열기를 이길 수 있게 했으며, 무음은 금종조(金鐘祚)[4]의 기운을 써서 몸을 단단하게 굳혔다. 세 명은 아네스 수녀의 공격이 있을 때마다 번갈아 가면서 그 기운을 받아

---

2 몸의 내공을 전신 또는 양 손바닥을 통해 열로 발산하는 무공이다. 소설상 가상의 무공이나 이와 비슷한 무공 전설은 많이 있다.

3 몸의 내공을 역으로 운행해 열을 흡수함으로써 몸 또는 두 손바닥을 극저온으로 떨어뜨리는 무공이다. 열을 급속히 흡수하거나 열에 대한 저항력을 가질 수도 있다. 역시 상상으로 만든 것이나 비슷한 전설은 많이 전해진다.

4 소림사에서 전해진다는 전설이 있는 일종의 보호용 무공이다. 이것을 익히면 내공을 사용해 온몸을 쇠로 만든 것처럼 만들 수 있어서 무기나 타격에도 몸이 상하지 않는다고 한다. 몸이 가격당할 때마다 마치 쇠 종이 울리는 소리가 난다고 해 이런 소리가 붙었는데, 이 무공은 전신을 굳히는 대신 연문이라 해, 몸의 한 부분만은 몹시 약해져서 그 부분을 맞으면 무공을 상실한다고 한다. 물론 실재하는 무공이라 보기는 힘들다.

냈다.

그렇게 되자 지, 수, 화, 풍 사대 원소 중에서 수, 화, 풍의 삼대 원소의 힘이 무력화된 셈이라 아네스 수녀로서도 그들을 상대하기가 쉽지 않았다.

땅의 힘은 원래 방어를 위한 힘이었기 때문에 그것으로 공격할 수도 없었고, 세 노승 중 한 명이 아네스 수녀의 공격을 받아 내면 나머지 두 사람은 공력을 실은 무술로 아네스 수녀를 공격했기 때문에 그 힘은 방어를 위해 써야만 했다.

이들 싸움 역시 보기에는 현란했지만 별 진전이 없는 소모전이 돼 버렸다.

가브리엘 수사는 성난큰곰을 맞아 싸우기보다는 오로지 시간만 끄는 중이었다. 가브리엘 수사의 무화 능력으로는 성난큰곰 같은 거인을 절대 쓰러뜨릴 수가 없었다. 하지만 성난큰곰의 무지무지한 힘도 가브리엘 수사의 무화 능력 앞에서는 아무런 힘도 발휘할 수 없었다.

더구나 성난큰곰은 육중한 타보트 상자를 메고 있어서 행동이 불편했고, 이상하게도 인디언의 특기인 정령 주술을 쓸 수 없었다. 마치 이곳은 모든 정령이 숨어 버린 장소 같았다.

그 점이 이상했지만 성난큰곰은 가브리엘 수사가 무화 능력을 발휘해 타보트 상자만을 집요하게 노리는 통에 정신이 없었다. 보이지 않고, 때려도 맞지 않는 자와 싸운다는 것은 대단한 능력자인 성난큰곰으로서도 힘든 일이었다.

윌리엄스 신부도 고전하고 있었다. 윌리엄스 신부는 흡혈귀의 힘을 이끌어 냈다. 그 힘은 대단했지만 하필 상대가 흡혈귀의 극성이라 할 수 있는 성직자들이었다.

아우구스티노 수사는 오라를 사용하며 공격과 방어, 둘 다 해냈고, 윌리엄스 신부가 내쏘는 흡혈귀의 바람이나 물리력은 그의 오라에 닿으면 사라져 버리곤 했다. 더구나 루카 수사는 기도문을 계속 외워서 윌리엄스 신부의 기운이 빠지게 했다.

윌리엄스 신부는 죽을힘을 다해 버틸 수밖에 없었다. 지금 형세는 모두가 막상막하였기 때문에 어디라도 한 귀퉁이가 무너진다면 당장 균형이 깨져서 모두가 패하는 결과를 낳게 되기 때문이다.

예상외로 상대방이 분전하고 승패가 불분명해지자, 프란체스코 주교는 애가 탔다. 안나스도 마찬가지였다. 두 사람은 싸울 능력이 없는지라 싸움에 끼어들지 못해서 더 안타까웠다.

안나스는 원래 가디언들과 퇴마사 일행을 싸우게 해 어부지리를 보려 했으나 그마저도 실패한 데다가 현재 그의 세력은 최약체였으니 불안하기 짝이 없었다. 프란체스코 주교는 만약 무너진 지하실의 출구가 뚫려 퇴마사들이 나와도 문제고, 아하스 페르츠가 나와도 문제이니 더더욱 초조했다.

두 사람은 잠시 평소의 자제력을 잃고 발등에 불이 떨어진 것처럼 날뛰었다. 그들은 부근에 떨어진 총이 없나 하고 살펴보았지만 쓸 만한 무기는 하나도 떨어져 있지 않았다.

문득 두 사람의 눈빛이 부딪치자 서로 언성을 높였다.

"이 유대인! 너도 랍비냐? 사람에게 저주나 걸 줄 아는 자야! 네 놈의 흉계가 뭐냐? 왜 우리에게 맞서는 거냐?"

"사기꾼 같은 주교야! 악마까지 이용하는 너 같은 자가 어떻게 종교인이냐? 네놈이야말로 신성한 모세의 유물로 무슨 짓을 하려는 거냐? 그 비밀을 어떻게 알았지?"

그들은 곧 말싸움을 벌였다. 너무 흥분한 나머지 두 사람은 무심결에 몇 가지의 비밀을 입에 올리고 말았다. 그러다가 안나스는 곧 이상한 점을 발견하고 입씨름을 멈추었다. 지금 이 자리에 있어야 할 사람 중 한 명이 부족했던 것이다. 아까 분명 그를 따라 나왔던 카르나가 보이지 않았다.

그때 갑자기 가야바가 비명을 지르며 뒤로 물러서서 비틀거리다가 넘어졌다. 율리아의 치료 능력에 한계가 온 것이다. 가야바가 넘어진 것을 보고 곧이어 시므온 수사도 그대로 앞으로 쓰러지자 그가 불러냈던 악마도 사라져 버렸다. 긴장이 풀린 즉시 더 이상 고통을 견딜 수 없었던 것이다.

바오로 수사는 아직 건재했다. 그는 율리아를 낚아채려고 공중에서 급히 아래로 떨어져 내렸다. 그때 가야바가 손을 뻗어 바오로 수사의 옷자락을 잡았다. 갑자기 바오로 수사의 안색이 시퍼렇게 변하면서 뒤로 데굴데굴 굴렀다. 일순 방심했다가 가야바의 저주에 당한 것이다.

그 옆에서 싸우고 있던 아네스 수녀가 급히 그쪽을 향해 냉기를 내쏘자 그 냉기는 율리아에게 명중했다. 율리아는 비명조차 지르지 못하고 몸이 얼어붙어 석상처럼 털썩 넘어졌다.

아네스 수녀가 한눈을 파는 사이, 용화교의 세 노승은 그 기회를 놓치지 않고 무섭게 아네스 수녀에게 육박해 들어갔다. 아네스 수녀는 서둘러 반격해서 무음과 무성에게 일격을 가했지만, 무색의 발길질을 미처 막지 못해 데굴데굴 땅에 구르고 말았다. 그녀는 구르면서도 매서운 바람을 내쏘았다. 무색은 그 바람에 휘말려서 날아가다가 벽에 머리를 호되게 부딪혀 기절하고 말았다.

한편 윌리엄스 신부는 피가 부족해져 이제는 서 있는 것조차 힘들 지경이었다. 하지만 쓰러지면 안 된다는 각오로 최후의 기지를 발휘해 일부러 비틀거리면서 아우구스티노 수사를 유인했다.

아우구스티노 수사가 윌리엄스 신부에게 일격을 가하려고 달려들자 윌리엄스 신부는 남은 기운을 모조리 짜내어 그를 꽉 끌어안고 놓지 않았다.

아우구스티노 수사는 놀라서 윌리엄스 신부를 정신없이 후려갈기며 발악했고, 이윽고 두 사람은 한 덩어리가 돼 마구 굴러가다가 벼랑 쪽으로 굴러떨어지고 말았다.

루카 수사가 황급히 아래를 내려다보았다. 두 사람은 여전히 서로를 놓지 않은 채 죽은 듯이 쓰러져 있었다. 다행히 그곳은 험난한 낭떠러지가 아니라서 둘 다 죽지는 않고 기절한 것 같았다.

프란체스코 주교가 루카 수사를 불렀다.

"루카 형제! 어서 가브리엘 형제를 도우시오!"

싸울 수 있는 사람 중 아직도 서 있는 사람은 가브리엘 수사와 루카 수사, 그리고 성난큰곰뿐이었다. 프란체스코 주교는 쓰러진 부상자들을 돌보기보다 먼저 성난큰곰을 쓰러뜨리라고 했다. 그에 루카 수사는 성난큰곰을 향해 달려갔다.

조금 전 땅에 구르던 아녜스 수녀가 비틀거리며 일어나는 것이 성난큰곰의 눈에 들어왔다. 이미 용화교의 세 노승은 모두 쓰러진 후였다.

상황이 이렇게 흘러가자 성난큰곰은 곰곰이 생각했다.

'나는 저 여자를 당할 수 없다. 이제 어떻게 해야 하는가?'

성난큰곰은 모험을 하기로 했다. 어차피 지금 혼자 아녜스 수녀 등을 당할 수 없다면, 최후의 선택은 전멸하는 길뿐이었다. 그렇다면 남은 방법은 오직 하나.

느닷없이 성난큰곰이 무시무시한 고함을 질렀다. 가브리엘 수사가 흠칫하며 뒤로 약간 물러서는 순간, 성난큰곰은 지체 없이 그를 향해 타보트 상자를 내던졌다.

가브리엘 수사는 계속 타보트 상자를 빼앗으려고 성난큰곰을 공격했지만, 막상 그가 상자를 자신에게 집어 던지자 어찌해야 좋을지 몰랐다. 그 상자는 엄청나게 무거워 보여서 자칫하다가는 상자에 깔려 버릴 것 같았다.

그러나 그 안에 든 것은 성물 중의 성물인 타보트인지라, 가브리엘 수사는 본능적으로 상자를 받기 위해 손을 내밀었다. 상자에 손이 닿는 순간, 가브리엘 수사는 틀렸다는 것을 깨달았다. 상자의 무게는 자신이 감당할 수 없을 정도로 무거웠던 것이다.

그가 막 상자에 짓눌리려는 순간, 루카 수사가 총알같이 달려들어 가브리엘 수사를 도와 상자를 밀어 냈다.

그 틈에 성난큰곰은 비호같이 몸을 돌려서 무시무시한 속도로 무너진 지하실 출구를 향해 달려갔다.

'조상들이시여! 힘을 주소서!'

돌연 그의 몸에는 강신술로 불러낸 힘이 그득해서 마치 코뿔소나 탱크 같았다. 성난큰곰이 전력을 다해 돌무더기에 몸을 부딪치자 폭발과 같은 굉음이 울렸고 돌무더기가 우르르 안쪽으로 무너지면서 지하실의 출구가 약간 드러났다.

그 광경을 보며 프란체스코 주교가 소리쳤다.

"저자를 막아!"

그 말이 끝나기가 무섭게 아네스 수녀가 무시무시한 냉기를 뿜어내자 성난큰곰은 그 기운에 휩싸여 몸을 부르르 떨었다. 성난큰곰은 이를 악물고 고통을 참으며 다시 한번 돌무더기를 들이받았다.

순간 출구를 막았던 돌무더기가 완전히 허물어져서 사람이 드나들 수 있을 정도의 구멍이 뚫렸다.

지하실 출구의 돌무더기가 무너져 내리자 안에 갇혀 있던 사람

중 그나마 정신을 차린 몇몇이 몸을 벌떡 일으켰다. 그들은 밖에서 싸움이 벌어졌다고는 생각지도 못했고, 출구가 무너진 것도 누군가가 고의로 한 짓이라고는 전혀 생각지 못했다. 단지 지금 밖에서 무너진 것을 치워 출구를 내주려는 것으로만 여기고 기뻐할 뿐이었다.

모두의 시선이 출구 쪽으로 향해 있는데 갑자기 날카로운 비명이 들려왔다. 그것은 이전에 이 안에 있던 사람의 목소리가 아니었다. 카르나의 목소리였다.

승희가 가장 먼저 카르나에게 눈을 돌렸다. 그는 쓰러진 고반다를 끌어안고 있다가 냉랭한 눈길로 퇴마사 일행을 쏘아보았다.

"네놈들이……?"

승희 역시 똑같이 놀란 표정으로 카르나를 바라보았다.

"당신 어떻게……?"

카르나는 고반다의 오른팔답게 텔레포트를 할 줄 알았던 것이다. 그러나 카르나는 고반다를 배신하고 안나스를 따라 나간 카르나가 왜 다시 돌아왔는지 승희는 금방 이해가 되지 않았다.

카르나가 날카롭게 말했다.

"너희는…… 정말로 무섭구나……."

카르나의 날카로운 목소리를 듣고 쓰러져 있던 준후와 현암이 부스스 눈을 뜨며 몸을 일으켰다. 그리고 박 신부와 아하스 페르츠도 함께 몸을 일으켰는데 박 신부의 손은 아직도 아하스 페르츠의 어깨에 얹혀 있었다.

그 모습을 보고 카르나는 더더욱 대경실색했다.

"너도…… 이제는 그들 편인가? 놀라워. 너무도 놀라워……."

아하스 페르츠는 현재 해밀턴의 인격으로 거의 돌아온 상태였다. 하지만 아직은 충격으로 인해 감정이 많이 흔들린 상태여서 아무런 대꾸를 하지 않았다.

"왜? 불만이야?"

되레 승희가 빈정거리며 쏘아붙였다.

카르나는 무서운 표정으로 변해 그들을 쏘아보며 속으로 뭔가를 중얼거렸다. 그러면서 고반다를 어깨에 둘러메었는데, 고반다는 아직 기운을 쓰지 못해서 시체처럼 늘어져 있었다. 퇴마사들은 카르나에 대해 그렇게까지 악감정을 품고 있지 않아 그의 행동을 굳이 저지하지는 않았다.

다만 박 신부는 그의 변절이 조금 수상쩍어 한마디 했다.

"카르나, 당신은 고반다를 배신했던 게 아니었나? 안나스에게 정보를 준 것은……."

카르나가 이를 갈면서 대꾸했다.

"모두 계획이었을 뿐이다. 그런데 너희가 모든 걸 망쳐 버렸어."

현암이 조금 주저하다가 나섰다.

"당신, 고반다가 어떤 사람인지 알고 있나? 그의 오라는……."

그러나 카르나는 현암의 말에 관심 없다는 듯이 매서운 눈으로 사람들을 바라볼 뿐이었다. 그러다가 갑자기 박 신부를 뚫어지게 쳐다보며 말했다.

"나는 고반다 님을 배신한 적 없다. 안나스를 속이려 한 것뿐이지……. 그리고…… 그리고……."

카르나는 뭔가를 중얼거리다가 별안간 커다랗게 웃었다.

"결국……. 결국 그 방법을 써야만 하는가……?"

현암은 카르나가 무슨 생각을 하는지 알 수가 없었지만 그래도 크게 외쳤다.

"고반다는 선한 자가 아니었다! 그의 오라는 그를 가두기 위해 바바지님이 치신 것이다!"

그 말에 카르나는 고개를 저었다.

"그런 건 문제가 아니다. 너희는 최강이라 일컬어지던 두 사람을 모두 쓰러뜨리고 굴복시켰어. 너희야말로 가장 위험한 자들이다. 나는…… 이제…… 더 이상의 방법이……."

돌연 카르나가 몸을 움츠렸다. 순간 어깨에 둘러멘 고반다의 몸이 땅바닥에 풀썩 떨어지고 뒤이어 카르나가 그 자리에 쓰러져 버렸다.

영문을 알 수 없어 하는 사람들의 귀에 갑자기 안나스의 목소리가 들려왔다.

"이럴 수가……."

돌아보니 아까 무너져 버린 출구로 사람들이 들어서는 것이 보였다. 프란체스코 주교와 아네스 수녀, 그리고 안나스였다. 안나스는 아네스 수녀에게 팔을 뒤로 틀어 잡혀 있었다.

그들의 눈은 의혹과 경악으로 가득 차 있었다. 고반다가 쓰러지고, 아하스 페르츠 또한 박 신부 옆에 서 있었으니 말이다.

"당신들은…… 당신들……."

프란체스코 주교는 잠시 말을 더듬었다. 그러나 그의 눈은 곧 적의로 번뜩였다.

"너희야말로……."

박 신부나 현암은 밖에서 무슨 일이 벌어졌는지 전혀 모르고 있기 때문에 프란체스코 주교가 왜 화를 내는지 알 수 없었다.

프란체스코 주교가 천천히 말했다.

"그렇군. 그래, 이제야 이해가 되는군……."

프란체스코 주교는 혼잣말처럼 중얼거리면서 손가락으로 박 신부를 가리켰다.

"거짓 선지자……."

"뭐라고 하셨소?"

박 신부가 의아해서 묻자 프란체스코 주교는 현암을 가리키며 말했다.

"비스트(짐승)."

"뭐라고요?"

현암이 기분이 상한 듯 말하자 주교는 이번에는 아하스 페르츠를 가리켰다.

"용."

그러고는 곧바로 승희를 가리켰다.

"바빌론의 탕녀."

“뭐?”

승희가 눈꼬리를 치켜올렸다.

그때 박 신부는 주교의 말이 무엇을 뜻하는지 깨달았다. 주교는 지금 『요한 묵시록』을 이야기하고 있었던 것이다.

“프란체스코 주교! 그건 오해요!”

“이제 적그리스도만 나타나면…… 끝이란 말이지?”

“지금 왜 묵시록의 이야기를 하는 거요?”

박 신부는 무시무시한 오해에 소름이 끼칠 지경이었다. 『요한 묵시록』에는 적그리스도가 나오기 전에 용이 출현해서 그 권세를 짐승에게 주며, 그들과 거짓 선지자, 바빌론의 탕녀가 함께 적그리스도를 받들어 세상을 어지럽힌다고 했다.

그러나 퇴마사 일행이 그런 오해를 뒤집어쓰리라고는 상상도 할 수 없었다. 아니, 박 신부는 주교가 왜 그런 생각을 하게 됐는지조차 도무지 알 수 없었다.

프란체스코 주교가 외쳤다.

“이제…… 이제 종말인가? 이, 이…… 악마들!”

“우리는 아니오!”

현암의 외침에도 아랑곳하지 않고 프란체스코 주교는 더 크게 소리쳤다.

“지상으로 떨어진 용. 전 세계를 속여서 어지럽히던 늙은 뱀. 재림하실 예수 그리스도를 삼키려고 하는 자. 그래, 그 용은 아하스페르츠, 네가 틀림없다.”

해밀턴은 노기를 띠며 뭔가 대꾸하려 했으나 말이 나오지 않았다. 사실 아하스 페르츠가 그런 생각을 하고 있었음을 부인할 수가 없기 때문이었다.

이번에는 현암을 보며 주교가 말했다.

"마흔두 달 동안 성도들을 싸워 이길 권세를 부여받고, 곰의 발과 사자의 입과 표범의 모습을 지닌 짐승. 너는 아직 누구와 싸워서도 진 적이 없지? 네가 바로…… 그 짐승이다. '이 짐승보다 힘센 자가 어디 있는가? 누가 이 짐승을 당해 낼 수 있겠는가?'"

현암은 어이가 없어서 소리쳤다.

"내가 어떻게 그런 짐승이란 말이오?"

"흥! 그 짐승이 네가 아니면 누구란 말인가?"

"진 적이 없다고 모조리 짐승이란 말이오?"

현암의 말에 프란체스코 주교가 목소리를 높여 되받았다.

"증거가 있다. 나는 이미 모든 걸 조사해 놓았지만, 이제야 깨닫게 됐다. 아우구스티노 형제는 네가 악마와 교통하고 악마를 부렸다고 말했다. 이 세상의 누가 그런 상급 악마를 부릴 수 있는가?"

"그건……!"

"증거는 또 있다! 네가 쓰는 수법 중에 사자의 입에 관련된 것이 있지 않은가? 그런데도 발뺌할 셈인가?"

현암은 기가 막혔지만 금방 반박할 수 없었다. 현암이 자주 사용하는 수법 중에는 분명 사자후가 있었고, 그것은 '짐승'의 모양을 묘사한 묵시록의 내용과 비슷하다고 할 수 있었다. 하지만 현암은 너무도 억울했다.

"그건 억지요!"

주교는 이번에는 박 신부를 향해 말했다.

'다른 짐승 하나가 땅에서 올라오니 그 짐승은 어린양처럼 두 뿔이 있고 용처럼 말을 했다. 그 짐승은 여러 가지 큰 기적을 행하며 땅 위의 사람들을 현혹하리라.' 어린양을 가장한 자! 가증스럽게도 성직자의 행동을 흉내 내는 네가 그 짐승, 거짓 선지자임이 분명하다!"

박 신부 또한 금세 반박할 수 없었다. 설령 반박한다 해도 주교는 듣지 않을 터였다. 어린양은 주의 상징이었고, 성직의 상징으로도 사용됐다는 것이 일반적인 해석이었으므로.

"나는 진작 너희에 대해 조사했다. 나조차 너희들이 악하지 않다고 속았었으니 너희야말로 대단한 자들이야."

어이가 없어 잠자코 있던 승희가 크게 외쳤다.

"하지만 내가 왜 탕녀라는 거지? 말도 안 돼!"

이내 주교가 승희를 노려보며 말했다.

"진홍색 짐승을 타고 있는 바빌론의 탕녀. 일곱 머리에 열 개의 뿔을 지닌 짐승을 타고 있는 너! 네가 지금껏 종횡하며 남몰래 세력을 키운 나라가 몇인가?"

"무슨 소리야?"

"나는 네 여권 기록을 보았다. 네가 지금껏 돌아다니며 기이한 능력을 부렸던 나라가 몇인가?"

승희는 어안이 벙벙해서 몇 나라나 돌아다녔나 되짚어 보았다.

'일본, 영국, 독일, 프랑스, 말리, 루마니아, 캐나다, 미국, 중국, 인도…… 어, 열 개인가?'

다른 퇴마사들은 티베트나 수단 등에도 갔었지만 승희는 같이 가지 않았으므로 승희가 갔던 나라는 한국을 빼고 모두 열 개였다.

승희가 벌컥 화를 내며 되쏘았다.

"그게 무슨 상관이야? 가본 나라가 열 개라는 것도 죄인가?"

"곳곳에 심복을 심어 놓지 않았을까?"

"헛소리 마!"

주교는 들은 체도 하지 않았다.

"더구나 너와 같이 다니는 자들을 세어 보아라. 모두 일곱 명의 능력자가 있더군?"

승희는 그만 말문이 막혔다. 지금 퇴마사 일행과 함께 다니는 사람은 모두 열 명, 열 개의 세력을 막기 위해 동반해야 한다고 『해동감결』에 명시돼 있는 그대로였다. 그중에서 별반 영능력이 없는 사람은 백호와 연희, 그리고 바이올렛, 세 명이었다. 그 셋을 빼면 일곱 명이 되는 셈이었다.

"어디 그런 억지를!"

승희가 버럭 소리치자 프란체스코 주교 역시 크게 되받았다.

"하나하나만 본다면 우연이라 할 수 있겠지. 그러나 왜 이 모든 우연이 동시에 일어났을까? 그것도 하필 적그리스도의 탄생을 눈앞에 둔 이 시점, 적그리스도의 탄생을 예언한 타보트가 있는 이 장소에서 말이다!"

주교는 자신도 모르게 스스로의 생각에 도취해 도저히 빠져나올 수 없을 것 같았다. 박 신부와 현암이 말을 걸었지만 그는 듣지도 않고 자기 말만 계속했다.

"이단의 힘을 태연히 사용하고, 악마와 결탁해 그를 부리고, 저주받은 아하스 페르츠마저 자기편으로 만드는 자가 그들이 아니라면 도대체 누가 묵시록에 나온 자란 말인가? 하물며 지금은…… 말세의 때, 적그리스도의 탄생이 눈앞에 있는데……."

"너는 틀렸어! 너야말로 글귀에 사로잡혀 진실을 보지 못하고 있다!"

현암이 더 이상 참지 못하고 크게 외쳤다. 그러면서 현암은 준후를 가리켰다. 준후는 몸을 와들와들 떨며 창백한 얼굴로 서 있었는데 그의 표정에 깃들인 어두운 그림자를 현암은 미처 보지 못했다.

"네가 셈한 모든 것이 『성경』에 나온 대로 들어맞는다고 치자! 그럼 이 아이는 누구냐? 우리에 대한 조사를 다 했으니 이 아이도 항상 우리와 함께하고 있었다는 걸 알 텐데? 이 아이는 대체 누구라고 할 거냐?"

그 말에는 주교도 잠시 말문이 막힌 듯 눈살을 찌푸렸다.

그때 준후는 뭔가 결심한 듯 안색을 굳히더니 서툰 영어로 천만뜻밖의 말을 입 밖에 내뱉었다.

"내가 바로…… 말세에 임할 자다."

징벌자 준후

현암과 박 신부, 승희를 비롯해서 모든 사람은 마치 천둥이 머리 위에 치는 듯한 엄청난 충격을 받았다.

"준후야!"

"너 미쳤니?"

박 신부와 승희가 놀라서 외치는데 현암은 말조차 하지 못하고 아연한 표정으로 서 있다가 휘청하며 그 자리에 주저앉았다.

해밀턴 역시 놀라서 소리쳤다.

"이보게! 무슨 헛소리를 하는 건가? 지금은 장난칠 때가……."

그때 프란체스코 주교가 외쳤다.

"네가? 네가 어떻게? 적그리스도는 아직 태어나지 않았다! 나는 그를 없애야 해!"

안나스도 외쳤다.

"예언이 틀릴 리 없다!"

그러자 준후는 비웃는 듯한 미소를 지으며 말했다.

"맞지도 않는 예언을 잘도 믿고 있군."

그러고는 이를 악물며 덧붙였다.

"곧 때가 된다."

"뭐?"

"뭐라고?"

"무슨 소리……?"

프란체스코 주교를 비롯하여 모든 사람이 놀라며 반문했다.

다시 한번 준후는 힘겹게 말했다.

“내 힘을 곧 알게 될 것이다…….”

뒤늦게 현암이 외쳤다.

“장준후! 너…… 대체……!”

준후는 현암에게 고개를 돌리며 말했다.

“난 살아남을 거야.”

“무, 무슨 소리?”

돌연 준후가 악을 썼다.

“살아남도록 해. 알아서들 살아남도록 해! 종말이야! 종말의 시작이야!”

“도대체 너는……!”

현암과 승희가 동시에 준후에게 다가가며 외치는데 문득 이상한 느낌이 모든 사람을 엄습해 왔다. 뭐라 말할 수 없는 기이하고도 불길한 느낌이었다. 그 형언할 수 없는 느낌에 모든 사람은 모골이 송연해져 입을 다물었다. 박 신부와 해밀턴마저도 몸이 떨려 왔다.

그때 구석에 있던 수아가 갑자기 울음을 터뜨렸다.

“으앙!!!”

난데없이 들려오는 어린 여자아이의 울음소리는 모든 사람의 등골을 서늘하게 만들었다. 준호가 덜덜 떨며 급히 수아를 달래려 했지만 수아는 준호의 손길을 뿌리치며 울부짖었다.

"모두 죽어! 모두 죽어!"

승희는 급히 수아의 마음을 투시했다. 수아의 마음을 투시해 본 것은 이번이 처음이었다. 그러자 놀라운 광경이 승희의 마음속에 비추어졌다.

"이건……!"

승희는 너무도 놀라서 새파랗게 질려 이내 비틀거리며 현암에게로 몸을 기댔다.

"모두……! 모두가……!"

승희의 마음속에 비추어진 광경은 놀랍기 이를 데 없었다. 승희는 수천, 수만을 헤아리는 기기묘묘한 형체의 존재들을 보았다. 눈으로는 보이지 않는 것들이지만 수아의 마음속에는 보였고, 그것을 승희가 읽어 낸 것이다.

정령들이었다. 무수한 정령들이 주술 막 밖에서 주술 막을 지키면서 필사적으로 싸웠지만 대부분이 죽어 가며 쫓기고 있었다. 상대가 훨씬 많았기 때문이다. 몇만, 몇천만, 아니, 몇억에 달하는지도 몰랐다. 몇억에 달하는, 정체를 알 수 없는 작은 형체들이 주술 막 전체를 에워싸고 있었다.

그리고 수아를 지키려는 정령들의 결사적인 저지는 지금 거의 끝나 가는 상황이었다. 모든 정령이 수아를 지키려고 몰려갔던 탓에 얼마 동안 성난큰곰도 정령력을 쓸 수 없었고, 수아의 주변에도 정령력이 발동되지 않았던 것이다.

"이, 이게 다 뭐야!"

승희가 공포에 질린 소리를 질렀을 때는 이미 늦었다. 지하실에 있던 모든 사람은 웅성웅성하는 울림을 느끼기 시작했다. 작지만 어디에서 나오는지 모를, 사방을 가득 메우는 울림이었다. 그 울림은 표현하기 힘들 만큼 적의와 살의로 가득 차 있었다. 게다가 가늠조차 할 수 없을 정도의 힘이 느껴졌다. 아하스 페르츠의 막대한 힘조차 벌레만도 못한 것으로 여겨지게 하는 거대한 힘이.

"도망치시오!"

죽지 않는 존재임에도 불구하고 해밀턴의 공포에 가득 찬 목소리가 울려 퍼졌다. 그러나 다음 순간, 무시무시한 울림과 압박하는 기운이 사방을 가득 메웠다.

모든 사람은 있는 힘을 다해 자신을 보호하는 술수를 펼치면서 본능적으로 등을 맞대고 한가운데로 모여들었다. 안나스와 프란체스코 주교조차도 자신도 모르게 박 신부, 현암 등과 등을 맞댔다.

다음 순간, 신전 사방의 벽들이 동시에 무너져 내렸다. 아니, 무너졌다기보다는 통째로 사라져서 없어졌다고 하는 편이 정확했다. 한 곳이 부서져 무너지는 것이 아니라 벽들의 모든 부분이 동시에 부서지며 먼지가 돼 버린 것이다.

그와 동시에 검고 무시무시한, 살아 있는 안개 같은 것이 사방에서 해일처럼 사람들을 향해 몰려들었다.

'이건……!'

아무도 그것에 저항할 수 없었다. 박 신부의 오라가 잠깐 그들을 막았지만 아하스 페르츠의 주술을 버텨 내는 것보다 열 배는 힘들었다. 현암이 휘둘러 대는 월향검에도 그 정체 모를 안개는 조금도 베이지 않았다. 아네스 수녀가 미친 듯 냉기와 열기를 쏘아 대도 안개 같은 것은 꿈쩍도 하지 않았다.

감각이 예민한 루카 수사가 비명을 질렀다.

"모두…… 모두 죽고 있어!"

아까 벌어졌던 혈전으로 인해 수많은 사람이 밖에 쓰러져 있었다. 칼키파와 성당 기사단, 이단 심판소와 검은 편지 결사 등의 사람들이 죽임을 당했지만, 대부분은 상처를 입고 쓰러진 정도였다. 그러나 그런 자들도 남김없이 죽임을 당하기 시작했다. 형언할 수 없을 만큼 참혹한 죽음이었다.

루카 수사는 그들이 질러 대는 단말마의 비명과 고통에 가득한 부르짖음을 느낄 수 있었다.

"하르마게돈이다! 하르마게돈!"

정신을 잃었던 키건이 미친 듯 외쳐 대는 소리와 단말마의 비명이 들렸다. 그는 여전히 모든 주술을 막는 갑옷을 입고 있었지만 채 삼 초도 안 되는 사이에 죽임을 당한 것이다.

모든 사람은 그 말을 흘려들을 수가 없었다. 그 참상은 그야말로 각자가 상상했던 하르마게돈보다도 훨씬 더 참혹했다.

지하실 안뿐만이 아니라, 주술 막 안으로 모여들었던 수백, 수천 명의 사람이 모조리 떼죽음을 당하고 있었다. 어떻게 이런 엄청난 일이 벌어지는지 누구도 알 수 없었지만, 그런 생각을 할 틈조차 없었다.

"모두 가운데로!"

해밀턴이 외쳤다. 박 신부를 비롯한 모두의 힘은 그 거대한 힘 앞에 오 초도 버티기 어려울 정도였다. 그들을 잠시나마 지탱하게 해 준 것이 바로 해밀턴이었다. 주술을 사용했다가는 다시 아하스 페르츠의 인격이 나타날지 모르지만, 지금은 다른 수가 없었다.

그는 모든 힘을 끌어모아 보호막을 쳤는데 그 힘은 실로 놀라워서 잠시나마 모두를 덮어 그 무시무시한 안개로부터 보호할 수 있었다. 그 막은 투명해서 밖이 보였다. 물론 검게 휘몰아치는 안개 같은 것 때문에 코앞밖에는 볼 수 없었지만.

별안간 승희가 비명을 질렀다.

"준후가! 그리고 아이들이 없어!"

너무도 창졸간의 일이어서 준후와 준호, 아라와 수아는 해밀턴의 보호막으로 들어오지 못한 것이다. 그리고 황달지 교수와 백호, 마하딥 등도 들어오지 못했다. 쓰러져 있던 카르나와 고반다도 들어올 수 없었다.

모두 이를 악물었지만, 지금 그 누구도 그들을 구하러 밖으로 나갈 수는 없었다. 박 신부가 무모하게 뛰쳐나가려 했지만 현암이 결사적으로 매달렸다.

"어떻게 좀……!"

해밀턴이 폭포처럼 땀을 쏟으며 힘겨운 듯 외쳤다. 해밀턴, 즉 아하스 페르츠가 이천 년간 쌓아 온 주술력은 실로 어마어마해 누구도 상대할 수 없었지만, 이 무서운 안개에는 도무지 버텨 낼 수 없는 것 같았다.

그때 프란체스코 주교가 소리쳤다.

"적그리스도다! 그 아이야말로 적그리스도!"

프란체스코 주교는 반쯤 미친 것 같았다. 실로 이런 일을 해낼 수 있는 자는 적그리스도 말고는 아무도 없을 터였다. 프란체스코 주교가 미친 듯 외쳐 댔다.

"너희들 위선자들! 너희의 도움은 받지 않겠다! 나는 차라리 순교하겠다!"

아네스 수녀가 프란체스코 주교를 잡았다. 거리낌 없던 그녀로서도 지금은 무력함을 느끼지 않을 수 없었다. 그녀는 어떻게든 프란체스코 주교를 잡아끌고 오려고 했지만 프란체스코 주교는 길길이 날뛰며 외쳤다.

"형제들이여! 아네스 수녀여! 적그리스도를 없애시오! 세상을 정화하시오! 신의 의지로 오는 멸망이라면 받아들이겠지만 이것은…… 이것은……!"

"주교님!"

루카 수사도 프란체스코 주교를 붙들었고 가브리엘 수사도 그를 붙잡았지만 프란체스코 주교는 계속 외쳐 댔다.

"잊지 마시오! 모든 힘을 다해! 바티칸의 모든 힘을 모아!"

그러다가 별안간 프란체스코 주교는 자신을 잡은 아네스 수녀의 손을 꽉 깨물었다. 주교의 행동이라고 하기에는 너무도 어울리지 않았고 예상치 못했던 터라 아네스 수녀는 자신도 모르게 손을 놓왔다.

대뜸 프란체스코 주교는 있는 힘을 다해 해밀턴의 보호막 밖으로 몸을 날렸다. 루카 수사가 그를 잡으려 손을 뻗었지만.

"으아악!"

보호막 밖으로 빠져나가자마자 프란체스코 주교의 몸은 믹서로 갈린 것처럼 그대로 피 안개가 돼 사라졌다. 그를 잡으려 내뻗은 루카 수사의 팔도 순식간에 갈아진 것처럼 없어졌다.

루카 수사는 찢어질 듯 비명을 외치면서도 프란체스코 주교의 이름을 불렀다. 가브리엘 수사가 울면서 루카 수사를 안으로 잡아당겼다. 루카 수사는 기절해 축 늘어졌다.

그때 누군가가 피투성이가 된 채 보호막으로 다가와 미친 듯 그 막을 손바닥으로 문질러 댔다. 그 끔찍한 모습을 보고 앞에 있던 승희가 비명을 질렀다.

고반다였다. 그는 거의 힘을 잃었지만 아직 살아 있었다. 그런 그가 미친 듯 보호막을 문질러 대며 소리를 질렀지만 역시 무기력했다. 마침내 그도 힘이 다한 듯, 전신이 찢어져 나가면서 승희의 눈앞에서 조각조각 분해돼 피 안개로 변해 이내 사라져 버렸다.

그 광경을 코앞에서 보자 승희는 무서운 나머지 그만 기절해 버렸다. 그리고 모든 사람이 절망했다. 최강자 중 하나인 고반다마저도 속절없이 분해돼 죽어 버리는 판국이니 해밀턴이 더 버티지 못하면 모두 죽는 수밖에 없었다.

"더 이상은……!"

해밀턴이 괴로운 듯 외치자 가브리엘 수사와 아네스 수녀는 마지막 기도를 올렸다. 그러나 현암은 이를 악물고 박 신부와 승희, 그리고 무엇보다도 자기 자신에게 외쳐 댔다.

"준후가 이럴 리 없어! 이건……! 이건……!"

다음 순간, 해밀턴조차도 더 이상 버티지 못하고 쓰러졌다. 보호막이 사라지자 검은 안개는 삽시간에 모든 사람을 뒤덮었고 이제는 아무것도 보이지도, 들리지도, 느껴지지도 않았다.

최후의 순간에 가브리엘 수사는 한 가지 생각이 떠올랐다. 사고가 마비될 정도의 공포 속에서 마지막 떠오른 살길이었다. 해밀턴의 보호막이 붕괴한 순간, 그는 거의 본능적으로 그의 장기인 무화 능력을 끌어올렸다.

그리고 무서움을 이기지 못해 눈을 감고 밖으로 내달렸다. 무화 능력을 사용하면 벽이나 어떤 물체도 통과할 수 있었으므로 아무것도 걸리지 않았다. 그 무시무시한 안개도 천만다행으로 무화된 그를 건드리지 못하는 듯했다.

그렇게 그는 달렸다. 달리고 또 달리고 기운이 빠져서 더 이상 능력을 발휘할 수 없을 때까지 달리기만 했다. 그러다가 더 이상 버티지 못해 무화 능력이 사라지는 순간, 그는 어딘가의 벽을 들이받고 넘어져 기절하고 말았다.

아네스 수녀도 마지막 순간에 최후의 방법을 썼다. 그녀의 원소력에는 냉기를 다루는 능력이 있었다. 그녀는 마지막 순간에 그 능력을 사용해서 자기 자신의 몸을 꽁꽁 얼려 버린 것이다. 나중에 소생할 수 있을지, 꽁꽁 언 몸이라 해도 그 안개의 무서운 힘에 버티어 낼 수 있을지는 알 수 없었지만, 생각나는 방법은 그것밖에 없었다. 몸이 얼면 아픔이나 공포도 사라질 것 같았기 때문이다.

해밀턴의 보호막이 붕괴하는 순간, 그녀는 루카 수사의 몸을 얼리고 곧바로 자신의 몸을 얼리면서 아무것도 느낄 수 없는 세계 속으로 빠져들어 갔다.

그러나 나머지 사람은 어떤 방법도 택할 수 없었다. 거대한 안개는 모든 것을 휩쓸어 부숴 버렸고 칼키파의 본거지였던 신전은 완전히 붕괴해 지하실까지 드러난 허허벌판이 됐다.

부서진 신전의 벽과 지붕과 바닥은 모두 가루가 돼 거대한 먼지 구름을 일으키며 바람에 날아갔다. 그리고 칼키파의 본거지를 습격한 수많은 사람의 육신과 그들이 지니고 온 장비들도 모조리 갈가리 분해돼 먼지구름에 휘말려 날아가, 남은 것은 허허벌판뿐이었다.

주변에 있던 집들도 완전히 지붕이 날아가서 앙상한 기둥과 몇몇 허물어진 벽만이 남았다. 수백 명의 사람들이 싸웠던 산비탈은 이제 사막처럼 완전히 폐허가 돼 버렸다.

가브리엘 수사는 눈을 뜨고 싶지 않았다. 그러다가 약간 몸을 움직여 보고는 그다지 상한 곳이 없다는 것을 깨달았다. 아무런 소리도 들려오지 않았다. 그제야 그는 조심스레 눈을 떴다. 천천히 주변을 둘러보던 그는 울음을 터뜨렸다.

아무것도 남지 않았다. 수십 명에 달하던 이단 심판소의 형제들은 물론, 수백 명에 달하던 검은 편지 결사의 용병들, 그보다 많았던 성당 기사단원들, 그리고 그보다도 더욱 많았던 칼키파의 신도들과 주술사들은 모조리 죽임을 당했고 시체조차 남지 않았다. 다만 그들이 흘린 피만이 사방을 붉게 물들이고 강물처럼 흐르고 있었다.

성직자인 그에게 이러한 광경은 시체가 널린 참상보다도 더욱 끔찍했고 참을 수 없는 것이었다.

"세상은 끝이다……. 주여…… 이것이 정말…… 정말 이 세상에서 일어날 수 있는 일입니까?"

가브리엘 수사는 울부짖었다. 이 무시무시한 안개가 밀려들면 세상은 종말이었다. 어떤 무기도, 어떤 힘도 이것 앞에는 대적할 수 없었다. 세상에서 가장 강한 주술 능력을 지닌 자들도 순식간에 전멸한 터에 누가 이것을 당해 낼 수 있단 말인가? 어떤 대도시도, 어떤 국가도 이것의 습격을 받으면 한 시간도 견디지 못하고 전멸하리라…….

가브리엘 수사는 오열하다 문득 한 지점을 보고 경악해 주저앉은 채 화다닥 몸을 뒤로 젖혔다. 건물이란 건물은 형태를 알아볼 수 없을 정도로 모조리 부서져 사방이 탁 트였다.

그중 아까까지 신전이 있던 곳에 깊이 파인 거대한 사각형 구멍이 보였다. 신전 전체가 지하실까지 파여 날아가 버려 커다란 사각형 구멍만이 남은 것이다. 그런데 그 가운데에 몇 명의 사람들이 아직 남아 있었다! 그것도 온전한 모습으로!

"저, 저들은……."

가브리엘 수사는 자신의 눈을 믿을 수 없었다. 모든 사람이 죽임을 당했는데 죽지 않은 자들이 있다니. 프란체스코 주교가 최후의 순간에 앞서 묵시록에 나온 자들이라 부르짖었던 바로 그들이 아닌가.

용이라 불린 해밀턴, 짐승이라 불린 현암, 거짓 선지자라 불린 박 신부, 바빌론의 탕녀로 불린 승희가 신전 자리 한복판에 쓰러져 있었다. 그러나 그들의 몸에는 상처 하나 없었다.

그 옆에는 루카 수사와 아네스 수녀의 얼어붙은 모습도 있었지만 가브리엘 수사는 얼음덩어리가 된 그들이 사람이라고는 생각지 않았다. 그리고 신전 자리 앞쪽에는 몇몇 사람들이 쓰러진 채 뒹굴고 있었는데 그들 역시 죽지 않은 듯했다. 그들은 놀랍게도 아까 자신들이 쓰러뜨린 퇴마사들의 동료들, 즉 이반 교수와 윌리엄스 신부, 바이올렛과 성난큰곰이었다.

'정말, 정말 저들이구나……. 저들이 이 힘을 불러낸 거야……. 저들이 정말 적그리스도의 사도들이었구나…….'

가브리엘 수사는 그렇게 생각할 수밖에 없었다. 프란체스코 주교의 말을 듣고 나서도 가브리엘 수사는 그때까지 그의 말을 확신하지는 못했었다. 그러나 지금 엄청난 일을 겪고, 또 저들이 살아

남은 것을 보자 그는 이제는 더 이상 의심하지 않았다. 더구나 그의 눈에는 이들이 적그리스도 일행이 분명하다는 또 하나의 증거가 보였다.

아까 자신이 말세에 임할 자라고 부르짖은 동양의 소년, 준후가 신전 가운데 서 있었다. 그리고 그 주변에는 세 명의 아이들이 있었다. 그들은 다른 자들처럼 정신을 잃지도, 넘어지지도 않았다. 그저 한데 모여 가만히 서 있었는데, 아까 자신들을 습격한 검은 안개는 그들의 머리 위에 하늘 끝까지 닿을 듯한 거대한 깔때기 모양의 덩어리가 돼 떠 있었다.

그들의 주변에는 다른 몇몇 사람들이 쓰러져 있었으나 가브리엘 수사는 그것까지 주의 깊게 보지는 못했다. 본능적인 공포와 분노가 그의 몸을 휩쌌다.

'저들이야말로 말세를 오게 하는 자들이다! 적그리스도! 악의 사도들이다! 세상은 이제 끝이다!'

가브리엘 수사는 죽어 간 주교와 가디언들, 그리고 많은 형제들을 생각하며 분노와 증오로 몸을 덜덜 떨면서 달렸다. 주술 막은 어느 사이엔가 사라지고 없었다. 그는 달렸다. 달리고 또 달렸다. 그는 공포와 절망과 분노에 휩싸여 속으로 계속 외쳤다.

'알려야 한다! 그리고 어떻게 해서든 저들을 없애야만 한다! 교황청의 힘을, 아니 누구의 힘이라도 빌려서! 핵무기라도 써야 한다!'

퇴마사 일행들은 모두 살아 있었다. 그러나 살아남은 사람은 퇴마사 일행만은 아니었다. 카르나도 쓰러진 채 있었고, 안나스도 죽지 않았다. 아네스 수녀와 루카 수사도 온몸이 얼어붙어 의식은 잃고 있었지만, 아직 살아 있었다. 그들을 구한 것은 의외의 인물이었다.

그래서는 안 돼. 더 이상…… 그러지 마…….

준호가 말했다. 그리고 아라도 말했다.

우리를 믿어…….

수아는 슬픈 얼굴로 말없이 거대한 검은 깔때기를 바라보고 있었다. 이 자리에 있는 사람 중 그 세 명은 전혀 알 수 없는, 이 미지의 존재와 접한 적이 있었던 것이다.

이 검은 안개는 퇴마사들이 없을 때 아라가 입원한 병원에 나타났던 그 검은 안개였다. 불행한 죽임을 당한 아기들의 영이 그 정체였다. 물론 그때와는 비교도 할 수 없을 만큼 규모가 컸지만 그 영 중 몇몇이 아라와 준호를 알아보았다. 그래서 그들은 그들의 친구들을 해치지 않기로 한 것이다.

그러나 아기들의 영 중 모두가 그들을 살려 두려는 것은 아니었다. 가브리엘 수사는 알 수 없었지만 지금 회오리치는 깔때기 속에서는 아기들의 영혼끼리 치열한 말다툼을 하고 있었다.

안 돼! 어머니의 명령이야!

이들은 달라!

이 사실을 전할 한 명을 남기는 것 외에는 이 자리에 있는 자들을 절대 살려 두어서는 안 돼!

다른 자들은 살려 둘 수 없지만, 이 아이들은 우리와 마찬가지야!

사실 준후는 아까 했던 자신의 말과는 달리 아무런 힘을 쓸 수가 없었다. 그러나 세 명의 아이들은 준후에게 설명할 틈도 없이 있는 힘을 다해 아기들의 영을 설득하고 있었다. 만약 그들이 만난 적 있는 아기들의 영이 논쟁에서 진다면, 모두가 끝장이기 때문이다. 그런데 돌연, 아기들의 영이 논쟁을 멈추고 외쳤다.

어머니!

어머니!

알았어요! 어머니!

어머니!

순식간에 그들이 이루었던 거대한 깔때기가 허공 속으로 흩어져 없어졌다.

준호와 아라, 수아는 모두 한숨을 내쉬면서 그 자리에 주저앉았다.

"도대체……."

준호가 중얼거리자 아라는 파랗게 질린 얼굴로 인형처럼 고개만 끄덕였다. 너무도 무섭고 질려서 말조차 할 수 없었다.

그때 준후가 아라에게 물었다.

"아라야, 그들의 어머니가 누구지?"

아라가 멍하니 준후의 얼굴을 쳐다보자 갑자기 준호가 외쳤다.

"말하지 마!"

준호는 아라의 앞을 막아서며 준후를 노려보았다.

의아한 표정을 지으며 준후가 준호에게 물었다.

"왜 그러지? 내 말 안 들을 거야?"

그러자 준호는 이를 꽉 깨물며 주술 문양이 있는 양쪽 손바닥을 펴며 단호히 대꾸했다.

"그래!"

"왜지?"

"사부를 믿을 수 없어!"

순간 준후는 슬픈 듯 고개를 끄덕여 보였다.

"누가 나를 믿을 수 있겠어? 나도 나 자신을 믿을 수 없는데……."

그 말에 준호가 약간 미안한 마음에 긴장이 느슨해진 순간, 준후는 힐기보법을 사용해 벼락같이 준호 곁으로 달려와서 준호를 내리쳤다.

"앗……."

준호의 눈이 분노로 번득이며 준후를 향하는 순간, 준후가 다시 한번 팔꿈치로 준호를 내리쳤다. 준호는 기절해서 넘어져 버렸다.

"오빠!"

아라가 놀라서 외치자 준후가 다시 물었다.

"아라야, 너는 내 말 들을 거지?"

대쯤 준후가 크게 외쳤다.

"아무도 날 이해 못해!"

아라가 눈물을 글썽이며 찔끔거리자 준후가 집요하게 물었다.

"말해 봐. 아기들이 말한 어머니가 누구지?"

그때까지 조용히 있던 수아가 눈을 빛내면서 아라에게 매달렸다.

"오빠 나빠! 오빠 틀려!"

"닥쳐!"

준후가 버럭 소리쳤다. 그때, 준후 뒤에서 누군가 낮은 목소리로 말했다.

"장준후, 모든 걸 설명해 봐……."

현암의 목소리였다. 현암은 비록 공력을 잃었고 부상도 심했지만, 엄청나게 강한 정신력으로 가장 먼저 정신을 차린 것이다.

현암의 목소리가 들리자 준후는 피식 자조적인 웃음을 띠며 중얼거렸다.

"잘됐어……."

별안간 준후가 양손으로 동시에 아라와 수아를 인정사정없이 내리쳤다. 아라는 설마 준후가 자신을 때릴까 생각하고 있던 참이라 눈앞이 캄캄해지는 것을 느끼며 속절없이 쓰러졌다. 수아도 마찬가지였다.

그 모습을 보고 현암은 순간 움찔했다.

"너 변했구나……."

현암의 목소리는 몹시 낮았지만 거역할 수 없는 힘이 있었다. 이는 현암이 극도로 분노했다는 증거였다.

준후는 뒤돌아 현암을 똑바로 쳐다보며 말했다.

"용케 살았네?"

현암이 버럭 외쳤다.

"장준후!"

현암이 소리를 지르자 아무것도 없는 텅 빈 산비탈에 그의 목소리가 윙윙 울리며 메아리쳤다.

현암이 물었다.

"네가…… 모두를 죽이고 그 이상한 것을 부른 거냐?"

현암은 물론이고 아라와 준호, 수아를 제외한 누구도 그 검은 안개가 지난번 아이들이 만났던 것임을 생각할 수 없었다.

더구나 준호와 아라, 수아가 모두 기절한 지금, 누구도 그 사실을 현암에게 말해 줄 수가 없었다.

그 말에 준후는 멈칫하면서 대꾸했다.

"내가 부른 건 아냐. 하지만 곧 내가 부를 수 있게 될 거야."

"어머니가 누구지?"

"나도 몰라."

"그 어머니가 이것을 불렀고, 너는 그 힘을 빼앗으려고 그것을 물은 거냐?"

"잘 알면서 묻는군."

그러면서 준후는 이를 부드득 갈면서 현암에게 말했다.

"한 번 살려 줬으니 이제 모든 건 끝이야. 더 살고 싶으면 나에게 복종해."

현암은 자신의 귀를 의심했다.

"뭐?"

준후는 여전히 꼿꼿이 선 채, 대답하지 않았다.

현암은 온몸이 떨려 오는 것을 참으며 간신히 말을 이어 갔다.

"너…… 아까 한 말이…… 정말이냐?"

"무슨 말?"

준후는 심드렁하게 되물었으나 그의 어조에는 야릇한 떨림이 있었다.

현암이 버럭 소리를 질렀다.

"뭘 숨기는 거지?"

이에 맞서 준후도 소리를 질렀다.

"숨기는 거? 많지! 아주 많지! 형은 상상도 못 할 거야!"

현암은 자신도 모르게 부르르 떨며 주먹을 쥐었으나 애써 평정을 되찾았다.

"준후야! 왜 숨기는 거지? 네가 이러는 건 대체 무슨 이유에서지? 어쨌든지 나는 너를 믿는다. 그러니……."

"나를 믿어? 흥!"

준후는 뒷짐을 지고 현암에게 등을 보이며 쏘아붙이듯 덧붙였다.

"난 이제 과거의 내가 아냐. 수백 명을 죽이고도 눈 하나 깜짝 않을 수 있다고. 그런 나를 믿어?"

"준후야!"

현암은 안타까움과 울화가 범벅이 된 복잡한 감정으로 다시 소리쳤다.

"너…… 대체 왜 그러는 거니? 왜 나에게까지 숨기는 거지? 응?"

그러자 준후는 냉랭하게 말했다. 그의 어깨가 조금 떨리는 것 같았다.

"내가 아무도 믿을 수 없기 때문에."

그 말에 현암은 미친 듯이 고개를 저으며 부르짖었다.

"어찌 됐든 나는 너를 믿는다! 네가 수백 명을 죽였다 해도 나는 널 믿어! 다만…… 다만……."

"난 많은 사람을 죽여 왔어. 형은 모를걸?"

"뭐라고?"

"이단 심판소에서 왜 불을 켜고 나를 찾는지 알아? 신부님도 알걸? 가디언의 우두머리인 베드로 수사를 누가 죽였는지?"

"뭐라고? 대체 왜?"

현암이 경악해 부르짖자 준후는 여전히 등을 보인 채 말했다.

"일일이 말하기도 귀찮아. 정말 나를 귀찮게 하는군."

"장준후!"

대꾸도 하지 않고 준후는 여전히 현암에게 등을 돌린 채 넘어져 있던 준호를 발길로 찼다.

그 발길질에 준호가 정신이 들어 현암과 준후를 번갈아 보더니 현암에게 달려가며 외쳤다.

"현암 형! 사부는……! 사부는 변했어요!"

"뭐?"

준호는 비로소 속마음을 털어놓을 수 있게 되자 미친 듯이 소리쳤다.

"현암 형! 사부는…… 사부를 막아 줘요! 사부를……!"

"도대체 뭐냐? 응?"

준호는 울면서 외쳤다.

"사부가……! 사부가 연희 누나를……!"

"뭐? 연희 씨를 어쨌다고?"

준호는 엉엉 울면서 이내 부르짖었다.

"……죽였어요!"

"연희 씨가…… 죽었다고?"

현암의 눈이 공허하게 커졌다. 그때 "악!" 하는 비명이 들려왔다. 막 정신을 차린 승희였다. 승희 옆에는 박 신부도 있었다. 승희의 눈은 믿을 수 없다는 허망함으로 가득 찼고, 박 신부의 얼굴은 순식간에 파랗게 질려 버렸다.

"도대체 언제……."

준호가 더욱 서럽게 울음을 터뜨리며 준후를 향해 소리쳤다.

"사부! 사부! 왜 그랬어요! 왜? 왜? 왜?"

그러다가 다시 현암에게 매달리며 외쳤다.

"형! 사부를……! 사부를 원래대로 돌려줘요! 사부를 돌려줘요!"

준호의 목소리는 그 자리에 있던 모든 사람의 등에 오싹 소름을 돋게 하기에 충분했다. 그렇다면 준후가 연희를 죽였단 말인가?

"난 믿을 수 없……어……. 대체 언제……."

현암이 더듬거리자 준호가 고개를 마구 저으며 외쳤다.

"나는…… 나는 봤어요! 나도 믿을 수…… 없어……. 하지만…… 사부! 사부는 어째서……!"

그 순간 준후는 남몰래 슬쩍 옷소매로 얼굴을 훔치고는 천천히 뒤로 돌아섰다. 준후의 얼굴이 새하얗게 질렸고, 금방이라도 소리를 지를 것같이 보였으나 잠시 머뭇거릴 뿐 아무 말도 입 밖으로 내지 못했다. 준후는 한참을 그렇게 서 있다가 고개를 푹 숙였다. 그동안 아무도 말을 하지 않았다.

이윽고 준후가 고개를 들었을 때, 준후의 얼굴은 다시 평온한 표정으로 돌아와 있었다. 오히려 약간 조소에 가까운 웃음기마저 보였다.

"그래. 내가 그랬어."

"왜?!"

승희가 악을 쓰자 준후는 천천히 대꾸했다.

"그렇지 않고서는 세상을 얻을 수 없으니까."

현암이 주먹을 불끈 쥐며 앞으로 나섰다.

"세상을……?"

"그래! 연희 누나는 라미드 우프닉스야! 지금 세상에 단 하나 남은 라미드 우프닉스! 모두가 누나를 노렸어! 아하스 페르츠도! 고반다도! 연희 누나가 그들 손에 죽으면 세상이 망가져. 그건 내가 바라는 바가 아냐……. 그래서 차라리 내 손으로……!"

라미드 우프닉스가 천수를 다하거나 자신의 정체를 스스로 알 경우, 그리고 인간의 손에 의해서 죽을 경우 라미드 우프닉스는 다시 태어나게 돼 있었다. 하지만 인간이 아닌 것에 의해 라미드 우프닉스가 죽임을 당하면 주술은 깨어지고 세상은 끝장이 난다는 예언도 있었다.

게다가 아하스 페르츠와 고반다 모두 정상적인 인간이라 볼 수 없으니 확실히 상황이 위험하기는 했다. 하지만 준후는 세상을 구한다기보다는 세상을 얻기 위해 그랬다는 소리를 하지 않는가?

"너 따위가 무슨 세상을 얻어? 이 못돼 먹은 자식아!"

승희가 악을 쓰자 준후는 말끝에 힘을 주며 말했다.

"가능해. 나는 이제 질렸어. 착한 척하고 살려면 너무도 많은 것을 손해 봐. 왜 그렇게 살아야 하지? 왜 있는 힘을 마음껏 쓰고 살면 안 되지? 나는 분명 강한데, 이젠 어떤 놈도 내 상대가 안 되고, 세상을 얻을 기회가 왔는데! 왜 약한 자들 눈치를 보며, 개같이 숨어서 뒤나 닦아 주며 살아야 하냔 말이야!"

"너……."

현암의 눈초리가 살벌하게 변했다. 현암이 천천히 준후에게 걸어가자 준후는 뒷걸음질을 쳤다. 그러나 준후는 안간힘을 쓰며 현암의 얼굴에서 눈을 떼지 않고 똑바로 쳐다보려 하는 것 같았다.

현암은 너무도 분노한 나머지 머릿속이 텅 비어 버린 것 같았다. 아무것도 보이지도, 들리지도 않았다. 현암은 천천히 다가가다가 느닷없이 준후의 뺨을 후려쳤다.

현암이 공력이 없는 탓에 준후는 고개만 획 돌렸을 뿐, 전혀 끄떡도 없었다. 현암에게 공력이 있고 자제심을 잃은 상태라면 분명 준후를 크게 다치게 했을 터였다. 현암에게 맞고 난 후 준후는 현암을 바라보며 입을 열었다.

"때리지 마."

그러나 현암은 다시 한번 준후의 다른 쪽 뺨을 후려쳤다. 준후는 입술이 찢어졌는지 핏 하고 피를 뱉어 내고는 현암에게 씹어뱉듯이 말했다.

"때리지 마. 그래 봐야 아프지도 않아."

현암은 그 말을 내뱉는 준후의 눈초리를 보고 주먹을 머리 높이 들어 올렸다. 그때 뒤에서 누군가가 현암을 잡고 늘어졌다. 어느새 다시 정신을 차린 아라였다.

아라의 온통 눈물범벅이 된 얼굴로 현암에게 사정했다. 아라는 설움이 북받치는지 말조차 제대로 하지 못했다.

"오빠를 때리지 마요! 오빨 때리지……."

그러나 현암은 멍한 표정으로 가만히 아라를 밀어 낸 다음 준후에게 주먹을 휘두르려 했다.

대뜸 박 신부가 현암의 팔을 막았다.

"그만하게, 현암 군."

그래도 현암은 거의 기계처럼 다시 팔을 놀리려 했다. 순간 박 신부가 현암을 밀어 내며 호통을 쳤다.

"정신 차리게!"

현암은 그제야 조금 정신이 돌아왔는지 그 자리에 우뚝 멈추어 섰다. 그러나 현암은 아무 말도 하지 않았고, 전혀 몸을 움직이지도 않았다. 그렇게 현암은 장승처럼 계속 그 자리에 서 있었다.

승희 역시 너무도 경악한 나머지 움직이지도 못하고 그 자리에서 있을 뿐이었다.

그때 박 신부는 준엄한 어조로 준후에게 물었다.

"준후야, 그 말이 사실이냐?"

준후는 망설이는 듯하다가 코웃음을 흥 하고 쳤다. 그때 준호가 외쳤다.

"사부! 나는 이제 사부와는 모르는 사람이야! 아니, 이제 너는 모르는 사람이야! 너는…… 너는 우리 모두를 배신하고…… 또, 또……."

준호는 노기 가득 찬 목소리로 외치다가 그만 주저앉아 대성통곡하기 시작했다. 그 모습을 보자 박 신부도 준호의 말을 믿지 않을 수가 없었다. 박 신부는 순간 현기증이 일어 몸을 가누지 못해 휘청거렸다.

힘겹게 승희가 입을 열었다.

"준후야, 어서 말해. 사실이 아니라고, 거짓말이라고 해……. 너는…… 너는 절대 그럴 애가 아니잖아……."

그러나 준후는 꼿꼿이 고개를 들고 서 있을 뿐, 입을 열지 않았다. 승희가 간곡하게 말했다.

"내가 왜 너를 몰라? 너와 같이 죽을 뻔한 게 몇 번인데! 네가…… 네가 어떻게 그럴 수 있어! 너는……."

준후는 비웃는 듯 고개를 저었다.

그 모습을 보는 순간 승희는 더 이상 참지 못하고 소리를 질렀다.

"너! 너는…… 정말 변했구나!"

"아냐! 아냐! 언니!"

승희가 소리치자 아라는 미친 듯이 울면서 승희에게 가서 매달렸다.

휘청거리던 박 신부가 최후의 힘을 짜내며 비통한 목소리로 준후에게 말했다.

"준후야, 우리가…… 우리가 하고자 했던 일은 결코…… 결코 이런 것이 아니었다. 너도 그것을 잘 알고 있을 텐데 어째서……."

준후는 조용히 말문을 열었다.

"우리에게는 기회가 있어요. 말세와 혼돈. 그리고 내로라하던 모든 주술사들은 없어졌어요. 우리 독무대예요. 더구나 아까의 힘만 우리 손에 넣으면…… 그때는 모든 것이 우리 마음대로죠. 핵무기에 비할 바가 아니에요."

"너 악마에 홀렸냐? 신부님! 어떻게 좀……."

승희가 소리치자 박 신부는 조용히 고개를 저었다.

"나도 믿을 수 없지만…… 준후는 절대 홀리지 않았어. 지극히 정상이야……."

"믿을 수 없어!"

승희가 또다시 소리치자 준후는 담담히 되받았다.

"나는 컸어요. 그걸 잊지 않았겠죠?"

"헛소리! 네 말은 삼류 만화에서나 나오는 소리일 뿐이야! 너는……!"

"세상을 얻지는 못하더라도, 적어도 지금처럼 비굴하게 개같이 살지는 않아도 될 테지."

별안간 현암이 미친 듯 고개를 저으며 소리를 질렀다.

"그만! 그만해! 나는…… 믿을 수 없어! 너는 대체 무슨 생각으로 그런 소리를 해 대는 거야, 응?"

준후가 딱 자르듯 대꾸했다.

"솔직하게 말하는 것뿐이야. 우린 잘못 생각해 온 거였어. 나는 이제 내 길을 갈 거야."

"네 길?"

"내가 살려면 어떻게든 남을 해치지 않을 수 없겠지. 나는 더 이상 이런 위선적인 행동은 하지 않을 거야, 더 이상은."

현암의 목소리가 갑자기 낮아졌다.

"위선……이라고……?"

준후는 돌연 독기 품은 어조로 외치기 시작했다.

"그래, 위선. 나는 누구도 해칠 수 있어. 내가 살기 위해선! 내가 사람답게 살기 위해선 말이야!"

한 호흡 쉬면서 준후가 다시 외쳤다.

"지금 신부님과 형에게 남은 게 뭐지? 그 빌어먹을 징벌자를 찾아내서 어떡할 거지? 그를 살려 내려 할 거 아냐? 그러느니 차라리 내가 대신하겠어. 내가 징벌자가 돼 우리를 배신해 온 세상을 징벌하고, 세상을 지배하겠어!"

준후가 악을 쓰자 현암이 되받아 소리쳤다.

"미친 자식!"

"그대로면 우린 망해. 설혹 세상을 구하더라도 우리는 죽어! 나는 죽고 싶지 않아. 그러지 않기 위해서라면 나는 누구도 죽일 수 있어! 세상이 망해도 상관없어!"

더 이상 참지 못한 승희가 소리를 꽥 질렀다.

"그건…… 대체 어디서 배워 먹은 거냐?"

"내가 살아야 모두가 살아. 나는 절대 죽지 않을 거야. 앞으로 나는 절대 그렇게 살지 않을 거야. 내가 살 수 있다면 여기 있는 사람을 다 죽이더라도 난 살아남을 거라고!"

그때 준호가 외쳤다.

"한빈 거사님이란 노인도 사부가 죽였지?"

그 말을 듣는 순간 현암의 표정에는 변화가 없었다. 그러나 잠시 후, 현암의 얼굴이 갑자기 십 년은 넘게 늙어 버린 것처럼 변했다.

현암은 멍한 표정으로 더듬거렸다.

"그분이 그럴 리 없어. 네까짓 게…… 그분을……."

다시 준호가 외쳤다.

"나는 봤어요! 한국에서부터 사람들이 사부를 쫓아왔다고요! 현현파라는 사람들과 오의파라는 사람들 모두가 사부, 아니 장준후가 범인이라면서…… 그리고 잡으러 온 사람들을 사부는 모두……."

현암은 더 이상 듣고 있지 않았다. 현암은 찢어지는 듯한 비명을 지르더니 한 되가 넘어 보일 듯한 피를 울컥 토해 냈다. 현암의 옷이 피로 흥건히 젖고 바닥에까지 검은 피가 흘러넘쳤다. 그와 동시에 박 신부가 아찔함을 이기지 못해 정신을 잃고 쓰러졌다.

승희는 현암을 부축해야 할지 박 신부를 부축해야 할지 갈피를 잡지 못하다가 주저앉아서 대성통곡을 했다. 사태가 너무 심각해 아라는 마구 울면서 준후에게 달려가 매달리려 했지만 준후는 매몰차게 아라를 걷어차 버렸다.

"저리 꺼져! 귀찮아!"

그때였다. 현암이 길게 소리를 질렀다. 현암은 피로 범벅이 된 얼굴을 닦을 생각도 하지 않고 벌떡 일어나더니 준후에게 다가갔다.

"장준후, 나는 널 용서할 수 없다."

"날 어떻게 하려고?"

"너는…… 너는 글러 먹었다. 나는 지금…… 지금 너무도…… 하여간 나는 절대 너를…… 너를 용서할 수 없어……."

현암은 있는 힘을 다해 자신의 단전을 후려갈겼다. 공력을 연마하는 사람에게 가장 중요한 혈은 단전의 기해혈이었다. 그곳을 잘못 얻어맞으면 무서운 고통은 물론 모든 공력을 상실한다. 하지만 현암은 기를 쓰고 두 번, 세 번 단전을 내리쳤다.

현암이 이렇게 하는 것에는 이유가 있었다. 공력을 끌어내기 위함이었다. 지금 현암은 천정개혈대법 팔 단계의 휴지기에 들어가 있었기에 공력이 없었다.

그러나 현암의 추측으로는, 공력이 사라진 것은 아니며, 단전 깊숙이 숨어 있는 것 같았다. 그래서 그는 억지로라도 공력을 끌어내기 위해 단전에 충격을 준 것이다. 그것이 성공했는지, 갑자기 뜨거운 열기가 현암의 단전에서 피어올랐다.

현암은 다시 한번 길게 소리를 지르면서 오른손을 내뻗었다. 순간 준후의 오른편 땅바닥이 움푹하며 한 자 깊이로 파였다. 그러나 현암의 주먹은 준후와는 몇 미터나 떨어져 있었다. 극도의 분노 때문인지, 아니면 단전에 가한 충격이 숨어 있는 공력을 일깨웠는지 아무튼 현암은 공력을 다시 쓸 수 있게 됐고, 전설상에나 나오는 권풍(拳風)을 뿜어낼 정도가 된 것이다.

하지만 현암의 공력은 천정개혈대법의 팔 단계에서 아직 완성된 상태가 아니었으므로 지금 이렇게 공력을 쓰는 것은 대단한 무리였다. 그래서 현암은 주먹질을 한 번 하고 난 다음 이내 목구멍에서 피가 솟구치는 것을 느꼈지만 더 이상 신경 쓰지 않았다. 현암은 다시 피를 울컥 뱉어 낸 뒤 준후에게 말했다.

"이대로라면 너는 새로운 마스터나 악마 따위가 될 게 분명해. 나는 너를 그냥 둘 수 없다."

현암이 다시 왼손을 뻗자 준후의 왼편 땅이 깊게 파였다. 현암은 또다시 피를 뱉어 낸 후 덧붙였다.

"이제 우리 인연은 끝이다."

"날 죽일 거야?"

준후가 약간 서글픈 듯, 그러나 여전히 조롱 섞인 말투로 현암에게 물었다. 현암은 마음이 쓰라려 울고만 싶었지만 힘겹게 삼키면서 대답 대신 양손을 뻗었다. 이번에는 준후의 양쪽 땅이 아까보다도 더 깊게 파였다.

"덤벼라. 더 이상은 봐주지 않겠다."

현암이 간신히 말하자 준후가 현암에게 물었다.

"날 죽일 수 있을까?"

별안간 준후는 부적 한 뭉치를 잡아 허공에 휙 뿌렸다. 부적들은 만부원진의 모습으로 구체를 형성해 준후의 주위를 돌며 준후를 보호했고, 준후의 양손에서는 뇌전과 멸겁화의 기운이 동시에 맺혀 갔다. 과거와는 비교될 수 없을 정도로 엄청난 기운을 내뿜고 있었다.

현암은 아무 말도 하지 않고 천천히 공력을 끌어올려 양손에 모아 갔다. 그러는 동안 현암의 얼굴이 순식간에 붉어졌다 푸르러지기를 대여섯 번이나 반복했으며, 현암으로부터 심상치 않은 진동이 주위로 번져 나갔다.

일순간 현암의 코에서 피가 터져 나왔지만 현암은 전혀 동요하지 않았고, 이윽고 현암의 양 주먹에서는 '탄' 자 결보다도 더욱 밝아 보이는 구체가 퍼져 나오기 시작했다. 그러면서 기이한 진동이 사방을 가득 메워 이제 이 근방은 누가 소리를 지르더라도 들리지 않는 기이한 공간이 돼 버렸다. 승희의 말도, 울음소리도 더 이상 현암에게는 들리지 않았다. 하지만 그 구체는 현암의 모든 것을 흡수하려는 듯, 현암의 얼굴은 눈에 띌 정도로 파리해지기 시작했다.

그 모습을 보며 더 이상 견딜 수 없다는 듯 승희가 외쳤다.

"그만해! 현암 군! 그러다가 죽어!"

하지만 현암은 담담히 고개를 저어 피하라는 시늉만 해 보일 뿐이었다. 승희는 현암에게 달려들려 했지만 현암의 주먹에서 뿜어져 나오는 기이한 기운 때문에 가까이 갈 수조차 없었다.

"안 돼! 그만해! 준후야! 현암 군!"

승희가 악을 썼다. 승희는 알 수 있었다. 현암은 슬픔과 고통 때문에 지금 준후를 죽일 뿐만 아니라 자신도 준후 손에 죽으려는 것이다. 그래서 현암은 월향검을 사용하지 않고 자신의 몸으로 부딪치려고 하는 것이다.

현암의 손에 맺힌 구체가 너무도 찬란한 빛을 내뿜어 이제 현암의 모습은 그에 가려서 잘 보이지도 않았다. 그러나 준후의 손에 맺힌 두 가닥의 기운도 무시무시하기는 그에 못지않았다.

두 사람은 이제 필생의 전력을 기울여서 정면충돌할 판이었는데, 그 둘을 말릴 사람은 아무도 없었다. 하지만 다음 순간, 두 사람의 사이에 갑자기 또 다른 빛 덩어리가 생기기 시작했다. 쓰러져 있던 박 신부의 몸에서 나오는 빛이었다. 박 신부는 잠시 정신을 잃었지만, 이내 정신을 차려 사태를 파악하고는 오라 막을 펼친 것이다.

박 신부는 힘겹게 몸을 일으켰다.

박 신부는 잠시 비행기 안에서 꾸었던 꿈을 떠올렸다. 거짓말처럼, 그때의 꿈과 똑같은 상황이었다. 박 신부도 슬픔을 참을 수 없었다.

'이래도 되는 건가…….'

박 신부는 고통스러운 나머지, 반백이었던 머리가 순식간에 흰색으로 완전히 변해 버렸다. 그 모습을 보자 현암은 자신도 모르게 눈물이 핑 돌았다.

그때 박 신부의 음성이 현암에게 울려왔다.

현암 군, 그만하게. 이래서는 안 되네…….

그러나 현암은 이를 악물었다.

신부님, 용서하십시오. 저는…….

안 되네, 현암 군…….

현암이 갑자기 오른편으로 빙글 몸을 굴렸다. 박 신부의 오라를 피해 준후를 치려는 것이다. 준후도 같은 생각을 했는지 힐기보법을 이용해서 순간적으로 위치를 옮겼다. 그러자 박 신부는 다시 있는 힘을 다해 오라를 뻗어 두 사람 사이를 막았다.

이제 준후나 현암 둘 중 한 명이라도 힘을 쏟아 내기만 하면 세 사람의 힘이 충돌할 판이었다. 그렇게 되면 두 사람뿐만 아니라 그 사이에 끼인 박 신부마저도 위험해졌다. 소리를 지르던 승희는 더 이상 견디지 못하고 까무러쳤다.

그때 세 사람 사이에 뛰어든 사람이 있었다. 아라였다.

"그만둬요! 준후 오빠! 오빠가 그런 게 아냐!"

아라는 다급하게 뭔가를 꺼내 세 사람의 사이에 던졌다. 그것을 보자 준후의 안색이 싹 변하더니 뒤로 주춤 물러섰다. 그것은 준후의 수첩이었다. 전에 아하스 페르츠와 대적하다가 떨어뜨린 것인데 준후는 설마 아라가 수첩을 가지고 있으리라고는 상상도 하지 못했다.

발을 동동 구르며 아라가 다시 외쳤다.

"저걸 보면 알 수 있어요! 오빠는……! 오빠는 지금 모든 걸 덮어쓰고 자기가 죽으려는 거야!"

예기치 못한 일이 터지자 당황한 준후가 급히 외쳤다.

"바보 같은 계집애야! 너는 지금……!"

두 눈을 크게 뜨고 아라는 준후를 보며 악을 썼다.

"안 돼! 안 돼! 그건 안 돼!"

그러고는 박 신부를 향해 외쳤다.

"저걸 보세요! 난 뭔지 모르지만, 저건 예언서를 번역한 거예요! 준후 오빠는 저대로 하려고……! 저대로 죽으려 하는 거라고요!"

순간 현암과 박 신부는 둘 다 움찔하면서 움직임을 멈추었다. 손에서 빛이 사그라지면서 현암의 표정은 다시 정상적으로 돌아오기 시작했다.

준후 역시 모든 기운을 거두고 수첩을 주우려 했다. 그러나 그보다 앞서 아라가 준후를 막아서자 준후는 아라를 향해 뇌전의 줄기를 내뻗었다.

그 순간 아라 앞으로 준호가 뛰어들었다. 준호는 아라가 위험해지자 몸을 내던져 그 앞을 막아선 것이다. 그리고 무의식중에 손을 내밀자마자 준후의 뇌전이 준호의 손바닥으로 빨려 들어갔다가 다른 쪽 손바닥으로 나와 허공으로 날아가고 말았다. 물론 준호는 그 충격으로 데굴데굴 굴렀지만 아라는 무사했다.

준후는 두 아이를 노려보며 악을 썼다.

"이 바보들! 세상을! 세상을 망하게 할 참이야!"

그때 이미 박 신부는 수첩을 집어 들어 펴 본 뒤였다. 박 신부는 기운을 너무 쓴 탓에 몇 번 휘청거렸지만, 준후는 수첩을 박 신부의 손에서 빼앗을 수가 없었다.

준후는 낙담한 듯, 그 자리에 털썩 주저앉으면서 아라를 향해 외쳤다.

"너, 너는……!"

준후는 다시 한번 아라, 네가 세상을 망하게 했다고 외치려다가 그 말을 삼켜 버렸다. 돌연 지금까지 꾹꾹 억누르고 있었던 눈물이 한꺼번에 터져 나왔다. 급기야 준후는 목 놓아 울기 시작했다. 그러고는 자신이 무슨 소리를 하는지도 모른 채 마구 떠들어 댔다.

"미안해요! 미안해요! 현암 형! 신부님, 모두, 모두 미안해요!"

박 신부는 준후의 수첩을 한참 보더니 해쓱한 낯빛으로 현암에게 수첩을 건넸다. 현암 역시 그것을 급히 받아 펼쳐 보았다. 현암의 낯빛도 조금 파리해졌지만 이내 박 신부에게 말했다.

"제가 정말 실수할 뻔했군요. 신부님, 죄송합니다."

"아닐세. 다만…… 준후가 지금까지 얼마나……."

현암은 수첩을 박 신부에게 건네주고 뚜벅뚜벅 걸어가 울고 있는 준후를 번쩍 일으켜 세웠다. 그리고 차분한 목소리로 말했다.

"이 녀석…… 넌 나쁜 녀석이다. 알아?"

현암은 준후를 꽉 안고 등을 몇 번 두드려 주었다. 승희는 어찌

된 영문인지 알 수 없어 눈을 크게 뜨고 박 신부에게로 다가갔다. 그의 등 너머로 보이는 수첩에는 다음과 같은 글귀가 적혀 있었다.

> 스스로 징벌자가 돼라. 그래야 세상을 보호하리라.
> 가장 친한 사람의 손에 대신 죽어야 세상이 살리라.
> 그러나 그대의 길은 험난하기 이를 데 없으리니,
> 그의 손에 죽기 위해 모든 죄를 긁어모아야 하리라…….

"『해동감결』?"

승희가 눈을 크게 뜨며 박 신부에게 묻자 박 신부는 고개를 끄덕였다.

"그런 것 같구나……. 준후 녀석…… 이것 때문에……."

『해동감결』을 버리다

준후의 모든 행동은 『해동감결』의 마지막 글자를 위해서였다. 그 때문에 준후는 의혹받을 행동을 해 왔으며, 그 많은 죄를 뒤집어쓴 것이다.

준후는 가장 친한 사람, 즉 박 신부나 현암이나 승희의 손에 자신이 죽어야 한다는 글을 보고는 무척 괴로웠으나 그 예언을 따르지 않을 수가 없었다. 세상의 운명이 걸려 있는 탓에 어찌할 방법이 없었다.

그러나 괴로운 것은 둘째 치고 그들의 손에 죽는 것이야말로 어렵기 짝이 없는 일이었다. 하늘이 두 쪽이 난다고 하더라도 퇴마사들은 사람의 목숨을 절대 해치지 않았으며, 더군다나 무슨 죄를 지어도 자신을 죽이려 할 것 같지 않았다.

일단 준후는 현암을 목표로 삼아 계획을 짰다. 박 신부는 절대 평정을 잃을 사람이 아니고, 승희는 그럴 기운이 없으니 조금 울컥하는 성미를 지닌 현암이야말로 자신을 죽일 가능성이 있었다.

그런 현암을 동요시키려면 정의롭지 않은 짓을 하는 것이 가장 좋았다. 단 한 번의 잘못으로 현암이 자신을 죽이려 할 리 만무했다. 그래서 준후는 온갖 마음의 고통을 무릅쓰고 자신이 악하게 변해 가는 과정을 보여 주려고 오랜 시간 동안 연극을 해 오며 많은 준비를 한 것이다.

"연희 언니는 정말 죽었니?"

승희가 준후에게 묻자 준후는 이제 자포자기한 듯 고개를 저었다.

"아뇨……. 누나에겐 미안하지만…… 연희 누나는 기절해서 보호받고 있을 거예요. 도인들에게……."

"도인들?"

현암은 준호에게 그간 있었던 일을 물었다. 준호가 간략히 말해주자 머리 회전이 빠른 현암은 "아하!" 하며 탄성을 자아냈다. 비로소 준후의 깊은 심계를 눈치챈 것이다.

라미드 우프닉스인 연희는 고반다나 아하스 페르츠 등이 노리는 존재였다. 그러므로 그녀와 같이 행동하는 것은 위험하기 짝이 없었다. 그녀에게 그 사실을 알릴 수도 없었다. 결국 그녀를 일부러 떼어 놓는 수밖에 없었는데, 그때가 가장 적기였다.

더구나 연희를 혼자 내버려두면 다른 자들이 해칠 우려도 있었다. 그래서 준후는 한빈 거사를 죽였다는 죄명을 뒤집어쓴 채, 도인들이 자신을 쫓게 만들고 연희를 그들에게 넘겨줌으로써 암암리에 연희가 보호를 받을 수 있도록 한 것이다.

도인들은 연희가 준후와 가까이 지내고 있다는 것을 알고 있으므로 연희를 감금할 것이며 또한 잘 보호할 것이 틀림없다. 따라서 그동안 연희는 다른 자들의 공격에 안전할 수 있을 것이며, 퇴마사들을 따라 위험한 곳에 뛰어들지 않아도 된다.

여기까지 생각한 현암은 고개를 저으며 준후에게 말했다.

"너 대단하구나……."

"오래 생각한 거예요……."

준후는 눈물 젖은 얼굴에 밝은 웃음을 띠며 되받았다.

"그런데 한빈 거사님은……? 네가 해친 것은 아니지?"

"그럼요……. 거사님은 천지 공사를 실패하신 후 이번 말세는 인간 스스로가 자초한 위험이라 하셨어요……. 그리고 시해법(尸解法)[5]을 쓰셨는데, 난 그저 그 상황을 이용한 것뿐이에요. 그 근처

5 도력이 높아진 선인이자 도사도 인간으로 태어난 이상 죽음을 피할 수는 없다. 그러나 실질적으로 죽는 것을 피하고자 만들어진 것이 이 시해법이다. 시해법은 몸 안에

에 오행술 자국을 남기고…… 외람되지만…… 빈 시신에 흔적을 남겼어요."

대도인들은 시해법이라는 기법을 써서 죽음을 면할 수 있다고 하는데, 한빈 거사는 대도인답게 그 방법을 사용한 것이었다.

"그렇다면 베드로 수사는?"

박 신부의 질문에 준후가 서슴없이 대답했다.

"제가 그때 바티칸에 있었던 것은 사실이에요. 저도 점토판을 얻으려 했거든요. 그러나 제가 베드로 수사를 따라갔을 때, 그는 이미 죽어 있었어요. 저는 점토판을 꺼내 신부님께 보내 드린 것 밖에는 없어요."

"역시……."

고개를 끄덕이는 박 신부를 보며 준후가 얼른 말을 이었다.

"그러나 한 가지…… 아네스 수녀는 정말 해치려고 했어요. 그때는 저 자신을 자제하지 못했거든요. 그리고 그녀는…… 그녀는 위험해요. 그 여자는 반드시 우리 중 누군가를 해칠 거예요! 그래서 나는 너무 마음이 아파서……."

있는 영적인 자신, 즉 원신(元神)을 성장시켜 원신이 실제 자신의 몸과 같아질 정도가 되면 자신의 죽음의 때를 기다린다. 그래서 실제의 몸을 매미 껍데기처럼 죽게 만들고 그때 원신을 피하게 해 죽음을 맞았으면서도 원신으로서 살아갈 수 있게 한다. 원신은 태어남의 과정을 겪은 것이 아니므로 당연히 죽음을 맞지 않으며 이때부터는 신선의 경지로 들어가는 것이다. 물론 상상의 술수이며 실제로 이루어지는 술수라고는 볼 수 없으나 이러한 전설은 아주 오래전부터 도교나 수련자들에게 많은 영향을 주어 왔다.

"역시 넌……."

승희가 준후의 등을 툭 치면서 기쁨에 겨워 훌쩍거렸다. 좀 더 이야기를 나누다 보니, 이 기이한 힘을 불러낸 것이 준후가 아니었다는 것도 알게 됐고, 준후가 징벌자를 자처한 것도 『해동감결』의 말을 따르려 했을 뿐이라는 것도 알게 됐다.

놀랍게도 『해동감결』에는 지금 일어난 상황을 예견하는 듯한 글귀까지 있었고, 그때 '그'를 자처하면 모든 것이 풀린다는 구절도 있었다. 물론 준후가 징벌자를 자처해서 일이 해결된 것은 아니지만 모두 『해동감결』의 정확성에 다시 한번 감탄했다.

모든 상황이 이해되자 현암과 승희, 박 신부의 마음은 날듯이 가벼워졌다.

잠시 후 준후가 웃으면서 뜻밖의 말을 했다.

"저도 기뻐요. 모두 이해해 주시리라 믿어야 했는데…… 그런데…… 서둘러야 하지 않나요?"

"뭘 말이냐?"

현암이 묻자 준후는 입가에 웃음을 머금고 되물었다.

"나를 죽여야 하잖아요?"

순간 현암과 박 신부, 승희의 표정이 굳어졌다. 준후의 마음이 변하지 않은 것을 알고 기뻐하던 마음이 차갑게 가라앉았다.

그래도 준후는 슬픈 기색을 보이지 않고 밝게 웃으며 말했다.

"『해동감결』을 따라야죠. 아직 틀어진 것은 아니에요. 나는 징벌자를 자처했고, 그 사실은 이제 다 알려질 거예요."

"아무도 몰라!"

현암이 거칠게 외치자 준후는 미소를 띠었다.

"모두 정신을 잃고 있었지만, 나는 알아요. 가브리엘 수사가 빠져나갔어요. 지금쯤 멀리 갔을 테니, 이제 모두들 나를 잡으러 올 거예요. 시간이 없어요."

"준후야! 어떻게…… 너를……."

승희가 다시 울먹이자 준후는 쓸쓸히 고개를 저었다.

"그럴 것 없어요. 이게 맞아요. 『해동감결』이 옳았어요. 제가 징벌자를 자처했으니, 제가 죽으면 누구도 다시 징벌자를 찾지 않을 거예요. 그리되면 징벌자는 별 탈 없이 태어나게 되고, 천기는 거슬러지지 않는 거죠. 그리고 지금대로라면 신부님, 현암 형 모두 큰 오해를 사고 있으니 매우 위험해요. 하지만 내가 현암 형이나 누구 손에 죽으면, 오해도 풀 수 있잖아요……."

말끝을 흐리는 준후를 쳐다보며 박 신부가 간곡히 말했다.

"준후야…… 내 말 좀 들어 보렴."

그러자 준후는 고개를 저으며 홀린 듯 중얼거렸다.

"망설이지 마세요. 잊었나요? 나는 이제 얼마 남지 않았어요."

"뭐가 말이냐?"

"왜 모르는 척하시나요? 제가 쓰는 주술은 명을 단축하는 것들이죠. 그래서 그렇게 쓰지 말라고 했잖아요."

현암과 박 신부의 얼굴이 하얗게 질렸다. 그러자 준후는 슬픔이 깃들인 얼굴에 무척 환한 미소를 띠며 말을 이었다.

"나도 알아요. 아주 잘 알고 있어요. 하지만 기뻐요. 내 가장 친한 사람들은 형과 신부님, 누나예요. 이제 며칠 남지 않은 삶인데, 가장 친한 사람들 손에 죽으면 좋잖아요? 행복할 거예요."

준후는 말하다가 감정이 복받치는지, 주르륵 눈물을 흘렸다.

"어서요. 망설이지 말아요. 나는 세상을 구하는 거예요. 이보다 더 행복할 데가 어디 있겠어요? 안 그래요?"

"야, 인마!"

현암과 승희는 격정을 이기지 못하고 정신없이 엉엉 울어 댔다. 아라도 울고, 준호도 울고, 수아마저도 울었다. 그러나 박 신부만은 장승처럼 서서, 입술을 깨물며 뭔가를 생각했다.

준후는 단정하게 자세를 고쳐 앉아 눈을 감고 말했다.

"어서요! 아프지 않게 해 주면 더 고맙겠군요."

느닷없이 박 신부가 준후의 수첩을 앞으로 내밀면서 준후에게 물었다.

"준후야, 그다음은 어떻게 하지? 여기 쓰여 있니?"

"예. 말씀드려도 상관없지만…… 그걸 보시면 돼요."

"『해동감결』 원본은?"

"여기요……."

준후가 『해동감결』 원본을 내밀었다. 그러자 박 신부는 그것을 보며 중얼거렸다.

"그래……. 그렇구나……."

파리하게 질린 현암과 승희가 동시에 박 신부에게 외쳤다.

"신부님! 안 돼요!"

"신부님!"

박 신부는 돌연 껄껄 웃으며, 손에 든 수첩을 갈기갈기 찢었다. 그리고 오라를 발해 수첩 조각과 『해동감결』 원본을 휘감았다. 그것들은 순식간에 먼지가 돼 흩어져 버렸다.

준후는 깜짝 놀라 박 신부에게 소리쳤다.

"신부님!"

평온한 표정으로 박 신부가 미소를 머금었다.

"준후야, 일어나렴."

놀라움을 이기지 못한 준후가 다시 외쳤다.

"신부님! 하지만 『해동감결』은……!"

그때 현암이 껄껄 웃으면서 나섰다.

"잘하셨습니다! 잘하셨어요!"

"그래서는 안 돼요! 신부님!"

준후가 어쩔 줄을 모르고 계속 외치자 박 신부는 고개를 저었다. 급기야 준후는 울상을 지으며 떼를 쓰듯 말했다.

"『해동감결』은 틀린 적이 없어요! 이래선 안 돼요!"

비록 박 신부의 표정은 온화했지만 목소리만큼은 단호했다.

"『해동감결』은 이제 믿지 않기로 한다."

"예? 아니, 어떻게……."

그러자 현암이 재빨리 말했다.

"찬성입니다! 준후야. 나는 원래 운명이니, 예언이니 하는 것,

별로 믿고 싶지 않았다. 인간의 미래가 모두 정해져 있다면 끔찍하지 않겠니? 그런 것, 보지 않았다고 여기면 그뿐이잖아!"

"나도 그래!"

승희가 한마디 거들자 박 신부는 고개를 끄덕여 보였다.

그래도 물러서지 않고 준후가 계속 외쳤다.

"안 돼요! 안 돼요! 모두의 마음은 알아요! 하지만……."

대뜸 현암이 준후의 말을 끊었다.

"준후야, 난 운명은 결정된 것이 아니라 생각해. 운명은 개척하는 거지, 주어진 순번대로 밟아 가는 게 아냐. 예언서를 믿고 앞으로의 행동을 결정하는 것, 난 정말 마음에 들지 않았다. 우리 스스로의 생각대로 해 나가면 되는 거지. 예언서 따위를 과신하긴 싫어."

"하지만 이건…… 보통 문제가 아니에요. 세상을 구하는……."

이번엔 승희가 덧붙였다.

"이런 말을 들은 기억이 나. 모두를 위해 한 사람에게 희생을 강요하는 것은 결코 옳지 않다고 말이야. 만약 그런 희생을 통해서만 유지될 세상이라면 차라리 망해 버리라고 그래! 그런 세상이면 망해도 싸! 나도 그렇게 생각해! 아니, 차라리 망하라고 그래!"

"누나! 그건 너무……."

잠시 세 사람의 이야기를 듣고 있던 박 신부가 조용히 말했다.

"준후야, 내 생각은 이렇다. 우리가 지금껏 『해동감결』을 믿고 따른 것은 그것이 미래에 대한 옳은 조언을 해 주었기 때문이야. 하지만 지금 이런 행동을 하라고 쓰여 있었다는 것을 보니, 그것도 믿을 만한 것이 아닌 듯싶다. 그런 말을 그대로 믿고 따를 수는 없는 거야. 설령 『해동감결』의 내용이 모두 맞는 것처럼 보이더라도, 옳지 않은 행동을 할 수는 없다. 더구나……."

박 신부는 눈을 감았다가 말을 이었다.

"옳지 않은 행동으론 세상은 결코 구원되지 않는단다. 작은 일에 있어서는 일순간 옳지 않은 일이 효과를 볼 수도 있겠지만, 이런 큰일에 대해서는 결코 영향을 주지 못할 거야."

현암도 맞장구를 쳤다.

"맞습니다. 준후야, 역사상 테러가 역사의 흐름을 뒤집은 적은 없어. 카이사르가 암살됐어도 로마가 무너진 것은 아니듯, 세상의 운명이란 것이 한 사람의 죽음으로 달라진다고 볼 수는 없어! 그리고 네가 징벌자 역을 뒤집어쓴다고 반드시 모든 게 잘 풀리라는 보장은 없어. 네가 헛되이 희생할 확률이 훨씬 높다!"

마치 그 말을 못 박기라도 하듯 승희가 소리 높여 외쳤다.

"『해동감결』은 그저 쓰레기야! 사람을 홀리고 죽이는 백해무익한 책이라고!"

준후는 세 사람이 강력히 외치자 눈물을 흘렸다.

"하지만…… 다른 방법이 없잖아요……. 지금대로라면…… 나는 오히려 일을 그르친 건데……."

박 신부는 고개를 가로저었다.

"그르친 것도 없고, 다른 방법을 찾을 것도 아니다. 아직 정해진 것은 하나도 없다. 우리가 바라는 것은 다른 사람들의 틀린 행동을 막는 거야. 말세를 이끌 징벌자라는 이유로 억울한 죽임을 맞게 되는 그 사람을 구하기 위해 우리는 일을 시작한 거다. 너를 포함해서 말이다! 그러니 그 일을 하면 돼."

"하지만 많은 사람들이 그 징벌자를 노려요. 우리가 과연…… 구할 수 있을까요? 우리는 지금 그에 대해 아는 게 하나도 없잖아요?"

그러자 현암이 말했다.

"일단 사람들을 모두 깨우도록 하자. 이 지긋지긋한 곳에 오래 있을 필요는 없잖아."

실패한 연극

아직 백호와 해밀턴, 황달지 교수는 정신을 차리지 못하고 있었다. 그리고 모조리 무너진 신전 터에 이반 교수와 성난큰곰, 바이올렛과 윌리엄스 신부 등도 쓰러져 있는 것이 보였다. 현암과 박 신부는 움직이기가 힘들었지만, 그 외의 모든 사람은 힘겹게 발걸음을 옮기면서 다른 사람들을 깨우려 했다.

그러나 해밀턴은 너무나 기운을 쓴 탓에 일어나지 못했고, 성난큰곰은 부상이 심했으며, 백호는 무슨 이유인지는 모르지만 일어서지 못했다. 그리고 로파무드는 마지막 순간에 고반다가 무슨 술수를 썼는지 온몸이 굳어져서 마치 시체 같았다. 맥박은 뛰고 있었으나 의식은 없는 듯했다.

이윽고 정신을 차린 이반 교수와 바이올렛, 황달지 교수가 힘을 합해 땅에 떨어져 있던 타보트 상자를 끌어냈다. 정말 우연히, 이반 교수의 총기는 타보트 상자 밑에 깔려 있었던 탓에 온전했다.

이반 교수는 총기를 살펴보며 안도의 한숨을 내쉬면서 곧 재무장했다.

윌리엄스 신부는 정신을 잃은 것 같진 않았지만 피를 너무 소모해서 자꾸 기절했다가 눈 뜨기를 반복했다. 뭔가 말하고 싶은 듯이 입술을 달싹거렸지만 입 밖으로 말을 내뱉지는 못했다.

아무튼 이반 교수가 정신을 수습하고 신전 밖에서 벌어졌던 일을 설명해 주자 그제야 모든 사람은 프란체스코 주교가 왜 그런 행동을 했는지 자초지종을 알 수 있었다.

그런데 어떻게 이 자리에 살아남게 됐는지, 도무지 이해할 수 없는 사람들이 있었다. 안나스와 카르나였다.

안나스를 보고 준호는 고개를 갸웃했다.

"이상한데……? 안나스가 어떻게 아직도 살아 있는 거지?"

준호는 예전에 아기들의 영과 함께 이야기를 나눴기 때문에 분명 아기들의 영이 준호의 동료인 퇴마사들만은 죽이지 않은 줄로만 알았다. 해밀턴은 마지막 순간 이들을 도왔으니 같은 편이라 해 줄 만했다. 그런데 안나스는 어떻게 살아남은 것일까?

준호는 아라에게 물어보았으나 아라는 심드렁하게 대답했다.

"저기도 사람이 그냥 있잖아, 저기도."

아라는 쓰러져 있는 카르나와 얼음덩어리로 돼 있는 아네스 수녀와 루카 수사를 가리켰다. 그것을 보는 순간 준호는 해밀턴의 보호막 속에 있는 사람들은 모두 살아남은 것일까 하고 생각했다. 설령 그렇다 해도 카르나의 경우는 이해가 되지 않았다.

그러나 아라는 준호의 말을 들을 기분이 아니었다. 준후의 안위에만 모든 신경을 쏟고 있었기 때문이다. 그나마 대답을 해 준 것도 준호가 자신의 몸을 방패 삼아 자신을 구했던 일 때문이었다. 준호는 그런 아라의 기분을 눈치채고 한숨을 쉬며 입을 다물었다.

한편, 박 신부는 윌리엄스 신부를 보고는 그가 뭔가를 애타게 말하려 한다는 것을 깨달았다. 그래서 박 신부는 급히 윌리엄스 신부의 마음속으로 대화를 청했다.

윌리엄스 신부가 간간이 마음속으로 이야기를 전해 왔다.

박 신부님…… 저들은 알고…… 알고 있습니다.

무엇을 말이오?

이단 심판소…… 그리고 안나스…… 그들은 타보트에 숨겨진 비밀 때문에…… 이곳에…… 온 겁니다……. 언뜻 들었지만 분명합니다……. 그러니 어서…… 그것을…….

그 말을 전하고 윌리엄스 신부는 서서히 깊은 잠에 빠져들었다. 잠이라기보다는 기절에 가까운 상태였지만.

박 신부는 윌리엄스 신부를 편히 눕힌 후 중얼거렸다.

"타보트에 다른 비밀이 있다고?"

박 신부는 곧 현암, 승희, 이반 교수 등과 함께 간단히 이 일에 대해 상의한 뒤 안나스에게 자초지종을 묻기로 했다. 승희는 바이올렛, 아이들과 함께 부상자들을 돌보려고 저만치로 갔다.

이반 교수가 안나스를 깨웠다. 능력이 없던 탓에 큰 부상을 입지 않았던 안나스가 곧 정신을 차렸다.

"이건……?"

안나스는 눈을 뜨자마자 주변부터 둘러보았다. 자신이 살아 있다는 사실이 믿기지 않는 모양이었다.

이반 교수가 총을 철컥 소리가 나게 장전하며 안나스에게 물었다.

"이제 당신이 이야기할 시간이오."

안나스는 주위를 다시 한번 둘러보고는 입을 굳게 다물었다. 주위에는 오로지 퇴마사 일행들만 있을 뿐, 다른 사람들은 보이지 않았던 것이다.

이반 교수가 또다시 다그치자 그는 씹어뱉듯 말했다.

"적그리스도의 졸개들과는 할 말이 없다!"

그 말만 하고 안나스는 눈을 질끈 감아 버렸다. 안나스도 대단한 자라 마음을 굳게 닫고 있어 이대로는 어떻게 할 수 없을 것 같았다. 이반 교수가 몇 번 더 다그쳤지만 그는 들은 체도 하지 않았다. 그렇다고 그에게 고문을 가할 수도 없었다.

현암은 눈짓으로 준후를 부르고는 나지막이 속삭였다.

"저자는 너를 두려워하는 것 같으니, 네가 말을 좀 하렴."

"예?"

"너는 그냥 아무 말이나 하면 돼. 아주 엄숙하게 말이야. 그리고 나머지는 나에게 맡겨."

준후는 내키지 않는 듯했지만, 곧 안나스 앞으로 나갔다. 그러고는 엄숙하게 입을 열었다.

"어서 사실대로 말해요."

준후의 말이 끝나자마자 현암이 영어로 안나스에게 소리쳤다.

"말세에 임하실 분이 명하신다. 사실대로 말하라."

준후는 영어에 서툴렀지만 현암의 말이 어딘가 이상하다는 것을 느꼈다. 그러나 당장은 뭐라고 할 수 없어 준후는 다시 안나스에게 물었다.

"타보트에 대해 당신이 뭔가 아는 게 있다고 하던데요? 어서 말해 봐요."

또다시 현암은 안나스를 쳐다보며 잔뜩 위협하듯 영어로 말했다.

"지금 당장 타보트의 비밀에 대해 털어놓지 않는다면 유대인들에게 아까처럼 그 안개를 보내시겠단다. 너의 '선택받은' 종족이 이 지상에서 남김없이 사라져 버려도 좋은가?"

그 말에 안나스의 안색이 시퍼렇게 질렸다. 안나스는 비록 검은 편지 결사를 주재하고 있고 세상을 뒤집으려는 야심을 가진 자였지만, 항상 스스로 랍비라고 칭했으며 자신의 동족인 유대인들을 지극히 생각하고 있었다. 따라서 그런 협박을 가하자 그의 안색은 눈에 띄게 달라졌다.

준후는 뭔가 이상하게 돌아가는 것 같다는 느낌이 들었지만, 복잡한 영어를 이해하지 못해 어리둥절한 표정만 짓고 있을 뿐이었다. 한편, 저만치에서 박 신부는 현암의 얼토당토않은 소리를 들으며 속으로 웃고 있었다.

"너는 어떻게 그런……."

마침내 안나스가 입을 열자 현암이 목소리에 잔뜩 힘을 주고 얼른 되받았다.

"이봐, 네가 말을 하지 않는다고 우리가, 아니 여기 말세에 임하실 분이 모르실 것 같은가? 다만 조금 수고를 덜려는 것뿐인데, 이 정도도 협조를 안 한다면 너희는 정말 쓸모없는 족속이 아니겠나? 이분의 힘은 아까의 몇십 배로 커지고 계시다. 뭐 그렇다면, 지금 당장 유대인들 정도는 전멸시켜 버려야겠군."

"헛소……."

안나스는 노해서 외치려 했지만 다급하게 입을 다물었다. 확실히 아까 본 그 무시무시한 안개는 가공할 만한 것이라, 순식간에 수만, 수십만 명도 해칠 수 있을 것 같았다.

안나스 역시 프란체스코 주교처럼 준후가 적그리스도임이 분명하다고 믿고 있었다. 순식간에 몇십 배로 힘이 커진다는 것은 믿기 어려웠지만, 안나스는 현암의 협박에 초조해지지 않을 수 없었다. 그래도 안나스는 현암의 무지무지한 협박에도 불구하고 전혀 입을 열지 않았다.

현암은 몇 번 더 안나스를 다그치다가 느닷없이 준후에게 영어로 말했다.

"할 수 없군요. 이런 녀석 때문에 시간 낭비하지 말고 어서 가시지요."

그러고는 대뜸 안나스의 뒤통수를 퍽 내리쳤다. 힘없는 노인인 안나스는 곧바로 기절해 버렸다. 현암이 의외로 간단히 포기해 버리자, 모두가 의아해했다.

"어찌하려고 그러시오?"

이반 교수가 묻자 현암은 웃으며 대답했다.

"이자가 쉽게 이야기할 리 없지요. 이건 일 단계에 불과합니다. 제게 다 생각이 있어요."

안나스가 정신을 차렸을 즈음엔 주변에는 아무도 없었다. 안나스는 황급히 주변을 둘러보다가 가야바와 율리아를 포함한 모든 사람이 죽어 버린 사실을 기억해 내고는 잠시 슬피 눈물을 흘리며 기도문을 읊었다.

다음 순간, 안나스의 눈에 타보트 상자가 들어왔다.

'왜 저것을 놓아두고 간 거지?'

안나스는 의아해하며 주변을 둘러보았지만 주변에는 정말 아무도 없는 것 같았다. 그러나 안나스는 신중하게 생각했다.

'나를 함정에 빠뜨리려는 거야!'

안나스는 마음을 굳게 먹었지만 타보트 상자에 대한 미련은 쉽게 떨쳐 버릴 수가 없었다. 오래전부터 저 물건을 얻으려고 얼마나 갈망해 왔던가. 바로 그 물건이 눈앞에 떨어져 있는데 호기심이 일지 않을 수 없었다. 안나스는 유혹을 이기려고 마음을 다잡았다.

'적그리스도가 나타났는데, 과거의 예언이 무슨 소용인가?'

그러나 안나스도 아직은 그 안의 예언 내용을 알지는 못했다. 그렇다면 그 예언에 적그리스도를 막을 무엇인가가 있는지도 모른다. 더군다나 아까의 말을 생각하면, 적그리스도는 이제 유대인들부터 전멸시킬지도 몰랐다. 시간이 없었다. 안나스는 마음을 굳게 먹었다.

'그렇다. 내가 여기서 이것을 보지 않는다면 세상은 끝이다. 만에 하나 함정이라고 해도 내가 입을 다물면 그만이다. 죽어도 입을 열지 않으면 된다.'

드디어 안나스는 결심하고 조심스레 타보트 상자 쪽으로 갔다. 안나스는 최대한 낮은 목소리로 유대교 비전의 기도문을 읊으며 타보트 상자에 복잡한 도형을 그렸다.

그것은 타보트의 힘으로부터 자신을 지키는 도형이었으며, 이 도형을 그려야만 타보트를 보아도 죽지 않을 수 있었다. 안나스는 주술적인 능력은 없었지만, 이론으로는 거의 세계 제일이라 내세울 정도라서 타보트의 힘을 분산시키는 도형 역시 알고 있었던 것이다.

안나스는 신중하게 도형을 그린 뒤 다시 땅에 도형을 그렸다. 그리고 그 도형 한가운데에 앉아 아주 조심스럽게 타보트 상자의 뚜껑을 열었다.

그 시각, 저만치 떨어진 숲속에서 퇴마사 일행은 숨을 죽이고 승희의 얼굴을 초조히 바라보고 있었다. 아직도 해밀턴과 카르나,

백호는 정신을 차리지 못하고 있었지만, 이미 그들 모두를 숲속으로 옮겨 온 터였다.

눈을 감고 온 신경을 집중하고 있던 승희가 마침내 외쳤다.

"알았어요!"

"그래? 뭐지?"

현암이 들뜬 소리로 묻자 승희는 자신도 모르게 고개를 끄덕끄덕하면서 말했다.

"놀랍군요! 그건 모세의 예언이에요!"

"모세?"

박 신부는 긴장하며 현암의 어깨를 꽉 잡았다.

이번 일은 모두 현암의 기지에 의한 것이었다. 안나스는 고문하거나 죽인다 해도 자신이 알고 있는 비밀을 누설할 인물이 아니었다. 그리고 타보트를 보는 자는 죽임을 당하게 돼 있으니, 아무나 열 수도 없었다.

하지만 현암은 안나스가 타보트를 얻으러 왔다면, 그것으로부터 몸을 지키는 방법도 알고 있으리라 믿었다. 그래서 안나스에게 잔뜩 겁을 준 다음 타보트 상자를 놓아두고 사라지면 안나스가 반드시 그것을 열어 볼 것이라 확신했다.

현암이 알기로, 안나스는 비록 지식은 상당한 수준이었지만 주술 능력은 전혀 없는 사람이었다. 그렇다면 승희의 투시를 막을 능력이 없다고 보아도 무방했다. 단 한 가지 현암이 조바심을 낸 것은 혹시라도 승희가 투시력이 있다는 사실을 안나스가 생각해

낼지도 모른다는 점이었다. 그렇다면 안나스는 절대 타보트를 열어 보지 않을 터였다.

그 때문에 현암은 일부러 안나스에게 비밀을 털어놓으라고 말로써 윽박질러 그가 마음을 읽는 투시에 대해서는 신경 쓰지 못하도록 연막을 친 것이다. 그리고 그 작전은 보기 좋게 들어맞아, 안나스는 타보트 상자를 열어 비밀의 예언을 읽었고, 그것을 승희에게 다시 읽히고 만 것이다.

"아아…… 이런…… 이번에 닥치는 위기는…… 인간들이 자초하는 것이래요. 바로, 바로 라미드 우프닉스의 주술 때문에……!"

"뭐라고?"

"잠깐만요! 조용! 아…… 모세는…… 모세는 그 주술이 신을 속이는 것이며 그 때문에 언젠가 파국을 맞을 것을 알았대요……. 그 반작용으로…… 반작용으로……."

승희는 줄곧 말을 더듬다가 입을 꾹 다물었다. 아무도 그녀에게 말을 걸지 않았다. 그러고는 한참 뒤에 승희가 다시 입을 열었다.

"말세를 이끌 자가 태어난대요……. 아! 우리가 전에 본 메소포타미아의 점토판도 모세의 예언에 기초한 것 같아요! 모세는 그 아이가 태어날 날, 그 장소를 점쳤대요!"

"그게 언제지?"

현암이 참지 못하고 묻자 승희가 인상을 찌푸리며 대답했다.

"날짜를 구분하기 힘들어요. 유대교식으로 날짜가 쓰여 있는 것 같아서…… 아! 안나스가 그걸 환산해 보고 있어요! 세상에! 나흘

후에요!"

"장소는?"

박 신부가 초조한 빛을 감추지 못하고 승희에게 물었다. 승희는 정신을 집중하느라 오만상을 쓰고 땀까지 주르륵 흘리며 더듬거리며 말했다.

"모르는 장소…… 아직 알려지지 않은 땅…… 동쪽 끝 사람들의 후예가 사는 땅……. 이게 뭐야? 높은 산과 깊은 숲과 호수…… 바퀴도 없고, 청동도 말도 없는 곳……?"

"그리고?"

현암이 묻자 승희는 고개를 저었다.

"그게 다야."

"뭐?"

현암과 박 신부는 서로 얼굴을 마주 보았다. 조금 전에 더듬거리며 한 말이 무슨 암호나 수수께끼 같아서 도무지 갈피를 잡을 수 없었다.

"더 없어? 안나스가 무슨 생각을 하고 있는지도 모르니……."

그 순간, 승희가 갑자기 날카롭게 비명을 질렀다.

"아악!"

"왜 그래?"

현암이 놀라서 승희에게 묻자 승희는 크게 눈을 뜨며 말했다.

"방금 안나스가……! 쓰러졌어!"

"대체 누가 그랬지?"

"몰라!"

사태가 심상치 않음을 느낀 박 신부는 이반 교수와 바이올렛에게 아이들과 부상자들을 지켜 달라고 다급하게 말했다. 그리고 현암과 박 신부는 승희와 준후의 부축을 받으며 무너져 버린 신전 쪽으로 달려갔다. 승희의 투시력은 사백 미터 정도 안에서만 가능했기 때문에 안나스와 그리 멀리 떨어져 있는 것도 아니었으나 그 길은 한없이 멀게 느껴졌다.

신전 터에 도달했을 때 그들은 안나스를 쓰러뜨린 자가 누구인지 금세 알 수 있었다. 그곳에는 세 사람이 있었던 것이다.

"아네스 수녀?"

박 신부가 외치자 현암이 이어서 외쳤다.

"무색 스님?"

그곳에는 쓰러져 피를 쏟고 있는 아네스 수녀와 팔이 절단된 채 땅에 앉아 있는 루카 수사, 그리고 놀랍게도 무색이 서 있었다. 아네스 수녀와 루카 수사는 아까까지만 해도 얼음덩어리가 돼 있어 퇴마사 일행은 그녀에게는 신경을 쓰지 않았는데, 어느새 본래의 모습으로 돌아온 것이다.

사실 아네스 수녀는 처음에 냉기를 걸면서 그다음으로는 열기의 원소력을 사용했는데, 그녀는 시간을 두고 원소력이 발동되는 시한폭탄 같은 방법으로 열기의 주문을 걸었다. 그래서 비록 온몸이 얼어붙고 의식도 없었지만 조금 시간이 지나자 열기의 원소력이 발동돼 얼음을 녹이고 그녀와 루카 수사를 소생시킨 것이다.

그들은 퇴마사 일행을 차가운 눈빛으로 노려보았다. 특히 준후는 아네스 수녀의 눈빛을 받자 입술을 깨물었다.

"무슨 짓이오?"

박 신부가 다그치자 아네스 수녀는 차갑게 쏘아붙였다.

"박 신부, 아니, 미스터 박. 나는 당신을 그대로 믿으려 했는데…… 당신들은 도저히 구제될 길이 없어."

문득 준후의 눈에 아네스 수녀의 손이 이상한 낡은 천 같은 것으로 감겨 있는 것이 들어왔다. 그러다가 열린 타보트 상자 안이 텅 비어 있는 것을 보고 외쳤다.

"어? 타보트가?"

아네스 수녀는 '타보트'라는 말을 알아듣고 차갑게 웃으며 말했다.

"흥! 타보트는 교황청에서 접수하게 될 거야. 너희 손에 넘겨줄 순 없지."

"하지만 타보트를 어떻게……."

박 신부가 중얼거리자 아네스 수녀는 냉랭하게 대꾸했다.

"내가 들고 있는 것이 보통 물건인 줄 알아? 이건 성의(聖衣)야."

박 신부는 깜짝 놀랐다. 성의는 그리스도가 입었던 옷으로 베드로에 의해 로마로 옮겨졌다가 이후론 행방이 묘연했다. 성의 정도라면 타보트에게서 사람의 목숨을 보호해 줄 만했다. 그런데 그것을 아네스 수녀가 미리 준비를 해 가지고 왔다니…….

그때 무색이 앞으로 나섰다.

"당신들의 죄는 정말 깊고도 깊군그래. 이 수많은 사람을 해쳤을 뿐만 아니라 말세를 이끌어 내려 하다니…….”

“우리는……!”

현암이 말하려는데 아녜스 수녀가 날카롭게 외쳤다.

“우리를 죽이지 않은 게 너희의 실수다. 하지만 이제는 호락호락 당하진 않아!”

“모든 건 오해요! 이건…….”

현암이 설명하려 하는데 무색이 준엄하게 외쳤다.

“변명은 소용없다! 나는 눈이 보이지 않지만, 땅속에서 모두 들었다! 젊은이, 그렇게 보지 않았건만…….”

현암은 흙투성이가 된 무색의 옷을 보고 그가 살아난 이유를 알았다. 그는 땅속에 숨은 것이다. 그가 아녜스 수녀와 싸우다가 날아가 벽에 부딪쳐 쓰러졌을 때, 그 옆에는 흙무더기가 있었다. 그러다가 아기들의 영혼이 덮쳐 오자 흙무더기 속으로 몸을 피해 살아난 것이었다.

게다가 그는 아까 현암이 안나스를 속이기 위해 윽박지르던 말을 모두 들은 것 같았다. 상황이 그러했으니 오해는 풀기 어려웠다. 스스로 악의 하수인임을 소리 높여 외쳤으니 말이다.

“하지만 안나스는 왜 해쳤소?”

박 신부가 아연한 목소리로 묻자 아녜스 수녀는 대수롭지 않다는 듯이 말했다.

“이자가 비밀을 털어놓으려 했기 때문이지.”

잠자코 있던 루카 수사도 한마디 거들었다.

"너희만 꾀를 부리고 우리는 장님인 줄 아는가? 너희가 숲속에 숨어 있는 것을 나는 알았다. 저 어리석은 안나스는 너희 일당 중에 투시력을 지닌 자가 있다는 것을 잊었지만, 나는 잊지 않았어!"

루카 수사는 오감이 영민하고 두뇌 회전이 빨랐으며 어떤 순간에도 냉정을 잃지 않는 인물이었다. 그는 눈을 뜨자마자 안나스가 타보트를 정신없이 읽어 내리고 있는 광경을 보고는 곧 주변을 살펴 현암이 계획한 일을 눈치챈 것이다.

"어차피 이자는 악한 자였어. 주의 길에 반하는 자이니 지옥 불에 영원토록 탈 것이다. 아멘……."

아녜스 수녀는 중얼거리면서 성의로 싼 타보트를 품속에 집어넣었다. 그러고는 무색에게 말했다.

"용화교의 스님, 어서 가 보세요. 이제 당신들과 적대할 이유는 없으니……."

그 말에 무색은 아녜스 수녀에게 고개를 끄덕여 보이고는 무서운 속도로 달려갔다.

박 신부와 현암, 준후 등은 아녜스 수녀가 날카로운 눈빛으로 그들을 쏘아보는 통에 무색을 그냥 보낼 수밖에 없었다.

준후는 더 이상 참지 못하겠다는 듯 외쳤다.

"도대체 뭘 할 작정이야?"

"너희는…… 절대 성공할 수 없을 거야……!"

아녜스 수녀가 소리치자 현암이 나서며 말했다.

"당신들은…… 알고 있었단 말인가? 타보트에 숨겨진 내용을?"

"그래. 주님께 맹세하건대, 너희들의 사악한 계획은 절대 성공 못 할 거다! 저 녀석이 적그리스도인지 아닌지는 확실하지 않지만, 적어도 그에 버금가는 녀석이겠지? 너희는 그 하수인에다 위선자들이고 아무튼 너희가 바라는 일이 그대로 되지는 않을 거야. 절대 그냥 지켜보고만 있지 않을 테니까!"

듣다 못 한 박 신부가 호통을 치듯 말했다.

"아녜스 수녀! 당신은 우리가 정말 악마의 하수인이라 믿는가?"

순간 아녜스 수녀의 눈에서 한 줄기 눈물이 흘러내렸다. 아녜스 수녀는 지난번 박 신부가 목숨을 구해 주자 다시는 그와 적대시하지 않겠다고 말했었다. 하지만 아녜스 수녀는 표정을 바꾸어 냉랭하게 되물었다.

"프란체스코 주교님이 목숨을 버리며 하신 말씀을…… 어떻게 믿지 않을 수 있단 말인가?"

박 신부는 그제야 이 수녀가, 프란체스코 주교에 대한 존경심만이 아니라 남모르는 복잡한 감정을 숨기고 있었다는 것을 깨달았다. 수녀와 주교 사이라 사랑의 감정까지는 가지 않았다 해도, 남모르는 동경의 대상은 넘어서는 것 같았다.

아녜스 수녀가 박 신부 일행이 악마의 일당이 아니라 믿는다 해도, 프란체스코 주교의 죽음을 헛되게 하지 않기 위해서라도 이들에게 끝까지 맞설 것 같다는 느낌이 분명히 전해졌다. 박 신부는 더 이상 할 말이 없었다.

그러나 현암은 물러서지 않았다.

"우리는 더 이상의 희생을 막고 순리대로 일을 풀도록 하기 위해 그러는 거야! 그리고 당신 말대로라면 적그리스도가 여럿이 되는 셈인데……."

그 말에 아네스 수녀는 매섭게 웃으며 외쳤다.

"우리는 이미 알고 있어. 메소포타미아의 점토판에서 모든 것을 짐작했지. 과거부터 예언자들은 적그리스도는 여럿이라 했지. 그는 많은 분신을 거느리고 있으며 여러 곳에서 출몰할 것이라고. 지금 하나가 있고 또 하나가 나중에 태어날 테니까. 그리고 그 시간과 장소까지는 알 수 없었지. 허나 타보트가 내 손에 있고, 모세의 예언도 있어. 두고 봐. 적그리스도는 절대 태어나지 못해!"

분노에 부르르 떨며 현암이 소리쳤다.

"그러면, 태어나지도 않은 갓난아기를 죽인단 말인가? 그게 성직자가 할 행동인가?"

아네스 수녀 역시 지지 않고 악을 썼다.

"세상을 암흑에 빠뜨릴 악마 같은 것은 절대 태어나게 할 수 없어! 내가 지옥에 떨어진다 해도 그것만은 절대 안 돼!"

"절대 갈 수 없어! 타보트를 내놔!"

현암이 소리를 질렀지만, 현암과 박 신부는 도저히 아네스 수녀를 상대할 만한 상태가 되지 못했다. 그러자 준후가 대신 외쳤다.

"거기 서! 꽁무니 빼지 말고, 덤비려면 지금 덤벼!"

그러자 아네스 수녀는 준후와 박 신부 둘을 상대한다면 자신이 도무지 당해 낼 수 없다는 것을 잘 알고 있는 듯, 즉각 정령력을 휘몰아서 자신의 몸을 허공에 띄웠다.

사실 아네스 수녀는 준후나 박 신부, 현암이 많이 다치고 지친 것을 눈치챘지만, 자신도 지치기는 마찬가지였다. 게다가 타보트를 무사히 가지고 이곳을 빠져나가야 하는 임무가 있었기에 싸우지 않고 도망치는 데에만 전력을 다했다.

준후가 재빨리 힐기보법을 사용해서 어떻게든 뒤쫓아 가려고 했지만 순간 루카 수사가 소리치며 앞을 가로막았다.

"어서 가시오! 아네스 수녀!"

그러면서 루카 수사는 뭔가를 내던지고는 미친 듯이 준후 쪽으로 달려들었다. 순간 루카 수사가 던진 물건은 요란한 소리와 함께 폭발하며 연기를 내뿜었다.

박 신부가 재빨리 준후를 감싸고 현암은 승희를 감쌌으나 다행히 아무도 다치지 않았다. 그것은 연막탄이었다. 그리고 중상을 입고 있던 루카 수사는 현암과 박 신부가 있는 곳까지 오지도 못한 채 기운이 다해 쓰러졌다.

현암이 놀라서 루카 수사에게 다가가려 했으나 루카 수사가 날카롭게 소리쳤다.

"오지 마라! 악의 사도!"

"이것 보시오! 나는……."

그러나 루카 수사는 현암의 말을 듣지도 않고 소리 높여 외쳤다.

"주여! 긍휼히 여기소서!"

그러더니 그는 현암이 어찌할 틈도 주지 않고 품에서 작은 단도를 꺼내 심장을 찔러 자살해 버렸다. 현암과 박 신부 등은 놀라 혀를 찼으나 이미 때는 늦었다.

연기가 바람에 실려 사라졌을 무렵, 아네스 수녀의 모습은 더 이상 보이지 않았다. 안나스의 시체와 텅 빈 타보트 상자만이 남아 있을 뿐이다.

준후가 어떻게든 쫓아가 보려고 힐기보법을 쓰려는데 박 신부가 고개를 저었다.

"어차피 틀렸다. 그만두려무나……."

"하지만……."

"가브리엘 수사가 빠져나갔으니, 어차피 마찬가지다. 아하스 페르츠가 정신을 차렸고 모세의 예언도 알았으니 타보트도 우리에겐 쓸모가 없어. 다만 남은 것은 뒷일뿐인데…… 감당할 수 있을까 걱정이구나……."

백호의 죽음

한참 동안 아무 말을 하지 못하다가 마침내 현암은 허탈한 표정으로 혼자 고개를 설레설레 젓고는 박 신부에게 말했다.

"이제 어쩌죠? 정말 오해를 풀 길이 없겠군요. 더구나 타보트까지……."

침울한 표정을 짓는 현암을 보며 승희가 톡 쏘아붙였다.

"타보트 같은 것에 신경 쓸 때야?"

승희의 말에 현암은 고개를 저었다.

"안나스만이 아니라 아네스 수녀, 아니 이단 심판소도 타보트의 비밀을 알고 있었던 것 같아. 그러니 성의까지 준비해 왔지. 그래서 그들은 칼키파를 습격한 거야. 하여간 그들은 이제 징벌자가 태어날 장소를 알아내려 할 거야."

"하지만 그 말 몇 마디 가지고 어떻게?"

"그들은 교황청 산하에 있으니 수많은 사람의 도움을 받을 수 있어. 틀림없이 무슨 일이 있어도 알아낼 거야."

"그것 가지고는 제대로 해석하지 못할 거라고!"

승희의 말에 박 신부도 한마디 거들었다.

"해석을 잘못하는 것도 문제가 되네. 저들은 이제 수단과 방법을 가리지 않을 테니…… 자칫 억울한 사람들이 다칠지도 몰라. 헤롯왕이 한 살배기 아기들을 몰살시켜 구세주의 출생을 막으려 한 것 같은 짓을 똑같이 하면 어떻게 하는가?"

"설마…… 교황청에서요?"

승희는 오싹 소름이 끼쳤다.

박 신부의 말이 계속 이어졌다.

"교황청에서 그런 짓을 할 리는 없지만, 문제는 다른 곳들일세. 무색 화상도 아네스 수녀와 합세한 것을 보면, 그들도 이번 일을 위해서, 즉 우리와 대적하기 위해서 힘을 합칠 거야. 더군다나……."

박 신부는 암울한 생각에 말을 잇지 못하자 현암이 말했다.

"이단 심판소와 용화교만이 아닙니다. 칼키파, 아사신, 검은 편지 결사, 성당 기사단, 검은 지하드…… 모두 우리에게 정예들이 몰살당했다고 생각할 겁니다. 그들 중 많은 수가 서로를 적대시하고 싸우기도 했지만 이번 일만큼은 그러지 않을 공산이 큽니다. 더구나 그들이 징벌자가 태어날 장소를 알아내면……."

"가지 않으면 그만이잖아요!"

승희가 외치자 박 신부는 고개를 저었다.

"그럴 수야 없지."

"신부님! 생각해 보세요! 우린 지금 악마의 앞잡이라는 오해를 뒤집어썼다고요! 더군다나 우리는 징벌자를 지켜서 무사히 낳게 하는 게 목적이잖아요. 그들이 그런 우리를 보면 뭐라고 하겠어요? 그렇게 된다면 오해를 풀 방법이 없어요! 이번엔 정보기관에 쫓기는 것 이상이에요! 그곳에 간다면 정말로 죽으러 가는 것하고 다를 게 없다고요!"

"하지만 우리가 가지 않으면 징벌자는 그들에게 죽임을 당할 거야. 그리고 세상은……."

"제기랄! 우리가 왜 항상 모든 책임을 져야 하는 거죠? 좋아요! 그럼. 다 쓸어버리죠!"

여전히 차분한 목소리로 박 신부가 다시 말했다.

"하지만 그런 식으로 사람들을 해칠 수는 없잖니. 더구나 그들 중에는 악한 집단들도 있겠지만, 많은 수는 나름대로 세상을 구하기 위해 노력할 것인데……."

"그럼 뭐예요? 우리 말고 세상을 구할 놈들이 그렇게 없다는 거예요? 왜? 대체 왜 우리만……!"

승희는 소리를 지르다가 이윽고 엉엉 목 놓아 울기 시작했다. 그러면서 이내 중얼거렸다.

"이제 고작 나흘이라고요! 나흘밖에는 안 남았어요! 그동안 모두들 회복할 수 있을 것 같아요? 모두 만신창이가 된 상태에서 눈에 불을 켜고 우리를 노리고 있는 불구덩이 속으로 뛰어든단 말이에요? 더군다나 상대를 봐주면서? 우리가 그럴 능력이 있다고 보세요?"

준후 역시 눈물을 글썽이며 입을 열었다.

"내가 일을 이렇게 만들었어요. 그러니 모두들 그리로 가세요. 나는 가지 않겠어요."

"무슨 소리냐? 너……."

아까 한 말을 반복하는 게 아닐까 현암은 걱정했지만 다행히 준후는 다른 말을 했다.

"모두들 나를 노리고 있으니 나를 뒤쫓게 해 보겠어요. 어떻게든 되겠죠."

그 말에 현암이 고개를 저었다.

"안 돼! 무모한 짓일 뿐이야. 더구나 타보트 뒷면의 비밀까지 알아낸 바에 굳이 너를 뒤쫓는다는 보장도 없잖아. 그쪽은 사람 수가 많으니 패를 둘로 나누면 그만일 뿐이야. 앞을 가로막은 자들이 수없이 많을 텐데 우리는 갈라져선 안 돼."

준후는 고개를 푹 숙였다. 준후는 괴로움 때문에 혼자 『해동감결』을 놓고 끙끙거렸는데, 이제 자신이 한 모든 일은 오히려 사태를 악화시켰을 뿐이었다.

아네스 수녀의 경우만 해도 그랬다. 『해동감결』에서는, 퇴마사 중 누군가 한 사람이 그 여자—자세히 나오지 않았으나 준후는 그 여자가 아네스 수녀가 틀림없다고 생각했다—에게 죽는다고 돼 있었다. 사실 준후가 지난번에 아네스 수녀를 보자마자 그녀를 죽이려 한 것도 그 때문이었다.

'도대체…… 나는…… 모든 것을 내가 망쳤어. 나 혼자 앓다가 결국 모두를 위험에 몰아넣었어! 내가 모두를 망쳤어!'

준후는 정말로 자살해 버리고 싶은 심정이었다. 하지만 지금 모두가 위기에 빠진 상황이 되고 보니 그것도 무책임한 것 같아서 준후는 애가 탈 뿐이었다.

한편, 현암이 승희를 다독거려서 부축해 일으키는데 박 신부가 다급하게 말했다.

"이리 와 보게, 현암 군!"

박 신부는 안나스에게 몸을 깊이 숙이고 있었다. 현암이 박 신부에게 다가가 물었다.

"뭡니까?"

"이 사람…… 아직 살아 있네."

안나스는 살아 있었다. 아무런 능력이 없는 안나스가 아네스 수녀의 일격을 맞고도 살아 있다는 것은 믿을 수 없는 일이었다.

하지만 안나스는 비록 주술력은 없지만 주술을 풀고 무효화시키는 데에는 일가견이 있는 이론가였으므로 그가 입은 옷 안섶에는 많은 부적 문양이 있었다. 게다가 아녜스 수녀도 몹시 지쳐 있었고 냉동이 풀리자마자 일격을 가했기 때문에 많은 힘이 들어가지 않아 안나스는 죽지 않았던 것이다. 그러나 죽지만 않았을 뿐, 안나스의 상태는 위중하기 짝이 없었다.

박 신부와 현암은 그를 살려 보려고 애썼다. 박 신부는 기도력을 넣었고 현암은 공력을 발휘해서 그의 몸을 임시로라도 치료해 보려 했다. 실패의 우려가 많은 임시방편이었지만 그렇게라도 하지 않으면 즉사할 만큼 상세가 심각했다.

둘이서 한참을 애쓰자 안나스는 조금 정신이 되돌아오는 것 같았다. 두 사람은 목숨을 살리려 했을 뿐, 그에게서 어떤 비밀을 더 캐내려는 마음은 없었다.

안나스는 겨우 정신을 차리는 듯싶었다. 그러나 두 사람을 보는 즉시 금세라도 끊어질 듯 가는 목소리로 입을 열었다.

"무슨 짓을…… 하려고…… 나는…… 말할 수 없다……."

그러자 박 신부가 평온한 목소리로 되받았다.

"말하지 않아도 괜찮소."

"뭐? 악마의…… 추종자들이……."

안나스는 믿지 못하는 것 같았다. 안나스를 쳐다보며 현암이 힘주어 말했다.

"당신을 속인 것은 미안하게 생각합니다. 그러나 우리는 악마의 추종자가 아닙니다, 절대로."

박 신부는 묵묵히 안나스의 상처를 치료하기 위해 안간힘을 썼다. 그러나 지금 이곳은 약도 없었고 의료 기구도 하나 없었다. 붕대마저도 없어 박 신부는 자신의 옷자락을 길게 찢은 다음 현암의 도움을 받아 안나스의 몸을 감았다.

안나스는 고통에 겨운 듯 밭은 신음을 내뱉었다. 더 이상은 말도 하기 힘든 모양이었다. 그러면서도 그는 분노에 찬 눈빛으로 박 신부를 바라보았다.

박 신부는 안나스가 지금 무슨 말을 하는지 전혀 신경 쓰지 않고 오로지 치료에만 몰두할 뿐이었다. 안나스는 갈비뼈가 모조리 부러지다시피 한 엄청난 중상을 입었는데, 그 부러진 뼈끝이 폐나 심장 등을 자칫 건드리게 된다면 그 즉시 죽는 것이나 다름없었다.

땀을 뻘뻘 흘리며 부러진 뼈들을 바로잡는 데에 온 신경을 집중한 박 신부는 자신도 모르게 세크메트의 눈을 내려놓고는 승희의 염력까지 동원해서 뼈를 맞추는 데 혼신의 힘을 다했다. 현암은 준후와의 싸움 때 약간 공력이 돌아오기는 했지만, 아직 누워 있어야 하는 중상임에도 땀을 흘리며 옆에서 거들고 있었다.

그러는 와중에 승희는 박 신부가 땅에 내려놓은 세크메트의 눈을 품에 잘 갈무리해 두었다.

안나스는 힘겹게 눈을 뜨고는 그런 그들의 모습을 조용히 바라보면서 뭔가 생각하는 것 같았다.

한참 시간이 지나자 박 신부는 안나스의 부러진 뼈를 대강 맞추는 데 성공했다. 몹시 위험한 응급 치료였지만 그나마 위급 상황은 넘긴 것 같았다. 박 신부가 보기에는, 이제 누군가가 안나스를 병원으로 옮겨 치료하기만 하면 목숨은 구할 수 있을 듯싶었다.

박 신부는 흐르는 땀을 닦으면서 미소를 지었다.

"됐소. 장담은 못 하지만 고비는 넘겼소. 이제 병원으로 옮기기만 하면 될 겁니다."

안나스는 끔찍한 고통에 시달렸을 텐데도 정신을 잃지 않고 지독스러울 정도로 참고 있었다. 그러다가 박 신부의 말을 듣고는 힘겹게 입을 열었다.

"그래 봐야…… 소용없소……. 나는…… 나는 절대로……."

승희가 그 꼴을 보다 못해 한마디 쏘아붙였다.

"당신, 우리가 당신을 이용하려고 고쳐 준 줄 알아요? 원 참."

승희를 막아서며 현암이 묵묵히 일어서면서 박 신부를 재촉했다.

"이제 가시지요, 신부님."

승희는 화가 난 듯 먼저 저만치로 달려갔다. 그러자 박 신부가 현암에게 말했다.

"이 사람을 그냥 두고 갈 수는 없지 않은가?"

"지금 상태에서 안나스까지 우리가 운반해 갈 수는 없습니다. 이 사람 부하들하고 마주치면 또 난리가 날 거고…… 고비는 넘겼으니 그 이후는 알아서 하겠죠."

그 말에 박 신부는 고개를 끄덕여 보이고는 안나스에게 말했다.

“속히 외과 치료를 제대로 받도록 하시오. 우리도 당신을 옮겨 줄 수는 없는 입장이니…….”

박 신부는 준후의 부축을 받아 몸을 일으켰다. 안나스는 둥그레진 눈으로 그들을 바라보았지만 박 신부 일행은 이제 그를 염두에 두지 않았다. 그런 박 신부와 현암 등의 모습을 보자 기운이 빠지는 안나스는 다시 축 늘어졌다.

문득 박 신부는 쓰러져 있는 또 다른 사람인 카르나에게 가 보고는 고개를 갸웃거렸다.

“이 사람은 상처가 없는데?”

그때였다. 부상자와 아이들을 남겨 주고 온 숲 쪽에서 요란한 총소리가 울려왔다. 현암과 박 신부 등은 모두 깜짝 놀라 자리에서 벌떡 일어서 숲 쪽으로 고개를 돌렸다. 이반 교수의 총소리 같았다. 지금 이 주위에는 아무도 없는데, 왜 이반 교수가 총을 쏜 것일까?

그 순간 음산한 목소리가 박 신부의 귀에 들려왔다.

“너희는 아직도…… 죽지 않았는가?”

분명 카르나의 목소리였다. 박 신부와 준후, 현암은 급히 카르나 쪽으로 고개를 돌렸다. 어느 틈에 일어났는지 카르나가 꼿꼿이 서서 그들을 응시하는 것이 보였다.

“당신, 어째서?”

현암이 의아해하며 제대로 말을 잇지 못했다. 그러고 보니 아까는 경황이 없어서 미처 생각하지 못했지만 카르나에 대한 의아한 점이 한둘이 아녔다. 카르나는 분명 해밀턴의 보호막 안에 들어오지 못했다. 고반다까지도 목숨을 빼앗긴 무시무시한 안개 속에서 카르나는 대체 어떻게 살아남은 것일까?

돌연 박 신부가 외쳤다.

"물러서! 저건 카르나가 아냐!"

박 신부가 안간힘을 다해 재빨리 오라를 끌어올려 앞을 가렸다. 그러자 카르나는 흥, 코웃음을 치며 말했다.

"눈치 하나는 빠르군."

승희가 놀라 박 신부에게 물었다.

"그럼 누구죠?"

이내 박 신부가 긴장된 얼굴로 대꾸했다.

"저건…… 아무래도……."

별안간 카르나가 어둡고 음산하면서도 장난기 깃든 목소리로 말했다.

"아, 이런. 오랜만이라 모두 나를 잊었나 보군. 기억 안 나?"

그 목소리는 확실히 어디선가 들은 적이 있었다. 기억을 떠올려 보다가 현암은 돌연 등골이 서늘해졌다. 그러고는 자신도 모르게 중얼거렸다.

"아스타로트!"

그 목소리의 주인공은 마스터를 조종하고 블랙 서클을 만들어 퇴마사들과 대적했던 악마, 아스타로트였다. 이제 보니 카르나는 어느 틈엔가 아스타로트와 관계를 맺은 듯했다.

현암과 박 신부 등은 모두 긴장하며 그쪽을 노려보았다. 그런데 갑자기 또 다른 목소리가 들려왔다.

"정말 실망스럽네?"

그 또한 아스타로트에 못지않은 어두운 음성이었으나 요염한 여자의 목소리였다. 블랙 엔젤이었다. 승희와 준후가 그쪽을 노려보았다. 어느새 백호의 모습은 온데간데없고 여섯 장의 검은 날개를 퍼덕거리는 블랙 엔젤의 모습으로 바뀌어 있었다.

현암은 블랙 엔젤을 향해 외쳤다.

"또 왜 나타난 거냐?"

블랙 엔젤은 간드러지게 웃으며 되받았다.

"너희에게 빚을 받으러. 너희는…… 최후까지 잘했어. 하지만…… 나를 실망시켰어."

"네 엉터리 계획이 성공할 리 없지. 오히려 내 일까지 망쳤어."

이것은 아스타로트의 목소리였다. 그러나 블랙 엔젤이 날카롭게 되쏘았다.

"네 계획은 네 무능함 때문에 실패한 거야. 오히려 내 덕분에 여기까지 왔다는 걸 알아야 해."

그러면서 블랙 엔젤은 가늘지만 날카로운 손톱이 돋은 손가락을 들어 준후를 가리켰다.

"이건 왜 살아 있지? 너희는 예언도, 세상의 종말도 안중에 없어? 정의의 용사들이?"

"그럴 수는 없다. 그리고 우리는 그런 식으로 세상이 구해지리라고는 생각지 않아!"

현암이 외쳤다. 사실 현암과 박 신부, 준후 등 모두는 무섭게 긴장하고 있었다. 보통 때라도 이 악마들을 인간의 힘으로 상대한다는 것은 거의 불가능에 가까운 일이었다. 한데 지금 퇴마사 일행은 힘을 몹시 소모하고 상처를 입은 탓에 싸워 이긴다는 것은 그야말로 불가능했다. 준후와 승희가 그나마 힘을 보존하고 있지만 역부족일 것은 불을 보듯 뻔한 일이었다.

블랙 엔젤이 커다랗게 웃으며 비아냥거렸다.

"저렇게까지 바보들이라고는 정말……."

"아, 이젠 싫증 나지 않아? 이젠 괴롭히는 것도 지겨워지니 다른 장난감을 사용하는 게 낫지 않아? 왜 살려 두는 거지? 착한 척하는 놈들은 아직도 많은데."

아스타로트가 블랙 엔젤을 힐책하자 블랙 엔젤이 발끈 화를 내며 쏘아붙였다.

"넌 가만히 있어! 이 일은 내가 알아서 해."

"실패하면?"

"실패하지 않아!"

"하! 좋아, 좋아. 실패하면 네가 책임지면 되지, 뭐."

아스타로트가 불만스러운 듯 사라져 가자 카르나는 땅바닥에 털썩 쓰러졌다.

그 모습을 보다가 블랙 엔젤이 현암을 쳐다보며 말을 걸었다.

"이봐, 그렇게 잘하라고 뒤에서 도와주었는데 왜 일을 그르치는 거지?"

"네 도움 따위는 받은 적 없다."

현암이 외치자 블랙 엔젤이 간드러지게 웃었다.

"비행기 안에서 이동시켜 주고, 맞아 죽지 않도록 항상 지켜 주고, 공력을 못 끌어올릴 적에는 힘까지 불어넣어 주었는데 모른 척하기야? 그리고 이제 와서 오리발을 내민다?"

현암은 몸을 부르르 떨었다. 그 말을 듣고 보니 아까 준후와 싸울 적에 공력이 회복된 것은 자신의 기지에 의해서가 아니라 블랙 엔젤의 힘이었던 것 같았다.

현암은 고개를 저었다.

"그건 네 멋대로 한 거지, 내가 너에게 사정한 적은 없다."

"아이, 참. 아직도 뻣뻣하네?"

느닷없이 블랙 엔젤이 왼손을 뻗었다. 그러자 그녀의 손바닥에서 청홍검이 뻗어 나와 잡혔다. 그 청홍검은 블랙 엔젤이 비행기 안에서 옮겨 주는 대가로 가져간 것이니 그녀가 지니고 있는 건 당연했다. 하지만 이내 뜻밖의 일이 벌어졌다. 블랙 엔젤이 오른손을 다시 떨쳐 보이자, 거기에는 놀랍게도 세크메트의 눈이 쥐어져 있는 것이 아닌가.

"아?"

현암이 놀라 두 눈을 크게 뜨자 블랙 엔젤이 웃으며 말했다.

"이것 덕분에 너희 사정을 좀 알게 됐지. 그래서 두고 본 건데. 너희가 정말 이 녀석을 그냥 둘 줄은 몰랐어. 세상을 구할 수 있는 길인데도 말이야."

그러면서 블랙 엔젤은 청홍검을 현암에게 내밀었다.

"내가 전에 말했지? 나는 이 세상의 멸망을 바라지 않는다고. 그러니 지금이라도 어서 해."

"뭘 말인가?"

현암이 외치자 블랙 엔젤은 웃었다.

"저 꼬맹이를 없애. 그러지 않으면 안 된다니까?"

"절대! 절대 그럴 순 없다!"

현암이 완강하게 고개를 젓자 블랙 엔젤의 안색이 굳어졌다.

"난 도움을 청하는 게 아냐. 너희를 도우려는 거지. 너희 일에 가급적 개입하고 싶지 않아서 그런 거지, 내가 저 꼬맹이를 어떻게 못 하는 게 아니야. 몰라서 그러는 거야?"

그러면서 블랙 엔젤이 손가락을 한 번 튕기자 준후는 갑자기 온몸에 엄청난 고통을 느꼈다. 준후는 곧 수인을 맺고 진언을 외워 그 힘에 저항했다.

그 모습을 보며 블랙 엔젤이 웃었다.

"제법이군. 그러나 얼마나 버틸 수 있을까?"

이번에는 블랙 엔젤이 오른손을 꽉 쥐자 준후는 항거하기 힘든 무서운 힘이 자신을 쥐어짜는 것을 느꼈다. 준후는 땀을 줄줄 흘리면서 버티려고 애썼으나 이윽고 자신의 의지와는 상관없이 풀썩 한쪽 무릎을 땅에 꿇었다. 박 신부가 그 광경을 보고 앞을 막아서려 했지만 블랙 엔젤은 협박하듯 손가락을 빙빙 돌려 보였다.

"이봐, 가짜 신부. 잘난 척하지 마. 한 발짝만 더 움직이면 저 녀석을 다져 버릴 테니까."

"죽이려면 어서 죽여!"

준후가 악에 받쳐 외쳤지만 블랙 엔젤은 여전히 생글거렸다.

"누구 좋으라고?"

"대체 뭐 하는 거냐? 우리를 조롱할 생각이냐?"

현암이 외치자 블랙 엔젤이 깔깔거리며 현암에게 말했다.

"다 네 녀석 때문인 줄 알아."

"뭐?"

"나는 이제껏 너처럼 뻣뻣한 녀석은 보지 못했거든. 네 녀석이 내 앞에 무릎 꿇고 내 말에 복종하는 꼴을 봐야만 직성이 풀리겠어."

그러나 현암은 이를 갈면서 그대로 서 있었다. 그러자 블랙 엔젤이 고개를 갸웃거리며 말했다.

"한 명 가지고는 부족해?"

블랙 엔젤이 손을 치켜올리자 저만치 떨어져 있던 승희의 몸이 허공으로 떠올랐다. 승희는 비명을 지르면서 허공에서 허우적거렸지만 조금도 저항할 수 없었다.

그때 현암은 재빨리 몸을 꺾으며 두 주먹을 내밀었다. 아까 준후와 싸우려 했을 때 사용한 권풍이었다. 현암은 블랙 엔젤이 나타나자 잠시 시간을 끌면서 암암리에 운기해 그 힘을 주먹에 몰아두었다가 블랙 엔젤이 준후와 승희에게 신경을 쓰는 틈을 타서 그것을 내쏜 것이다.

무서운 바람과 함께 '탄' 자 결보다도 더 환한 빛 덩어리가 블랙 엔젤에게로 쏘아져 나갔다. 그 순간 박 신부도 기회를 놓치지 않았다. 박 신부는 오라를 펼쳐 준후의 몸을 덮으며, 정말로 있는 힘을 다해서 오라 줄 세 가닥을 블랙 엔젤을 향해 내쏘았다.

그러나 다음 순간, 현암의 몸은 무지무지한 압력에 휘말려서 총알같이 뒤로 튕겨 나갔다. 현암이 내쏜 권풍이 그대로 돌아온 것이다. 현암의 몸은 이십여 미터나 날아간 다음에 땅에 떨어졌으나 땅에 떨어진 다음에도 현암의 몸은 땅에 깊은 자국을 남기면서 다시 십 미터나 미끄러져 나갔다.

"현암 군!"

승희가 비명을 지르면서 블랙 엔젤을 향해 염력을 내쏘면서 현암에게 가려 했으나 허공에 몸이 뜬 채 단단하게 잡혀 있어서 빠져나갈 수가 없었다. 박 신부의 오라도 기이하게 빗나가 박 신부에게로 돌아왔다. 그러나 박 신부는 자신이 발출한 오라를 도로 흡수하며 준후에게로 그 힘을 보냈다.

준후는 너무도 고통스러운 듯 비명을 질렀지만 간신히 블랙 엔젤에게서 빠져나갈 수 있었다. 그러나 준후가 빠져나가고 박 신부가 힘을 쓰느라 잠시 멈칫하는 틈을 타서 블랙 엔젤은 재빨리 박 신부의 곁으로 다가와 청홍검의 예리한 날을 박 신부의 목에 갖다 댔다.

그와 동시에 승희를 구속하던 힘도 풀려서 승희는 털썩 땅에 떨어져 내렸다. 승희는 떨어지자마자 현암에게로 달려갔다. 현암은 극도로 깊은 내상을 입은 데다가 외상도 심각해서 거의 다 죽어 가는 몰골이었다.

현암은 이를 악물고 승희의 부축을 받아 몸을 일으키며 조금도 기가 꺾이지 않는 눈빛으로 블랙 엔젤을 노려보았다.

블랙 엔젤이 현암을 보며 말했다.

“현암, 네가 저 녀석을 해치우지 않으면 내가 모두를 하나씩 죽여 버리겠다. 늙은이부터 차례차례…… 아주 잘게 찢어 버리겠어. 그걸 바라?”

현암은 눈앞이 캄캄해지고 이제야말로 죽는가보다 싶은 상황이었지만 그래도 용을 쓰며 다시 공력을 끌어올리려 했다.

그때, 박 신부의 목소리가 현암의 마음속으로 들려왔다.

현암 군! 잠시만 시간을 끌어 주게!

현암은 영문을 알 수 없었으나 기민하게 외쳤다.

“잠깐! 잠깐 기다려!”

그 말에 블랙 엔젤이 배시시 웃었다.

“부탁인가?”

“그래, 부탁이다…….”

“아무렴, 그래야지. 좋아, 뭐지?”

“아까 그 안개는……? 그건 네가 불러낸 것이냐?”

“그렇다고 해야지.”

“말도 안 돼! 그 아기들이 말하는 어머니가 너라고?”

그러자 블랙 엔젤은 현암에게 미소를 지어 보였다.

"어서 저 작은 녀석을 죽이면 내 가르쳐 주지."

블랙 엔젤이 약간 틈을 보이자 박 신부는 승희에게 마음속으로 외쳤다.

승희야! 세크메트의 눈을! 염력으로!

승희는 박 신부의 말을 듣고 즉시 염력을 써서 자신의 품에 들어 있는 세크메트의 눈을 박 신부에게로 날려 보냈다. 블랙 엔젤은 박 신부의 목에 칼을 대고 있었지만 잠시 현암에게 눈을 돌린 참이라 미처 눈치채지 못한 것 같았다.

박 신부는 세크메트의 눈을 받자마자 즉각 눈을 감고 뭔가를 생각하는 듯했다.

갑자기 블랙 엔젤이 깜짝 놀라면서 부르짖었다.

"이 늙은이가!"

블랙 엔젤은 세크메트의 눈을 쥐고 있는 박 신부의 손을 향해 칼을 휘둘렀지만 박 신부는 재빨리 피했다. 화가 치민 블랙 엔젤은 손에 들고 있던 세크메트의 눈을 집어 던졌다. 현암은 그 광경을 보고 박 신부가 세크메트의 눈을 사용해서 블랙 엔젤의 생각을 읽어 냈음을 눈치챘다.

블랙 엔젤은 몹시 화가 난 듯, 아까까지의 유들유들하던 태도는 사라져 버리고 당장이라도 박 신부의 목을 내리치려는 듯했다.

조금도 흔들림 없는 목소리로 박 신부가 외쳤다.

"너…… 악마 따위가 인간을 해칠 수 있단 말인가?"

"어머? 그럼 내가 못 한다고?"

블랙 엔젤이 소리치자 박 신부를 말했다.

"인간의 증오심과 분노에 기생하는 어둠의 존재들! 너희는 사람의 눈을 현혹하고 이용하는 것뿐, 아무것도 아닌 존재들이다! 다른 사람은 현혹되더라도 나는 그렇지 않아!"

놀랍게도 세크메트의 눈은 사람이 아닌 것의 마음도 투시할 수 있었다. 박 신부는 블랙 엔젤의 마음을 잠깐 소통함으로써 오랫동안 궁금하게 여겼던 악마의 비밀 중 한 가지를 알아낸 것이다. 그는 오랫동안 악마가 어째서 인간에게 악을 행하며 공포를 안겨 주는지 궁금했는데, 그 답은 의외로 간단한 곳에 있었다.

악마들의 힘의 근원은 인간들의 증오요, 분노요, 공포였던 것이다. 인간들을 공포에 빠뜨리고 증오와 분노로 몰아넣으면 악마의 힘은 그만큼 강대해졌다.

그러나 악마는 인간에게 어느 정도의 영향을 끼칠 수 있지만, 인간사 전체를 좌우하거나 스스로의 의지로 인간의 목숨을 빼앗을 수는 없었다. 만약 그랬다면 이 세상은 이미 예전에 아수라장이 됐을 것이다.

그 이유는 알 수 없었지만 그것은 우주의 인과율 같은 대원칙에 따른 것 같았다. 어쩌면 악마의 현신이란 것 자체가 정말 악마가 아닌, 어떤 그림자 같은 것일지도 모른다. 실체가 없으니 실제로 직접 힘을 행사하지 못한다. 그 때문에 악마들은 인간의 마음에 기생하고, 탐욕과 욕망을 미끼로 해서 인간을 현혹하고 자멸하게 해 서로 죽고 죽이게 만드는 것이다.

'그렇다면 방법이 있다!'

박 신부는 블랙 엔젤에 대항할 방법을 금방 찾아냈다. 그것은 악마에게조차도 절대 증오심을 품지 않고 힘을 쓰지 않는 길뿐이었다. 그것이야말로 악마들이 가장 두려워하는 것이다. 그래서 인간들이 증오심을 품도록 악마들은 계속 흉악한 모습과 악랄한 행동을 보이는 것이다.

악마들이 성직자들을 무서워하는 근본도 그것에 있었다. 신의 이름도 이들을 겁나게 했지만 그보다 성직자들은 남을 이해하고 용서하려는 마음을 근본적으로 지니고 있어 악마들을 무력하게 만드는 존재였기 때문이다.

악마를 힘으로 이기려는 행동은 결코 성공하지 못한다. 방금 두 눈으로 확인했지만, 악마를 향한 증오와 분노는 고스란히 그 사람에게로 되돌아오기 때문이다. 거기까지 생각한 박 신부는 한순간 번민했다.

'과연 그럴 수 있을까? 나는 그렇다 해도, 현암 군이나 준후가 잘 이해했을까? 잘 이겨 낼 수 있을까?'

박 신부의 번민하는 감정을 눈치챘는지 블랙 엔젤이 깔깔거리며 웃었다.

"너는 그러지 않는다고?"

그러자 박 신부는 마음을 굳혔다. 그는 돌연 몸에서 오라를 풀어 내리며 조용히 눈을 감고 온화한 표정으로 자리에 앉았다.

그 모습을 보자 블랙 엔젤은 긴장하는 빛을 띠더니 박 신부에게 외쳤다.

"이 망할 늙은이! 이제는 다 필요 없다! 여기 있는 놈들을 모조리 죽여 버리겠다!"

블랙 엔젤이 외치며 칼을 들어 올리자 모두는 아연 긴장했다. 현암은 무리해서 약한 공력이나마 쏘아 내려고 힘을 모았고, 준후도 극심한 고통에도 불구하고 있는 힘을 다해 뇌전의 기운을 블랙 엔젤에게 내쏘려 했으며 승희조차도 염력을 쏘아 내려 했다.

그 순간, 박 신부가 추상같은 목소리로 외쳤다.

"모두들 저항하지 말게! 아무 힘도 쓰지 말고, 아무 생각도 하지 말게! 어서!"

모두 박 신부의 목소리에 잠시 움찔했다. 혹시나 박 신부가 자신을 희생하려는 것은 아닐까 싶었지만, 뜻밖에도 박 신부의 표정은 무척 평온했다.

박 신부의 평온한 모습을 보며, 현암은 즉시 깨달았다. 현암의 힘은 좌선과 무아지경 상태에서의 공력 수행에 근본을 두고 있으므로 그 몇 마디를 들음으로써 다행히 박 신부의 말을 깨달은 것이다.

'그렇다! 악마는 허상과 같은 존재다. 신부님의 말이 맞아!'

현암 역시 곧바로 눈을 감고 부동심결의 무념무상 상태로 들어갔다.

준후도 박 신부의 말을 듣고는 문득 뇌전을 내쏘려던 것을 멈추었다. 그러나 준후는 아직 결단을 내리지 못한 듯했다. 준후는 밀교 쪽의 수행을 했지만 쓰는 기술이나 수법이 잡다해서 오히려 잡념이 많았다.

다시 박 신부가 외쳤다.

"증오심이 강할수록! 분노가 강할수록 악마들은 힘을 얻는다! 악마는 우리가 쓰는 힘과 우리가 품는 어두운 마음밖에 이용할 수 없어! 악마를 이기는 길은 힘에 있는 것이 아니야!"

박 신부는 당장이라도 블랙 엔젤의 칼이 목으로 밀어닥칠 판인데도 개의치 않고 계속 소리쳤다.

그 말을 듣자 준후도 즉각 깨닫는 것이 있어서 외쳤다.

"맞아요!"

그러고 나서 준후는 곧바로 눈을 감았다.

그러나 승희는 번쩍이는 칼날이 박 신부의 주위를 맴돌자 아직도 망설이는 듯 뒷걸음질만 쳤다. 박 신부가 다시 한번 외쳤다.

"승희야! 아하스 페르츠도, 고반다도 힘으로 물리칠 수 없었다! 악마도 마찬가지야! 모든 힘을 풀거라. 내가 마음을 닫고 있는 한 이 칼은 절대 나를 내리치지 못한다!"

승희는 얼결에 눈을 감았다. 그리고 필사적으로 즉각 아무 생각이나 마구 해 대기 시작했다. 예전부터 승희는 정신 집중하는 데에 약해서, 마음을 비워야 할 경우에는 아무런 생각이나 마구 하는 방법을 사용하는 버릇이 있었다.

네 사람 모두 눈을 감자, 블랙 엔젤은 정말로 박 신부를 내리치지 못했다. 이제 칼날이 몇 센티미터만 더 내려오면 예리하기 짝이 없는 청홍검의 날이 박 신부를 쪼개어 버릴 텐데도, 결국 그 몇 센티미터에서 멈추고 만 것이다.

이제 네 사람은 모두 눈을 감고 마음을 굳게 다잡고 있었으며 블랙 엔젤은 검을 들고 그 사이를 설치고 다녔다. 청홍검의 예리한 검기는 눈을 뜨고 보지 않아도 휙휙 무섭게 스치고 지나가 주변까지 싸늘하게 만들었다. 조금이라도 그 검날에 닿으면 어디든지 베어져 나갈 것이 분명했다.

블랙 엔젤은 직접 청홍검을 내리치지는 않았지만 그야말로 일 밀리미터도 되지 않을 틈을 두고 칼을 무섭게 휘둘러 댔기 때문에 조금이라도 몸을 움직였다가는 죽거나 크게 다칠 판이었다. 비록 힘으로 벌이는 싸움은 아니었지만 승희는 이번만큼 어려운 싸움을 겪은 적이 없었다.

누구도 동요하지 않고 잘 버텨 내자 블랙 엔젤이 이를 갈며 외쳤다.

"좋다! 이 빌어먹을 늙은이! 하지만 누가 이기나 어디 보자!"

그 순간, 눈을 감고 있음에도 불구하고 네 사람의 눈앞에 갖가지 영상이 떠올랐다. 대부분은 나머지 사람들이 칼을 맞고 끔찍하게 죽어 가는 모습들이었다. 현암에게는 승희가 난자당해 죽는 모습이 보였고, 준후에게는 박 신부가, 승희에게는 현암이, 박 신부에게는 준후가 죽는 모습들이 쉴 새 없이 지나갔다.

하도 수많은 장면이 휙휙 지나가자 정신이 다 혼란스러워질 지경이었다. 수양이 깊은 박 신부와 현암은 그래도 개의치 않고 잘 버텨 냈으나 준후는 조금씩 흔들리기 시작했고, 승희는 더 이상 버티지 못하고 눈을 뜨고 말았다.

"그렇군……."

블랙 엔젤은 승희의 정신력이 가장 약한 것을 알고 음흉한 미소를 띠었다. 순식간에 블랙 엔젤이 모습이 사라지는가 싶더니 눈을 감은 채 앉아 있는 현암의 옆에 모습을 드러냈다. 승희는 눈을 감고 싶었지만 눈이 감겨지지 않았다.

블랙 엔젤이 청홍검의 예리한 검날을 현암의 입에 찔러 넣을 듯 겨누고 말했다.

"이봐, 아가씨. 이 남자가 죽어도 좋아?"

승희도 이것이 함정이라는 것을 깨닫고 얼른 눈을 감고는 블랙 엔젤의 말을 듣지 않으려 애썼다. 그러나 블랙 엔젤이 현암을 노리는 순간 승희의 마음은 이미 철렁 내려앉은 후였다.

블랙 엔젤이 속삭이듯 말했다.

"이 남자를 구하고 싶지 않아? 너는 이 남자를 많이 생각하고 있잖아?"

승희는 땀과 눈물까지 줄줄 흘리며 이를 악물고 버티려 했으나 자꾸 마음이 흔들렸다. 눈은 감을 수 있었지만 귀는 막을 수 없었다.

블랙 엔젤이 다시 간지러울 정도로 가까이 다가와 부드럽게 승희에게 속삭였다.

"이 남자는 말이야, 네가 준 망가진 라이터를 잃지 않으려고 목숨을 걸었어. 겉으로는 아닌 척해도 속으로는 한없이 부드러운 남자라고. 그런 남자를 죽게 그냥 둘 거야? 응?"

승희는 견디기 힘들어서 억지로 외쳤다.

"현암 군의 마음에는 나 따윈 없어! 월향뿐이야!"

"정말 그럴까? 그렇다면 잘됐군. 이 남자 따위는 없어져도 그만 아니겠어? 나도 마음에 들지 않고 말이야."

승희는 반사적으로 외쳤다.

"안 돼!"

그때 박 신부가 다시 준엄한 목소리로 외쳤다.

"승희야! 절대 넘어가지 마라! 악마는 결코 스스로 인간을 해치지는 못한다! 네가 흔들리는 게 곧 현암 군을 해치는 게 된단 말이다!"

그 말을 듣고 승희가 마음을 가다듬으려는데 블랙 엔젤이 깔깔 웃었다.

"그래, 좋다! 나는 꼼짝 않고 있는 너희들을 해칠 순 없지. 허나 그렇다고 내가 물러설 줄 알아?"

돌연 블랙 엔젤의 음산한 기운이 사그라지면서 목소리가 아스라이 울려왔다.

"나는 할 수 없지만, 이 남자는 할 수 있지."

승희가 자신도 모르게 눈을 뜨고 보니, 블랙 엔젤의 모습이 백호의 모습으로 바뀌어 있었다. 백호는 여전히 청홍검을 들고 있었는데, 얼굴은 홀린 듯이 멍한 표정이었다. 그런가 하면 그의 얼굴에는 블랙 엔젤의 모습도 번갈아 비치고 있어 반 정도 홀린 상태라고 보는 편이 옳았다.

"백호 씨……?"

승희가 자신도 모르게 입을 열자 반 정도 백호의 모습을 한 블랙 엔젤이 다시 승희에게 속삭여 댔다.

"이봐……. 이 남자는 할 거야. 너의 그 현암 군을 죽일 거라고. 나는 못해도 이 남자는 해. 틀림없어. 어때? 그래도 그냥 볼 거야?"

"절대 그렇지 않아!"

승희가 거부하듯 외쳤지만 블랙 엔젤은 계속 간드러지게 속삭였다.

"너는 몰라. 바보 같으니. 투시력을 지녔으면서 그리도 몰라? 이 남자가 왜 지금껏 목숨을 걸고 모든 것을 버려 가며 너희를 도왔는지 알아? 정의감? 사명감? 웃기지 마. 이 남자는 너를 좋아해. 너한테 푹 빠져 있다고! 그 때문에 이 남자는 지금 여기까지 따라온 거야!"

"뭐……?"

승희는 항상 자신의 마음을 현암이 몰라주어 속상해했을 뿐이지, 누군가 자신에게 그런 마음을 품고 있으리라고는 추호도 생각한 적이 없었다. 승희의 놀라고도 당황한 마음을 읽은 듯 블랙 엔젤이 다시 속삭여 댔다.

"이제 알았어? 이 남자는 실은 너의 그 현암 군을 미워하고 있다고! 너를 얻기 위해서 이 남자가 현암을 죽일 거야. 어때? 마음에 드나? 네가 바란 게 이런 결과였나?"

"아냐! 그, 그런 엉터리 같은 일이……!"

여전히 백호는 반쯤 얼이 빠진 얼굴로 현암을 향해 다가가고 있었다. 승희는 더 이상 참을 수가 없었다. 어떻게든 막아야 했다. 그러나 막 몸을 움직이려는 순간, 자신이 어떻게든 작은 힘을 쓰면 블랙 엔젤은 그것을 이용해서 현암을 죽일 것 같았다. 승희는 차마 몸을 움직이지는 못하고 소리를 쳤다.

"백호 씨! 제발!"

그 순간, 백호의 몸이 움찔했다. 그리고 한순간이나마 백호의 표정이 제대로 돌아오는 것 같았다. 백호는 정신을 약간 차렸지만, 자신이 왜 이곳에 서 있는지, 왜 손에 칼을 들고 현암 앞에 있는지 알 수 없는 듯했다.

"승희 씨……?"

백호가 의아한 듯 고개를 돌려 승희를 바라보는 순간, 백호의 손은 그의 의지와는 상관없이 청홍검을 높이 들어 올려 현암의 목덜미를 내리치려 했다.

"차라리 날 죽여!"

승희의 째지는 듯한 비명이 울려 퍼졌다. 그러나 백호의 손은 아래로 사정없이 내리치고 있었다. 자신의 손이 마음대로 움직이고 있다는 것을 깨닫고 백호도 비명을 질렀지만 이미 때는 늦었다.

그 순간, 눈을 감고 있는 현암의 몸에서 무엇인가가 번개처럼 튀어나와 청홍검과 부딪쳤고 귀를 찢는 듯한 날카로운 금속의 파열음이 일순 사방을 가득 메웠다. 월향검이 튀어나와 청홍검과 부딪친 것이다.

월향검은 귀기를 담고 있는 귀검이었지만, 청홍검은 오랜 세월 내려온 검이자 비길 데가 없을 정도로 예리한 명검이었다. 과거, 농담이었지만 승희는 월향검과 청홍검이 격돌한다면 어느 편이 이기겠느냐는 말을 한 적이 있었다.

그때 현암은 월향검과 청홍검은 둘 다 자신의 손에 있으니 그럴 일은 없을 것이라고 했지만, 승희가 자꾸 물어보자 월향검에 자신의 공력을 싣는다면 월향검이 강할 것이고, 공력을 싣지 않은 상태라면 청홍검이 조금 예리할 것이라고 말한 적이 있었다.

검의 예리함도 그렇지만, 월향검은 아직 사람의 목숨을 빼앗은 적이 없고 역사도 기껏 몇백 년인데 반해 청홍검은 이미 이천 년 정도를 내려왔으며 수많은 사람의 피를 마신 터라 귀기가 월향검보다도 강하기 때문이라 했다. 그러면서 그런 농담은 불길하니 이후에는 하지 말라고 엄숙하게 말한 적이 있는데, 이루어질 수 없을 것 같던 그 농담이 실현되고 만 것이다.

"아……."

승희는 얼이 빠졌다. 비길 데 없는 두 개의 명검이 부딪힌 결과는……? 승희는 눈을 가리고 싶었지만 그럴 수가 없었다.

청홍검은 눈에 보일 정도로 검신이 떨며 진동하고 있었는데, 마치 부러지기 직전인 것처럼 보였다. 그러나 월향검은 청홍검과 부딪친 다음 힘없이 땅에 떨어져 버려, 아무래도 죽어 버렸거나 크게 망가진 것 같았다.

그 광경을 보고 승희는 눈물을 흘렸다. 월향검이 죽어 버린 것 같아서 슬프기도 했지만, 아무래도 자신이 월향의 마음을 따라가지 못하는 것 같아서이기도 했다. 승희는 연적이기도 한 월향을 그리 마음에 들어 하지는 않았지만, 그렇다고 월향검을 시기할 정도로 속이 좁지도 않았다. 승희는 솔직하게 월향검을 향해 속으로 중얼거렸다.

'내가 졌어. 월향…….'

그 순간, 백호는 환각에서 일순 풀려나 정신을 차린 것 같아 보였다. 월향검과 청홍검이 격돌하면서 그의 몸속에 들어 있던 블랙엔젤에게도 적지 않은 타격을 주었던 것이다. 그의 눈이 크게 확대되며 승희에게로 향했다. 그러고는 승희에게 물었다.

"내가 조종되고 있었던 겁니까?"

승희는 그 말에 대답은 하지 않았으나 눈물이 가득한 눈으로 백호를 바라보며 애원했다.

"제발…… 제발 현암 군을 해치지 말아요. 차라리 나를……."

"……그랬던 겁니까?"

그 순간, 백호의 얼굴에 다시 블랙 엔젤의 어두운 그림자가 비치기 시작했다. 악마가 다시 백호를 지배하려는 것 같았다. 그러나 백호는 갑자기 우렁찬 목소리로 크게 웃어 젖히고는 조금의 망설임도 없이 청홍검을 들어 자신의 목에 찔러 넣었다.

"으악!"

승희의 비명은 백호의 몸에서 뿜어져 나온 기이하고도 야릇한 귀기에 눌려 들리지 않았다. 그 귀기는 폭발하듯 백호의 몸에서 뿜어져 나오면서 사방을 회오리치면서 맴돌았다. 그리고 이내 사방을 음울한 진동으로 가득 메웠다. 마치 소리를 지르는 것 같았다.

결국에는 내가 이긴다! 나는 절대 지지 않는다! 너희는 절대…… 내 손아귀에서 벗어날 수 없고 반드시 내가 뜻하는 그대로 행동하게 될 것이다!

그러고는 암흑이 폭발하며 사방의 빛을 모조리 흡수하듯 무섭게 터져 나갔다. 아무것도 보이지 않았고, 사람들의 귀에는 회오리치는 바람 소리와 뜻을 알 수 없는 무섭도록 많은 군중의 저주와 지껄임과 중얼거림으로 가득 찼다.

다음 순간, 귀기는 씻은 듯이 사라져 버렸고 사방은 다시 적막을 되찾았다.

눈을 감고 있던 사람 중 준후가 제일 먼저 눈을 떴다. 박 신부와 현암과 준후는 모두 눈을 감은 채 삼매경에 들어가 있었기 때문에 무슨 일이 일어났는지를 전혀 파악할 수 없었다. 셋 중에서 준후가 집중력이 조금 약한 편이었기 때문에 먼저 눈을 뜬 것이다.

준후가 눈을 뜨자 백호가 피를 쏟고 쓰러져 있는 것과 승희가 그 앞에서 울고 있는 것이 보였다.

"누나…… 이게 어떻게…… 된……."

그러나 승희는 엉엉 소리 높여 울기만 할 뿐, 말을 하지 못했다. 준후는 현암과 박 신부를 깨울 생각도 하지 못한 채 서둘러 백호의 상처를 살펴보았다. 백호의 상처는 치명상이어서 살아날 가능성은 전혀 없었다.

백호는 뭔가 말하고 싶은 듯, 피에 젖은 입술을 조금씩 움직이고 있었다. 준후는 슬프기도 하고 놀랍기도 해서 어쩔 줄 몰랐지만 곧 땅에 떨어진 두 개의 세크메트의 눈을 발견했다. 박 신부와 블랙 엔젤이 각각 떨어뜨린 것이었다. 준후는 급히 그것을 주워 백호의 힘없는 손에 쥐여 주자 곧 백호의 마음이 전달됐다.

준후? 너구나…….

백호는 죽어 가는 중이었지만 그의 마음은 또렷하고 밝았다. 준후는 순간 백호와 함께 겪었던 수많은 일을 기억하며 더는 참지 못하고 눈물을 흘리며 고개를 끄덕였다. 백호가 말했다.

울 필요도 없다, 그 누구도…… 나야말로 바보였어. 남의 조종을 받으면서도 그것을 몰랐다니…… 아니, 몰랐던 건 아니야. 모르는 척했지……. 이제…… 이제야 모두 생각이 나는구나. 모두…….

백호는 원래가 타고난 법관이라 정의관과 질서관에 투철했으며, 대단히 긍지가 높고 자존심이 강한 사람이었다. 그런 그가 다른 누군가의 노리개가 돼 자신의 의지와 전혀 상관없는 행동을 했다는 사실은 스스로 받아들이기 어려울 것이었다.

퇴마사들도 그런 그의 성격을 잘 알고 있었으므로 그에게 그 사실을 알리지 않으려 애썼다. 하지만 백호 스스로 뭔가 이상하다는 것을 어렴풋하게 느꼈던 모양이다. 항상 뭔가 위험하고 중요한 고비가 닥칠 때마다 자신은 의식을 잃었고 무엇을 했는지 기억조차 할 수 없었을 테니까. 그것도 한두 번이 아니다 보니 뭔가 수상한 느낌이 들기에 이르렀으나, 그래도 백호는 그런 사실을 애써 잊으려 했다.

그가 자신의 행동을 기억하지 못한 것은 두말할 것 없이 블랙 엔젤의 영향 때문이었다. 하지만 이제 블랙 엔젤이 떠나 버리자 백호는 자신이 했던 모든 일들을 기억해 냈다. 그중 가장 마음에 걸리는 것은 베드로 수사를 죽인 일이었다. 물론 자신이 그런 것이 아니라 블랙 엔젤의 힘이었지만…….

아!

준후가 속으로 외치자 백호가 힘겹게 고개를 끄덕였다.

그러니 울 필요 없다. 모르고 한 것이라도 과실 치사에 해당한단다. 나는 내 죗값을 받은 것뿐이다.

아니에요! 백호 아저씨! 아저씬 죄가 없어요! 아저씨 스스로가 잘 알고 계시잖아요! 아저씨가 법관이었으면 그런 사람에게 유죄를 선고할 건가요?

준후가 속으로 외치자 백호는 희미하게 웃었다.

그런가……?

또다시 희미하게 웃는 그의 웃음의 의미는 너무도 복잡해서 서로 간에 마음을 열어 둔 준후로서도 파악하기 힘들었다.

잠시 후 백호는 물었다.

현암 씨는……? 무사한가?

현암 형뿐만 아니에요! 승희 누나도, 신부님도, 저도! 모두 아저씨가 구한 거예요! 모두!

내가……? 허허…….

백호는 마음속으로 스스로를 위안했다. 준후는 느낄 수 있었다.

그럼 이제야…… 이제야 나는 세상에 뭔가를 한 거다……. 그러면 내가 세상을 구한 거다. 어때? 백호……? 잘했다. 그렇지? 너는 정말 잘했어……. 그렇지……?

그러나 그의 마음에는 여전히 앙금이 남아 있었다. 이제껏 알지 못한 그의 마음속에 간직된 슬픔을 느끼며 준후는 뭐라고 말할 수가 없었다.

백호가 다시 준후에게 말했다.

현암 씨에게 전해 주렴. 그에게…….

그 말이 채 끝나기도 전에 준후는 재빨리 달려가서 현암의 손에 세크메트의 눈을 쥐여 주었다. 현암은 무아지경의 상태였지만, 세크메트의 눈을 통해 금방 상황을 깨닫고 눈을 뜨면서 외쳤다.

"백호 씨! 안 돼요!"

백호는 거의 꺼져 가는 의식 속에서 중얼거렸다.

현암 씨…… 세상을 꼭 구하시오. 안 그러면…… 안 그러면 나는 개죽음을 당한 거요……. 만약, 만약 못한다면…… 승희 씨…… 승희 씨를 부탁…….

백호 씨!

현암이 펑펑 눈물을 흘리자 백호는 평온하게 말했다.

현암 씨…… 나를 동정하지 마시오. 나는…… 나는 못난, 그리고 나쁜 놈이었소. 내가 당신들을 도운 것은 다른 이유가 있었소……. 처음에는 일을 해결하기 위해서였고…… 그다음은 동정심, 정의감 때문이기도 했소……. 그러나…… 그러나 내가 정말 당신들을 도우려 한 이유는…….

백호는 힘겹게 말을 이어 가다가 쿨럭하면서 피를 토했다. 현암은 말하지 말라고 소리치고 싶었으나 목이 꽉 메 한마디도 하지 못했다. 백호는 다시 꺼져 가는 듯이 말을 전해 왔다.

그건 바로…… 승희 씨 때문이었소……. 나는…… 나는…… 승희 씨가 당신을 좋아한다는 것을 알았지만…… 그래도…… 그래도 미련을…… 나는…… 나는 나쁜 놈이고…… 바보요…….

아니오! 아닙니다! 당신에게 정말 그런 마음이 있다면 살아서 쟁취하세요!

현암은 으흐흐 하고 고개를 뒤로 젖히며 흐느껴 울었다. 백호의 말이 이어졌다. 다정한 말투였으나 약간 쓸쓸함이 배어 있었다.

나는…… 나는 당신을 미워했고…… 질투했소……. 그게 내 진심이었소. 당신의 행동은 항상 옳았지만 승희 씨의 마음을 몰라주는…… 그것이 미웠소……. 그래서 나는…… 당신을 돕는 것으로…… 당신에게 빚을 지우는 것으로…… 허허…… 내 나름의 복수였지만…… 역시 나는…… 나는 모자라오. 이제 보니…… 당신…… 당신 역시…… 그 라이터…….

블랙 엔젤의 통제에서 벗어나 잠시 잊었던 기억이 되살아나자 백호는 현암이 승희가 선물한 라이터에 목숨을 걸었다는 것 또한 기억해 낸 것이다. 백호는 이제 안심이 됐는지 사뭇 평온했다.

복수하려면 아직 멀었어요! 남자답게 덤비란 말입니다! 이런 식으로……! 이런 식으로 짐을 지우지 말고…… 제발 살아나서…….

현암이 외쳤지만 백호는 웃으며 말했다.

이제는 안심입니다……. 당신은 짐을 져야 해요……. 승희 씨에게…… 잘 해 주세요……. 그것으로 그것만이 내가…… 그리고 가능하다면……. 세상도 구해 주고 말이오…….

그 말에 현암은 크게 숨을 들이켰다. 여전히 흐르는 눈물을 주체하지 못하면서도 단호히 말했다.

약속하겠습니다…….

현암은 몸을 일으키며 굳은 얼굴로 세크메트의 눈을 승희에게 내밀었다. 승희는 슬피 울면서도 머뭇거릴 뿐 그것을 받지 않으려 했다. 백호의 마음을 받을 자격이 없다고 생각했기 때문이다. 어느새 승희 옆에 다가온 박 신부가 그것을 받아 승희의 손에 꼭 쥐여 주었다. 그리고 박 신부는 조용히 기도문을 읊기 시작했다.

마지막 순간에 백호와 승희 두 사람 사이에 어떤 마음의 교감이 오갔는지는 알 수 없었다. 그러나 마지막 숨을 거두기 전 백호는 정말 행복해 보이는 표정을 지었고, 승희도 쏟아지는 눈물을 어느 정도 멈추며 조용한 표정을 지었다.

아마 그동안 하고 싶었던 말을 모두 했을 것이라고 현암은 생각하며 힘겹게 그 광경을 바라보았다. 그러나 백호가 마지막 숨을 거두는 순간, 승희는 다시 울음을 터뜨렸고 현암은 산이 떠나갈 듯 긴 외침을 터뜨렸다. 공력이 실리지 않았지만 그 소리는 사자후보다도 더 멀리까지 퍼져 나갔다.

아이들과 이반 교수, 바이올렛 등도 모두 블랙 엔젤의 제재가 풀리자 달려 내려와서 그 광경을 바라보며 눈물을 글썽였다.

모세의 예언

백호의 죽음으로 모두가 얼이 빠져 있는데, 문득 누군가가 박 신부의 옷깃을 잡아당겼다. 박 신부가 내려다보니 중상을 입고 있던 안나스였다. 그는 말은 하지 않았지만 무엇인가 할 말이 있다는 듯한 간절한 눈빛으로 박 신부를 올려다보았다. 박 신부는 잠시 안나스를 바라보다가 백호의 손에 들려 있는 세크메트의 눈을 거두어 자신이 들고, 승희가 갖고 있는 것을 안나스의 손에 쥐여 주었다.

안나스가 먼저 말을 건넸다.

당신들은…… 당신들은 적그리스도가 아니었군요! 그렇지요?

물론 그렇소…….

안나스는 큰 부상 때문에 거의 죽어 가는 상태였으나 그는 마음속으로 대화할 수 있는 것을 알고는 급히 말했다.

당신들은 왜 악마와 싸우죠? 그러면서도 왜 사람들과 적대하는 건가요?

우리는 적대하지 않소. 우리도 궁극적으로는 세상을 구하기 위해 이러는 거요. 하지만 방법이 다르기 때문에 이럴 수밖에 없소.

당신들을 이해할 수 없군요. 지금 세상의 위기가 적그리스도를 통해 오게 돼 있다는 것을 모르나요?

짐작은 하고 있소.

그렇다면 그 적그리스도를 없애야만 세상을 구할 수 있다는 것도 알 텐데…….

우리는 그렇게는 생각하지 않소.

그리고 박 신부는 자신들의 생각을 자세히 안나스에게 알려 주었다. 평소의 안나스는 믿을 수 없는 사람이었지만 지금 죽어 가는 안나스에게 사실을 숨길 이유는 없다고 생각했기 때문이다.

그러나 안나스는 박 신부의 설명을 듣고도 이해가 되지 않는 듯했다.

이해할 수 없어요. 적그리스도를 파멸시켜야 세상이 구해질 텐데…… 도대체 어째서 적그리스도를 구해야 세상이 올바로 굴러간다는 것인지 나는 이해할 수가 없어요.

박 신부는 한참이나 설명했는데도 안나스를 설득하지 못하자 마음이 다소 우울해졌다. 사실 유대교는 운명론을 별로 받아들이지 않고 모든 것을 신의 의지로 해석하기 때문에, 유대교 사상에 도취한 안나스로서는 박 신부의 말을 이해하기란 쉽지 않을 터였다.

안나스는 박 신부의 설명을 중단시키며 말했다.

좋아요. 어쨌든 간에 당신의 행동도 나름대로 이유는 있겠지요. 그러나…… 당신이 적그리스도를 구하려는 짓은 모든 사람의 오해를 살 거예요.

더 이상 오해 살 것도 남아 있지 않았소.

박 신부는 쓴웃음을 지으며 대답했다.

잠시 안나스는 뭔가 깊이 생각하다가 박 신부에게 말했다.

이 물건은 정말 신기하군요……. 당신의 마음을 잘 알 수 있어요. 아주 깊은 곳까지 말이죠. 당신의 말에는 거짓이 없군요…….

그 말에 박 신부는 안나스에게 솔직하게 되받았다.

당신은 거짓으로 가득 차 있지만 지금만큼은 진실하고 말이오…….

안나스는 그 말에 화를 내지 않고 대답했다.

나는 모든 악행과 부정과 죄를 저질렀어요. 나를 미친놈이라 생각할 수도 있겠지만 내 스스로가 원한 길이죠. 다만…….

안나스는 잠시 고민해 보다가 말을 이었다.

지금 내가 당신에게 대화를 청했으니, 내 마음은 다 밝혀진 것이나 다름없어요. 아마 당신은 타보트에 숨겨진 비밀의 내용도 알았겠죠?

그건 아니오. 나로서는 이해할 수 없소.

그건 의외로군요. 흠, 내가 말하고 싶지 않은 것은 전달하지 않는군요.

맞소.

좋아요. 결론부터 말하겠어요……. 나는 타보트에 숨겨진 내용을 당신에게 말해 주고 싶어요. 나는 이제 곧 죽을 테니…… 그 방법이 가장 좋을 듯하군요.

어째서 비밀을 말해 주는 거요?

그러자 안나스는 웃었다.

모든 것이 신의 뜻대로 될 것이니까요.

무슨 뜻이오?

네 가지 경우가 있을 수 있겠지요. 당신이 적그리스도를 구하고 그로 인해 당신 말대로 세상이 온전해지는 경우, 당신이 적그리스도를 구하고 세상이 멸망하는 경우, 당신이 적그리스도를 못 구하고 세상이 온전해지는 경우, 당신이 실패하고 세상이 망하는 경우…… 안 그런가요?

그럴 거요.

나는 이제 끝이에요. 나는 세상의 주도권이 우리 민족에게 넘어가기를 바랐고, 그 때문에 수많은 짓을 저질렀지만…… 이제는 끝이죠. 가야바와 율리아도 죽었고 나도 곧 죽을 테니 우리 집단은 무력해질 거예요……. 어쨌든 나는 세상의 종말을 원하지 않아요. 세상이 그대로 남아 있어야 나중에 세상을 얻을 수 있으니까요. 나는 모험을 하겠어요. 당신들이 말하는 것이 맞을지, 우리가 맞을지는 모르지만, 둘 중 강한 쪽이 이길 테죠. 그것이 바로 신의 뜻일 테고…… 안 그런가요?

박 신부는 안나스의 편파적인 생각이 답답했지만 뭐라고 할 수 없었다. 안나스도 그것을 눈치챈 듯했다.

어차피 서로 마음을 열어 놓은 상태니 숨기지 않겠어요. 나는 타보트의 비밀을 나 혼자 안다고 여겼지만, 이단 심판소 사람들도 그 내용을 알고 있었어요. 더구나 그들이 타보트를 가져갔으니, 그들은 조만간 다른 모든 사람을 규합해서 적그리스도를 죽이러 갈 테죠. 그런 판에 당신들은 감히 뛰어들 수 있겠어요?

가야 하오.

정말 갈 건가요?

그렇소.

안나스가 갑자기 힘겹게 웃었다.

그럴 줄 알았어요. 그러니 당신들과 다른 사람들은 필연적으로 부딪히겠죠. 솔직히 나는 아직도 당신들이 미워요. 당신들이 죽기를 바라고, 당신들의 생각이 틀렸기를 바라요. 그러나 당신들은 어찌할 수가 없으니, 남의 손이라도 빌려야겠어요. 만에 하나 당신들이 틀린 생각을 한다면 누구도 막을 수 없을 테죠. 당신들은 너무도 위험하고 강한 존재니까요. 당신들이 틀렸다면, 당신들은 다른 사람들의 손에 죽을 거예요. 하지만 만에 하나라도 당신들이 옳다면 그때는 나를 기억해 주기를 바라요……. 우리 민족에게 해를 주지는 말아요……. 그게 내 부탁이에요…….

우리는 누구에게도 해를 주지 않을 거요.

안나스는 대답하지 않았다. 그 대신 안나스는 감추고 있던 생각을 열고 봇물 터지듯 박 신부에게 정보를 흘려보내기 시작했다.

모든 것은 모세에서부터 시작됩니다…….

타보트를 신에게서 받은 것은 분명 모세였다. 그는 유대 민족을 이끌고 애굽(이집트)을 떠나 광야를 방황하다가 홀로 산에 올라 기도를 하면서 십계명을 받았다. 그러나 그가 없는 사이 유대 민족은 타락해 우상을 숭배하고 광란에 빠져 있었다. 이에 분노한 모세는 십계명이 새겨진 석판을 내리쳐 깨뜨려 버렸고 그 뒤 모세는 분노하면서도 번민했다.

자신의 형이자 제사장인 아론을 비롯한 수많은 사람을 처형해서 신의 분노를 달래고, 다시 간구해 새로운 십계명을 받은 다음, 깨뜨려 버린 십계명의 석판은 언약궤를 만들어 그 안에 보관하게 했는데, 그것이 지금의 타보트였다.

그런데 자신의 형인 아론을 포함한 수천 명을 처형하면서, 모세는 깊은 생각을 하게 됐다. 그가 동족 수천 명을 처형한 것은 신의 분노가 유대 민족 전체에게 떨어질 것을 두려워해서였다. 그런데 그 상황에서 모세는 '신의 분노'와 관련된 가장 커다란 비밀을 다시 상기하게 된 것이다.

그게 뭐요?

박 신부가 묻자, 안나스는 희미해져 가는 소리로 답했다.

소돔과 고모라가 신의 분노로 멸망할 때, 신께서는 아브라함에게 뭐라고 하셨소?

박 신부는 안나스의 말을 듣고 눈을 빛냈다.

그것은 의인(義人)이 열 명만 돼도 성을 멸하지는 않겠다는…… 그렇다면……?

그래요……. 소돔 성에 의인이 열 명만 돼도 그 성을 멸하지는 않겠다……. 세상을 신의 분노에서 지키기 위한 보증 수표와 관련된 주술이죠. 그렇게 선택된 사람들을 이른바 라미드 우프닉스라고 부르고 말이죠.

라미드 우프닉스의 대주술이 언제, 누구에 의해 행해졌는지는 알 수 없지만, 모세는 그 주술의 비밀을 알고 있었다. 모세는 고대로부터 지금에 이르기까지 그와 필적할 자가 없을 정도의 대주술사였으며, 그는 이미 잊힌 이집트의 고대 신비주의의 모든 것과 유대 전승의 모든 주술을 알고 있는 사람이었다. 그래서 그는 당시에만 해도 아는 자가 거의 남지 않았던 태곳적 주술에 대해 알고 있었던 것이다.

안나스의 추측에 의하면 그것은 아마도 아주 고대에, 전 세계의 주술사들이 한데 모여 만들어 낸 거대한 주술 작품이었다. 누구도 혼자서 그렇게 수천 년 동안 내려오는 주술을 걸 능력이 없기 때문이다.

그 주술이 만들어진 시기가 정확히 언제인지는 알 수 없지만, 아마도 대홍수가 세상을 휩쓸고 지나간 후가 아닌가 싶으며, 각 민족은 신의 분노가 세상을 한순간에 쓸어버릴 수 있다는 위기감을 가지고 있었기에 그런 일이 가능했을 것 같다고 했다. 안나스의 짐작으로 주술을 주도한 자는 아브라함일지도 몰랐다.

하지만 아브라함은 대홍수가 일어난 지 훨씬 후에 태어난 인물 아니오?

박 신부가 의문을 제기하자 안나스가 대답했다.

그건 알 수 없어요. 아브라함일지도 모른다는 것은 가설뿐이니까요. 과거의 사람들은 분명 신이 인간에게 징벌을 내리더라도, 정당한 사람들이 악인과 같이 죄를 뒤집어쓰게 할 만큼 매정하리라고는 믿지 않았던 것이 분명해요. 그래서 각지 사방에 있는 대국가의 위대한 주술사들이 모두 모여서 일종의 국제회의라도 연 거겠죠. 지금은 인간의 이성이 발달해 인간의 초능력이 거의 다 감추어진 상태이지만, 그때는 지금보다 훨씬 강한 주술력을 지니고 있었을 테니까 국제회의도 불가능한 것은 아니지요. 내가 희미하게 들은 바로는, 세상의 주술 힘은 점점 약해진다고도 해요. 지금은 거의 명맥도 유지하기 어려운 정도죠. 하지만 과거에는 그렇지 않았다고 해요. 주술의 힘이 금지된 것은 아주 오래전이지만, 그 자취가 지금보다는 짙게 남아 있기에 과거로 갈수록 강한 주술이 존재할 수 있었다는 거죠. 그때의 주술사들 중에는 분명 고대에 가장 번창한 문명을 지닌 국가 중 하나였던 이집트의 주술사가 끼어 있었을 테고요. 그리고 그의 전승에 의해 이집트의 비전을 모조리 물려받은 모세는 그 사실을 알 수 있었던 거죠. 사실 그 주술이 행해지던 당시에는 유대 민족의 주술사가, 아니 어쩌면 노아나 그 아들이 모든 것을 주관했을 가능성이 크지만, 이미 모세의 대에 이르러서는 유대 민족은 쇠약해지고 이집트의 노예 민족이 돼 전승이 끊어지는 지경이 됐기 때문에 그런 사실은 잊혀 갔죠. 그러나 이집트의 왕자로서 교육을 받고 모든 지식과 비밀에 접근할 수 있었던 모세는 그런 사실을 알 수 있었던 거예요.

너무도 놀라운 이야기에 박 신부는 뭐라 말할 수도 없었다. 안나스가 계속 말했다.

모세는 그때 동족의 배신에 깊이 절망했고, 인간들에 대해 염려한 나머지, 어떤 차원을 넘어선 무아지경의 상태에 빠져들었으며, 그때 본 내용, 즉 미래에 대한 예언을 언약궤에 같이 넣어 보관하게 했죠. 그때 모세가 그 내용을 어떻게 보관했는지는 자세히 알 수 없지만, 내 스승께서는 그가 분명 깨진 타보트 조각의 뒷면에 그 내용을 새겼다고 여겼어요. 그것이 가장 확실한 방법이니까요.

왜 그런 일을 한 거요?

모세는 오늘에 이르러 세상이 위기에 빠질 것을 짐작했어요. 라미드 우프닉스의 주술이 실은 불완전한 것이란 걸 깨닫게 된 거죠. 그런 약삭빠른 방법으로 신에게 보증 수표를 내세운다 해도 그걸 신께서 과연 뚫어 보지 못하실까요?

그것은 과거 박 신부의 생각과도 일맥상통하는 점이 있었다. 그리고 박 신부만이 아니라 몇몇 현명한 사람들도 라미드 우프닉스의 주술은 불완전한 것이며, 실은 그것이 오히려 인간을 파국으로 몰 수 있다는 말을 전해 들은 바 있었다. 안나스도 과연 대단한 자라, 그런 내용을 정확히 분석하고 있었던 것이다.

그러나 이어지는 안나스의 말은, 그럼에도 박 신부가 놀랄 수밖에 없는 내용이었다.

모세는 그 엉터리 주술이, 인간계의 보이지 않는 질서에 영향을 끼쳐서, 그에 대한 심판이 내려질 것을 예지할 수 있었어요. 더불어 그것이 어떤 양상으로 나타날지도 대략. 그래서 그는 그 내용을 예언해 타보트의 뒷면에 새긴 거예요. 그것은 바로, 인간에 의한 멸망의 가능성이었지요.

그렇다면 그가 새긴 것이 적그리스도의 탄생을 암시한 거란 말이오?

그래요. 우리는…… 그것을 이용해 세상을 흔들고 지배할 기회로 삼으려 했지만…….

박 신부는 잠시 생각하고 말했다.

그런 내용들을 당신은 어떻게 알았소? 당신은 타보트를 보지도 않았는데…… 그리고 이단 심판소 사람들은 또 그 내용을 어떻게 안 거요?

그 말에 안나스가 희미하게 웃었다.

비르케나우를 아시나요? 나는 젊었을 때 그곳에 있었죠. 거기서 나는, 한 나이 많고 현명한 랍비를 만나게 됐어요. 그는 정말로 존경스러운 랍비였고, 위대한 지혜를 지닌 태곳적 지식의 계승자였지만, 단지 나이가 많아 노동하지 못한다는 이유로 날아가게 됐지요.

날아가다뇨?

소각로의 굴뚝을 통해, 연기가 돼 날아갔다는 뜻이에요. 그런데 그는 먼 위의 제사장, 그러니까 모세를 모시던 여호수아의 직계 후예였어요. 그가 죽을 때까지도 놓지 않으려던 기록을 나는 정말 우연히 보게 됐죠. 그 수용소 안까지 감추어서 들여와야만 했던 엄청난 내용의 기록을 말이죠. 모세는 죽으면서 자신의 모든 일을 여호수아에게 일러 그를 지도자로 만들었기 때문에 여호수아는 그런 내용을 기록해서 후세에 남겼죠. 불행히도 여호수아는 선지자나 주술사라기보다는 단순한 전사에 가까웠기 때문에 그 내용은 후대를 이어 오면서 많이 흐려지고 사라져서 알아보기 어려울 정도가 됐죠. 그래도 그는 그 내용이 무엇인지도 모르면서 충직하게 수천 년 동안 후손을 통해 그 내용이 전해지게 했던 거예요. 이제는 그 후손이 끊겨 내게 전해졌지만.

그렇다면 이단 심판소 사람들은 그런 사실을 어떻게 안 거요? 나는 짐작도 할 수 없소.

나도 정확히는 알 수 없지만, 짐작 가는 곳이 있어요. 과거에 모세의 무덤이 발견된 적이 있는데, 그것을 교황청에서 관할했죠. 아마도…… 그들은 거기서 알아냈을 겁니다. 모세가 죽음에 임해서 여호수아에게 전한 것 이외에 또 다른 기록을 남겼을 수도 있으니…… 거기서 알아낸 것이 분명해요. 그것 말고는 전혀 짐작 가는 곳이 없어요.

안나스는 이제 생각하는 것조차 힘든 듯 잠시 헐떡이다가 생각을 전해 왔다.

하여간…… 당신들이 진정으로 원한다면…… 당신들은 가야 해요. 그 자…… 라미드 우프닉스의 주술을 쓴 영향으로 쌓이고 쌓인 부조화를 폭발시키는 자는 이제 곧 태어나요……. 이제 나흘밖에 남지 않은 것 같으니 서둘러야 할 거예요. 그곳은…… 그곳은…….

안나스는 타보트의 내용을 돌이켜 생각하는 것 같았다. 그때 박 신부가 물었다.

그 장소를 아시오? 그 장소는 암호화된 문자로 쓰인 것 같은데…….

나는 알 수 있어요. 이단 심판소 사람들도 알아볼 수 있을 거고요……. 아…… 이제 정신이 희미해지는군. 그자를 잉태한 여자…… 그자는 바로…… 동방 민족의 후예죠. 그리고…… 그 여자를 알아볼 수 있는 것은…….

안나스는 현기증이 일어나서 말을 제대로 이을 수 없어 보였다. 의식을 잃으려는 것 같았다. 박 신부가 기도력을 넣어 보았지만 효과가 없자 그는 급히 현암을 불렀다.

"현암 군! 도와주게!"

현암은 백호의 죽음을 본 데다가 월향검까지 금이 가 검을 들고 멍하니 서 있다가 박 신부의 말을 듣고 힘겹게 정신을 차렸다. 현암이 다가와 미미한 공력이나마 힘껏 주입하자 안나스는 다시 조금 정신을 차리는 것 같았다.

그는 눈을 뜨자 현암을 보고 말했다. 물론 그 말은 입 밖으로 나가지 않았고 박 신부의 마음속으로만 전달됐을 뿐이지만.

당신…… 당신…… 그렇군요. 그 칼…… 그 칼에 대한 이야기를 해 주지 않았지요?

안나스는 이제 반쯤은 의식이 없는 상태여서 횡설수설하고 있었다. 박 신부는 징벌자에 대한 것을 알고 싶어 마음이 급했지만 안나스가 월향검에 대해 묻자 방해하지 않았다.

안나스가 말을 전해 왔다.

그 칼…… 하하…… 누구도 그 칼에 든 영혼은 뺄 수 없죠. 오직 당신밖에는…… 당신이 나가라고 하지 않으면…… 그리고 그 영혼이 나가려 하지 않는다면…… 당신은 그 칼에 저주가 걸린 것으로만 알지만…… 그런 것은 이미 오래전에 사라져 버렸으니…… 없는 저주를 놓고 풀 길을 찾으니 영원히 길을 찾지 못하는 거죠, 영원히…… 세상 모든 것이 그런 것…… 모든 이치가…… 하하…….

안나스는 말하다가 무슨 생각이 들었는지, 아니면 뭔가 깨우침 비슷한 것을 얻었는지 웃기 시작했다.

그러나 박 신부는 상당히 놀랐다. 지금껏 그 어떤 방법을 써 보았어도 월향검에서 월향의 영혼을 빼낼 수는 없었다. 그런데 만약 안나스의 말이 맞다면…….

박 신부는 잠시 막막해하다가 안나스에게 물었다.

랍비 안나스. 어서 말해 주시오. 징벌자의 탄생 장소와…… 징벌자의 어머니가 누구인지를…… 그것을 어서…….

아, 그렇군요, 그것을 말하지 않았군요. 나도 어머니가 누구인지는 알 수 없어요. 그러나 그 장소는…… 필경…….

안나스가 막 그 말을 하려는 순간, 박 신부의 눈앞이 번쩍하면서 안나스와의 교감이 끊어져 버렸다. 박 신부는 교감을 원활하게 하려고 감았던 눈을 번쩍 떴다.

안나스의 뒤편에 어느 사이에 다가온 자의 모습이 보였다. 카르나였다. 그의 손은 이미 안나스의 머리를 내리치고 있었다. 현암이 놀라서 공력을 모아 저항하려 했지만 카르나는 현암을 마치 검불처럼 털어 내 버렸다.

현암이 데굴데굴 굴러가자 이번에는 박 신부가 오라를 발하려 했다. 그러나 카르나는 전혀 주저하지 않고 안나스의 머리를 내리쳤다.

"안 돼!"

기이한 폭발음과 함께 박 신부의 부르짖음이 사방에 메아리쳤다. 안나스는 이미 전신이 으스러져서 죽어 있었고, 널브러진 시체에서 뿜어져 나온 피를 뒤집어쓴 카르나가 그 모습을 내려다보며 서 있었다.

그 기이한 폭발은 불길이나 소리가 큰 것도 아니었지만 그 힘은 엄청나서 근처에 있던 박 신부와 현암은 그 힘에 밀려서 저만치까지 날아가 버렸다. 그리고 승희와 이반 교수 등도 서 있을 수가 없어서 모두 넘어지고 말았다. 중심을 잡고 버틴 것은 준후와 윌리엄스 신부뿐이었다.

현암과 박 신부는 외상보다도 몸속에서부터 엄청난 고통이 번져 나오는 것을 느꼈다. 가까이서 그 폭발의 기운을 쐬었기 때문이 분명한데, 그것의 정체가 도대체 무엇이기에 이토록 심한 고통을 주는 것인지 알 수 없었다.

"카……르나……?"

현암이 간신히 중얼거리자 박 신부가 노한 음성으로 외쳤다. 물론 겉으로는 두 사람 중 더 심한 고통을 받았는지 알 수는 없었지만, 박 신부보다는 현암의 상처와 고통이 훨씬 심했다.

"너……!"

몸은 분명 카르나였지만 그를 조종하는 것은 악마 아스타로트였다. 조금 전에 아스타로트가 카르나의 몸을 조종했던 것을 현암이나 박 신부 등이 목격한 바 있었다. 그럼에도 백호의 죽음과 안나스의 이야기 등에 정신이 팔려 미처 경계하지 못한 것이다.

박 신부와 현암은 이제 몇 번씩이나 상처를 입은 데다가 견딜 수 없는 고통에 쓰러져서 일어서지 못했다. 승희가 현암을, 이반 교수가 박 신부를 뒤로 끌어내자 준후와 윌리엄스 신부가 앞으로 나섰다. 준후는 힘이 거의 보존돼 있었다.

그러나 아스타로트는 준후의 살기 찬 눈매를 보고 싸우려 하지 않고 박살이 난 안나스의 시체를 보고 간단히 말했다.

"아, 미안하군. 부탁받은 것도 있어서 죽이지는 않으려고 했었는데…… 아무래도 안 되겠더라고."

"무슨 소리를……!"

준후가 외치자 아스타로트는 조용히 되받았다.

"우리들은 약속을 제법 잘 지켜. 신의 없는 인간들보다는 낫지. 아, 귀찮기 짝이 없지만! 블랙 엔젤에게서 너희가 알고 싶어 하는 것을 가르쳐 주라는 부탁을 받았거든."

준후와 다른 사람들은 이 악마가 왜 이런 소리를 하는지 영문을 몰랐다.

아스타로트는 계속 우스꽝스러운 어조로 말했다.

"내 할 일은 했어. 하지만 아무리 봐도 너희는……."

그러다가 아스타로트는 돌연 사방이 찌르르 울릴 정도로 무서운 고함을 질렀다.

"……도움이 안 돼! 귀찮아! 역겨워! 보기 싫어!"

아스타로트는 순식간에 음산하고도 나직한 어조로 목소리를 바꾸었다.

"아, 내가 방금 우린 약속을 어느 정도 잘 지킨다고 했던가? 할 수 없군. 귀찮고, 역겹고, 짜증 나더라도 할 수 없지. 한 가지만 더 일러 주겠다. 너희가 그토록 목매어 찾는 것은 바로 세상을 멸망시킬 자인 거지?"

준후는 대답하지 않았으나 뭔가 의아해서 눈을 부릅떴다. 그래도 아스타로트는 개의치 않고 말을 이어 나갔다.

"그자는 아직 태어나지 않았다. 며칠 있으면 물론 태어나겠지만 말이야. 블랙 엔젤은 바보라서 너희에게 그 장소를 알려 주려 했고 나도 그럴까 했지만……."

아스타로트는 다시 엄청나게 크게 고함을 쳤다.

"……싫어!"

외치고 나서 아스타로트는 소름이 돋을 정도의 기이한 목소리로 낄낄거리며 웃었다. 그 말을 들은 박 신부는 갑자기 머릿속이 멍해지는 것 같았다.

'블랙 엔젤이 그 장소를 알려 주려고 했다고? 그렇다면 안나스가 내게 해 준 말은 블랙 엔젤의 사주에 의한 것이었나? 그 악마는 죽지 않았단 말인가?'

박 신부는 혼자 생각한 것이었는데도 아스타로트는 박 신부를 힐끗 보면서 비웃듯 말했다. 아마도 이 악마는 마음을 들여다볼 줄 아는 것이리라.

"아, 너희가 할 수 있는 것은 없어. 너희는 말이지, 모두 우리 손아귀에서 놀고 있었던 것뿐이야."

그 말에 박 신부는 정신이 아득해지는 것을 느끼며 간신히 지탱하고 있던 정신력마저 고갈돼 의식을 잃었다. 그 모습을 보며 아스타로트는 킥킥거리다가 말했다.

"그 바보는 너희가 끝까지 징벌자를 보호해 줄 거라고 믿고 있었어. 하지만…… 나는 믿지 않아! 너희는 아직 한 가지 사실을 모르고 있거든?"

그 누구도 아스타로트에게 묻지 않았는데 그는 다시 낄낄 웃다가 외쳤다.

"내가 수수께끼를 하나 내지. 너희가 잘 아는 자들 중에 지금까지 무대에 등장하지 않은 자가 있어. 정말 의외지? 왜 등장하지 않을까? 그리고 왜 등장할 수 없는 것일까? 궁금하지 않아?"

그 순간 바이올렛이 외쳤다. 그녀의 째지는 목소리 때문에 모두가 깜짝 놀랐으나, 그녀가 왜 비명을 지르는지는 아무도 알지 못했다.

"설마……! 설마 그렇다면……!"

그러자 아스타로트는 마구 웃었다.

"맞아! 킬킬…… 너희가 그것을 안다면…… 너희는 방해가 될 뿐이야! 무엇보다도 위험한 방해물이 될 뿐이지! 너희는 죽어 줘야겠어. 지금 여기서…….”

그러고는 다시 미친 듯이 웃었다.

“악마가 직접 사람을 죽이지 못한다고? 아하! 정답이야. 그래그래! 하지만 말이야, 방법은 얼마든지 있어. 블랙 엔젤은 못 해도, 나는 할 수 있지. 내겐 많은 부하들이 있거든?”

조금 더 길게 웃다가 아스타로트는 다시 목소리를 바꾸어서, 마치 심연의 나락에서 불어오는 바람같이 음산하고도 위협적인 목소리로 외쳤다.

“그러니 모두 없애 주마. 이 걸레 같은 장난도 이제 끝이니까!”

그러면서 카르나는 두 손을 들어 자신의 귀 부근을 무서운 힘으로 후려갈겼다. 준후나 윌리엄스 신부 등이 어떻게 해 볼 틈도 없이 카르나의 머리가 깨어진 수박처럼 터져 버렸다. 카르나의 몸이 쓰러진 뒤에도 아스타로트의 음산한 웃음소리는 계속 사방을 메아리치며 떠돌았다.

잠시 정적이 감돌았다.

박 신부는 의식을 잃었고 현암 또한 중태인 상태였다. 아스타로트가 최후로 준 타격이 은연중에 엄청났던 것이리라. 현암과 박 신부마저 쓰러진 상황에서 아스타로트가 정면 대결을 선포하는 것을 듣고는 모든 사람의 얼굴은 흙빛이 됐다.

현암과 박 신부는 중상으로 의식을 잃었고, 로파무드는 알 수 없는 저주 때문에 아직도 꼼짝 못 하는 상황이었다. 그리고 성난 큰곰 역시 정신을 차리지 못했고, 윌리엄스 신부는 정신은 있었지만 일어설 수조차 없었다.

그렇다면 이제 남은 것은 이반 교수와 준후, 승희, 그리고 아이들뿐이었다. 바이올렛이나 황달지 교수 등은 있어도 악마와의 싸움에 큰 도움은 되지 않으리라.

준후는 여기까지 궁리하다가 착잡한 마음에 생각을 접었다. 과연 아스타로트의 부하들이란 무엇일까? 대악마인 아스타로트가 직접 말한 것이니 절대로 무시할 수 없는 존재들일 것이다.

그때 승희가 외쳤다.

"어떻게든 여기서 일단 빠져나가요! 여긴 지긋지긋해!"

승희의 목소리는 앙칼졌다. 승희의 눈에는 눈물 자국이 있었지만 그녀의 표정은 단호한 결심에 차 있었다. 승희와 준후가 합세해 어찌어찌해서 현암을 일으켜 둘러업었고, 황달지 교수와 바이올렛이 박 신부를 일으켜 양팔을 끼워 둘러메었으며 세 명의 아이들은 로파무드를 일으켰다. 그리고 이반 교수가 윌리엄스 신부를 부축해 일으켰으나 성난큰곰의 거대한 덩치는 어찌할 도리가 없었다.

그를 옮긴다는 것은 쉽지 않은 일이었다. 그러자 준후가 급히 리매술을 썼다. 리매를 불러내어 성난큰곰을 운반하게 하려는 것이었다. 하지만 준후가 몇 번이나 주문을 외웠는데도 리매는 나타나지 않았다.

"이건……?"

의아해하던 준후의 얼굴이 돌연 굳었다. 준후는 급히 소매 속에서 세 장의 부적을 꺼내 허공에 날렸다. 세 장의 부적들은 펑펑 불이 붙어서 새처럼 사방으로 날아가다가 별안간 총에 맞은 비둘기처럼 땅으로 떨어져 내렸고 불도 꺼져 버렸다. 그것을 본 준후의 얼굴이 창백해졌다.

"왜 그래?"

뭔가 심상치 않은 것을 느낀 승희가 묻자 준후는 입술을 깨물었다.

"주술이 안 먹혀요!"

"응? 왜?"

"뭔가가…… 있어요! 무시무시한 것이……."

느닷없이 이반 교수의 등에 멘 배낭에서 커다란 소리가 들려왔다. 그 소리는 놀랍게도 교회의 종소리였는데, 마치 커다란 종루의 거대한 종과 같은 소리가 났다.

모두 놀랐지만 이반 교수는 더욱더 놀라는 것 같았다. 그는 잠시 놀란 얼굴로 멍하니 허공을 보다가 아무도 알아들을 수 없는 스웨덴 말로 떠들어 대기 시작했다. 승희는 그의 말 중에 '노스페라투(Nosferatu)'[6]라는 단어를 들은 것 외에는 하나도 알아들을 수 없었다.

---

6 본문에서의 노스페라투는 1922년 독일 감독 무르나우의 유명한 흑백 무성 영화에서 비롯된 것으로, 흡혈귀 전설을 소재로 한 영화의 효시 격인 작품이다. 이반 교수는 흡혈귀들의 시조가 되는 괴물의 이름을 이 영화의 제목에서 따서 붙였다. 이 영화에 등장하는 흡혈귀는 아니다.

이반 교수가 미친 사람처럼 가진 무기를 정리하고 등에 걸머진 배낭을 내렸다. 그 와중에서도 종소리는 배낭 안에서 계속 들려오고 있었다.

“노스페라투!”

이반 교수가 다시 한번 외치면서 배낭에서 뭔가를 꺼냈다. 그것은 한 줄로 이어진 기다란 탄띠였는데 많은 총알들이 줄줄이 끼워져 있었다. 놀랍게도 종소리는 그 탄띠에서 울려 퍼지고 있었다.

“그게 뭐죠?”

승희가 호기심을 참지 못하고 묻는데도 이반 교수는 여전히 정신 나간 사람처럼 외쳐 댔다.

“노스페라투! 오늘에서야……!”

바이올렛은 종소리가 울려 퍼지는 탄띠와 이반 교수를 번갈아 보면서 한숨을 쉬었다.

“그건…… 트란실바니아 고성당의 은십자가인가요?”

그 말에 이반 교수는 문득 고개를 끄덕여 보였다. 바이올렛은 다시 한번 한숨을 쉬었다.

“교수님 짓이었군요.”

이제야 이반 교수는 약간 정신을 차린 듯 간단히 말했다.

“그렇소. 다른 곳의 십자가들도 내가 모았소.”

“그건…… 성스러운 물건이에요!”

“아무리 성스러운 물건이어도 교회 구석에 처박혀서는 한 사람도 구하지 못하오. 이편이 훨씬 값있는 거요.”

이반 교수는 단언하듯 외치고는 이를 갈며 떨리는 손으로 총에 총알을 쟀다. 지금까지 이반 교수는 거의 총알을 소모했는데 이 총알만은 쓰지 않고 아껴 두었던 것 같았다. 그러면서 이반 교수가 외쳤다.

"모두 어서 가시오! 여긴 내가 맡아야 하오!"

그 말에 승희가 외쳤다.

"혼자요?"

"그렇소!"

"같이 가요!"

그러자 이반 교수가 씩 웃으며 되받았다.

"나는 수십 년 동안 이 순간이 오기만을 기다려 왔소. 나는 노스페라투에게 받을 빚이 있거든!"

도대체 이해할 수 없는 이야기라 승희가 큰 소리로 물었다.

"그게 뭐죠?"

이반 교수는 번들거리는 광기에 가까운 눈빛으로 사방을 경계해 둘러보면서 말했다.

"노스페라투는 물론 옛날 영화를 보고 내가 붙인 이름일 뿐이오. 원래 그놈은 이름조차 없지."

승희는 영화라는 이야기를 듣고는 뭔가 생각나는 것이 있어서 물었다.

"노스페라투는 흡혈귀 영화 아니었나요?"

그러자 이반 교수는 하! 하고 웃으며 외쳤다.

"그렇소! 지금 오고 있는 것은 바로 흡혈귀들의 마스터! 모든 흡혈귀들의 조상인 그놈이오! 트란실바니아 고성당의 종이 울렸소! 그놈이 아니라면 이 소리는 영원히 나지 않았을 거요!"

승희와 다른 사람들이 헉하면서 놀라는 사이 이반 교수가 갑자기 총알처럼 외쳐 댔다.

"그놈에게는 어떤 주술도 먹히지 않으며, 어떤 초능력이나 물리력도 소용없소! 오로지 종교적인 힘, 믿음의 힘만이 그놈을 이길 수 있을 거요! 당신들의 능력이 아무리 강해도 이번만큼은 나밖에 상대할 수 없을 거요! 나는…… 나는 사십 년이나 놈을 찾아 헤매며 준비해 왔으니까!"

그 말을 들은 바이올렛이 이반 교수에게 소리쳤다.

"당신이 집안 대대로 흡혈귀 사냥꾼인 것은 알아요! 하지만 왜 하필 지금……!"

그러자 이반 교수가 버럭 소리를 질렀다.

"내가 흡혈귀 사냥꾼이 된 것은 가업이기 때문이 아니라 저놈 때문이오! 나는…… 나는 절대 물러설 수 없소! 저놈은 내가 맡을 테니 어서 가시오! 당신들은 할 일이 있지 않소!"

그때, 비틀거리면서 누군가가 몸을 일으키더니 이반 교수 쪽으로 다가갔다. 윌리엄스 신부였다. 그가 힘겹게 입을 열었다.

"당신…… 당신 혼자는 안 됩니다……."

"신부님도 어서 가시오!"

이반 교수는 쌀쌀맞게 말했지만 윌리엄스 신부는 고개를 저었다.

"당신처럼…… 나도…… 나도 여기 있어야 해요! 내 몸에 내린 저주 또한…… 그놈 때문이니까……."

그러자 준후가 승희를 힐끗 쳐다보고는 윌리엄스 신부 곁에 급히 달려가려고 했다. 그러나 언제 일어났는지 성난큰곰이 준후의 뒷덜미를 잡아 뒤로 끌어당겼다.

너는 할 일이 있다. 그것은 아무도 대신할 수 없는 일이다…….

준후는 그 말을 듣지 않고 다시 달려 나가려 했지만 성난큰곰은 거대한 팔을 활짝 벌려서 준후를 막아 세웠다.

악마가 아무 때나 나타난다고 생각하나? 이런 일이 우리에게 벌어진 것은 우리가 하려는 일이 그만큼 중요하다는 거다. 책임을 잊으면 안 된다…….

"하지만……!"

준후가 뭔가 말하려 하자 성난큰곰이 고개를 저었다.

안다. 그러나 지금 너는 이들을 보호해야 한다. 노스페라투 말고 어떤 놈이 또 올지 모르고, 그들을 지킬 사람은 너밖에는 없다. 알겠나?

그 말을 하면서 성난큰곰은 풀썩 그 자리에 주저앉았다. 이제 보니 성난큰곰은 다리에 심한 상처를 입고 있어서 도저히 걸을 수 없는 것 같았다. 사실 냉정히 분석해 본다면 지금의 부상자들을 모두 데리고 도망친다는 것은 무리였다.

일단 성난큰곰은 몹시 큰 체구 때문에 쉽게 옮길 수 없었고, 이반 교수는 세상이 망하더라도 이 자리를 떠날 것 같지 않았으며, 윌리엄스 신부 또한 그러했다. 하지만 그것은 이론상의 이야기였고, 이렇게 위험한 자리에 누군가를 남겨 두고 간다는 것은 마음

아픈 일이 아닐 수 없었다.

이 고통스러운 순간에 준후가 눈물을 흘리려 하자 성난큰곰이 말했다.

울지 마라! 너는 내가, 우리가 죽은 사람처럼 보이는가? 우리가 그렇게 무력해 보이는가?

준후가 할 말을 잃자 성난큰곰이 따뜻하게 웃으며 말했다.

우리 약속을 하자. 반드시 살아서 다시 만나기로 말이다.

그때 윌리엄스 신부가 다시 소리쳤다.

"작별 인사는 필요 없습니다! 다시 만나면 그만 아닌가요? 그리고 아이들과 부상자들을 잘 보호하세요! 주의 가호가 함께하기를!"

이반 교수도 냉랭하게 외쳤다.

"부상자들까지 보호하며 싸울 순 없단 말이오!"

바이올렛과 승희는 눈물을 줄줄 흘리면서 준후를 잡아끌었다. 결국 준후도 엉엉 울면서 간신히 걸음을 옮겼다.

그들을 보며 성난큰곰은 텔레파시 대신 소리를 내어 커다랗게 외쳤다.

"남쪽으로 가시오! 친구들이여!"

준후와 승희 등이 아이들과 부상자들을 끌고 사라지자 윌리엄스 신부는 어두운 얼굴로 웃으며 이반 교수와 성난큰곰을 바라보았다. 갑자기 사방이 어두워지는 것 같았다. 그리고 한 줄기 바람이 불어왔는데 오싹한 귀기가 서려 있었다.

그때 성난큰곰이 알 수 없는 주문 같은 것을 흥얼거리다가 문득 말했다.

"오고 있소."

그 말을 듣고는 윌리엄스 신부는 최후의 기력을 다 짜내어 흡혈귀의 힘을 끌어올렸고 이반 교수는 손에 쥔 총을 들어 겨누었다.

다음 순간, 공터가 끝나는 숲 저편에서 뭔가가 나타났다. 그것은 사람의 형체를 하고 있었지만 사람이라는 느낌은 전혀 주지 않는, 그림자 같은 것들이었다.

그것들은 사방을 에워싸고 휙휙 눈에 보이지 않는 빠른 속도로 움직이며 점점 포위망을 좁혀 들어왔다.

이반 교수는 총을 쏘지 않고 침착하게 그것들을 바라보았다. 윌리엄스 신부가 성난큰곰에게 말했다.

"조무래기들이군. 그런데 우리에게 승산이 있을 것 같소?"

성난큰곰은 묵묵히 고개를 저었다.

"절대 없소."

하지만 이반 교수는 너무도 즐거운 듯 총을 겨누며 외쳤다.

"그건 문제가 되지 않소! 전혀 문제가 되지 않는단 말이오!"

그 말에 성난큰곰은 미소를 지으며 말했다.

"나는 원래 마스터가 죽었을 때 죽어야 했을 사람이오. 더구나 친구를 위해서라면 문제가 되지 않지."

맞장구를 치듯이 윌리엄스 신부가 한마디 거들었다.

"물론 나도 그렇습니다. 게다가 오고 있는 것이 내 몸에 깃들인 저주의 원흉이라면…… 하지만 당신은 왜……?"

그 질문에 이반 교수는 대뜸 윌리엄스 신부에게 외쳤다.

"신부님! 나는 성공회 교도가 아니오! 하지만 당신에게 고해 성사 비슷한 것을 해야겠소!"

윌리엄스 신부는 미소를 지으며 되받았다.

"당신은 흡혈귀 사냥꾼 아닌가요? 당신이 흡혈귀에게 고해 성사를 하다뇨?"

이반 교수는 윌리엄스 신부의 농담에 웃지도 않고 말했다.

"상관없소."

"종부 성사(사고나 중병, 고령으로 임박한 신자가 받는 성사)를 하기엔 껄끄럽지 않습니까? 물론 싫어도 종부 성사가 되긴 하겠지만……."

윌리엄스 신부의 말에 이반 교수는 껄껄 웃으며 총을 쏘기 시작했다. 그와 동시에 크게 외쳤다.

"종부 성사가 되든 말든, 당신이 고해를 받아 주든 말든 나는 꼭 떠들어야겠소! 나는 고할 죄가 있소! 그것도 아주 큰 죄요!"

그때 그림자들이 세 사람을 향해 휙휙 날아들어 오기 시작했다. 흡혈귀의 힘을 끌어올린 윌리엄스 신부와 성난큰곰은 이반 교수의 좌우를 엄호해 그림자들을 막아 냈고, 이반 교수는 계속 총을 쏘아 대며 그것들을 없앴다.

이반 교수의 은총알의 힘은 엄청나서 단 한 방에 그림자들이 폭발하며 사라졌다. 이반 교수는 손에 든 16연발 특수 엽총 외에도 산탄총과 기관총까지 쉴 새 없이 쏘아 대며 계속 장전했다. 그런 와중에도 세 사람은 계속 악을 쓰듯 대화했다. 그것도 웃으면서.

"역사가 오래된 교회와 성당의 십자가들을 훔쳐 내 녹여서 총알을 만든 죄 말입니까?"

"아니오."

"그럼 뭐지요?"

"나는 오래전, 내 조카를 흡혈귀들에게 잃었소. 물론 내 아버지도, 할아버지도 흡혈귀들에게 돌아가셨지만……."

"그것은 압니다. 하지만……?"

그때 이반 교수는 두르륵 소리를 내며 마지막 남은 엘리컨 기관포를 쏘다가 총알이 떨어지자 총을 내던지며 딱딱하기 이를 데 없는 어조로 말했다.

"그 조카는 내 아들이었소! 이해하시기를 바라오! 나는 다 고백했소!"

그러자 윌리엄스 신부는 한숨을 쉬고는 고개를 저으며 미소 띤 어조로 말했다.

"그랬군요……. 주여…… 긍휼히 여기시기를…… 용서받을 수 있기를 빕니다."

이반 교수가 껄껄 웃으며 말했다.

"그런 건 바라지 않소. 다만 시원하구려."

그때 성난큰곰이 크게 외쳤다.

"놈이 왔소!"

그 말이 떨어짐과 동시에 무시무시한 회오리가 세 사람의 주위를 둘러쌌다. 그리고 미친 듯한 괴성과 총소리, 아우성이 숲속을 뒤흔들었다.

처음과 같이,
이제와
항상 영원히……

일러두기

- ‘은나라’는 현재 ‘상나라’로 명칭이 바뀌었으나 작품의 시대 배경에 맞춰 ‘은나라’와 ‘상나라’ 모두 사용했습니다.

병원에서

준후와 승희 등은 안간힘을 다해 박 신부와 현암, 로파무드를 옮겨서 연희와 함께 타고 왔던 트럭에 싣는 데 성공했다. 청홍검은 황달지 교수가 들고 왔고 바이올렛은 간디바를 들고 왔다. 현암은 의식을 잃은 상태에서도 금이 간 월향검을 손에 꼭 쥐고 있어 다행히 중요한 무기들은 하나도 분실하지 않았다.

그러나 이제부터는 어떻게 해야 할지 막막하기만 했다. 백호는 죽었고 박 신부와 현암은 중상이어서 의식조차 회복하지 못하고 있었으며, 고반다의 저주를 받은 듯한 로파무드는 여전히 돌처럼 몸이 굳어져서 움직일 수조차 없었다. 타보트는 아녜스 수녀에게 빼앗겼으며 이제껏 큰 힘이 돼 주었던 이반 교수, 윌리엄스 신부와 성난큰곰 등은 죽었는지 살았는지 생사조차 알 수 없었다.

안 그래도 상태가 좋지 않았던 그들이 아스타로트가 불러낸 노스페라투를 상대할 수 있었을까? 생각만 해도 우울하기 짝이 없는 일이었다. 그리고 이제 이단 심판소나 용화교 등의 모든 세력이 자신들을 적으로 돌릴 것이 분명한 데다가 징벌자의 탄생지조차 어디인지 알 수 없었다. 앞으로 도대체 어떻게 해야 할까?

"모두 내 잘못이야……."

시내로 향하는 차 안에서 준후는 끊임없이 울먹였다. 그리고 황달지 교수와 바이올렛, 아이들은 아무런 말도 하지 못했다. 그러나 운전대를 잡은 승희는 정신을 차리려고 마음을 독하게 먹었다.

"장준후! 질질 짜지 마!"

승희는 눈빛을 빛내면서 외쳤다.

"이럴 때일수록 정신 차려야지! 네가 이러면 아이들은 어쩌라는 거야? 응?"

그러나 승희 역시도 앞일이 막막하기만 했다. 이대로 포기해야 하나? 그러나 포기한다 해도 앞으로도 또다시 지긋지긋한 추적자와의 숨바꼭질이 이어질 것이었다. 생각만 해도 치가 떨리는 일이었다.

그런 와중에서도 바이올렛은 무엇인가 깊은 생각에 잠겨 있는 것 같았다.

일단 위험한 장소를 빠져나와 시내에 도착하자마자 승희는 서둘러 병원부터 찾았다. 급히 박 신부와 현암, 로파무드를 입원시키고 아이들과 준후, 바이올렛을 병원에 남겨 놓은 뒤 승희는 황달지 교수만을 데리고 그들이 묵었던 호텔로 향했다. 일단 짐을 챙겨야 했기 때문이다. 그리로 가면서 승희는 생각을 정리했다.

'아무튼 이제는 전부 끝이다. 최소한 아이들과 황달지 교수만은 도로 돌려보내도록 하자. 황달지 교수에게 부탁하면 되겠지.'

아무래도 여기서 미적거리고 있으면 위험해질 것이 분명했다. 그러나 현암과 박 신부가 많이 다친 이상 그들을 데리고 비행기를 탈 수 없었다. 따라서 준후와 자신은 남아 있어야 하니 아이들을 데리고 돌아갈 사람은 황달지 교수와 바이올렛밖에는 없었다.

그런 생각을 하며 호텔에 도착했을 때, 승희는 누군가 낯선 사람이 자신에게 달려오는 것을 보고 깜짝 놀랐다. 그 사람은 온몸에 문신을 새겨 승희의 눈에 흉악하게 보였기 때문에 승희는 깜짝 놀라면서 급히 염력을 써서 그 사람의 신경을 건드려 쓰러뜨렸다.

그 사람이 둥탕 넘어지자 주변의 많은 사람의 시선이 그들에게로 향했다. 그러자 이제는 그들과의 동행에 많이 익숙해진 황달지 교수가 능청을 떨면서 그 사람에게 다가가 말했다.

"오랜만이오. 아이구, 넘어지셨나? 발목을 삐신 것 같으니 같이 올라가 봅시다."

황달지 교수와 승희는 놀라서 눈이 커진 채 꼼짝도 하지 못하는 그 남자를 끌고 방으로 급히 올라가 문을 닫아걸었다.

승희는 그 남자에게 험악한 표정으로 물었다.

"넌 누구야? 누가 시켰어?"

남자는 잠시 말을 더듬거리다가 알아들을 수 없는 인도어로 뭐라고 했다. 그러자 승희가 소리를 빽 질렀다. 승희는 신경이 날카로워져서 몹시 사나워진 상태였다.

"뭐야? 영어 알면 똑바로 말해! 혼나기 전에!"

그러자 남자는 뭔가 이상하다는 듯 승희를 뚫어지게 보다가 물었다.

"로파무드……? 아닌가?"

"로파무드? 그녀를 아나?"

"아……? 나는…… 나는 그녀를 만나기 위해…… 그런데……. 이건 무슨 일인지……."

승희는 그제야 그 남자가 누구인지 짐작할 수 있었다.

그 남자는 로파무드가 목숨을 구해 주었던 시타 교수였다. 그는 로파무드에 의해 목숨을 구원받은 이후 그녀를 은인으로 모시고 있었으며, 그녀가 한국에 가는 것도 알선해 주었다. 그러는 사이 그는 로파무드를 진심으로 가족처럼 여기게 돼 염려하는 마음이 더욱 커졌다. 그러다가 이번에 그녀가 다시 인도로 왔다는 연락을 받고 그녀를 만나러 호텔로 왔다가 봉변을 당한 것이다.

승희는 이러한 사정을 듣고 난 다음에야 안도의 한숨을 내쉬었다. 안 그래도 연희와 로파무드가 모두 일행에서 빠지자 언어 소통 문제 때문에 큰 곤란을 겪지 않았던가. 인도에서 어느 정도 영어가 통했지만 그래도 불편한 것은 어쩔 수 없었다.

일단 병원 문제만 해도 응급 환자들이라 입원은 됐지만 입원 수속도 제대로 됐는지 어쨌는지 불안한 판이었다. 그래서 승희는 시타 교수를 데리고 병원으로 돌아갔다. 승희를 발견한 준후가 달려나오면서 말했다.

"현암 형은 일단 정신이 돌아왔어요. 그리고 신부님도 곧 정신을 차리실 것 같다고 하고요. 생명에 지장까지는 없을 것 같대요. 그리고…… 로파무드 누나는 아무래도 저주에 걸린 것 같은데…… 한 사흘 있으면 서서히 풀릴 것 같아요."

준후는 병원에서 기다리는 동안 로파무드의 상태를 짚어 본 것이다. 일단 세 사람이 모두 목숨에 지장이 없다고 말하자 승희는 그것만으로도 마음이 놓였다. 그동안 참고 참았던 눈물이 한꺼번에 쏟아졌다. 승희는 곧 현암의 병실을 찾아 달려가 버렸다.

바이올렛은 병원에서 이상하게 여기는 일이 많으니 잘 좀 이야기해 달라고 시타 교수를 데리고 갔다. 준후는 황달지 교수와 함께 다시 박 신부의 병실로 돌아갔다. 아라와 수아는 박 신부의 병실에 있었고 준호는 현암의 병실에 있었다.

현암의 병실로 달려간 승희는 현암이 눈을 뜬 것을 보자 그의 침대 귀퉁이에 얼굴을 박고 엉엉 울었다.

현암은 엷은 미소를 띠며 간신히 손을 움직여 승희의 머리칼을 만지며 말했다.

"울지 마……. 난 괜찮으니……."

승희는 그 말을 듣고 가슴이 뭉클해져 현암을 올려다보았다. 그러나 그녀는 현암의 손에 아직도 월향검이 꼭 쥐어져 있는 것을 보고는 싸늘하게 변해 버렸다. 물론 내색은 하지 않으려 했지만 현암은 그런 승희를 눈치챘는지 월향검을 침대 베개 밑에 집어넣으려 했다. 하지만 몸이 잘 움직이지 않아서 금방 월향검을 집어 넣을 수 없었다.

승희는 뭔가가 울컥 올라와 자신도 모르게 현암의 뺨을 후려갈겼다. 철썩 소리가 나자 방에서 그쪽을 보지 않으려고 눈을 돌리고 있던 준호의 눈이 자연스럽게 그쪽으로 향했다.

승희는 준호 시선 따위는 신경 쓰지 않고 현암에게 소리쳤다.

"이제 그만 좀 해! 나도 지쳤다고! 둘 중 하나만 택해! 하나만!"

그러다가 현암의 뺨을 때린 것이 몹시 마음에 걸리는 듯, 승희는 슬픈 표정으로 현암의 뺨을 한 번 건드리려다가 몸을 돌려 뛰쳐나가 버렸다. 현암은 그저 씁쓸한 표정만 짓고 있을 뿐이었다.

준호는 고개를 갸웃하면서 현암에게 다가왔다.

"형? 괜찮아요?"

현암은 실없는 목소리로 대꾸했다.

"그거 맞았다고 죽기야 하겠니……."

"누나가 왜 그러는 거죠?"

준호가 묻자 현암은 떫은 표정으로 중얼거렸다.

"너도 크면 알게 돼."

준호는 현암의 얼굴이 조금 붉어진 것을 보고 더 묻지 않으려 했다. 별안간 현암이 준호의 옷깃을 잡아당겼다.

"준호야."

"예?"

"신부님 병실은 어디지?"

"아……."

준호는 현암에게 박 신부의 병실 위치를 알려 주었다. 또다시 현암이 물었다.

"다른 사람들은?"

준호는 이반 교수 등이 함께 오지 않고 그곳에 남았다고는 차마 말하기가 꺼림칙해서 아무 말도 하지 않았다. 현암은 그것보다 이제부터 하는 말이 중요한 터라 더 이상 묻지 않고 먼저 화제를 바꾸었다.

"한 가지 일러 줄 게 있다. 꼭 명심해 들어라. 알겠니?"

"예."

"나중에 우리 아지트로 가게 되면, 내 방 책상의 세 번째 서랍을 열어 봐라. 잠겨 있지만 열쇠를 잃어버렸으니 부셔서라도 열어."

"그래서요?"

"그 안에 『태극기공』이라는 책이 있다. 전서체의 한자로 쓰여 있으니 알아보기 좀 힘들지도 모른다. 하지만…… 너라면 알아보겠지?"

"알아볼 수 있어요."

"좋다. 그걸 너에게 줄 테니 돌아가거든 꼭 그걸 찾아서 익혀라. 그리고 내용을 다 익히게 되면…… 아니다. 그다음은 일단 네가 알아서 해라. 하여간 태극기공은 반드시 익혀야 한다. 그리고 그 비결이 끊어지게 해서는 안 돼. 알겠니?"

준호는 얼떨떨해서 뭐라고 대답할 수도 없었다. 그런 준호를 보며 현암이 말을 이었다.

"물론 너 혼자 그걸 익히려면 무척 힘들 거다. 나도 그걸 익히느라 죽을 고생을 했으니까. 그러니 지금부터, 똑바로 들어. 잘못 외우면 익히다가 죽을 수도 있어."

현암은 태극기공을 익히는 요결과 스스로 터득했던 비결 등을 모조리 준호에게 알려 주었다. 준호는 뭐라고 대꾸할 틈도 없이 그 비결을 외울 수밖에 없었다.

한참이 지난 뒤 준호가 모두 기억하자 현암은 준호의 어깨를 툭툭 쳤다.

"너, 보기보다 똑똑하구나. 좋아, 절대 잊지 말고 어디에다가 적어 두도록 해."

"형…… 고마워요……. 하지만…… 그건 사부에게 알려 주는 편이 낫지 않을까요?"

"준후 말이냐? 그 녀석에게는 좀 가르쳐 주었는데, 그 녀석은 아는 게 너무 많아 공력이 크게 늘지는 않을 거다. 그리고 준후도 기초는 다 알고 있으니 이건 네가 전문적으로 익히는 게 나을 것 같구나."

그러다가 현암은 뭔가를 골똘히 생각하는 눈치더니 준호의 손바닥을 가리켰다.

"너의 이 문양은 아마 공력을 늘리는 데 크게 도움이 될 수도 있을 거다. 태극기공에는 '흡' 자 결이 있지. 나도 뭐 정확히 알 수는 없다만, 그 구결부터 익혀서 먼저 공력을 늘리거라. 아마 그 문양과 잘 섞어 응용하면 공력을 쉽게 늘릴 수 있을 거야. 나는 원래 양의지체라는 특이한 체질이라서…….”

가뜩이나 침울한 성격인 준호가 그 말을 듣더니 뿌루퉁하게 되받았다.

“저는 특이 체질이 아니니 형만큼 강해질 수는 없을 거예요!”

현암은 조금은 쑥스러운 듯 웃으며 말했다.

“말을 끝까지 들어야지. 나는 특이 체질이기는 한데, 공력하고는 아예 상극인 특이 체질이었단다. 도혜 선사님과 한빈 거사님을 만나지 못했다면 전혀 공력을 익히지 못했을 거야. 하지만 그분들 때문에 나같이 자질이 둔한 사람도 공력을 받아 이 정도가 될 수 있었지. 하지만 너라면, 스스로의 힘으로 잘 갈고 닦아 나 이상이 될 수 있을 거다. 게다가 그 문양의 힘을 잘 융화시키면 나보다 훨씬 더 나아질 거다. 그렇더라도 절대 공력을 연마하는 것을 게을리해서는 안 된다. 나는 지금껏 그 책을 얻은 이래로 정신을 잃었을 때나 싸우고 있을 때만 빼고는 단 하루도 공력을 연마하지 않은 적이 없단다. 공력이 커도, 갈고닦아 자기 것으로 만들지 않으면 안 되는 거야.”

준호는 현암이 자신에게 마음을 써 주는 것이 감격스러워서 연신 고개를 끄덕였으나, 일견 불안한 생각도 들었다.

“하지만 형…… 그걸 나에게 전해 준다는 건…….”

준호가 불안스럽게 말끝을 흐리자 현암은 짐짓 크게 웃으며 되받았다.

"이 녀석! 내가 다 익혔으니 주는 것뿐이다. 나는 아무 일 없을 테니 염려하지 말고! 하루라도 빨리 익히면 그만큼 이득을 보는 것이니 염려 마라."

"하지만…… 나는 원래가 둔해서……."

"공력을 익히는 것은 원래 차분하고 꾸준한 사람이 적격이다. 내가 보기엔 네가 적격이야. 이걸 아라에게 준다고 생각해 보렴. 걔가 과연 하루라도 익힐 것 같니? 하하."

그 말을 듣자 준호도 자신도 모르게 웃었다.

현암은 준호의 어깨를 한 번 툭 치며 말했다.

"잊지 말아야 할 것이 있다. 공력이 강하고 약한 것은 문제가 아니다. 다만 문제는 마음가짐에 달린 거야. 솔직히 선한 마음을 가지면 손해를 많이 본다. 선한 사람이 복을 받는 것은 결코 아니란 말이다. 하지만 선한 마음을 가지고, 선한 행동을 해야 하는 것은, 결코 복을 받기 위해서나 멋있어지기 위해서가 아니란다. 그것이 옳으니 그래야 하는 것뿐이야. 이 말을 명심하려무나……."

말을 끊다가 현암은 이내 덧붙였다.

"그리고 청홍검을 아라에게 주렴……."

"예?"

준호가 깜짝 놀라자 현암은 웃으며 말했다.

"그 칼은 원래 조자룡이 쓰던 것이다만, 나는 그것을 어느 여자분에게 받았단다. 그 사람은 아직도 살아 있을 테니, 나중에 아라에게 말해서 그 사람을 찾아가서 무예를 배우라고 전해 주렴. 청홍검을 가지고 가면 아마 거절 안 할 거다. 아라는 조요경을 가지고 있지만, 그것만으로는 아무래도……."

"그분이 누구인데요?"

"무련이라는 비구니란다. 아주 검술에 능하지."

"어? 그분은 뵌 적이 있는데요?"

그러면서 준호가 지난번에 겪은 일을 이야기하자 현암은 고개를 끄덕였다.

"그럼 더 잘됐구나. 인연이 있으니 더 좋을 거다. 좋다! 그럼 내가 한 말을 잊지 말고 가 보렴! 난 이제 좀 쉬어야겠다."

현암이 가라고 했는데 준호는 현암에게 몇 번이나 고맙다는 말을 지겹도록 하다가 현암이 화를 낼 정도가 돼야 방을 나섰다.

준호가 나가 현암은 몇 번 호흡을 조절하고는 월향검을 꺼내서 한동안 바라보다가 왼팔에 넣었다. 사실 준호에게는 즐거운 듯 이야기했지만 백호의 죽음과 풀리지 않은 일을 앞에 둔 현암의 마음은 몹시도 착잡했다.

'지금은 별수 없지. 어떻게든 될 일이라면 알아서 풀리겠지.'

현암은 스스로를 위안하며 억지로 눈을 감고 잠을 청하려는데 갑자기 복도 쪽에서 들려오는 목소리가 현암의 귀에 들려왔다. 현암은 아픈 것도 불사하고 곧 몸을 일으켜서 방문을 나섰다. 그것은 바로 박 신부의 음성이었기 때문이다.

"어서 가 봐야 한다! 오…… 주여! 그럴 수는 없어!"

그 뒤를 이어 승희가 애원하는 음성도 들려왔다.

"가 봐야 이미 늦었어요. 여기서 기다리세요, 예?"

현암이 나가 보니 박 신부와 승희가 밀고 당기는 중에 준후는 고개를 푹 숙이고 눈물만 글썽이고 있었다. 현암은 어찌 된 영문이냐고 묻자 준후는 마지못해 입을 열었다.

"아……."

준후의 설명을 듣게 된 현암은 암담한 기분이었다. 기절해 버렸으면 차라리 좋을 것 같았다. 그러나 그는 애써 정신을 차리면서 박 신부를 잡아끌었다.

"신부님…… 신부님…… 일단 들어가시죠. 지금 가도 소용이 없습니다. 무사하다면 돌아올 테니 일단 기다려 봅시다. 예?"

현암까지 합세해 박 신부를 제지하자 박 신부는 다시 병실로 들어갔다. 현암이 박 신부를 말리느라 몹시 고통스러워했기 때문이었다. 아이들도 그 뒤를 따라 들어갔고 황달지 교수가 마지막으로 무슨 구경거리인지 몰려들었던 사람들을 밀어 내며 방문을 닫았다.

최후의 선택

박 신부는 한동안 진정되지 않았다. 사실 현암과 박 신부 두 사람 모두 깊은 상처를 입었고, 현암의 상처가 조금 더 심했지만 현암은 블랙 엔젤이 공력을 회복시켜 주었기 때문에 온몸이 아프기는 했어도 그럭저럭 버티며 걷는 정도는 됐다. 하지만 박 신부는 공력 같은 것이 없는 데다가 나이가 들었기 때문에 더욱 고통스러워했다.

의사가 와서 진정제 주사를 놓자 박 신부는 이내 잠이 들었고 현암도 시타 교수에게 부탁해서 억지로 병실을 박 신부의 옆자리로 옮겼다. 그러다 보니 어느새 밤이 돼 버렸다.

현암과 다른 사람들은 모두 초조하게 이반 교수와 윌리엄스 신부, 성난큰곰 셋 모두, 아니면 적어도 한 명이라도 돌아오기를 눈이 빠지게 기다렸지만 그들의 소식은 없었다. 백호가 죽고 세 사람 역시 모두 목숨을 잃은 것 같자 견딜 수 없는 슬픔이 몰려들었다.

"이젠 어쩌지? 현암 군? 벌써 네 사람이나, 네 사람이나……."

승희는 현암을 보고 말하다가 다시 흐흑 울먹였다. 얼마나 울었는지 승희는 머리도 헝클어지고 눈이 퉁퉁 부었는데도 눈물을 그치지 못했다.

현암이 조용히 말했다.

"이미 간 사람은 할 수 없어. 그분들이 우릴 구해 주신 거니까, 우리는 그분들 몫까지 더 열심히 해야지. 안 그래?"

하지만 현암 역시 계속 줄줄 눈물을 흘리고 있었다. 이반 교수와 윌리엄스 신부의 죽음도 그렇지만, 현암은 특히 백호와 성난큰곰의 죽음이 마음에 걸렸다. 승희는 백호와 윌리엄스 신부의 죽음이 특히 슬펐고 준후도 그랬다.

그들과 큰 정이 들지 않은 준호와 황달지 교수도 남몰래 눈물을 글썽였다. 아라와 수아, 그리고 바이올렛은 현암이 여자 병동에 있는 로파무드의 병실로 보냈기 때문에 그들이 얼마나 울었는지는 알 수 없었다.

밤이 점점 깊어만 가고 모두가 맥이 풀려 있는데 박 신부가 눈을 감은 채 조용히 입을 열기 시작했다.

"모두 있나?"

박 신부의 목소리는 역시 기운이 빠지기는 했지만 어느 정도의 평정은 되찾은 것 같았다. 현암과 준후, 승희가 그렇다고 대답하자 박 신부가 말했다.

"일단…… 모두들 내 쪽으로 가까이 오게……."

승희와 준후가 현암을 부축해 박 신부에게 가까이 다가가자 박 신부가 말을 이었다.

"이제 우리는 거의 다 왔네. 먼저 간 동료들이 있어 정말로 애석한 일이지만 이젠 할 수 없는 일이지. 다만 우리가 이제 와서 포기한다면 먼저 간 사람들을 볼 낯이 없을 걸세. 허나 우리는 아직 모세가 타보트에 남긴 예언이 가리키는 장소가 어디인지 모르네."

박 신부의 말에 현암이 의아해하며 물었다.

"모세라니요?"

"아. 그렇군. 내 정신 좀 보게. 나는 안나스가 죽기 직전에 그와 한참 동안 세크메트의 눈으로 이야기를 했다네. 그가 많은 것을 알려 주었지……."

박 신부가 안나스에게 들은 이야기를 전해 주자 세 사람은 고개를 끄덕이며 그 이야기를 들었다. 그러다 박 신부는 마지막 순간을 회상하며 한숨을 쉬었다.

"허나 안나스가 막 장소를 말하려는 순간, 아스타로트가 안나스를 죽였네. 조금만 더 시간이 있었다면 그 장소도 알 수 있었을 것이고 안나스도 죽지 않았을 텐데…… 애석한 일이지. 사실 우리 동료들이 죽은 것도 큰일이지만, 너무나 많은 사람이 죽었네."

박 신부가 우울하게 말하는데 현암이 반대로 고개를 끄덕이며 눈을 빛냈다.

"안나스가 그 장소를 알려 주려 했기에 죽인 거군요. 이제 좀 알 것 같습니다."

현암은 지금까지 안나스와 박 신부가 무슨 대화를 나눴는지 알지 못했기 때문에 아스타로트가 지껄인 소리를 해석하지 못하고 있었다. 그러나 이제 그 이야기를 듣자 많은 일들이 정리되는 것 같았다.

"애당초 악마들은 각각 따로 행동했던 모양이군요. 블랙 엔젤과 아스타로트……."

"무슨 소리인가?"

박 신부가 현암의 뜬금없는 소리에 조금 의아해하자 현암이 말했다.

"우리는 지금껏 블랙 엔젤의 손아귀에서 놀아난 모양입니다. 사실 여태까지 이상하게도 블랙 엔젤은 우리를 여러 번 도와주었어요. 우리가 청한 것도 아닌데 알아서 도와주었거든요. 그런데 이제 보니 그게 전부 이유가 있었군요."

돌이켜 보니 애당초 홍수 때에도 블랙 엔젤은 그들을 죽이지 않고 회유하려고 했다. 그리고 블랙 엔젤은 현암의 목숨을 이미 여러 차례나 구해 주었다. 현암이 공력을 회복하고 계속 천정개혈대법의 단계를 일사천리 높여 간 것도 우연치고는 너무나 묘했다. 블랙 엔젤의 힘이 작용했던 것으로 보아도 좋을 듯했다. 솔직히 현암은 블랙 엔젤이 점차 마음이 선해지는 것이 아닌가 하는 생각까지 했을 정도였다.

그러나 이번 일을 겪고 나니, 현암은 블랙 엔젤이 자신의 목적을 위해 그들을 이용하려 했다는 것을 깨달았다. 현암은 바로 그 점을 설명했다.

"블랙 엔젤은 아마도, 우리를 징벌자를 보호하는 역할로 쓰려 했던 것 같습니다."

"보호하는 역할? 그 정도 되는 악마가 대체 왜?"

승희가 놀라며 묻자 현암은 침울하게 대답했다.

"나도 잘은 모르지만, 악마들은 인간 세상에 직접적으로 영향을 끼치진 못하는 것 같아. 그러니까 사람을 이용해서 무슨 일을 벌일 수는 있어도 직접 세상의 일을 뒤집는 것은 허용되지 않는 것 같다는 거야. 이번 징벌자의 탄생은 많은 사람들이 눈치채고 있었어. 『해동감결』을 쓴 맥달도 그랬고 모세도, 토트도 수천 년 전부터 이 일을 예언했어. 그렇다면 그때도 분명 세상에 존재했을 블랙 엔젤이 과연 이런 사실을 몰랐겠냐는 거지. 사람들이 안다면 당연히 징벌자를 없애기 위해 노력하리란 걸 블랙 엔젤도 알고 우리를 징벌자로 보호하는 경비원으로 삼기 위해 우리를 보호한 셈이지."

"어머. 그렇다면 우린 지금까지 잘못했다는 거잖아?"

승희가 놀라 외쳤지만 현암은 고개를 저었다.

"꼭 그렇게 볼 수만은 없어. 아스타로트는 우리를 해치려 했잖아. 그건 아스타로트는 블랙 엔젤의 방법이 틀렸다고 생각한다는 증거라고. 그도 그런 소리를 했고 말이야."

"이해가 안 되는데?"

"결국 이렇게밖에는 생각할 수 없어. 블랙 엔젤과 아스타로트 둘 다 세상에 큰일을 벌이고 세상을 도탄에 빠뜨리려는 의도는 같아. 그리고 그 수단도 징벌자라는 것을 통해서란 점도 같고 말이야."

"악마들은 세상의 멸망을 바라지 않는다며?"

"물론 그들은 세상의 멸망은 바라지 않지만, 세상이 도탄에 빠지는 것은 바라고 있을 거야. 증오와 공포와 인간의 불행이 그들의 힘의 근원이니까 말이야. 더구나 이건 절호의 기회지. 인간 스스로가 만든 위기니까 말이야. 옳은 행동으로 신의 징벌을 피하려는 게 아니라 편법을 써서 신을 기만하려 한 것에 대한 죄니까. 그런데……."

"그런데?"

"블랙 엔젤은 아무래도 우리가 징벌자를 보호하려는 의도를 아는 것 같고, 아스타로트는 그렇게 생각하지 않는 것 같아. 그래서 블랙 엔젤은 우리를 살려 두려 했고, 아스타로트는 우릴 죽이려 한 거지."

"하지만 이해가 되지 않는걸요?"

잠자코 있던 준후가 나섰다.

"우리는 징벌자를 구하는 것이 세상을 구하는 거라고 믿고 있어요. 그런데…… 왜 블랙 엔젤이나 아스타로트는 그렇게 생각하지 않는 걸까요?"

그 말에 박 신부가 대답했다.

"그렇기도 하겠지. 사실 악마들뿐만 아니라 우리의 동료들을 제외하고는 모두 징벌자를 없애려고만 하지 않았더냐?"

준후는 몹시 풀이 죽은 표정으로 조심스레 되물었다.

"그렇다면 우리가…… 혹 틀린 것은 아닐까요?"

박 신부가 미소를 지으며 고개를 저었다.

"하지만 만약 우리가 틀렸다면…… 저는 악마들의 행동이 아무래도 걸려요."

"무슨 소리냐?"

"아스타로트는 이렇게 말했어요. 처음에는 블랙 엔젤의 행동에 동조하려 했다고요. 사실 예전에 마스터와 싸울 때도, 아스타로트는 우리를 해치지 않았어요. 블랙 엔젤도 여러 번 현암 형을 구했고요. 그렇다면 결국 우리는 우리의 의도는 그렇지 않다 해도, 결국 악마들의 행동을 방조하는 거잖아요."

그러자 현암이 말했다.

"아냐. 아스타로트는 우리가 최후에는 마음을 바꿀 거라고 믿는 것 같았어."

"우리가 마음을 바꾼다고요?"

"그래. 뭐, 악마의 생각을 자세히 알 수는 없지만, 두 가지 경우가 있겠지. 아무래도 우리가 하는 행동이 세상의 종말을 막는다는 걸 깨달은 경우와 우리가 마지막 순간에 가서는 그들의 예상을 뒤엎고 징벌자를 처치하는 방향으로 갈 거라고 생각한 경우겠지."

현암의 말에 승희가 고개를 갸웃거리며 말했다.

"적어도 전자의 경우 같지는 않은데? 만약 그렇다면 아스타로트가 그…… 뭐야, 노스페라투인지를 써서 징벌자를 직접 처리해 버리면 그만 아냐?"

"그건 또 모르지. 우리들을 해치는 것은 그렇다 해도 징벌자 같은 운명을 쥔 존재는 직접 죽일 수 없을지도 몰라. 하지만 나도 후자의 경우가 맞다고 여겨. 아무래도 아직 우리가 모르는 뭔가의 비밀이 있고 그 때문에 우리가 결국 징벌자를 없애려 한다고 믿는 거겠지."

"아무튼 나는 불안해요……."

고개를 저으며 준후가 말하면서 울 것 같은 표정을 짓자 박 신부는 준후를 달랬다.

"준후야, 악마들의 행동에 신경 쓸 것 없다. 그들은 영리하지. 그들의 말을 자꾸 듣다 보면 자신도 모르게 빨려 들어가게 된단다. 악마들은 영리하지만 현명하다고 볼 수는 없어. 그들에 대처하기 위해서는 머리가 아니라 마음이 중요한 거란다. 탐욕과 이기심에 가득 찬 자들의 말은 믿을 것이 못 되는 법이야."

그러면서 박 신부는 한참 입을 다물고 있다가 입을 열었다.

"이건 원칙의 문제야. 세상이 어떻게 된다는 것에 앞서서, 그 행동이 과연 옳은 것인가 아닌가에 대한 문제야. 나는 신을 믿는 사람이다. 그리고 신은 인간에게 행동의 자유를 주셨다. 그리고 그 책임도 함께 주셨다고 믿는다. 우리의 행동이 올바르지 못하다면 아무리 신을 믿고 의지한다고 떠들어 대도 용서해 주지 않으실 거다. 신이 꼭 개입하신다기보다는, 옳지 않은 행동을 하는 것들은 스스로 도태되게 세상을 만드셨겠지. 반면, 우리가 옳은 행동을 한다면 궁극적으로는 구원받을 수 있을 거다. 신앙심을 가져서 구원을 받으라는 말은, 그 신앙심으로 옳은 행동을 하고 떳떳이 살라는 의미이지, 맹목적으로 믿는다고만 떠들면서 행동이 따르지 않는 자들을 구원해 주신다는 의미는 아니라고 믿는다. 우리는 옳은 일을 가야 하는 거야. 세상의 멸망이니, 많은 자들의 목숨이니 하는 것도 물론 중요하지만, 그것은 대부분의 경우에 다만 핑계로 사용될 뿐이란다. 우리는 옳은 일을 해야 하는 거야."

박 신부는 무척 천천히 말했지만 다른 사람들은 꼼짝도 하지 않고 그의 말을 경청했다. 박 신부는 마지막으로 준후를 바라보며 이렇게 말했다.

"준후야, 우리도 사실 그동안 너무 들떠 있었던 것 같구나. 아까 신전 앞에서도 잠시 이야기했지만, 죄 없는 사람의 목숨을 희생시켜 다른 사람들의 목숨을 구한다는 것을 나는 믿지 않는단다. 그렇게 해결되는 일이란 없다. 우리는 이제…… 세상을 구한다기보다는 옳지 않은 일이 벌어지는 것을 막기 위해…… 태어나기도 전에 억울하게 목숨을 잃을지도 모르는 한 아이를 위해 애쓰는 거다. 우리가 처음 모였을 때의 생각…… 그것을 잊지 말자꾸나."

박 신부의 말을 들으면서 모두는 숙연한 기분이 됐다. 한참 동안 각각 생각을 하고 난 다음, 현암이 입을 열었다.

"이제 갈 길이 정해졌다면 두 가지 의문이 남았군요. 징벌자를 어디서 찾는가? 그리고 아스타로트가 말한 비밀이 무엇인가 하는 거군요."

옆에 있던 승희가 고개를 설레설레 저으며 말했다.

"난 모르겠어. 하루 사이에 너무나 많은 일이 벌어졌어. 너무 끔찍했고, 너무 힘들었어. 아무튼…… 세상은 정말 망할 것 같아. 생각나? 그…… 그 시커먼 소용돌이…… 그 생각만 하면 난……."

"그곳도 아마 진짜 징벌자와 관련이 있을 것 같아요."

준후의 말에 현암과 박 신부가 고개를 끄덕였다.

"그렇지. 그렇게 보는 편이 타당하구나."

박 신부가 짧게 말하자 현암은 의아해하는 승희에게 설명해 주었다.

"그 아기 영혼들은 세상에 대한 적개심으로 가득 차 있다고 들었어. 그리고 무서운 힘도 가지고 있고 말이야. 아무래도 다른 사람이라 생각하는 게 더 무리겠지."

"그렇다면 뭐, 징벌자가 태어나고 자시고 할 것 없이 그 어머니의 힘만 가지고도 세상을 멸망시킬 수 있을 것 같은데? 아까의 소용돌이 속에서 누가 도망칠 수 있겠어?"

그러나 현암은 고개를 저었다.

"넌 세상을 너무 우습게 보는구나. 확실히 그건 강해. 수천, 수만의 사람들도 해칠 수 있겠지. 그러나 세상에는 몇십억의 사람들이 있고 몇십억의 두뇌가 있어. 만약 그 아기 영혼들이 공격한다 해도 세상이 망할 정도는 되지 않을 거야."

"아하스 페르츠도 못 막았잖아?"

"너 잊었구나? 진정한 싸움은 힘이 아니라 마음으로 하는 거야. 아하스 페르츠는 못 막았지만, 오히려 힘없는 아라나 준호는 아기들을 설득했고 우리들까지 구했어. 그런 일이 또 일어나지 않는다고 누가 장담하겠니?"

"하지만 우리 말고는 누가……."

"우리 말고도 용화교의 무색 화상이나 아네스 수녀 같은 사람들은 스스로의 힘으로 그것을 피해 냈어. 이제 그들도 한 번 겪은 일이니 대처할 수 있을 거야."

"흠…… 그런가?"

"블랙 엔젤도 그런 것 정도는 짐작했을 거야. 악마의 힘은 확실히 가공할 만해. 하지만 악마의 힘만으로 수많은 사람의 지속적인 공격을 이긴다는 것은 불가능하겠지. 또 악마가 여기에서 직접 행사하는 것은 금지된 것 같아. 지옥을 통째로 끌고 오지 않는다면 몰라도. 그러니 악마가 힘을 쓰는 방법은 이 세계의 존재를 이용하는 방법뿐이겠지. 블랙 엔젤도 그런 식으로 우리를 이용하려 한 거야. 한편으로는 수단을 써서 징벌자 탄생을 막으려는 사람들을 한데 모아 아기들의 영혼을 써서 처치하고, 또 한편으로는 우리를 이용해 징벌자 탄생을 지키게 하는 거지. 너무 치밀해……."

"그런 힘이 있는데 왜 또 우리를?"

"우리를 이용하려는 건 우리의 힘만이 목적이 아닐 거야."

거기까지 말하고 나자 현암도 은근히 걱정이 됐다. 박 신부의 흔들리지 않는 확고한 신념을 믿었고 자신도 동감했지만, 불안감마저 없어지는 것은 아니었다. 그러나 현암은 그런 생각을 애써 지우려 하며 말했다.

"어쨌거나 아까 말한 두 가지 일에 대해서나 좀 머리를 맞대고 궁리해 보죠."

그러다가 문득 뭔가가 떠올랐는지 승희에게 말했다.

"아까 바이올렛이 뭔가 아는 것 같았다. 바이올렛을 좀 불러 주렴."

현암은 저만치에 황달지 교수와 함께 떨어져 있던 준호도 불렀다. 막 승희가 달려 나가려는데, 마침 바이올렛이 떠들어 대면서 문을 열고 들어왔다.

"로파무드는 아무래도 증세가 심상치 않대요. 의사는 코마 상태에 빠진 것 같다는데 순 돌팔이죠. 사실 그녀는 의식은 멀쩡하고 몸만 움직이지 못하는……."

그러다가 바이올렛은 모든 사람의 시선이 자신에게로 쏠리고 있는 것을 보고는 눈을 크게 떴다.

“왜 그러죠?”

“묻고 싶은 게 있습니다.”

현암이 바이올렛에게 말을 꺼냈다. 그러자 바이올렛은 현암이 본론을 꺼내기도 전에 눈치를 채고 먼저 입을 열었다.

“알아요. 아마도…… 그거겠죠? 그래. 설마설마했는데 정말이더군요.”

현암이 그게 무어냐고 물으려 하자 바이올렛은 재빨리 말했다.

“그래요. 아까 그 카르난가 뭔가 하는 자. 아니, 악마였나? 아무튼 그가 말한 여자…… 그 여자는 바로 바이올렛이에요. 물론 나 말고 마녀 협회의 검은 바이올렛! 그녀가 틀림없어요!”

징벌자의 어머니

잠시 아무도 입을 열지 못했다. 현암이나 박 신부는 징벌자의 어머니가 바이올렛이라고는 꿈에도 생각하지 못했던 것이다. 아기들의 영혼을 다루는 그 ‘어머니’일 것이라는 짐작은 했었지만…….

“어, 어떻게 그럴 수가……!”

승희는 말까지 더듬거렸다. 그러자 바이올렛은 단호하게 말했다.

“아까 악마가 말한 걸 들어 보면 분명해요. 사실 진짜 검은 바이올렛을 본 사람은 아무도 없어요. 그녀는 세 명의 하수인 격인 분신을 데리고 있는데, 모두 검은 머리에 보랏빛 눈을 가진 여자들이죠. 대개 진짜 검은 바이올렛은 절대 나타나는 일이 없고 그 세 명의 분신만이 나타나죠. 마녀 협회를 이끄는 것은 그 세 사람이어서 보통 사람들은 그중 한 명이 진짜 바이올렛이라 믿고 있지만, 실제로는 그렇지 않아요."

바이올렛이 대화에 참여하자 그 대화는 자연스레 영어로 진행됐고 준후는 거의 입을 다물었다. 준후는 승희가 조금씩 말을 번역해 들려주어서 간신히 이야기의 진행을 파악하는 정도였다.

준후는 속으로 영어를 좀 더 잘 배워둘 걸 하고 후회를 많이 했다. 연희가 있을 때는 그녀의 통역이 워낙 능숙해서 거의 불편을 느끼지 않았지만 연희가 없자 의사소통이 몹시 힘들었다.

영어로 대화가 진행되자 저만치에 떨어져 있던 황달지 교수가 귀를 쫑긋거리기 시작했다.

"그러면 과거 교황청에 나타났던 바이올렛도 진짜가 아니란 말이오?"

박 신부가 묻자 바이올렛은 고개를 끄덕였다.

"예."

"그리고 예전에…… 이반 교수와 윌리엄스 신부님이 당신을 구했다고 하던데…… 그때의 바이올렛도 진짜가 아니었다는 거요?"

"물론이에요."

현암이 물었다.

"당신은 그걸 어떻게 알게 됐습니까?"

"나는 원래 마녀 협회에서 꽤 일을 하던 사람이었다고요. 지금 마녀 협회는 그들 손아귀에 완전히 들어갔지만, 나에게는 옛 동료들이 많아요! 적어도 그때…… 회의에서 탄핵당하기 전에 나는 검은 바이올렛에 대해 많은 조사를 했었어요! 그런데 그게 너무 잘 들어맞아요. 생각해 봐요. 아스타로트가 말했던 힌트. 아직 드러나지 않은 자가 누구죠? 아하스 페르츠와 고반다는 모두 모습을 드러냈고 이단 심판소, 검은 편지 결사, 칼키파에다가 성당 기사단 등등이 거의 전멸해 버렸어요. 가야바나 율리아 같은 자들은 세상에 전혀 알려진 적도 없었다고요. 그런데 누가 남은 거죠? 그만큼이나 강력한 힘을 가진 자가 또 누가 있겠어요?"

바이올렛이 흥분했는지 기관총처럼 말하다가 잠시 말을 끊고 머뭇거리다 말을 이었다.

"또 한 가지…… 증거가 있어요. 분명 검은 바이올렛은 임신 중이었어요. 이제 거의 낳을 때가 됐을 거예요."

"임신?"

박 신부가 묻자 바이올렛은 고개를 끄덕였다.

곧이어 다급한 목소리로 현암이 물었다.

"그건 또 어떻게 알았습니까?"

"솔직히…… 나는 회의에서 검은 바이올렛을 물러나게 하려 했어요. 하지만 그녀는 워낙 무서운 여자였고 마녀 협회의 백마녀들 중에는 세 분신 중 한 명조차 당해 낼 자가 없었죠. 세 분신은 금기를 깨고 무서운 흑마술들을 사용했거든요. 그래서 나는 좀 치사한 방법이지만 힘으로는 못 당하니까 약점을 잡으려고 뒷조사를 한 거예요."

"임신한 사실이 무슨 약점이 됩니까?"

"일단 그녀는 남자들에 의해 속박당하고 억눌려 온 여자들의 기세를 펼치자는 슬로건을 걸었어요. 그런 여자가 실은 남자와 정을 통해서 임신했다면…… 분명 흑색선전이 될 거 아니겠어요?"

현암이나 준후는 조금 얼굴빛을 흐렸다. 이들은 그러한 모략이나 술수와는 너무도 거리가 멀었기 때문에 기분이 언짢아진 것이다. 그러나 승희와 박 신부는 그런 내색을 하지 않고 물었다.

"그런데요? 그걸 이용했나요?"

"그런데…… 문제는 그렇게 간단하지 않더군요. 검은 바이올렛은 원치 않은 임신을 한 모양이었어요. 그래서 오히려 남자들을 증오하게 되고, 직접 행동으로 나서게 됐다는 소식이더군요. 그래서 그런 선전은 하지 않았죠. 사실…… 그런 이야기를 했으면 아마 회의 때 하수인이 나를 박살 내 버렸을 거예요."

승희가 고개를 갸웃했다.

"이해가 되지 않네요."

"뭐가요?"

"검은 바이올렛이 그토록 무서운 여자인데, 세상에 어떤 작자가 그녀에게 임신을 시키겠어요?"

"그거야 모르죠. 방심했을 수도 있고 아니면 나중에 후회하게 됐을 수도 있고…… 아니면 그 일을 겪은 이후에 증오심과 분노로 인해 전생의 기억을 깨닫고 지금의 힘을 얻은 것일지도 모르죠."

박 신부는 눈을 감은 채 그들의 이야기를 듣고만 있었다.

현암은 눈을 빛내며 물었다.

"그러면 그 진짜 바이올렛이 어디 있는지도 아시나요?"

"그걸 알면 내가 지금껏 말 안 했겠어요? 전혀 몰라요! 그녀는 어딘가 깊숙한 곳에 숨어 버렸어요. 그 장소는 지구의 어디일 수도 있죠. 짐작 가는 곳은 전혀 없어요."

"그녀의 얼굴은요?"

"그걸 아는 사람은 없을 거예요! 유일하게 세 하수인은 알지도 모르지만……."

"그렇다면 아는 사람도 없는데 왜 숨었을까요?"

"그거야 당연하죠! 아기를 낳을 때가 돼 가니 그러는 거겠죠!"

"그렇다면 그녀도 자신의 아이가 징벌자, 혹은 적그리스도라는 사실을 알고 있는 걸까요?"

현암이 캐묻자 승희가 중얼거렸다.

"악마가 친히 보호하는 판인데 그 정도 계시를 못 받았을라고."

그 말을 듣는 둥 마는 둥 바이올렛이 말했다.

"어쨌든 어서 그녀를 찾아야 해요. 그녀를 찾을 만한 방법이 없을까요?"

"단서는 몇 가지 있습니다."

현암이 손가락을 꼽으며 계속 말했다.

"우선 타보트의 내용이 있지요. 물론 너무 막연해서 해석할 수는 없지만요……."

"막연해도 너무 막연해. 아무도 모르는 곳에, 동쪽 끝 사람들의 후예가 어쩌고…… 거기다가 뭐라고 했지? 청동도 말도 없는 곳? 그런 데가 어디 있어?"

"나도 전혀 감이 안 잡혀. 무슨 비유 같은데, 무슨 비유인지 알 수가 없단 말이야. 어쨌든 그건 중요한 내용일 거야. 그리고 한 가지 더 추가하자면 전에 잠깐 보았던 토트의 예언석 내용 정도. 라미드 우프닉스만이 징벌자를 제대로 알아볼 수 있다는 거 말이야."

"『해동감결』은?"

승희가 묻자 현암은 고개를 저었다.

"그건 없는 셈 치자고. 아무튼 이게 다야."

현암의 말이 끝났는데도 바이올렛은 현암이 말을 더 해 주기를 바라는 듯이 현암의 입을 멍하니 쳐다보다가 이윽고 물었다.

"그걸 가지고 어떻게 찾아요?"

그 말에 현암은 한숨을 쉬었다.

"그러게 말입니다."

그때 잠자코 있던 박 신부가 한마디 했다.

"한 가지 더 있네. 우리와 피로 이어져 있다는 것."

"그건 『해동감결』 내용이 아닌가요?"

"그렇지만도 않네. 내가 직접 들은…… 아니, 관두세. 하여튼 그 사실도 잊으면 안 되네……."

하지만 그렇게 생각해도 도대체 징벌자의 어머니를 어떻게 하면 찾을 수 있을지는 막막했다. 모두 머리를 모아 기를 쓰며 이런 저런 추측을 했지만 말도 되지 않는 것들이었다.

승희는 몇 번이나 반복해 타보트의 내용을 외워서 들려주었는데 나중에는 화가 나서 거의 악을 써 댔다.

"도대체 그런 장소가 어디 있어? 그리고 무슨 비유인지도 전혀 모르겠고 말이야."

승희가 다시 타보트에 쓰여 있던 내용을 읊고 나서 신경질을 내자 준후도 풀죽은 목소리로 말했다.

"그리고…… 라미드 우프닉스만이 어머니를 알아볼 수 있다고 하는데…… 듣기로는 모든 어른 라미드 우프닉스는 죽었다고 했잖아요……. 그렇다면 남은 것은 연희 누나 혼자뿐인데…… 이제는 연락도 안 되고……."

그 말을 듣자 승희는 갑자기 눈물을 주르륵 흘렸다.

"그렇다면 뭐야……. 백호 씨는 왜 죽었고…… 다른 사람들은 대체 왜……."

그러다 보니 자연히 슬픔과 화가 치밀어 올라 현암은 자신도 모르게 벽을 한 대 후려쳤다. 벽이 움푹 들어가며 방이 쩡하니 울리자 박 신부는 고개를 저으며 말했다.

"조바심 내지 말게나. 연희 양이 살아 있다면 연락할 방법도 있겠지."

"하지만 오해가 겹쳐서……."

"오해는 풀 수 있을 거야."

그러면서 박 신부는 미소를 지었다. 박 신부의 차분한 태도에 세 사람은 조금 힘을 얻었지만 그래도 아직 타보트의 예언 내용을 알 길이 없어 갑갑했다.

박 신부가 다시 차근차근 말했다.

"안나스도 분명 우리와 비슷한 정보만을 가지고 있었네. 그러나 그는 우리와 똑같이 타보트의 내용만을 보았는데도 그 장소를 알아냈어. 그러니 우리도 알 수 있을 걸세. 너무 조바심 내지 말고 잘 생각해 보세."

그때까지 잠자코 있던 황달지 교수가 조심스레 끼어들었다.

"저기 말이오……?"

모두 기분이 극도로 상한 터라 황달지 교수를 보려고조차 하지 않았다. 그러나 박 신부는 황달지 교수를 부드러운 눈매로 바라보았다. 그에 힘을 얻었는지 황달지 교수가 주저주저하며 입을 열었다.

"저…… 혹시라도 제가 도움이 될지도 모르겠습니다만…… 이야기하는 게 들려서…… 일부러 엿들은 건 아닙니다……. 너무 뭐라고는 하지 마십시오……."

황달지 교수는 아하스 페르츠에게도 덤벼들 정도로 성질이 있었지만 평상시에는 말 한마디 잘 못할 정도로 조심성 많고 얌전한 성격이기도 했다. 거의 이중인격에 가까운 정도라고 박 신부는 생각하면서 미소 지으며 별 의미 없이 고개를 끄덕였다.

"말씀해 보십시오. 우리는 일행 아닙니까? 더군다나 도와주시려 하는 건데 왜 뭐라 하겠습니까?"

황달지 교수는 조심스럽게 말했다.

"저는 원래 평범한 사람일 뿐이라……. 이런 일에 전부터 엮이기는 했지만…… 저는 여러 번 목숨을 구원받았소. 그래서…… 도움이 될 수 있다면 좋겠구려. 감히 제가 말을 해도 되는 것인지 모르겠습니다만……."

황달지 교수가 더듬거리자 현암이 포기한 듯한 음성으로 조용히 말했다.

"그냥 말씀하세요."

그러나 황달지 교수의 다음 말이 떨어지자 모든 사람의 눈이 번뜩 커졌다.

"전…… 그 장소가 어딘지…… 알 것 같습니다만……."

"예?"

"예?"

"뭐라고요?"

승희와 현암, 바이올렛이 동시에 소리쳤다. 그러자 황달지 교수는 깜짝 놀라며 마구 말을 더듬거렸다.

"예? 예……. 정말이오. 고민하시는 것을 들으니 짐작이 돼서……."

"그게 어디죠?"

바이올렛이 외치자 현암이 좀 더 침착하게 말했다.

"일단 말씀부터 들어 보죠."

"예……. 결론부터 말하자면…… 그 장소는 남미요. 안데스산맥 부근의, 그중에서도…… 페루일 것 같습니다만……."

"페루?"

승희가 의심스러운 듯 눈을 가늘게 떴다. 바이올렛이나 현암도 고개를 갸웃했다. 예상과 너무도 동떨어진 곳이었기 때문이다. 사람들의 눈빛이 그리 호의적이지 않자, 황달지 교수는 자신의 학자적 기질을 발휘해 열심히 설명했다.

"타보트에서 가리키는 장소는 분명히 아메리카 대륙, 그것도 남미요. 그건 분명하오. 모세가 타보트에 예언을 적었다고 하지 않았소? 그 당시 중동 사람들에게 아메리카는 전혀 알려지지 않은 땅이었소. 그리고 가장 중요한 단어는 그것이오. 바퀴도, 청동도, 말도 없다는 말……."

"그건 비유가 아닐까요?"

"아니오. 남미 문명은 분명 고도로 발달한 문명이었지만, 바퀴가 없었소. 몰랐다기보다는 사용하지 않은 편이 가깝소만. 그리고 그들은 금속 문명을 잊었기 때문에 자연적으로 순수하게 존재하는 금과 은을 제외하고는 어떤 금속도 사용하지 않았소. 그리고 말이 없다는 점에서 남미라는 것이 구체적으로 드러나오. 북미 인디언들은 말을 많이 사용했지만, 남미 인디언들에게는 말이 없었소. 15세기 이후 유럽 열강들이 남미를 침략할 때, 남미 인디언들이 말을 탄 사람을 보고 다리 여섯에 머리 둘이 달린 괴수라고 생각했다는 기록이 있을 정도니."

바이올렛이 손뼉을 쳤다.

"맞아요! 맞아! 모세는 투시해서 장소를 묘사한 것뿐이니 시대는 좀 뒤섞일 수도 있어요. 투시는 원래 두서없이 이루어지니까요."

그렇게 설명을 듣고 나자 현암이나 승희도 차츰 몰입하게 됐다. 그래도 현암은 침착하려고 애쓰면서 물었다.

"그런데…… 왜 하필 페루죠?"

"그건 안데스 문명 중에서 산과 호수와 강이 겹치는 지형이 있는 곳은 페루뿐이기 때문이오. 이건 저도 우연히 조사하면서 발견한 것인데, 흥미로운 지형이었고 문명 형태가 다르게 발달해 있어서 기억에 남았던 거요. 그런데…… 그 타보트에 쓰여 있다는 장소는 그 장소를 적확하게 묘사하고 있소……. 안데스 문명권, 그 중에서도…… 에…… 그러니까 지도로 보면……."

황달지 교수는 승희가 가져온 자신의 짐을 급히 뒤져 낡아서 꼬질꼬질해진 아주 커다란 지도를 꺼냈다. 그 지도는 오랫동안 사용했던 것 같았는데 꽤 많은 낙서가 쓰여 있었다. 그 지도를 펴 들고 황달지 교수는 지도 위에 낙서가 많이 된 부분에 십자 표시 하나를 그렸다.

"여길 거요!"

그 지도는 상당히 큰 축적으로 표시된 것이라 그 근방을 찾아가는 것은 어렵지 않을 것 같았다. 그런데 그 주변에는 도시나 촌락, 길의 표시가 하나도 없었다.

"그런데 여기는…… 오지입니까?"

"인디오들만이 사는 곳이오. 원래 남미는 지금도 오지가 많소.

문명의 혜택을 거부하거나 전혀 받지 못한 장소가 많은데, 여기도 그중 한 곳이오."

"왜 검은 바이올렛이 여기로 가서 아기를 낳으려는 걸까요?"

현암이 중얼거리자 바이올렛이 웃으며 말했다.

"그건 간단해요! 아마도 검은 바이올렛은 거기 출신일 거예요! 친정에서 아기를 낳는 것이 자연스러운 일이 아닌가요? 더구나 태어난 곳이 이렇게 오지라면 몸을 숨기기에도 좋고 말이죠!"

그에 승희도 한마디 거들었다.

"징벌자의 탄생은 예사롭지 않은 일일 테고 악마 같은 것들까지 관여하고 있을 테니…… 가급적 사람이 많이 있는 도시 같은 곳은 좋지 않겠죠. 정말 그럴 것 같군요."

그러나 현암은 마지막까지 차분하게 의문을 제기했다.

"그런데…… 아직도 풀리지 않는 문제가 있어요. 모세의 타보트 예언도 그렇고 신부님의 말씀도 그렇고…… 징벌자는 우리 민족의 피가 섞인 상태로 태어나야 해요. 그런데…… 페루의 오지라고 한다면 그럴 가능성이 거의 없지 않은가요?"

현암의 질문에 황달지 교수는 자신 있게 말했다.

"그렇지 않소! 절대 그렇지 않소!"

"어째서죠?"

"승희 양, 지난번 내가 들려준 이야기 기억하시오? 내 연구는 용봉 문화의 원류 추적이오. 동이족이 아메리카 대륙에 흩어진 것은 틀림없는 사실이라고 나는 믿소!"

승희는 한 번 그 이야기를 가볍게 흘려들은 적이 있었지만 다른 사람들은 처음 듣는 이야기라 황달지 교수는 침을 튀기면서 자신의 이론을 다시 늘어놓았다.

원래 인디언은 빙하기 때 동이족 중 일부가 베링 해협을 건너 아메리카로 정착하게 된 것이 원류이며, 이후 은나라가 멸망할 때 구이(九夷)가 항해해 중부 아메리카 대륙에 도달한 후 흩어져서 각기 북미 인디언 문화와 잉카, 마야, 아스테카 등의 원류가 됐다는 것이 이론의 요지였다.

"그 증거로 남미는 새를 숭상하는 봉 문화권이오. 전부가 그렇다고 보기는 어렵지만 지역적인 차이에도 불구하고 어느 정도의 교류나 연관성이 있다는 것은 부정하기 힘드오. 설혹 구이의 정착이 사실이 아니더라도 베링 해협을 건너간 존재는 틀림없이 동북아 민족이니 말이오. 북미 인디언들과 남미 인디오들의 상투나 댕기와 비슷한 결발과 편두의 습성. 그리고……."

"아니, 학술적인 건 학자들에게나 맡기죠. 아무튼 정말 감사합니다."

황달지 교수의 말이 끝없이 길어질 것 같자 현암이 얼른 그의 입을 막았다. 어쨌든 지금껏 갈 곳이 없어 동행하며 거의 짐 덩어리에 가까웠던 황달지 교수가 마지막에 이런 의외의 정보를 안겨줄 줄은 꿈에도 생각하지 못했다.

승희는 아직도 조금 믿을까 말까 하는 생각이었지만 박 신부는 기쁘게 말했다.

"그렇다면 모든 것이 해석되는 듯하군. 그 장소가 틀림없네. 느낌이 좋아!"

"그럼…… 그 장소는 알았다 해도 어떻게 바이올렛을 찾죠? 무슨 보물도 아닌 사람인데, 지도에 표시된 점만 가지고는 찾을 수 없잖습니까?"

그러자 황달지 교수가 다시 말했다.

"지도상으로는 한 점이지만, 실제로는 꽤 넓은 지역이오. 꽤 규모가 큰 인디오 마을이 있다고 들었는데……. 문명과 거의 관계없이 옛 생활 방식을 고수하는 부족이라 찾아내기도 쉽지 않고…… 사람 수도 꽤 많을 거요. 더구나 외부인을 꺼리고……."

"아이들이 그녀의 얼굴을 보았다고 했으니 찾을 수 있을 겁니다."

현암의 말에 승희가 고개를 저었다.

"사람 찾기가 그리 쉬운 게 아니지. 찾는 건 내 전문이라 말하는 건데 얼굴을 안다고 찾을 수 있는 건 아냐. 그 사람이 어디 깊숙한 방구석에 틀어박혀 있으면 어쩔 거야? 집마다 모조리 뒤질 수도 없는 노릇이고……."

그러자 박 신부도 말했다.

"연희 양도 그녀의 얼굴을 같이 보았다고 들었네. 더구나 라미드 우프닉스이기도 하니, 연희 양의 도움을 받으면 어떻게든 찾을 수 있을 걸세."

"미스 연희가……?"

바이올렛이 조금 놀라는 표정을 지었다. 그러고 보니 퇴마사들은 지금까지 바이올렛에게는 연희가 라미드 우프닉스라는 사실을 숨기고 있었던 것이다. 하지만 이제 여기까지 같이 온 마당에 더 숨길 것은 없다고 생각해서 누구도 그 사실을 별로 염두에 두지 않았다.

"어쨌든 시간이 없네. 지금 며칠 남지도 않았는데 우리는 아주 먼 길을 가야 하네. 일단 시간 내로 안데스산맥까지는 가는 것조차 큰일인데, 연희 양까지 찾아볼 시간이 과연 있을까?"

"다 내 잘못……."

준후가 또 중얼거리자 현암이 조금 화난 듯 목소리를 높였다.

"그만 좀 해라! 이미 지난 일이야! 그리고 네가 그런 수를 안 썼다면 연희 씨는 분명 고반다나 아하스 페르츠 같은 자들에게 큰 봉변을 당했을 거야. 만약 연희 씨가 그 자리에 있었다면 그자들은 모조리 연희 씨만 노렸을 텐데, 과연 무사할 수 있었겠니? 너는 죄를 지은 게 아니라, 연희 씨를 보호한 큰 공로가 있는 거야!"

그러고 나서 현암은 박 신부에게 물었다.

"그러면 두 패로 나뉠까요?"

그 말에 박 신부는 고개를 저었다.

"그건…… 좋지 않을 듯하네. 우리는 지금 기진맥진한 상태고, 우리를 노리는 자들은 너무도 많네. 적어도 우리는 나뉘어서는 안 돼. 일단 시간이 모자라더라도 최대한 빨리 연희 양을 찾아보세."

준후가 머리를 긁적이자 현암이 말했다.

"내가 찾아보죠. 아무래도 도인들이니 내가 이야기하는 게 잘

통할 겁니다."

그러자 승희는 빽 소리를 질렀다.

"그 몸을 해 가지고 어딜 돌아다닌다고 그래!"

현암은 승희가 소리 지르자 약간 주눅이 든 듯 말꼬리를 흐렸다.

"하지만……."

그 모습을 보고 준호가 뭔가 결심한 듯, 앞으로 나섰다.

"내가 할게요. 난 그동안 별로 한 일이 없으니 내가 할게요."

그러나 준후는 고개를 갸웃했다.

"네가……?"

그래도 준호는 물러서지 않았다.

"연희 누나는 도인들과 있을 텐데, 나는 이미 그 사람들하고 만난 적도 있고, 전후 사정을 잘 아니까 내가 적임이에요. 제발요……."

그러면서 준호는 준후를 향해 말을 이었다.

"나는 사부를 믿지 않고 내 눈을 더 믿었어. 어떻게든…… 어떻게든 속죄하고 싶어. 제발 시켜 줘. 제발 뭐라도 나에게 시켜 줘야…… 안 그러면…… 안 그러면……."

그러자 박 신부가 입을 열었다.

"네 마음은 알겠다. 그러나 마음만 가지고는 안 된다. 시간이 별로 없거든. 우리는 연희 양을 찾아내지 못해도 출발해야만 한다. 그런데 그 사람들도 도인들이라 찾아내는 일이 쉽지 않을 텐데, 무슨 특별한 방법이라도 있니?"

그 말에 준호가 대뜸 고개를 끄덕였다.

"있어요! 저에게 맡겨 주세요! 제 생각으로는 하루이틀 내로 연락이 될 거예요! 그러니 일단 병원에서 쉬고만 계세요."

"어떤 방법이지?"

"사실 간단해요. 물론 저는 이곳 말도 못 하고 지리도 모르니 돌아다닐 수 없어요. 그러니 그 사람들이 저를 찾아오게 만들면 되죠."

"찾아오게 만든다고?"

"예. 그 도인들은 지금 사부를 찾고 있잖아요. 그런데 나는 사부와 비슷하다고 하니까…… 내가 우리가 묵었던 호텔에서 좀 튀는 행동을 하고 기다리고만 있으면 그 사람들은 곧 나를 찾아낼 거예요. 안 그래도 그 사람들 또한 사부를 찾아 헤매고 있을 테고, 우리가 묵은 호텔 정도는 파악했을 거예요. 그러면 연락이 될 수 있죠."

"흠……."

"더구나 그 사람들이 사부나 현암 형 등을 보면 의심하고 피하거나 공격할지도 모르지만, 나를 보면 그렇게 안 할 거예요. 어때요, 그렇죠?"

"하지만 너 혼자서는 불안하다……."

현암이 말하자 박 신부가 웃으며 현암의 말을 끊고 황달지 교수를 쳐다보았다.

"좋습니다. 그러면 황달지 교수님?"

"예?"

"교수님께 부탁드립니다. 준호를 도와서 연희 양을 찾는 걸 좀 도와주십시오. 다른 사람들은 모두 얼굴이 알려져서……."

“좋소. 도움이 된다면 그렇게 하겠소!”

황달지 교수가 쾌히 승낙하자 박 신부는 다시 덧붙였다.

“그리고 준호야, 혹시 모르니 아라와 수아도 함께 가도록 해라.”

“그래야 하나요?”

“그게 좋을 거다. 그리고 말인데, 그 사람들이 네 이야기를 잘 이해하면 우선 연희 양을 여기로 오게 하고, 그다음에 이 편지를 그들에게 전해 주렴. 알겠니?”

그러면서 박 신부는 급히 메모지에 뭔가를 한참 적은 후 잘 접어서 봉투에 넣은 다음 준호에게 주었다. 준호가 공손히 그 편지를 받아 들자 박 신부는 다시 한번 당부했다.

“절대 그걸 먼저 열어 보면 안 된다. 알겠니?”

“물론이죠. 맹세할게요!”

준호는 황달지 교수와 함께 병실 밖으로 나갔다. 그리고 아라와 수아를 데리러 여자 병동 쪽으로 서둘러 발걸음을 옮겼다.

박 신부는 한숨을 쉬었다.

“잘돼야 할 텐데…….”

“그 편지는 뭐였나요?”

승희가 박 신부에게 묻자 박 신부는 빙긋이 웃었다.

“뭐…… 별건 아니다. 아이들이 뭐라고 하든 그들을 꼭 붙잡고 그대로 우리나라로 돌아가 달라는 내용이었지.”

“예?”

승희가 놀라자 박 신부는 계속 말했다.

"그러면 이런 위험한 일에 아이들을 더 끼어들게 해야겠느냐? 이제는 우리가 알아서 해야만 해."

"동감입니다. 앞으로는…… 설혹 우리에게 무슨 일이 생겨도 저 아이들이 우리가 하던 일을 이어 주겠지요."

현암도 오랜만에 감상에 빠진 듯한 목소리로 말했다. 그러자 바이올렛이 갑자기 외쳤다.

"약한 소리 말아요! 꼭 죽으러 가는 사람들처럼! 뭐 하는 거예요? 악마 부스러기들이 있다고 그게 무섭다는 건가요?"

그 말에 박 신부까지도 조금 쑥스러운 듯 웃으며 알았다는 시늉을 했다. 바이올렛이 진지한 표정으로 말을 이었다.

"나에게도 시간을 좀 주세요. 나는 아네스 수녀를 설득해 볼게요. 그리고 안 되면 그 무색인지 하는 땡초라도. 그들도 아직 여기를 떠나지는 않았을 거예요. 시간이 없다는 걸 잘 아니까."

좀 의외의 말이라 현암과 박 신부는 고개를 갸웃했다.

"그들을 설득한다고요? 그렇게 될까요?"

"안 될 이유가 없죠. 우린 이제 공통의 목적을 가졌잖아요?"

"공통의 목적이라뇨?"

박 신부가 되묻자 바이올렛이 눈을 크게 떴다.

"아니, 그러면…… 설마, 설마…… 정말 검은 바이올렛을 도와줄 생각인가요?"

"당연한 것 아닙니까? 우린 그 때문에 여기까지 온……."

"뭐라고요? 당신들 이야기는 잘 알아요! 하지만……! 하지만 상대는 검은 바이올렛이라고요! 그 마녀를! 그 악마를 돕는 게 정말 세상을 구하는 길이 될 것 같아요? 예?"

바이올렛이 완강히 떠들어 댔다. 바이올렛도 지금까지는 그럭저럭 그들의 의견에 동감을 느꼈지만, 이번 징벌자의 어머니가 검은 바이올렛이라는 말에는 더 이상 참을 수 없는 듯했다.

현암과 박 신부는 그래도 바이올렛을 설득해 보려 했지만 바이올렛은 눈물까지 흘리면서 외쳤다.

"말도 안 돼요! 나는 당신들을 존경하고…… 친한 친구로 여기지만……! 이것만은 안 돼요! 당신들은 틀렸어요! 구원받을 수 없는 악을 보호한다니요! 그런 것으로 어떻게 세상이 구해지나요? 이론은 그럴듯하지만, 실제로는 절대 이루어질 수 없는 일이에요!"

"그렇지 않소!"

"아니에요! 당신들은 지금 무언가에 홀렸어요! 검은 바이올렛을 그냥 두면 세상이 어떻게 될지 몰라요! 그녀가 가진 힘을 직접 보셨죠? 아하스 페르츠보다도, 고반다보다도 그녀가 훨씬 더 무서워요! 그런 그녀를 보호하는 게 세상을 구하는 길이라고요?"

"검은 바이올렛을 그냥 두자는 게 아닙니다. 그녀는 죗값을 치러야 하지만, 최소한 그녀가 낳을 아기는 보호해야 한다는 겁니다."

"그 아기는 악마의 씨앗일지도 몰라요! 아아…… 안 돼! 안 돼! 당신들은, 당신들 때문에 이미 여러 사람이 죽었어! 그 잘난 이론 때문에 여러 명이 죽었는데도! 당신들은……! 당신들이야말로 악마들이야!"

바이올렛은 외치다가 그만 밖으로 뛰쳐나가 버렸다. 승희와 현암은 힘이라도 써서 바이올렛을 잡을까 했으나 지금까지의 인연이 떠올라 차마 그럴 수가 없었다. 박 신부는 그저 한숨만 쉴 뿐이었다.

"괜찮을까요?"

승희가 걱정스러운 듯이 묻자 박 신부는 대꾸했다.

"할 수 없지. 그냥 스스로 생각하게 두자꾸나."

현암은 아무 말이 없었다. 그러나 준후는 일말의 불안감이 드는 것을 어찌할 수가 없었다.

불안하고 초조한 시간이 한참 흘렀지만 연희도, 바이올렛도 돌아오지 않았다. 박 신부는 마침내 결심한 듯, 승희에게 말했다.

"할 수 없는 것 같군. 승희야, 혹시 그 시타 교수라는 사람, 아직도 있는지 확인해 주겠니?"

"그 사람은 왜요?"

"부탁할 게 있어서 말이다."

승희는 그 말을 듣고 밖으로 나갔다가 잠시 후 시타 교수를 데리고 왔다. 시타 교수는 여동생처럼 생각하는 로파무드가 걱정돼 늦은 시간까지 집에 가지 않고 병동에 남아 있었던 것이다.

시타 교수를 보자 박 신부는 곧 정중하게 말문을 열었다.

"한 가지 부탁이 있습니다. 초면에 이런 부탁해서 죄송스럽습니다만……."

"죄송이라뇨? 천만의 말씀. 말씀 많이 듣고 있었습니다. 무슨 일이건 제가 할 수 있는 일이라면 도와드리겠습니다."

시타 교수는 이미 로파무드와 그녀의 아버지에게서 퇴마사들의 이야기를 들은 바 있어서 상당히 협조적이었다. 비록 생김새는 낯설고 흉악해 보였지만, 찬찬히 살펴보니 상당히 믿을 수 있는 사람 같아서 박 신부는 안심하고 말했다.

"로파무드 양을 잘 부탁드립니다. 그리고 혹시…… 연희 양이 여기를 방문할지 모릅니다. 그러니 연희 양을 만나게 되면 저에게 연락을 취해 달라고 전해 주십시오."

그러면서 박 신부는 위성 전화번호를 알려 주었다. 그 위성 전화는 과거 백호에게서 받은 것이었는데, 지난번 고반다를 만나러 갈 적에는 휴대하지 않아 무사했다.

고개를 끄덕이며 시타 교수가 물었다.

"어디로 가십니까?"

"그걸 아시면 좋을 것이 없습니다. 그냥 전화번호만 일러 주십시오. 그리고…… 로파무드 양은 아마 근시일 내로 정신을 차릴 겁니다. 몸이 아픈 것은 아니니 너무 염려하지 마십시오."

그러고 나서 박 신부는 시타 교수에게 부탁한다는 말을 몇 번이나 한 뒤 그를 내보냈다. 시타 교수가 밖으로 나가자 박 신부는 곧 현암에게 말했다.

"가야 하지 않겠는가?"

현암이 고개를 끄덕였다.

"그게 좋겠죠. 아무래도 바이올렛이 불안합니다. 혹시라도 바이올렛이 아녜스 수녀와 한편이라도 된다면……."

승희는 그 말을 듣고 외쳤다.

"바이올렛은 이미 너무 많은 것을 알아요! 그녀는 우리가 갈 장소도 알잖아요! 어서 어떻게든 그녀를 저지하는 편이 안전할 것 같은데요?"

준후도 맞장구쳤다.

"맞아요. 뭐 해치지는 않더라도 어떻게든 입을 다물게 하는 게……."

허나 박 신부는 고개를 가로저었다.

"그녀의 마음이 떠났다면 방법이 없다. 그렇다고 그녀를 해칠 수도 없고, 끌고 다닐 수도 없지 않겠니? 더구나 바이올렛의 입을 막는다 해도 아녜스 수녀나 무색 화상 등이 그 장소를 못 찾을 만큼 무능하다고는 생각되지 않는구나. 그들은 이제 타보트까지 가지고 있으니 말이다."

박 신부는 말을 멈추고 잠시 생각에 잠겼다가 천천히 현암과 준후, 승희를 훑어보고는 입을 열었다.

"우리는 이제 막바지에 와 있네. 솔직한 심정으로, 자네들은 전부 보내고 나 혼자 가고 싶은 생각뿐일세."

이내 현암이 짧게 되받았다.

"그럴 수 있다고 생각하신 건 아니겠지요? 같이 갈 겁니다."

"저도요!"

현암에 이어 승희도 외쳤다. 준후는 대답은 하지 않았지만 결심한 듯, 굳게 입을 다물고 눈을 빛냈다.

그런 세 사람을 보고 박 신부는 한숨을 쉬었다.

"하긴…… 같이 가야겠지……. 하지만…… 하지만 말일세. 이번만은 정말 어려운 일이 될 거라 여기네. 만약 우리를 막아서는 무리가 악마들뿐이라면 차라리 나을 테지만, 이단 심판소나 용화교나 다른 사람들은 결코 악인들이 아닐세. 우리와 의견을 달리할 뿐이지. 그러니 우리는 그들을 해치거나 상처를 입혀서도 안 되네……. 결국…… 우리는 절대로 이길 수도 없고 이겨서도 안 되는 싸움을 하러 가는 걸세……. 오로지 설득할 수 있을 때까지 설득해 보고, 그것도 안 되면 되는 데까지 막아 내고 또 막아 내는 수밖에는 없어. 솔직히 거의 불가능한 일이라 생각하네……."

그 말에 현암은 단호히 말했다.

"되고 안 되는 일을 가려 가며 할 거면 처음부터 이런 곳에 발을 들이지 않았을 겁니다. 옳다고 믿으니까 행동하는 겁니다."

"솔직히 이번에는 나도 자신이 없군. 정말 위험할 수도 있네."

"저도 그렇다고 생각합니다. 하지만 다른 방법이 없겠지요."

현암의 말에 승희는 얼굴빛이 어두워지며 한숨을 내쉬었다. 그러면서 승희는 작게 중얼거렸다.

"나는 이런 날이 올 줄 알았어……. 하지만 생각보다는 너무 빨리 왔네."

그러나 현암은 승희의 말을 듣지 못하고 다시 덧붙였다.

"사실 신부님이 아까 하신 말씀, 공감은 합니다. 한 명의 억울한 아기를 위한 일도 값진 일이지요. 그러나 솔직히, 저는 그런 기분으로 동참할 수는 없습니다. 저는 과거 도혜 선사님의 유지도 들은 바 있고, 한빈 거사님의 말씀도 들은 바 있습니다. 제 개인적인 일일지도 모르지만, 저는 그분들의 말씀을 따르지 않을 수 없습니다. 우리는 지금 자칫 잘못될 수 있는 세상을 구해야만 합니다. 지금 물러설 순 없습니다."

그 말을 듣고 박 신부는 현암의 얼굴을 잠시 바라보다가 곧 미소를 지으며 입을 열었다.

"나는 선동자가 아니니 내 말대로 하기만을 바라지도 않아. 그러나 고맙네……."

현암 역시 박 신부를, 강하게 빛나지만 미소 머금은 눈빛으로 응시하며 말했다.

"감사합니다. 저도…… 신부님을 만나지 못했다면 아마 지금껏 헛되이 떠돌고 다니고 있었을지도 모르죠."

두 사람의 말을 듣고 승희가 샐쭉거리며 나섰다.

"뭐 죽어 가는 사람들처럼 유언 남기듯 말할 건 없잖아요!"

그러고는 목소리를 조금 낮추어 말을 이었다.

"솔직히 난 좀 무서워요. 하지만 지금 빠질 만큼 나는 뻔뻔스럽지 못하거든요."

준후는 승희의 말을 듣고 한참 고개를 숙이고 있다가 입을 열었다.

"난 잘못한 것이 너무 많아요. 내가 할 수 있는 일이라면 당연히 해야겠죠."

그러다가 목소리에 힘을 주어 또박또박 말을 이어 나갔다.

"저는 아직도 『해동감결』을 믿어요. 비록 많은 부분이 잘못됐다지만, 그 감결에도 근본적으로는 세상을 구하라고 돼 있었어요. 그래서 그것만은 믿고 따를까 해요. 그러니 제가 저지른 많은 잘못을 용서해 주세요."

그 말에 현암이 웃으며 준후의 어깨를 탁 쳤고, 박 신부 역시 미소를 지으며 말했다.

"네 잘못은 없단다."

"차라리 저 혼자 가겠어요. 저 혼자 희생하는 게 낫죠. 나는 별로 다친 데도 없고, 또……."

그러자 박 신부는 고개를 저었다. 현암이 나섰다.

"모두 같이 가자. 한 사람이 희생하는 것보다 넷이 힘을 합하는 게 더 나을 거야. 희생이라는 단어, 이젠 지긋지긋하다. 더 이상 그런 말은 적어도 우리 사이에서는 하지 않았으면 좋겠다."

"이제 가자꾸나. 내 옷이나 좀 챙겨 주렴."

박 신부가 몸을 일으켰다. 승희는 얼른 박 신부를 부축해 일으킨 다음 짐을 챙겨 들었고 현암이 몸을 일으키자 준후가 현암을 부축했다. 현암은 짐을 챙기다가 청홍검이 있는 것을 보고 씁쓸히 미소를 지었다. 이것은 아라에게 물려주라고 했던 것인데, 아라를 한국으로 따돌려 보낸다고 했으니 그냥 두고 갈 수는 없을 것 같았다.

"줬다가 금방 뺏는군. 이거 욕먹겠는데……."

현암은 청홍검을 자신의 가방에 다시 찔러 넣으며 말끝을 흐렸다.

"페루까지 비행기를 알아봐야겠는데…… 굉장히 오래 걸릴 거예요. 다치신 몸으로 어떻게 그 긴 거리를……."

승희가 걱정하자 박 신부는 미소를 지었다.

"가만히 앉아 가는 건데 못 갈 이유가 뭐 있겠니? 내 염려는 말거라."

현암도 온몸이 쑤셔 왔지만 억지로 웃으며 말했다.

"오래 앉아 있으면 되레 좋지, 뭐. 공력이나 닦으면 돼."

"어디로 가지?"

"일단 공항으로 가자. 그 수밖에는 없잖아?"

"글쎄……."

이야기를 나누며 네 사람은 조용히 병원을 빠져나가 어둠 속으로 사라져 갔다.

추적자들

시타 교수는 박 신부와 이야기를 나눈 후에도 곧바로 집에 돌아가지 않고 있다가 자정이 지나서야 병원을 나섰다. 그런데 그가 병원 현관 쪽으로 가다 보니, 조금 어수선했다. 낯선 사람들이 여러 명 와서 병원 문을 메우고 있었던 것이다.

'무슨 일일까?'

시타 교수는 호기심이 일어 무심코 그쪽으로 발걸음을 옮겼다. 그 사람들은 시타 교수로서는 처음 보는 사람들이었는데, 서양인과 동양인들이 뒤섞여 있었다. 더구나 가톨릭 성직자로 보이는 사람들과 아랍인, 그리고 동양의 승려들까지 뒤섞여 있어서 기이했다.

시타 교수는 자신도 모르게 긴장이 됐다.

'뭐…… 나하고는 관련 없는 일이겠지.'

시타 교수는 쉽게 생각하고는 태연히 걸어 병원 현관문으로 향했다. 몇 개의 섬뜩할 정도의 눈초리가 그를 쏘아보았지만, 시타 교수를 굳이 잡는 사람은 없었다.

그런데 병원 밖으로 나와 보니, 병원 앞마당은 어디서 몰려들었는지도 모를 특이한 사람들로 가득 차 있었다. 사실 그뿐이라면 모르는 채 지나갔을 텐데, 문제는 그리 간단하지 않았다.

그들 한가운데는 아까 시타 교수가 보았던 세 명의 아이 중 사내아이와 중국인 교수가 서 있었던 것이다. 그런데 아무래도 눈치를 보니 그들은 이들과 동행한 것이 아니라 이들에게 잡혀 온 것 같았다. 사내아이가 시타 교수를 보더니 얼른 남몰래 눈짓했다. 뭔가 위급하다는 신호 같았다.

시타 교수는 뭔가가 잘못되는 것 같다는 느낌을 받았다. 등이 축축이 젖어 들었다. 시타 교수는 태연한 듯한 걸음걸이로 병원 밖으로 향해 걸어가다가 병원 입구를 나서는 순간 병원 담장 옆으로 달라붙어 담장을 따라 빙 돌아갔다.

'저 아이가 잡혔다면 로파무드도 위험하다. 그녀는 지금 정신조차 못 차리고 있는데…… 저런 이상한 자들에게 잡혀가게 할 수는 없지.'

속으로 생각하며 시타 교수는 어떻게든 안으로 들어갈 수 있는 방법을 찾으려고 머리를 굴렸다. 아까 여자 병동을 서성거렸던 기억에 의하면, 여자 병동에는 밖으로 향한 이 층 창문이 몇 군데 있었다.

그 창문 밑에 도착한 시타 교수는 한 번 주위를 둘러보았다. 아무도 없는 것 같자 시타 교수는 담을 넘으려고 담장 위에 손을 올렸다. 그 순간, 시타 교수는 어디선가 귀신같이 나타난 두 사람에게 덜미를 잡혀 땅에 내동댕이쳐졌다. 그리고 알 수 없는 아찔한 충격이 온몸을 감싸자마자 시타 교수는 정신을 잃었다.

시타 교수가 다시 정신을 차린 것은, 어둡고 좁은 어떤 공간 안에서였다. 정신을 차리고 안을 둘러보자, 그 안에 몇 명의 사람이 더 있는 것이 보였다. 그들은 모두 남자였고 아무래도 동양인 같아 보였다. 머리가 헝클어지고 수염을 덥수룩하게 기른 사람, 검은 옷을 입은 사람들도 있었으며 불교의 승려도 있었는데, 모두 누군가와 싸웠던 듯, 몸에 크고 작은 상처를 입고 있었다.

시타 교수는 물론 알아들을 수 없었지만, 그들이 소곤거리며 나누는 말은 아까 박 신부 일행이 하던 말과 비슷한 뉘앙스를 풍겼다. 그들의 생김새도 분명 동아시아 사람 같았다.

'그렇다면 혹시 이들도 박 신부의 일행이 아닐까?'

그렇게 생각한 시타 교수는 그 사람들을 향해 물었다.

"파더 박? 이…… 이 흔암? 장……주누?"

시타 교수는 아는 말이 없어서 그냥 그들의 이름을 말해 본 것뿐이었는데, 장준후의 이름을 말하는 순간, 그들의 안색이 대번에 변했다.

갑자기 그 사람 중 덩치가 매우 큰 승려 한 사람이 시타 교수의 멱살을 잡고 뭐라고 떠들어 댔다. 그러나 시타 교수는 그들의 말을 알아들을 수가 없었다.

시타 교수가 말을 하지 않자 그들은 자기들끼리 한참 이야기를 나누더니 그중 머리가 길고 수염을 어수선하게 기른 사람이 마침내 영어로 말을 걸어왔다. 사실 그들은 마치 야만인처럼 온몸에 문신을 한 시타 교수를 보고 영어는 모를 것이라 생각했던 것이다.

"장준후를 아시오?"

시타 교수가 얼결에 고개를 끄덕이자 그가 다시 물었다.

"그가 어디 있소? 어서 말하시오."

시타 교수가 대답조차 못 하고 그를 올려다보자 그가 또다시 채근했다.

"어서 말하시오! 영어 못하오?"

시타 교수는 순간, 이들이 준후에 대해 결코 고운 마음을 지니고 있지 않다는 것을 눈치챘다. 난감해진 시타 교수는 영어를 모르는 것처럼 웅얼거리면서 인도어로 떠들어 댔다.

그들은 바로 오의파 성곤과 현현파 근호, 증장과 승현이었다. 그들은 다시 난감해진 듯, 영어와 잘 되지도 않는 독어, 불어 등으로 시타 교수와 대화를 시도하려 했지만 시타 교수는 모르는 척했다.

얼마나 다급했는지 급기야 덩치 큰 승려가 불경에서 주워들은 듯한 팔리어나 산스크리트어까지 해 보려 했지만, 시타 교수로서도 알아들을 수 없을 정도였다.

그렇게 한창 옥신각신하고 있는 차에 다시 실내가 밝아졌다. 그곳은 커다랗고 튼튼한 컨테이너 안이었다. 그 문이 열리면서 두 사람이 다시 안으로 밀려들어 왔다. 준호와 황달지 교수였다.

"어? 네가……?"

준호를 알아본 성곤과 증장이 소리치자 준호도 얼결에 인사를 건넸다.

"그간 별래무양하셨는지요?"

준호는 바로 이 사람들을 찾으려고 자신이 묵었던 호텔에서 기다리고 있었지만 난데없이 들이닥친 정체불명의 사람들에 의해 불문곡직하고 이곳으로 잡혀 온 것이다.

아라와 수아는 조금 떨어진 곳에 두고 와서 잡히지 않았지만 말이 통하지 않아 동행할 수밖에 없었던 황달지 교수는 같이 잡혀 오고 말았다. 원래 아라와 수아를 남겨 둔 것은 만약의 사태에 대비해서였는데 그 아이들은 나타나지 않았다. 그런데 여기서 자신처럼 갇혀 있는 이들을 만나게 되자 너무 놀라서 근래에는 조금씩 고쳐 가던 옛날 말버릇—한자 성어를 외워 대는—이 다시 튀어

나온 것이다.

그들도 준호를 만난 것이 놀라워서 이 이야기, 저 이야기를 했다. 이들은 준후를 잡기 위해 불원천리 인도까지 찾아왔고, 준후는 잡지 못했지만 기절해 쓰러진 연희를 발견하는 데에는 성공했다. 사실 그것은 준후의 계략에 의한 것이었지만 그런 사실을 그들이 알 수는 없었고 준호도 굳이 그런 이야기는 꺼내지 않았다.

그리고 그들은 칼키파의 주술 막이 있는 곳까지 나아갔다가 주술 막을 뚫을 수 없자 일단 시내로 철수했다. 만약 그들이 주술 막 부근에서 얼쩡거렸다면 큰 피해를 보았을 터였다.

그들은 준후에 대해 연희에게 캐물었으나 연희는 조개껍질처럼 입을 다물고 한마디도 하지 않았다. 더구나 연희는 법력이나 공력, 주술력 등이 없는 보통 사람이니만치 도인의 체면상 닦달할 수도 없는 노릇이었다. 그래서 그들은 많은 시간을 들여 준후가 한빈 거사를 살해했다는 혐의를 쓰고 있어서 준후를 찾아야 한다는 것을 이해시키려 했지만 그 말을 들은 연희는 더더욱 입을 열지 않았다.

그러다가 그들은 느닷없이 들이닥친 정체불명의 사람들에게 기습을 당했는데, 그자들은 기이하게도 연희를 노리고 있는 듯했다. 그때는 그들 중 법력이 가장 깊은 현현이로를 비롯한 여러 승려들이 다시 한번 주술 막 주위로 향했을 때여서 전력이 약했다.

그들은 기를 쓰고 그 정체 모를 무리와 대적했지만 중과부적으로 잡히게 됐는데, 특히 승현은 마지막까지 연희를 보호하려다가 중상을 입기까지 했다. 그러나 최후의 순간에 무련이 아미 검술을 극도로 발휘해서 연희를 데리고 밖으로 빠져나갔으며, 그 이후의 일은 그들도 모른다는 것이다.

여기까지 말하고 난 다음 사람들이 준호에게 물었다.

"너도 준후가 어디 있는지 모른다고 할 셈이냐? 이제는 사실대로 말하렴. 너는 내내 준후와 같이 있었지 않니? 우리도 그걸 알고 있으니 시치미를 떼도 소용없다."

준호가 대답했다.

"준후 사부를 만나게 해 드리는 건 어렵지 않아요. 하지만 먼저 오해를 풀어야 해요."

"오해?"

"예. 준후 사부는 그 할아버지를 해치지 않았어요! 부득이해서 그런 척했을 뿐이라고요."

그러면서 준호는 그간의 이야기를 장황하게 늘어놓았다. 준후가 그런 행동을 하고 죄를 뒤집어쓰려고 한 것은 모두 세상을 구하려는 것이었다는 것, 그리고 박 신부와 현암 등도 준후와 뜻을 같이하고 있다는 것, 그리고 연희를 어떻게든 그들과 동행시켜야 한다는 것 등등을 마구 떠들어 댔다.

그러나 준호는 사정을 아직 완벽하게 이해할 만큼 성숙하지도 못했고 말재주도 별반 좋은 편이 아니라 이들을 이해시키지 못했다. 하지만 성곤만은 준호의 말에 약간 귀가 솔깃해진 것 같았다.

"너…… 정말이냐?"

성곤이 묻자 증장이 다짜고짜 외쳤다.

"자네, 이 아이 말이 진짜라고 생각하나?"

"이런 이야기는 이 아이가 지어내기에 너무 무리가 있지 않습니까? 그리고 이 아이는 거짓말을 하고 있지 않습니다. 물론 모두 믿을 수는 없고 이 아이가 잘못 생각하는 것도 있겠지만, 아무튼 근본적으로 준후가 악한 의도를 가지고 이런 일을 한 것은 아닌 듯하군요."

오의파의 성곤은 도방의 감찰이었기 때문에 거짓말을 알아보는 재주가 있었다. 성곤이 그렇게 이야기하자 증장은 입을 다물었으나 현현파의 근호가 신중하게 말을 꺼냈다.

"이 아이의 말이 사실이라고 해도, 한빈 거사님을 준후가 해치지 않았다는 것은 어디까지나 들은 것뿐이지 않소? 준후 녀석이 거짓말을 했을 수도 있소. 어쨌든 그 녀석을 잡아야 하는 것만은 틀림없는 사실이오."

그러자 준호는 당황스러웠고 한편으로는 화도 났다.

"사부는 거짓말 안 해요!"

"좋다. 어쨌거나 흑백 시비는 그 녀석이 있어야 가려진다. 너는 냉큼 그 녀석이 어디로 갔는지 말해라."

"그건…… 그건 나도 몰라요!"

"어떻게 네가 모를 수 있느냐?"

"나도 모른다니까요!"

그러자 성곤은 침착하게 호통을 쳤다.

"요 녀석, 지금 거짓말을 하고 있소. 요 녀석! 내 앞에서 거짓말을 할 생각은 말아라!"

그 호통에 준호는 등골이 서늘해졌다. 정말 이 사람 앞에서는 거짓말을 할 수 없을 것 같았다.

'좋다. 오해는 어차피 풀릴 거고…… 저 이상한 작자들이 병원까지 쳐들어왔으니 사부도 위험할 거야. 신부님도, 현암 형도 많이 다쳤고 사부와 승희 누나밖에 없는데 이렇게 개떼같이 많은 놈들을 당해 낼 수 없을지도 몰라. 그러면 모두 전멸이다! 그런데 이 아저씨들은 비록 사부를 잡으려고 하지만 그래도 나쁜 사람들이 아니고…… 도움이 돼 줄 수도 있을 거야!'

준호는 아직도 박 신부 일행이 병원에 있다고만 생각하고 있었다. 그러자 자신도 모르게 지푸라기라도 잡고 싶은 심정으로 성곤에게 말했다.

"만약 사부가 어디 있는지 말해 주면…… 사부가 저자들에게 잡히지 않도록 도와주실 거예요?"

그러자 성곤은 힘없이 웃었다.

"글쎄다. 우리도 잡혀 있는 신세인데…… 저자들은 무척 강하고 수가 많다. 하지만……."

성곤은 혼자 깊은 생각에 잠겼다가 말을 이었다.

"나는 예전에 현암 씨나 박 신부님과 같이 싸운 적도 있었다. 그 분들이 믿을 만한 분들이란 것은 나도 잘 안다. 그러나 준후의 일에 대해서만은 어찌할 수 없다……. 그렇지만…… 준후를 잡아 진위를 밝히는 것 외에, 우리가 도움이 될 수 있는 일은 해 주고 싶다. 그리고 그래야 한다고도 믿고…… 어떻게들 생각하시오?"

성곤이 말을 맺으며 주위를 둘러보자 모두가 고개를 끄덕였다. 그들 모두는 퇴마사들과 크고 작은 인연이 있었고, 그들의 도움을 받은 적이 있었다. 사실 그들을 도울 수 있는 일이라면 해 주고 싶은 마음이 모두에게 있었다. 준호가 그들을 보며 골똘히 생각에 잠기자 성곤이 웃으며 말했다.

"도인과 출가승은 거짓말하지 않는다. 그리고 준후를 잡는다 해도 우리가 당장 해치우겠다는 것도 아니다. 만약 오해가 있었다면 자연히 풀릴 것이고, 또 설혹 준후가 정말 죄인이라 해도, 현암 씨나 박 신부님의 일이라면 우리가 돕지 않을 수 없다. 그러니 일단 우리에게도 사정 이야기를 해 주려무나. 알아야 뭘 할지 정할 수 있으니 말이다."

준호도 본능적으로 이 사람들이 하는 말이 순수한 진심에서 나온 말이라는 것을 느꼈다. 준호는 이런 상황에서도 과감하게 그들을 돕겠다고 나서는 지인들을 둔 현암 등에 대해 속으로 생각했다.

'역시 사람은 의로워야 하는구나. 나도 언젠가는 그렇게 될 수 있을까?'

그때 성곤은 다시 물었다.

"너는 저자들이 어디서 온 자들인지 아느냐?"

"잘은 모르지만 아마 이단 심판소하고 용화교, 음…… 또 그리고 칼키파나 성당 기사단, 아사신, 검은 편지 결사…… 음, 그리고…… 음, 아무튼 모조리 다 몰려온 걸 거예요."

그러면서 준호가 한참 동안 그간의 사정 이야기를 하자 성곤 등은 깜짝 놀랐다. 그리고 그들은 잠시 수군수군하며 이야기를 나누었다.

증장이 물었다.

"그런데 그들이 왜 우릴 덮친 거냐?"

"저도 잘은 모르지만…… 흠…… 이 이야기는 절대 비밀이에요. 특히 연희 누나가 이 사실을 알면 큰일 나요. 절대 연희 누나에게는 말하지 않는다고 약속해 주세요."

준호의 얼굴이 하도 심각해서 사람들은 반은 장난이었지만 반은 혹시나 싶어 고개를 끄덕였다. 그러자 준호는 자신이 주워들은 한도 내에서 연희의 이야기를 들려주었다.

연희가 바로 라미드 우프닉스라는 것, 그 주술은 태고에 행해진 것이지만 부조화를 낳아 지금의 위기가 오게 됐다는 것, 그리고 징벌자를 찾아낼 수 있는 것은 라미드 우프닉스뿐이며, 지금 아마도 어른인 라미드 우프닉스는 연희 혼자 남았을 것이라는 사실을 숨김없이 털어놓았다. 그 때문에 그자들은 연희를 노리는 것이며, 연희를 빼앗겨서는 안 된다는 것도 준호는 솔직하게 말했다.

그 이야기를 들은 성곤과 증장 등은 마음이 많이 기울어졌다. 특히 승현은 몹시 다쳐서 이야기를 듣기만 하고 있었지만 그는 과거 도혜 선사가 입적할 때 현암에게 당부했던 것을 바로 옆에서 들은 바 있었고, 한빈 거사가 현암에게 그 내용을 풀이해 주는 것을 먼발치에서나마 조금 들은 바 있었다. 그래서 승현은 아픈 것을 참으며 간신히 말문을 열었다.

"이 아이…… 말이…… 맞을지도……."

"사제, 말하지 말게."

증장이 걱정되는 듯 말했지만 승현이 다시 안간힘을 쓰며 말했다.

"준후 문제는 어쩔 수 없다 해도…… 다른 일만은…… 특히 현암 시주의 일은…… 도와야 합니다……. 선사님과 거사님의 유지이기도 했으니……."

"그건 좋지만, 돕기는 어떻게 돕는단 말인가? 우리도 잡혀 있지 않은가?"

현현파의 근호가 중얼거리자 승현이 다시 말했다.

"우리는…… 잡혔지만…… 현현이로께서는 무사하세요. 그분들은 곧 돌아오실 테고…… 그러면 우리도 빠져나갈 수 있어요……."

"그러고 나면 어쩌겠다는 건가?"

준후를 잡으러 여기 온 사람들은 여럿이었고, 그중에는 현현이로라는, 현암보다도 배분이 높은 대도인도 있었지만 이 무리를 실질적으로 이끄는 것은 별다른 도력이 없는 승현이었다. 승현이 머리가 비상하고 임기응변에 능하기 때문이었다. 그래서 지금도 사람들은 그의 말을 경청했다.

"일단…… 연희 시주를 찾아서…… 현암 시주와 동행시켜야 합니다……. 이 아이의 말이 틀림없다면…… 그게 우리가 할 수 있는 가장 큰일이에요……. 지금 저자들은…… 우리를 무차별로 공격했고…… 현암 시주의 앞을 막으니 좋은 자들이라 할 수 없어요……. 저자들을 우리가 처리해야 합니다…….”

“준후는?”

“일단…… 준후 시주의 이야기를 들어야겠어요. 만약 준후 시주가 증거라도 보인다면…… 그때는 도와야겠지요……. 물론 준후 시주의 말이 거짓이었다면…… 그때는 물고를 내더라도 말이에요…….”

그때 밖이 수런수런해지면서 여자의 목소리가 들려왔다. 그 소리를 듣자 준호는 깜짝 놀라면서 몸을 일으켰다. 그 목소리는 아라의 목소리였기 때문이다. 그리고 곧이어 굉장히 밖이 소란해지면서 무엇인가가 부서지는 소리가 들려왔다. 그리고 잠시 후에는 그들이 갇혀 있던 트레일러가 마구 흔들리기 시작했다. 다른 사람들은 영문을 알 수 없었지만 준호는 짐작했다.

분명 아라와 수아가 자신들을 따라와서, 아라가 조요경의 힘을 쓰거나 수아가 정령들의 힘을 쓰는 것 같았다. 준호가 그것을 말하자 승현이 지체 없이 말했다.

“그렇다면…… 지금이 기회입니다……. 어서 모두 나갑시다!”

그 말이 떨어지자마자 증장이 무지무지한 힘을 발휘해서 트레일러의 벽을 양손으로 후려갈겼다. 두 번, 세 번을 후려치자 믿을 수 없게 금속으로 된 벽이 찌그러지다 못해 떨어져 나가 버리고 말았다. 그리고 승현을 제외한 도인들이 밖으로 달려 나갔다. 준호는 한국 도인들이 편이 돼 줄 것 같아서 마음이 든든했다.

'그러고 보면 사부가 선견지명이 있단 말씀이야? 일이 이렇게 되려고 그런 머리를 쓴 것 같아.'

밖에서는 한바탕 아수라장이 펼쳐져 있었다. 아라가 동물 떼를 불러오고 수아가 정령들을 있는 대로 소환해서 병원 앞은 나무가 뽑히고 유리가 깨지는 등 엉망이었다. 그에 반해 상대방은 숫자는 매우 많았으나 강력한 고수가 없어서 적절한 대처를 하지 못했다.

이들은 이단 심판소로부터 시작해 용화교, 성당 기사단, 검은 지하드 등이었는데 정예는 이미 칼키파의 신전 안에서 몰살당했기 때문에 숫자가 많더라도 그리 강한 자는 없었다. 다만 아녜스 수녀와 무색이 고작 한나절 만에 이들을 모두 설득해서 한데 힘을 모으게 된 것만이 놀랄 만한 일이었다.

아라와 수아는 준호가 잡혀가는 것을 보고 먼발치에서부터 뒤를 밟아 왔다. 사실 아이들이라 겁이 나기는 했지만 준호와 황달지 교수가 우연히 병원 앞 트레일러에 갇히는 것을 보자 더 이상 지체할 수 없다고 생각해서 능력을 쓰기 시작한 것이다.

아라는 수아와 함께 죽을힘을 다하고 있다가 트레일러 한 대가 부서지고 도인들과 준호가 튀어나오는 것을 보자 용기를 냈다. 그러나 입은 반대로 험하게 돌아갔다.

"이 바보야! 뭐 하다가 그렇게 잡히냐?"

준호가 나와서 보니 아라가 이끌고 있는 것은 열 마리 정도의 소 떼와 원숭이 무리였다. 인도에서는 소가 신성시되기 때문에 이곳저곳에 편하게 엎어져 있는 소들이 많았던 것이다. 물론 나름대로 주인이 고삐를 매 놓기는 했지만 그것은 문제가 되지 않았다.

수아가 불러낸 것은 역시 정령들이었는데 정령들은 사방에 바람을 일으키며 상대방의 접근을 방해하고 있었다. 준호는 일단 아까 보았던 무서운 상대들이 없는가 주위를 둘러보았다.

천만다행으로 아녜스 수녀와 같은 무서운 적수는 없어 보였다. 대부분의 사람이 별 능력이 없고 그저 주먹이나 좀 쓸 줄 아는 사람들이었고 가끔 권총 정도를 휴대한 자들이 있을 뿐이었다.

그러나 그들은 총을 꺼내기가 무섭게 원숭이 떼들에게 뒤덮여서 비명을 지르며 도망치거나 쓰러졌다. 아라가 아마도 총을 든 자를 우선으로 집중 공격하라는 명령을 내린 모양이었다.

"제법인데?"

준호는 욕을 먹었지만 솔직하게 아라를 칭찬해 주고 나서 양손을 휘둘러 대며 택견의 동작으로 사람들을 쓰러뜨려 갔다. 그런 준호의 양쪽에 근호와 성곤, 증장 등이 차례로 뛰쳐나왔다.

그들이 잡힌 것은 순전히 총 때문이었는데, 상대방이 총을 쓰지 못하니 무서울 것이 없었다. 그래도 상대방의 수는 무척 많아서 쓰러뜨리고 쓰러뜨려도 수가 줄지 않았다.

그때 시타 교수는 상황을 보고 있다가 준호의 행동을 보고 이 사람들이 아군이라는 것을 깨닫고 영어로 말했다. 그러나 시타 교수는 정확한 사정은 몰랐기 때문에 이들이 준후를 쫓는 사람들이라는 것은 꿈에도 깨닫지 못했다.

"도와주시오! 그리고 로파무드도 구해 주시오! 그녀도 이 병원 앞에 있소!"

시타 교수가 성곤의 팔을 잡으며 영어로 말하자 성곤이 눈을 빛냈다.

"그녀도……?"

로파무드가 누구인지는 몰랐지만 그 한마디로 성곤은 이 병원 안에 퇴마사 일행이 모두 있다는 것을 눈치챘다. 그들 말고 또 누가 있겠는가? 그러고 나자 성곤은 휘파람을 불었다. 준호와 시타 교수 등은 알지 못했지만 그 휘파람은 성곤이 사람들에게 보내는 신호로 단순한 휘파람 같았지만 말이나 다름없이 의사를 전달할 수 있었다.

그 신호를 듣자마자 그들은 아까보다도 훨씬 강렬한 기세로 싸우기 시작했다. 그리고 그 틈을 타서 현현파의 근호가 병원 안으로 뛰어 들어갔고 그 뒤를 따라 시타 교수도 달려 들어갔다.

그것을 보고 준호는 조금 마음이 켕겼다. 준호도 병원 안에 퇴마사들이 모두 있다고 믿고 있었다. 이 사람들이 아무리 도와준다고 해도 준호는 행여 준후가 해를 당할까 봐 먼저 들어가서 준후에게 빠져나가라고 말할 심산으로 병원 안으로 달려가려고 했지만, 다음 순간 갑자기 앞을 가로막은 검은 그림자에 덜미를 잡혀 단 한 방에 내동댕이쳐져 버렸다.

그때 아라가 비명을 질렀다.

"아네스 수녀!"

아네스 수녀였다. 그녀는 다른 두 여자의 손목을 잡고 있었는데 한 명은 연희였고 한 명은 무련이었다. 아네스 수녀는 무련이 연희를 데리고 탈출했다는 소식을 듣자마자 날 듯이 달려가서 그 둘을 기어코 잡은 것이다.

"너희……?"

아네스 수녀는 주위를 둘러보면서 인상을 찌푸렸다. 예전에 그녀에게 잡혀 쓴맛을 본 바 있는 준호나 아라 등은 그녀의 눈빛만 보아도 속이 얼어붙는 것 같았다.

하지만 증장 등 도인 세 사람은 그녀의 막강함을 잘 알지 못했기 때문에 연희와 무련이 그녀의 손에 잡혀 있는 것을 보고 기합성과 함께 동시에 달려들었다.

다음 순간, 세 사람은 아네스 수녀의 옷자락 한 번 건드려 보지 못하고 저만치 나가떨어져 뒹굴었다. 그 세 명도 한다 하는 사람들이었지만 그녀가 무슨 수법을 썼는지조차 알 수 없었다. 연희가 소리를 질렀다.

"모두 도망가요! 상대가 안 된다고요! 모두……."

그러나 아네스 수녀는 연희가 말을 끝내기도 전에 연희의 팔을 장난감처럼 비틀었다. 연희가 비명을 지르자 아네스 수녀가 말했다.

"이제…… 시간이 없어. 걸리적거리는 것들은 용서하지 않겠어……."

멋모르고 병원 안에서 근호가 소리를 치며 달려 나왔다.

"안에 그들이 없네! 이건……."

그러다가 근호는 아네스 수녀가 쏘아 낸 기운에 맞아 성곤이 있는 곳까지 데굴데굴 굴러가 버렸다.

그 뒤를 누군가를 업은 시타 교수가 따라 나왔는데 그의 등에 업힌 것은 분명 로파무드일 터였다. 그런데 로파무드는 시트에 싸여 있어 얼굴이 보이지 않았고, 아네스 수녀는 시타 교수가 누구인지 몰랐기 때문에 시타 교수는 아네스 수녀의 제지를 받지 않고 밖으로 나올 수 있었다. 시타 교수는 곧장 달려서 준호 뒤쪽으로 가 어둠 속으로 숨어 버렸지만 아무도 그를 막아서지 않았다.

준호나 다른 사람들은 근호의 안위보다도 안에 퇴마사들이 없다는 것에 더 놀랐다.

저만치에서 누군가가 호통을 질렀다.

"어떤 썩어 빠진 계집년이 내 제자들을 괴롭히느냐?"

그 소리는 적어도 백 미터 밖에서 지른 것 같았는데도 바로 코앞에서 들려오는 듯한 울림이 있었다. 그 목소리를 듣자 성곤과 증장 등의 얼굴에 화색이 돌았고 근호는 기뻐서 자신도 모르게 외쳤다.

"사부님이시다!"

순식간에 두 사람의 그림자가 달려왔다. 외곽에 있던 몇 명의 사람들이 막으려 했지만 그들은 사람들의 머리 위를 마치 무슨 돌부리 뛰어넘듯 가볍게 뛰어넘으며 네 번이나 공중제비를 돌아 아네스 수녀의 앞에 동시에 내려섰다.

도는 동작부터 내려앉는 동작까지 두 사람이 똑같았으며 조금도 몸이 흔들리거나 소리조차 내지 않아서 아녜스 수녀마저도 감탄하는 눈으로 그들을 바라보았다. 그들은 바로 현현파의 사부인 현현이로였다.

"너, 이 미친 계집년아. 네년이 내 제자들과 무슨 상관이 있기에 함부로 우리 애들을 잡아간 거냐?"

현현이로 중에서 성질이 급한 일로가 꾀죄죄한 용모에도 불구하고 매서운 목소리로 일갈했다. 그러자 동글동글한 얼굴의 이로가 형을 달래듯 말했다.

"저 여자는 우리말을 모를 거요. 욕해도 소용없수."

그 두 사람은 비록 성격이 급하고 괴팍했지만 자기 제자들은 끔찍이 아꼈다. 게다가 그의 도력 또한 대단했다.

아녜스 수녀는 기이하다는 듯 그 두 사람을 한참 동안 보더니 미소를 지으며 중얼거렸다.

"또 이런 자들이 있었다니…… 역시 세상은 넓구나."

그러면서 아녜스 수녀가 손뼉을 치자 저쪽에서 한 무리의 사람들이 날 듯이 달려왔다. 그들은 승려 복장을 하고 있었고 모두 열일곱 명이었다. 그중 맨 앞에 선 사람만이 늙은 사람이고 나머지는 젊거나 나이가 많아야 중년 정도 된 나이였다. 그들은 질서 정연하게 모든 사람을 에워싸고 빈틈없는 자세로 섰다.

이로가 눈살을 찌푸리며 형인 일로에게 말했다.

"저 땡중들…… 소림사 출신 아니요?"

"소림사 땡중들이 왜 시커먼 옷 입은 냄새나는 여자 편이람?"

일로는 그 스님들의 내력이 결코 범상하지 않다는 것을 한눈에 알아보고는 입맛을 쩝 다셨다. 그러나 그는 지기 싫어하는 듯 말했다.

"십육 나한진을 친다고 우리가 겁먹을 것 같으냐?"

일로가 손뼉을 치자 저쪽에서 다시 한 무더기의 사람들이 달려왔다. 그들은 일행들이었던 백제암 사천왕 중의 세 사람과 박수무당, 그리고 현현파의 다른 도인들이었다. 일로가 킬킬 웃으며 말했다.

"이봐라. 백제암 동자승들아, 너희 넷이면 여기 이 땡중들의 상대는 될 게다."

물론 동자승이란 백제암의 사천왕을 가리키는 말이었다. 증장은 상처를 좀 입었지만 동료들이 나타나자 용기백배해 달려가 넷이 함께 자세를 이루었다.

네 사람은 사상의 방위를 밟으며 십육 나한진의 안쪽에 자세를 잡고 섰는데, 그들이 워낙 외공에 강하고 건장해서 네 명이었는데도 열여섯 승려에게 그리 뒤질 것 같지 않았다.

일로가 아네스 수녀를 쳐다보며 외쳤다.

"저 시커먼 여자는 내가 맡는다."

그러고는 이내 십육 나한을 이끌고 온 무색을 가리키며 말했다.

"저놈은 동생이 맡게나. 그러면 우리 제자들이 남으니 우리가 이긴다. 핫핫핫……!"

일로는 몹시 지기 싫어하는 성격이라 상황이 유리해지자 자신도 모르게 기분이 좋아진 듯 크게 웃었다. 물론 사람 수는 아직도 아녜스 수녀 측이 훨씬 많았지만 일로의 눈에 보통 사람은 들어오지 않는 것 같았다.

그러나 이로는 일로에게 속삭였다.

"그래도 네 녀석이 십육 나한진을 격파하지는 못할 건데요?"

"그러면 우리 제자들더러 도우라고 하자. 팔합진을 펴면 이기고도 남는다! 적어도 지지는 않는다!"

아녜스 수녀도 이를 악물면서 손뼉을 탁탁 연달아 쳤다. 아녜스 수녀가 현현이로의 말을 알아들은 것은 아니지만, 역시 대단한 능력을 지닌 그녀는 한눈에 세력의 강약을 알아본 것이다.

사실 여기 몰려온 도인들과 승려들은 한국의 도인과 은거한 기인들 중 절반이 넘는 수였다. 그들이 중요한 용의자인 준후가 박신부 및 현암 등과 같이 있다는 사실을 알았기 때문에 조금도 방심할 수가 없어서 최고의 실력자들만을 모아 온 것이다.

그렇기 때문에 이들만 모아도 이단 심판소나 기타 어떤 세력도 상대할 수 있을 정도의 실력을 갖추고 있었다. 더구나 아녜스 수녀는 타보트의 예언을 공개해서 다른 여러 파벌을 단시간 내에 끌어모으기는 했지만 중요한 능력자들을 불러올 시간이 별로 없었다. 또 각 파벌의 정예들은 이미 대부분 목숨을 잃었고 게다가 흩어져 있었기 때문에 현재 상황은 아녜스 수녀에게 불리했다.

무엇보다도 그녀가 아무리 동분서주하고 이단 심판소와 용화교의 힘을 끌어모았어도 모든 자를 한편으로 끌어들일 수 있었던 건 아니었다.

그녀가 손뼉을 치자 사제복을 입은 몇 사람들이 나왔다. 그들은 우리말을 비롯하여 각 나라말을 할 줄 아는 통역관들이었다.

"당신들은 왜 몰려온 거죠? 왜 난리를 치는 건가요?"

통역관이 아네스 수녀의 말을 상당히 능숙한 우리말로 옮겨 주자 일로가 소리를 쳤다.

"그건 내가 할 소리다! 너희는 대체 뭐기에 다짜고짜 내 제자들을 습격했느냐? 그리고 지금도 너희는 우리 쪽 사람을 둘이나 잡고 있지 않느냐?"

"나는 당신들을 습격하려고 한 게 아니라 이 여자를 잡으려 한 것뿐이다!"

"여자? 그 여자를 왜 잡으려 하는 거냐? 그 여자는 우리에게 중요한 증인이란 말이다!"

준호와 아라 등은 아네스 수녀의 입에서 연희가 라미드 우프닉스라는 말이 나올까 봐 가슴이 조마조마했다. 그러나 아네스 수녀는 징벌자를 찾기 위해서는 연희의 능력이 필요했기 때문이란 말은 하지 않았다. 그 말을 해서 연희가 자신을 알게 되면 죽을 것이고 그러면 연희를 이용할 수 없었다.

"이 여자는 우리에게도 중요하다!"

그러나 일로는 흥 하고 코웃음을 쳤다.

"이 여자는 우리나라 사람이니 너는 간섭하지 마라!"

아네스 수녀는 답답했지만 사실을 털어놓을 수는 없었다. 그런데 그때 병원 문 앞에서부터 누군가가 달려왔다. 그 사람은 뚱뚱한 늙은 여자, 바이올렛이었다. 그녀는 숨이 턱에 닿을 듯 헉헉대며 승려들 사이를 뚫고 나와 아네스 수녀 쪽으로 달려갔는데 아무도 그녀를 막지 않았다.

준호와 아라는 그녀가 무엇을 하려는 것인지 몰라 멍하니 서 있었는데 갑자기 수아가 날카롭게 소리를 질렀다.

"저 할머니 나빠!"

그 말을 알아들은 것은 물론 한국인들뿐이었고 그들도 수아가 무슨 소리를 하는지 알지 못했다. 그리고 아네스 수녀도 바이올렛이 자신을 향해 다가오자 날카롭게 소리를 질렀다.

"거기 서!"

그러자 바이올렛은 그 자리에 멈춰 서서 잠시 헉헉거리다가 말했다.

"숨차군요……. 당신이 여기에 올 줄 알았다면, 찾아다니지 않는 건데……."

"찾아? 나를?"

아네스 수녀가 날카롭게 묻자 바이올렛이 대답했다.

"당신에게 꼭 할 이야기가 있거든요……."

"그게 뭐지?"

"아주 중요한 이야기죠. 아무튼…… 나를 적으로 여기지는 말아줘요. 나는 이제 당신 편이니까."

바이올렛이 아네스 수녀에게 다가서려 하자 아네스 수녀는 날카롭게 말했다.

"가까이 오지 말고 거기서 얘기해!"

평상시 같았으면 아네스 수녀는 바이올렛 정도 되는 자는 신경도 쓰지 않았을 것이다. 그러나 지금 현현이로와 같은 강적을 앞에 두고 있어서 그 어떤 방해도 받고 싶지 않았다. 자칫 잘못하다 허를 찔리면 낭패니까 말이다.

아네스 수녀가 사나운 기세로 외치자 바이올렛은 할 수 없다는 듯 두 팔을 으쓱해 보이고는 말했다.

"당신들 여기 온 것은 그들을 잡기 위해서죠? 하지만 늦었을 거예요. 아마 떠났을걸요?"

"이미 안다. 지금 나를 약 올리려는 건가?"

그 말을 듣고 사람들은 이미 퇴마사들이 이 병원을 떠났다는 것을 알게 됐다. 준후가 없다고 생각하자 도인들은 맥이 빠졌고 아라는 어쩔 줄을 몰라 했다.

그때 황달지 교수와 승현이 트레일러에서 엉금엉금 기어 나오자, 준호 등은 그들에게로 다가갔다.

한편, 바이올렛은 아네스 수녀에게 슬픈 표정으로 말했다.

"당신에게 타보트에 쓰여 있는, 징벌자가 태어날 장소를 알려주려고 하는 거예요! 당신이 이미 그것을 해석했다면 그만이지만, 그렇지 않다면 내 말을 들어야 할 걸요?"

아네스 수녀가 믿지 못하는 표정이었다.

"당신이?"

"그래요, 내가."

"믿을 수 없는데?"

"이봐요. 물론 그들은 나의 동료였어요. 아직도 나는 그들을 존경하고 사랑해요. 하지만…… 하지만 그들은 틀렸어. 나는 악마에게서 세상을 구하고 싶어요……."

준호는 바이올렛의 말을 잘 알아들을 수 없어 멍하니 있었지만 연희와 황달지 교수 등의 안색이 갑자기 파랗게 질렸다. 다른 한국 도인들은 그녀가 말하는 것이 무슨 뜻인지 몰라 가만히 있을 수밖에 없었다.

그때 연희는 바이올렛의 마음을 눈치채고는 급히 소리쳤다.

"바이올렛 씨! 안 돼요!"

그러자 아네스 수녀는 연희를 잡은 손목에 힘을 주었다. 연희의 몸은 마치 얼어붙은 것처럼 차갑게 굳어져 더 이상 말을 할 수가 없었다.

바이올렛은 그런 연희를 안쓰러운 눈으로 바라보다가 입을 열었다.

"미안해요……. 하지만 나에게는 세상이 더 중요해요."

바이올렛이 막 아네스 수녀에게 징벌자의 탄생 장소를 말하려는 순간, 병원 문 쪽에서 또 다른 사람이 거친 목소리로 외쳤다.

"바이올렛! 무슨 짓이오?"

그 사람이 비틀거리며 병원 쪽으로 걸어왔다. 바로 성난큰곰이었다. 그의 온몸은 그야말로 만신창이가 돼 있었고 옆구리와 어깨, 그리고 머리를 크게 다친 상태였다. 그가 외치자 바이올렛도 성난큰곰의 목소리를 알아듣고 놀라며 고개를 돌렸다.

"당신? 살아 있었군요!"

성난큰곰은 움직이기는커녕 일어나기도 힘든 상태 같았지만, 그는 초인적인 힘을 발휘해 다음 순간 무서운 속도로 바이올렛에게 달려갔다. 상처가 벌어졌는지 그가 달려가며 내딛는 걸음걸음마다 피가 튀어 사방에 꽃처럼 날렸다. 피를 뿌리며 달려가는 그의 처절한 표정 때문에 도인들이나 아녜스 수녀 쪽의 사람들 누구도 그의 앞을 가로막지 못했다.

"아저씨?"

준호와 아라는 놀라서 멍하니 성난큰곰을 바라보는데, 현현일로가 소리를 쳤다.

"저 사람, 네가 아는 자냐? 폐허에 갔다가 다 죽어 가는 걸 구해 왔는데."

다 죽어 가는 성난큰곰을 구해 온 것은 현현이로와 다른 도인들이었다. 그들은 주술 막을 뚫어 보려고 다시 신전 부근에 갔다가 주술 막과 모든 사람이 사라진 것을 발견했다. 이상해서 부근을 수색하다가 그들은 거의 빈사 상태에 빠져 있던 성난큰곰을 발견한 것이다.

성난큰곰이 바이올렛에게 다가가자 아녜스 수녀는 무섭게 한 번 호통을 쳤다.

"오지 마! 도대체 무슨 수작들이야?"

아녜스 수녀가 소리를 치자마자 성난큰곰의 발 앞에서 퍽 하는 소리가 나며 땅이 날카롭게 쟁기질한 것처럼 파여 나갔다.

성난큰곰도 일단 멈춰 설 수밖에 없었다. 그는 멈추자마자 비틀거리면서 그 자리에 풀썩 한쪽 무릎을 꿇었다. 그러면서도 그는 바이올렛을 향해 외쳤다.

"당신은…… 어째서……?"

바이올렛은 성난큰곰이 불쌍한 듯, 눈물까지 글썽이며 그를 바라보았으나 몸은 조금도 움직이지 않았다. 그녀는 이윽고 성난큰곰에게 말했다.

"그들은 틀렸어요……. 징벌자는…… 검은 바이올렛에게서 태어나요. 그 여자를 그냥 둘 수는 없어요."

성난큰곰도 그 이야기에 놀라는 것 같았다. 하지만 성난큰곰뿐만 아니라 아녜스 수녀도 놀란 듯 돌연 눈을 크게 떴다.

"마녀 협회의 바이올렛?"

아녜스 수녀가 자신도 모르게 외치자 바이올렛이 고개를 끄덕였다.

"그래요! 그 여자가 바로 징벌자의 잉태자예요! 분명히…… 그 여자는 사악한 방법을 썼을 거야! 그 아기는 악마의 자식일지도 몰라요!"

그 말에 성난큰곰이 화난 듯 말했다.

"당신은…… 복수심에 눈이 멀었다! 마녀 협회를 망가뜨린 검은 바이올렛에 대한 분노 때문에 눈이 먼 거다!"

"그렇지 않아요!"

"그렇지 않으면 어떻게 친구들을 배신할 수 있단 말인가?"

"나도 친구들을 믿었어! 하지만 그들은 틀렸어요!"

"그렇지 않다!"

성난큰곰이 크게 외치자 바이올렛도 지지 않고 맞섰다.

"그들은 악마에게 이용당하고 있어요! 블랙 엔젤이 지금껏 암암리에 그들을 돕고 살려 둔 것도 그들의 의도가 자신이 바라는 것과 일치하기 때문이었다고요! 징벌자의 파수꾼 역할을 시키기 위해서요! 그런데도 그들이 옳은가요?"

"악마와는 상관없다! 그건……."

성난큰곰은 다시 외치려 했으나 상처의 고통이 극심한 듯 소리도 지르지 못하고 갑자기 피를 뿜으면서 뒤로 벌렁 쓰러졌다. 그것을 보고 아네스 수녀가 손짓하려고 하자 바이올렛이 날카롭게 외쳤다.

"그 사람에게 손대지 말아요! 그 사람도 피해자예요! 그를 건드리면 나는 죽는다고 한들 아무것도 말하지 않을 거예요!"

그러고는 아네스 수녀에게 침착하게 덧붙였다.

"당신, 세상을 구하고 싶겠죠?"

아네스 수녀는 심각한 표정으로 고개를 끄덕여 보였다.

"당연히!"

한 걸음 뒤로 물러서며 아네스 수녀는 성난큰곰에게서 고개를 돌렸다. 그러자 사천왕이 조심스럽게 다가와 성난큰곰의 몸을 안았다. 사천왕들도 덩치가 큰 편이라 그들만이 성난큰곰을 제대로 부축할 수 있었다.

일로가 대단히 서툰 영어로 소리를 쳤다.

"검은 옷을 입은 계집아! 언제까지 우리 사람들을 잡고 있을 거냐?"

그러자 바이올렛이 아녜스 수녀에게 말했다.

"다른 사람은 필요 없으니 모두 보내 줘요. 단, 미스 연희는 안 돼요. 아주 중요해요."

"어느 여자가 연희인가?"

아녜스 수녀는 연희와 무련을 각각 잡은 양손을 흔들어 보였다. 그러자 바이올렛은 오른쪽이 연희라고 말했다. 아녜스 수녀는 무련의 몸을 가볍게 일로 쪽으로 날려 버리며 말했다.

"이제 더 이상 귀찮게 굴지 마시오."

무련은 아녜스 수녀의 힘에 의해 이미 온몸이 얼어서 딱딱하게 굳어 버린 상태였다. 일로는 그녀의 몸을 가볍게 받아 들어 땅에 내려놓고는 양손을 펴서 그녀의 정수리를 슬쩍 쓰다듬었다.

곧 무련은 후욱 하고 숨을 내쉬며 몸이 풀려서 비틀하고 넘어졌다. 이로가 그녀를 부축해 뒤에 있던 제자들에게 넘겨주자 아녜스 수녀는 흥 하고 코웃음을 쳤다.

"제법인데."

현현일로가 노기를 띠며 외쳤다.

"둘 다 내놓아라!"

그 말을 듣고는 아네스 수녀도 화를 냈다.

"한 명이면 됐지, 둘 다 달라고? 어디 빼앗아 가 보시지?"

"함부로 손을 놀리는 냄새나는 계집아! 건방지게 굴면 머리칼을 다 뽑아 버릴 테다!"

현현일로는 영어가 서툴렀지만 의외로 영어로 욕하는 솜씨만은 능숙했다. 아네스 수녀는 원래 정체를 감추는 수단으로 머리칼을 이용해 왔기 때문에 머리 이야기가 나오자 습관적으로 무섭게 화를 냈다.

그때 바이올렛이 재빨리 나서며 그 앞을 막았다.

"잠깐만! 당신들은 한국에서 온 분들이죠?"

"그렇소."

그래도 영어에 능숙한 현현과 근호가 뒤에서 말하자 바이올렛이 말했다.

"듣기에는 준후 군을 잡으러 왔다고 들었는데요?"

"그렇소."

그 말에 바이올렛이 고개를 끄덕였다.

"그렇다면 싸울 필요는 없잖아요? 모두 비슷한 목적을 가졌으니 말이죠."

"어째서 비슷한 목적이란 말이오?"

"지금 여기 계신 수녀님과 다른 사람들도 바로 준후 군과 그 일행을 추적하고 있어요. 그러니 공통의 목표를 가졌다고 볼 수 있지 않나요?"

그 말을 듣고 근호나 성곤 등은 화를 냈다. 바이올렛의 속이 너무도 뻔히 들여다보였던 것이다.

"유감스럽지만 우리를 속이려 하지 마시오! 우리가 준후에게 볼일이 있는 것은 맞지만, 우리는 그 사람들의 적은 아니오!"

아녜스 수녀도 날카롭게 외쳤다.

"그들 편이면 가만둘 수 없겠군!"

그때, 여태껏 조용히 있던 무색이 천천히 걸어와서 그들의 사이를 막고 섰다.

"내 말을 들어 보시오. 나는 무색이라 하오. 지금은 용화교에 몸을 담고 있지만 한때는 소림이나 관음사의 화상 노릇도 했었소."

도인들은 무색이 나이가 많고 수양이 깊은 것 같아 그를 무시하지 못하고 그에게로 눈을 돌렸다.

무색이 말을 이었다.

"그리고 저 수녀님은 교황청 이단 심판소의 아녜스 수녀님이오. 지금 우리가 목전에 둔 것은 아주 큰일이오. 사사로운 감정으로 나서서는 안 될 것이며, 자기편의 입장만 내세워도 좋지 않소. 무엇보다도 시간이 없기 때문이오."

그러면서 무색이 도인들을 둘러보며 말을 이었다.

"시주들께서는 준후라는 아이를 잡는 것이 가장 중요한 일인 것 같군요. 그리고 박 신부나 현암과도 아는 사이여서 그들을 가급적 도우려는 의도도 있는 것 같소만……."

"그렇소."

성곤이 현현이로의 눈치를 힐끗 보면서 대답했다. 그러나 일로, 이로는 둘 다 조용히 입을 다물고 있었다.

"그렇다면 그들이 지금 하려는 일이 무엇인지는 알고 계시오?"

"정확하게는 모릅니다."

"좋소. 아마도 그 사람들은 지금껏 옳은 일을 많이 해 왔고, 당신들도 과거 신세를 진 일이 많은 것 같군요. 그래서 그들을 믿는 것 아니겠소?"

"그렇다고 볼 수 있습니다."

무색이 고개를 끄덕였다.

"당신들의 입장은 충분히 이해가 갑니다. 나도 그 사람들을 만나고 동행을 해 보았소. 그들은 결코 사악한 무리가 아니며, 항상 정당하고 바르게 행동하려 노력한다는 것을 나도 믿습니다."

그 말을 듣고 아네스 수녀의 눈꼬리가 이상하게 곤두섰다. 그러자 무색은 눈이 보이지 않는데도 그런 것을 다 보고 있는 것처럼 재빨리 말했다.

"하지만 사람은 누구나 실수가 있는 법. 그들은 물론 자신들이 옳다고 믿고 있소이다. 그리고 정당한 길을 걷는다고 생각하고 있소. 그러나 그들은 잘못 생각하고 있소. 그들은 악마의 탄생을 방조하고 오히려 도우려 하고 있소. 우리는 그들을 막아야만 합니다."

다시 성곤이 뭐라고 말하려 하자 무색이 재빨리 말했다.

"입장이 다른 것은 알겠지만, 이러면 어떻겠소? 우리는 그들이 하는 일을 막는 것이 목적일 뿐, 그들을 해치고 싶은 뜻은 없소.

아녜스 수녀, 우리는 최대한 빨리 움직여서 그들이 도착하기 전에 징벌자를 없애야 합니다. 그러면 구태여 그들과 충돌하지 않아도 되지 않겠소?"

무색이 이번에는 성곤과 도인들 쪽을 돌아보며 말했다.

"우리도 그들을 해치고 싶지는 않소. 나는 현암이라는 청년에게 많은 신세를 졌으며, 아녜스 수녀도 박 신부에게 목숨을 구원받은 일이 있소이다. 그럼에도 우리가 나서는 것은 보다 큰 대의 때문이오."

"대의라고?"

"그렇소. 이제 세상을 어지럽힐 자의 탄생이 임박해 있소. 그것을 막아야 할 것 아니겠소?"

"하지만 네놈들을 어떻게 믿고?"

"그자를 옹립해서 세상을 손아귀에 넣으려는 자들도 물론 있었소만, 그들은 거의 궤멸했소. 우리는 종교인들인데, 어찌 그런 허황된 생각을 품겠소?"

일로가 입을 다물고 생각에 잠기자 성곤이 외쳤다.

"하지만 당신들은 분명 그들을 해칠 텐데? 난 믿을 수 없소."

그러자 무색은 노련한 솜씨로 되받았다.

"내 당신들에게 약속하리다. 우리는 일부러 그들을 쫓아가지는 않겠소. 우리의 목적은 그들을 잡는 것이 아니거든."

"하지만 공통의 목적을 쫓는다면 한곳에서 만나게 될 텐데? 그때는 어쩌겠소?"

성곤이 지적하자 무색이 다시 말했다.

"마주치지 않고 우리가 목적을 달성하면 그뿐이지만 만나더라도 우리는 그들을 먼저 공격하거나 해치지 않을 것이오. 우리는 우리 일만 하겠소. 단, 그들이 먼저 공격해 온다면 별수 없지만 말이오."

성곤이 생각하기에 퇴마사들은 결코 사람을 공격하지 않으니 무색이 약속만 지킨다면 괜찮을 것 같은 생각도 들었다.

"그걸 어떻게 믿소?"

성곤이 조금 누그러진 기세로 외치자 무색이 고개를 끄덕였다.

"믿기 어려우실 테니, 우리와 동행합시다. 그러면 되잖소?"

"뜻이 다른 사람끼리 마주치면 어떻게 손을 쓰지 않을 수 있단 말이오?"

무색은 담담히 웃으며 말했다. 그는 이미 이들의 정체와 일이 돌아가는 사정을 거의 다 눈치채고 있었다.

"어차피 당신들은 준후라는 아이를 잡으려 여기까지 온 것 아니오? 그렇다면 그 아이는 손을 쓰지 않고 잡을 수 있다고 생각했소?"

그 말에 성곤은 말문이 막혔다. 무색은 계속 담담히 웃다가 다시 말했다.

"염려 마시오. 우리가 그들에게 손을 쓰더라도 그들을 해치지는 않을 것이오. 다만 그들을 제압해서 당신들에게 손 하나 대지 않고 넘겨드릴 터이니 당신들은 그들의 신병을 인수해 가시오. 우리는 징벌자만 없애면 그만이니까 말이오."

성곤 등은 무색의 말에 마음이 많이 기울어졌다. 그들은 징벌자의 일에 대해서는 깊이 생각해 본 적이 없었다. 그들 중에서도 승현과 사천왕만이 도혜 선사의 유지와 한빈 거사가 남긴 말을 약간 얻어들은 바 있을 뿐이었다. 그래서 성곤 등도 현암이 맞을 것이라고 짐작해 온 것뿐이지만 직접적으로 확신하고 있지는 않았다.

더구나 지금 승현은 부상 때문에 쓰러져 있었고 사천왕은 원래 두뇌가 영민하거나 말을 잘하는 것과는 조금 거리가 있었다. 그 때문에 자신보다 훨씬 윗사람들인 현현이로가 있는 앞에서 이렇다 하고 자신들의 의견을 내세울 수 없었다. 그들이 번민하는 듯한 표정을 보이자 현현일로가 고함을 쳤다.

"제길! 너희들은 정말 마음에 안 들지만……."

그 말은 무색의 말에 동의한다는 것이나 다름없었다.

그러자 사천왕 중 광목이 조금 머쓱해하다 일로에게 말했다.

"하지만…… 말입니다. 저도 전에 분명 한빈 거사께서 현암 시주에게 하던 말을 들은 적이……."

그러자 현현일로는 버럭 고함을 쳤다.

"거사님께서도 실수하신 거다! 송구스럽기는 하다만……."

"거사님께서 어떻게……."

"그렇지 않고서야 천지 공사가 왜 실패했겠느냐? 그분이 왜 목숨까지 잃으셨겠느냐?"

그 말을 듣자 사천왕도 뭐라 더 할 말이 없어졌다. 사실 한빈 거사가 현암에게 유지를 남겼다고는 해도, 한빈 거사가 잘못 생각했다고 하면 그뿐이었다. 실제로 한빈 거사는 그러한 운명을 막아보기 위해 천지 공사를 드리다가 실패하여 목숨을 잃게 되지 않았던가?

그것을 생각하니 사천왕조차도 박 신부와 현암 일행이 정말 그릇된 길을 걷고 있다고 생각하게 됐다. 그러자 이로는 일로보다는 조금 신중하게 무색에게 말했다.

"동행하자 하셨는데 그것도 좋소. 단, 조건이 있소이다."

그 순간, 아라는 이제 일이 틀렸다는 것을 눈치챘다. 아이 중 준호와 수아는 영어를 거의 하지 못했고 아라가 그나마 조금 알아들을 수 있었는데 확실하지는 않아도 들으면 들을수록 조금씩 일이 잘못 돌아간다는 느낌을 받았다.

그리고 황달지 교수는 우리말을 하지 못했지만 그도 눈치채고 있었다. 아라는 그래도 잘못 들었겠거니 했는데 이제 도인들이 우리말로 하는 이야기를 들으니 이제는 더 이상 도인들조차도 믿을 수 없을 것 같았다.

아라가 조용히 준호에게 말했다.

"튀자."

"음……."

준호도 얼굴을 구겼다. 아라와 준호 등도 퇴마사들의 일행이다. 자신들도 연희처럼 잡힌 꼴이 되지 않는다는 보장은 없었다.

"더 있으면 가고 싶어도 못 가. 조용히 사라지자."

준호와 아라는 수아와 함께 조금씩 뒷걸음질 쳐서 사람들의 시야에서 벗어나기 시작했다. 황달지 교수와 준호 뒤쪽에 숨어 있던 로파무드를 업은 시타 교수가 그들의 앞을 막아 주었다가 다시 서서히 뒷걸음질 쳐서 도망쳐 가기 시작했다. 사실 도망칠 수 있을지는 의문이었다. 땀이 줄줄 흘렀고 사람들이 이야기하는 소리는 하나도 들리지 않았다.

분명한 것은 바이올렛이 배신했다는 것, 그리고 이제 어쩌면 성난큰곰이 아네스 수녀의 손아귀에 들어갈지도 모른다는 것, 그리고 이제 퇴마사들은 이단 심판소와 용화교 등의 모든 세력의 피할 수 없는 추적을 받게 됐으며, 거기에 덤으로 한국 도인의 추적까지 받게 됐다는 것 등이었다. 그런 생각들이 오락가락하자 온몸이 덜덜 떨려 왔다. 그때, 갑자기 누군가가 소리쳤다.

"너희들! 어디 가는 거냐?"

현현파 근호의 목소리였다. 그러자 아이들은 죽어라 하고 달리기 시작했고 황달지 교수와 시타 교수도 역시 마구 달아나기 시작했다. 어찌 됐거나 하도 많은 일을 겪은 다음이라 위기의식이 꽉 차 있어서 같은 편이 아니라고 생각하자 그들이 전부 악귀나 살인자들 같이만 느껴졌다.

그들 뒤를 여러 사람이 소리 지르며 따라오는 소리가 들렸다. 준호는 급한 나머지 수아를 들쳐 안고 아라의 손목을 마구 끌면서 달렸다. 뒤에서 황달지 교수의 비명이 들렸다. 급하게 달리다 넘어진 모양이었으나 돌아볼 겨를이 없었다.

그런데 뒤에서 갑자기 사람들이 왁자하게 떠드는 소리와 함께 무엇인가가 마구 터지고 싸우는 듯한 소리가 들려왔다. 하지만 준호는 돌아볼 겨를도 없이 마구 달려만 갔다. 한참 달려가다가 정신을 차려 보니 수아와 아라, 그리고 로파무드를 업고 뛰어 숨이 턱에 닿은 것 같은 시타 교수만이 옆에 있었다.

그들의 뒤를 더 이상 아무도 따라오지 않았는데 그 이유는 알 수 없었다. 그리고 뭔가가 터지는 듯한 소리며 싸우는 듯한 소리는 또 뭔지, 도무지 알 수 없는 일이었다.

아라가 헉헉거리며 일단 한숨을 돌린 뒤 입을 열었다.

"이제…… 어떻게 하지?"

"글쎄. 신부님 일행이 병원에 안 계시면 어디 갔을까……? 큰일이네."

그들은 황달지 교수를 기다려 보았지만 그는 오지 않았다. 시타 교수는 연희를 만나면 연락처를 전해 주라는 부탁을 받았을 뿐, 다른 일은 잘 몰라서 아이들에게 아무 말도 하지 않았다.

아이들은 울상이 됐다. 이 낯선 땅에서 보호자를 잃어버린 셈이니 말이다.

"이제 어떻게 해?"

아라가 징징거리자 준호는 박 신부가 도인들에게 전해 주라고 적어 주었던 쪽지 생각이 났다. 기대에 부풀어서 그것을 펼쳐 보니 거기엔 아이들을 떼어서 무조건 한국으로 돌려보내 달라고 쓰여 있지 않은가? 준호는 기가 막혀서 연신 한숨만 쉬었다.

그때, 수아가 자리에서 벌떡 일어섰다. 왜 그러나 하고 아라와 준호가 눈을 돌려서 그쪽을 보다가 그만 공포로 그 자리에 얼어붙고 말았다.

시커먼 그림자가 그들을 향해 다가오고 있었다. 그것도 잘 아는, 절대 잊을 수 없는 사람의 그림자가…….

포위망 속에서

"현암 군, 잠깐 이야기 좀 할까? 사적인 문제긴 하네만……."

박 신부가 조용히 현암에게 말을 건네자 현암은 말없이 고개를 끄덕이며 물었다.

"승희…… 이야깁니까?"

두 사람은 벤치에 나란히 앉아 앞만 바라보며 이야기했다. 승희와 준후는 비행기표를 알아보기 위해 밤인데도 시내와 공항 등지를 돌아다니고 있었다.

박 신부와 현암은 다쳐서 움직이기 힘들고 남의 눈길을 끌 수 있기에 둘을 보낸 것이지만, 지금 박 신부의 말투를 보니 이때가 오기를 오랫동안 기다린 듯했다.

"그렇다네. 그리고 자네 문제이기도 하고 말이야."

박 신부가 말하자 현암은 어깨를 약간 들썩이며 월향검을 꺼내 손에 꼭 쥐었다.

"승희는 내 딸과 같은 아이일세. 그리고 우리의 뜻을 끝까지 따라 주는 고마운 동료이기도 하네. 그런 아이를 너무 지치게 만드는 것도 좋지 않은 일 아니겠나?"

그러자 현암은 입술을 꽉 깨물며 고개를 떨구었다가 대답했다.

"저는…… 자신이 없습니다."

"자신감 없는 현암 군이라? 허허…… 원 참."

박 신부가 악의 없이 웃자 현암도 따라서 맥없는 소리로 허허하고 헛웃음을 웃었다.

"그래도 정말 자신 없습니다. 정말로……."

돌연 현암의 말문이 터졌다.

"승희의 마음, 저도 잘 압니다. 저는 지금 승희를 괴롭히고 있는 거나 다름없죠. 그러나 승희의 마음을 받아도 되는지, 그게 아닌지 도대체 모르겠다는 겁니다."

"자네가 승희에 대해 아무 마음이 없었다면, 나도 이런 이야기를 꺼내지 않았을 걸세."

"아뇨, 좀 다릅니다. 하하. 솔직히…… 저는 처음부터 승희에게 마음이 있었습니다. 그것도 아주 많이요."

현암은 맥없이 웃으며 말하다가 길게 한숨을 내쉬었다.

"저 원래 늑대였습니다. 모르셨어요?"

"몰랐는걸? 허허."

박 신부가 웃자 현암도 덩달아 웃으며 말했다.

"신부님…… 저 고해 성사를 해야겠습니다."

"나는 이제 정식 신부가 아닐세."

“하지만 저도 가톨릭 신자는 아닙니다. 세례받은 사람만 고해 성사할 수 있는 것 아닌가요?”

“그건 그렇지만…… 그렇다면 가짜 신부에게 가짜 신자가 고해 성사를 한다는 건가? 주여, 용서하소서. 허허.”

“그러면 가짜 신부님께 가짜 신자가 가짜 고해 성사를 한다고 해 두죠. 고해 성사란 건 누구에게도 발설하지 않는다면서요? 그래서 하려는 거니 흉내라도 내주십쇼. 뭐, 기도 같은 건 하실 필요 없고요.”

박 신부와 현암은 한참을 웃었다. 하지만 웃으면서도 한편으로는 눈물이 날 것 같은 기분이었다. 둘 다 지금이 아니면 다시는 이렇게 이야기를 나눌 기회도 없을 것이라는 예감을 느끼고 있었기 때문이다.

“저는 싸움꾼입니다. 이런 이야기는 굳이 아무한테도 하고 싶지 않았지만…… 오늘 다 이야기하죠, 뭐. 제가 닦은 공력은 도혜 선사님께 받은 겁니다. 아시죠?”

“알고 있네.”

“도혜 선사님은 물론 스님이셨고요. 그렇죠?”

“그렇네. 자네는 가짜 고해를 하는 게 아니라 나에게 퀴즈를 내는 건가?”

“그건 아닙니다만…… 좌우간 그 때문에 제가 받은 공력은 일종의 동자공(童子功)[1]적인 성격을 지니고 있습니다.”

“동자공? 그게 뭔가?”

"동자공은 순수한 양기로 상승하는 공력입니다. 아주 정순하고 강하지만…… 여자를 접하면 깨어지는 공력입니다. 성행위는 물론이고, 신체적인 애정 접촉조차도 위험합니다."

박 신부로서는 처음 듣는 이야기였다.

"정말인가?"

"아뇨."

"무슨 소리인가?"

"정확하게 그런지는 잘 모르지만, 그런 느낌이 드는 것만은 틀림없습니다. 저는 모험을 할 수 없었어요. 공력이 없으면, 저는 죽은 사람이나 마찬가지입니다. 아무 힘도 없죠. 더구나 저를 위해 모든 것을 희생하신 선사님의 유산마저 제가 없애는 꼴이 되고 맙니다. 무슨 일이 있어도, 그것만은 위험하게 만들 수 없었습니다."

"그렇다면……?"

"그렇습니다. 저도…… 저도 건장한 남자입니다. 여자에 대한 생각이 없을 수가 없죠. 더구나…… 미칠 지경이었단 말입니다. 승희 같은 여자가 바로 옆에 항상 있었으니까요. 그리고 아까 고백했지만 저는 실상은 여자에 대한 흥미도 남 못지않게 많았습니

---

1 성인이 될 때까지 평생 정욕을 참은 자는 성적인 에너지를 한곳에 모아 보통의 공력을 쌓는 것보다 훨씬 강한 힘을 낼 수 있다고 하는데, 이것을 동자공이라고 한다. 단, 이 동자공을 연마한 사람이 여자와 관계하거나 정신적, 육체적으로 강한 접촉을 하면 공력은 깨져 보통의 힘없는 사람으로 돌아가게 된다. 물론 전설로만 전해지는 가상의 술수이다.

다. 그러니 억제해야만 했죠. 억제하는 가장 좋은 방법은 잊는 것이란 생각이 들었습니다. 더군다나 승희는…… 처음부터 남의 마음을 읽을 수 있지 않았습니까? 물론 제 마음을 마음대로 읽지는 않았습니다만…… 만에 하나라도 그런 마음을 보이고 싶지는 않았습니다. 저는 절대 남편이 돼 주거나 애인이 돼 줄 수 없으니까요. 속마음으로는 간절하게 바랐지만 그럴 수 없었고, 그러다 보니 마음마저 굳게 변하는 수밖에는 없었던 겁니다."

현암의 얼굴이 조금씩 일그러져 갔다. 그러나 박 신부는 오히려 점점 환하고 자애로우면서도 어딘가는 슬퍼 보이는 미소를 지었다.

"그래서 저는 딱딱하게 굳어져 갈 수밖에 없었던 겁니다. 달리 무슨 방법이 있었겠습니까? 승희의 마음, 저도 압니다. 아주 우습게도, 제가 오히려 굳어 갈수록 승희는 점점 더 저를 따르게 됐지요. 신부님…… 그건 아주 즐거운 고문이었습니다. 그러나 헤어나갈 길은 없었습니다."

현암의 눈에서 눈물이 주르륵 흘러내렸다. 박 신부는 조용히 현암의 어깨에 손을 얹었다.

"월향에 대해서도 말씀드려야겠습니다. 신부님은 월향을 그리 좋아하지 않으셨지요? 그러나 저는 다릅니다. 월향에 대한 마음도 저는 진심입니다. 물론 월향은 처음 만났을 때부터 영혼이었으며, 만나자마자 칼에 틀어박혀 버리게 됐습니다만 저는…… 월향이야말로 제가 접할 수 있는 단 하나의 여자라고 생각했습니다. 월향에게는 마음만이 중요할 뿐, 남편이나 애인이 돼 주지 않아도 좋았고, 단지 느낌으로 통하고, 서로 접하고 있는 그 느낌만이 전부였으니까요. 그리고 월향과 저는 처음부터 마음을 열어 놓고 있어야 했기에 둘 사이에는 어떤 비밀도 없습니다. 맨 처음에는 의사소통이 되지 않았지만 지금 우리는 서로에 대해 너무 잘 알고 있습니다."

"그런가? 그것은 자네가 이야기한 적이 없네."

"굳이 이야기하지 않았습니다. 저는 이제 다 압니다. 월향과는 수없이 이야기를 나누었으니까요. 그녀는…… 월향은 저를 좋아합니다. 그리고…… 저도 월향을 좋아하고요."

"그건 잘 알고 있네."

"그래서…… 저는 더 모르겠습니다. 저는 분명 승희의 마음을 알고, 그것을 소중히 생각하고 있습니다. 그건 연애 감정이 분명합니다. 그러나 받아들일 수는 없습니다. 월향의 마음도 잘 알며, 소중하지만 그것이 누이나 어머니 같은 감정인지, 동료의식인지, 아니면 연애 감정인지 생각하면 할수록 혼동되고 헷갈리기만 합니다. 저같이 천성이 늑대 같은 녀석에게는 플라토닉 러브 같은 말은 애당초 존재하지 않는 거겠죠."

박 신부는 아무 말 하지 않고 현암의 이야기를 들었다. 인도는 더운 나라였지만 새벽바람은 그래도 썰렁했다. 휙 하고 바람이 일어 땅을 쓸고 스치며 지나가는 것을 보던 현암은 이윽고 고개를 저으며 말했다.

"저는…… 모르겠습니다. 제 마음을 저도 모르겠습니다. 그러면 안 되기 때문에 너무 억제하고, 너무나도 스스로를 속이고 마음을 가두어 두었어요. 이제는 저마저도 모르겠습니다."

현암은 말을 이어 가다가 괴로운 듯 주먹을 불끈 쥐었다.

"차라리 승희가 백호 씨를 좋아했더라면……."

"그런 것은 생각대로 되는 일은 아닐세."

박 신부가 조용히 말하자 현암은 괴로운 듯 벤치를 주먹으로 내리치면서 신음하듯 내뱉었다.

"왜 이런 일이 생기는 걸까요? 어떤 사람은 진정으로 누군가를 좋아하는데 정작 그 사람은 다른 사람을 원하고…… 또 그 사람은 다른 사람을…… 이런 악순환이 왜 이리도 흔하고, 왜 자꾸 반복되는 걸까요?"

"세상이란 그런 것일세. 낳고 자라고 죽고…… 좋아하고 미워하고 증오하고…… 그러나 그렇지 않다면 무엇이 남겠는가? 모든 것이 공허해지지 않겠나……?"

박 신부도 천천히 말하다가 이윽고 안경을 닦았다.

"내가 보기에, 자네는 이미 결정을 내린 것 같구먼."

"글쎄요……. 틀리면 어떻게 하죠?"

"자네가 진정으로 바라는 대로 하게나. 그것이 어떤 것이든, 진정으로 바라지 않고는 절대 옳을 수 없다네. 반대로, 진정으로 바라는 대로 하면 절대 틀리지 않을 걸세. 적어도 자네에게는 말일세."

"그래야겠죠. 이제는 시간도 별로 없으니…… 마지막까지 찜찜하게 있고 싶지는 않아요."

"글쎄……."

박 신부는 말끝을 흐리면서 계속 안경을 닦았다. 그러나 박 신부는 단순히 안경만 닦는 것이 아니라 눈물을 닦고 있는 것 같았다. 하지만 현암은 그쪽에 눈길을 주지 않고 먼 허공만 응시하고 있었다.

얼마나 시간이 흘렀을까. 저쪽에서 사람 그림자가 어른거리더니, 이윽고 준후와 승희가 달려왔다.

"비행기표는 못 구했어요."

승희가 먼저 약간 인상을 쓰며 입을 열었다. 남미로 가는 비행기 편은 일주일에 한 번밖에 없었고 그나마도 이틀 전에 출발했기 때문에 구할 수 없었다는 것이다. 승희는 몇 번을 갈아타고라도 갈 수 있는 방법을 알아보았지만 시간이 너무 늦어 직원들이 별로 없어서 자세히 알아볼 수도 없었다고 말했다.

"어떻게 하죠?"

준후가 풀이 죽은 듯 어깨를 늘어뜨리자 박 신부는 담담히 대답했다.

"아무튼 공항으로 가 보자꾸나. 거기서 조금 더 찾아보는 수밖에."

"돈 가진 건 있으세요? 비행기를 여러 번 갈아타려면 만만치 않게 들 텐데……."

승희가 묻자 박 신부는 머리를 긁적였다.

"글쎄다."

"그러면 어떻게 해요? 내 카드도 펑크 났다고요."

승희가 안달하자 현암이 되받았다.

"정 안되면 밀항이라도 해야지."

"원 참……."

"좌우간 가 보자."

현암이 비틀거리면서 몸을 일으키다가 털썩 주저앉았다. 준후가 현암을 부축하려 하자 박 신부가 준후를 불렀다.

"준후야, 네가 나 좀 부축해 주렴."

준후는 아무 생각 없이 박 신부를 부축했고, 그러다 보니 자연스럽게 승희가 현암 앞에 서게 됐다.

승희가 현암을 내려다보며 물었다.

"혼자 걸을 수 있지?"

"어……? 아니, 몹시 아픈데?"

"흠……."

승희는 한참 현암을 바라보다가 이윽고 현암의 팔을 잡고 일으켜 세워 주었다. 박 신부와 준후는 걸음을 빨리해 벌써 저만치로 멀어지고 있었다.

멀어져 가는 두 사람의 뒷모습을 바라보며 승희가 물었다.

"현암 군, 신부님한테 무슨 부탁했어?"

"부탁?"

"이거 왜 이래? 할 말 있으면 당당하게 해. 그런 것도 해 본 사람한테 부탁해야지, 신부님같이 순진한 분한테 부탁하니깐 너무 속 보이잖아."

"……."

현암이 좀 당황해 어물쩍거리자 승희는 피식 웃으면서 미소를 지어 보였다. 그러고는 현암의 웃옷 주머니를 툭 건드렸다.

"라이터 잘 가지고 있다며?"

"어……? 응……."

"그럼 됐어."

"승희야…… 이야기 좀 할까?"

승희는 웃으며 현암을 부축한다기보다는 다정하게 옆에 붙어 섰다. 그리고 두 사람은 낮은 목소리로 조용히 이야기를 나누면서 걸음을 옮기기 시작했다.

앞서가던 준후는 아무 생각 없이 걸음을 옮기다가 박 신부에게 물었다.

"택시라도 잡아야 하지 않을까요?"

그러자 박 신부는 미소를 지으며 대답했다.

"조금 더 걷자꾸나."

박 신부와 준후는 한참을 더 걸었다. 몇 대의 택시가 지나갔지만 박 신부는 신경도 쓰지 않았다. 그때 갑자기 뒤에서 흑 하는 소리가 나면서 승희가 달려와서는 두 사람을 지나쳐 가려고 했다. 박 신부와 준후가 깜짝 놀라면서 승희를 붙잡았다.

"누나, 왜……?"

승희는 준후를 보고 힘없이 웃어 보였다.

"아무것도 아냐."

"아니…… 그래도……."

"아무것도 아니라니깐. 어? 저기 택시 온다."

승희가 얼른 눈물을 쓱쓱 닦고는 택시를 세웠다. 택시가 그들 옆에 서자 뒤에서 현암이 따라왔다. 그러자 승희는 아무 말 없이 앞좌석의 문을 열고 탄 다음 문을 쾅 닫았다. 준후는 박 신부를 부축해서 뒷좌석에 태우고 현암까지 태운 후 차에 올랐다.

공항까지 가는 동안 그들은 서로 아무 말도 하지 않았다. 현암의 얼굴은 슬픈 것 같아 보였고 박 신부의 얼굴도 착잡해 보였으며 앞좌석에 앉은 승희는 한 번도 뒤를 돌아보지 않아서 어떤 표정을 짓고 있는지 알 수 없었다.

준후는 도대체 왜 갑자기 분위기가 이상해진 것인지 의아했지만 분위기에 눌려서 택시가 공항에 도착할 때까지 한마디 말도 꺼내지 못했다.

공항에 들어설 때야 준후는 승희의 얼굴을 보았다. 그때는 이미 승희의 얼굴이 담담해진 후였다. 그러나 승희의 얼굴은 어딘지 모르게 무표정해 보였다. 공항에 들어서서도 현암과 승희는 아무 말도 하지 않았고 박 신부도 아무 말도 하지 않았다.

"저…… 비행기 편을 알아봐야 하는 것 아닌가요? 그렇다면 신부님이나 승희 누나가……."

"내가 하마."

박 신부가 다시 절뚝거리면서 준후에게 손을 내밀자 준후가 박 신부를 부축하기 전에 승희가 기다렸다는 듯 재빨리 나섰다. 그러고는 박 신부를 부축해서 거의 끌다시피 하며 저쪽으로 가 버렸다.

준후는 뭔가가 잘못돼 간다는 듯한 느낌으로 현암의 얼굴을 바라보았으나 현암은 여전히 말없이 쓴웃음만 지을 뿐이었다.

"형, 혹시 승희 누나랑……."

싸웠느냐고 물으려는 순간, 저만치에서 들려온 승희의 비명 때문에 준후는 더 이상 말을 이을 수가 없었다.

그 순간, 현암이 무섭게 몸을 날렸고 준후도 빙그르르 몸을 회전시키면서 비명이 들려온 쪽으로 달려갔다. 그쪽에는 각양각색의 사람들이 웅성거리며 모여 있었는데 무슨 일이 벌어졌는지 구경하려고 둥글게 모여 벽이 둘린 것처럼 보였다.

"잠시만! 잠시만요!"

준후와 현암은 누가 먼저라고 할 것도 없이 중앙으로 가려고 빽빽이 모여 선 사람들을 헤치며 나아갔다. 그러다가 중앙에 도착하는 순간, 현암과 준후는 땅바닥에 앉아 있는 박 신부와 승희를 발견했다. 그리고 수십 자루의 총구도.

"어……?"

준후는 놀라 눈을 크게 떴고, 현암은 한숨을 내쉬었다. 이제 보니 그 수십 명의 사람들은 단순히 구경거리를 보려고 모여든 것이 아니었다. 중앙에 선 사람들은 모두가 총을 지니고 있었고, 그 수십 자루의 총구는 모두 승희와 박 신부를 향하고 있었다. 놀랍게도 그 많은 사람들 모두가 구경꾼들이 아닌 한 패거리였던 것이다. 기가 막히지 않을 수 없었다. 남자, 여자, 아이, 노인, 게다가 국적마저도 달라 보이는 이 모든 사람이 전부 한패였다니.

"대책이 없군."

현암이 힘없이 말하며 손을 드는 순간, 준후는 몸을 빙글 돌리면서 은신술을 써서 순간적으로 몸을 보이지 않게 만들었다. 그리고 현암의 팔을 잡고 몸무게를 싣자 현암은 공력을 쓰면서 준후의 몸을 들어 올려 인간 벽 밖으로 던지려고 했다.

그래도 그 사람들은 당황하지 않고 총구를 승희와 박 신부에게로 더욱 들이댔다. 그것을 보고 현암은 할 수 없이 다시 한번 긴 한숨을 쉬며 준후를 내려놓았고 준후도 은신술을 풀었다.

"너희들은 누구지?"

현암이 물었지만 아무도 대답하지 않았다. 그 대신 오십 명도 넘어 보이는 한 무더기의 사람들은 원을 이룬 상태 그대로 움직이기 시작했다. 현암과 준후는 총구에 밀려 승희와 박 신부와 함께 원의 중앙으로 밀려들어 갔다. 이제 그 원은 다시 통째로 움직였다. 그리고 네 사람에게는 각각 열 개 정도씩의 총구가 겨누어졌다.

"이거, 꼼짝없이 잡혔군. 저자들이 공항을 지키리라 예측해야 했는데……."

현암이 담담하게 말하자 말하지 말라는 듯 현암의 몸에 총구가 더 바짝 들이밀어졌다. 그러자 현암은 약 올리듯 영어로 말했다.

"이렇게 둘러싸고 총을 일제히 쏴 대면 우리만 아니라 너희도

다 죽을걸?"

그들 중 뚱뚱하고 작달막한 노파가 현암에게 총을 들이대며 되받았다.

"한번 해 볼까?"

그 눈초리가 하도 무시무시해서 현암은 그만 입을 다물고 말았다. 그때, 준후가 현암과 박 신부에게 재빨리 눈짓하면서 눈을 세 번 빠르게 깜박이며 발을 한 번 절룩거렸다. 세 발짝 후라는 신호였다. 한 발짝을 옮기자 현암이 숨을 들이마셨고 두 발짝을 옮겼을 때 박 신부가 눈을 감았다. 그리고 세 발짝째 발이 떨어지는 순간 승희도 눈을 감았다.

다음 순간, 준후가 갑자기 발을 쾅 세게 굴렀다. 그와 동시에 박 신부의 몸에서 투명한 오라 막이 확 번져 나왔다. 그리 강한 기세는 아니었지만 오라 막 때문에 박 신부 일행을 둘러싸고 있는 자들이 중심을 잃고 마구 흔들리는 통에 총구가 아무렇게 사방으로 빗겨 나갔다.

또다시 준후가 발을 구르자 반질반질하게 연마된 땅바닥이 마치 물결처럼 파도를 치면서 사방으로 출렁거려 그들 주변의 수십 명의 사람들을 모조리 쓰러뜨렸다.

현암과 승희는 재빨리 박 신부와 함께 땅에 엎드렸다. 요란한 총소리가 순식간에 공항 내부를 가득 메웠다. 어떤 것은 권총, 어떤 것은 엽총에 기관총까지 있었으나 그 총구들의 대부분은 허공으로 쏘아졌다. 박 신부의 오라 막에 총구가 밀린 데다가 준후의 지동술로 넘어지면서 발사됐기 때문이다.

몇 발은 아슬아슬하게 현암과 박 신부의 옷자락을 스치고 지나갔고 승희의 머리 바로 위로도 한 발이 지나갔지만 네 사람은 천만다행으로 총알은 맞지 않았다.

엎드린 상태에서 현암은 공력을 있는 대로 끌어모아 양팔을 활짝 옆으로 벌리며 펼쳐 내자, 보이지 않는 기운이 현암 앞에 있는 자들의 다리를 걸어 우르르 넘어뜨렸다. 그 일격에 넘어진 자들만도 열댓 명은 되는 것 같았다.

뒤쪽에 있던 자들 중 넘어지지 않은 자들이 급히 자세를 가다듬으면서 총을 겨누려 했지만 그들 중 일곱 명이 비명을 지르면서 총을 떨어뜨렸다. 승희가 염력으로 그들의 손목에 있는 신경 계통을 긁어 버렸기 때문이다.

다음 순간, 준후가 소매에서 부적 수십 장을 꺼내 허공에 흩뿌리자 그 부적들은 모두 저절로 불이 붙으며 살아 있는 것처럼 사람들의 얼굴을 향해 달라붙었다. 그자들은 상당히 훈련을 받은 자들 같았지만 불덩어리가 살아 있는 것처럼 눈앞으로 닥쳐드는 데에는 놀라지 않을 수 없었다.

뒤쪽에 있던 자들 중 절반 정도는 반사적으로 총을 떨어뜨리고 얼굴을 가리면서 부적 뭉치를 손으로 잡으려고 했고, 절반 정도는 총은 떨어뜨리지 않았지만 뒤로 주춤거리며 물러섰다.

"가요!"

준후가 외치면서 엎드린 승희와 박 신부의 몸을 현암에게로 밀쳤다. 미끄러져 오는 박 신부의 옷자락을 왼손으로 잡은 현암은 오른손으로 땅바닥을 있는 힘껏 밀었다. 비록 상처를 입었고, 제대로 쉬지 못했어도 현암의 공력은 세 사람의 몸을 밀어 내기에는 충분했다.

세 사람의 몸은 마치 썰매를 탄 것처럼 땅바닥에 미끄러져 순식간에 수십 미터를 나아갔다. 박 신부가 아직도 약하게 오라 막을 펼치고 있었기 때문에 몸이나 옷이 바닥에 별로 긁히지 않아서 더 멀리 갈 수 있었다.

준후는 세 사람이 미끄러져 사라지자 기운이 나서 급히 몸을 일으키면서 양손을 딱딱 튕겼다. 그때 이미 몇 사람은 다시 자세를 가다듬고 준후에게 총을 겨누고 있었는데, 돌연 그들의 몸이 허공으로 떠오르더니 비명과 함께 저만치로 내던져졌다. 준후의 부름을 받고 나타난 리매 두 마리가 한꺼번에 네 사람을 집어 던진 것이다. 반투명한 리매 두 마리가 무시무시한 소리로 포효하자 공항 전체가 쩌렁쩌렁 울렸다.

공항 청사를 가득 메운 총소리에 놀라 다른 사람들은 도망치는 데 정신이 없어서 리매를 보지 못했지만, 퇴마사들을 잡으려는 자들은 그것을 보고 더더욱 놀라서 얼굴에 불붙은 부적이 달라붙는 것도 아랑곳하지 않고 무턱대고 총을 쏘아 댔다. 리매들은 커다란 몸집으로 준후의 앞을 막아서서 그 총알을 모조리 몸으로 받아 냈다.

리매들이 시간을 끄는 사이 준후가 자세를 가다듬고 만부원진을 쓰기 위해 부적 뭉치를 있는 대로 꺼냈다.

준후가 백여 장에 달하는 부적들을 한꺼번에 뿌리며 진언을 외우자 부적들에 불이 붙어 타들어 가면서 구형(球刑)의 진을 이루더니 이내 빙글빙글 회전하는 거대한 공이 돼서 추적자들을 덮쳐갔다.

거대한 불 공이 자신을 향해 미친 듯이 날아오자 추적자들은 공포에 질려서 달아났다. 그사이 준후는 힐기보법을 써서 무시무시한 속도로 미끄러져 가고 있는 현암과 박 신부를 따라잡았다.

준후가 달려가던 상태에서 낙지생근술로 덜컥 제자리에 못 박혀 서면서 현암과 박 신부를 잡자 두 사람은 그 기세를 빌려 멈추어 서면서 벌떡 자리에서 일어섰다. 그리고 승희가 박 신부의 등에 부딪쳐 멈추자 현암은 손에 힘을 주어 승희를 번쩍 들어서 세워 놓았다.

"뛰어요!"

준후는 다시 딱딱 손을 튕기며 외쳤다. 그러자 리매들이 으르렁거리면서 추적자들을 향해 날아가는 것이 보였다. 준후와 현암 등은 물론 그다음 일이 어떻게 돼 가는지 볼 필요도 없었다.

재빨리 공항 밖으로 뛰어나오는 순간, 준후와 현암, 그리고 박 신부는 놀라서 입을 딱 벌렸다. 공항 문 앞에 언제 나타났는지, 누군가가 기다리고 있었던 것이다.

"역시 보통이 아니야."

느긋한 목소리로 말을 건넨 사람은 다름 아닌 아네스 수녀였다.

그리고 뒤에는 무색과 열여섯 명의 승려가 있었다. 게다가 언제 모여들었는지 국적과 나이와 생김새가 모두 제각각인 수십 명, 아니 근 백여 명은 됨직한 사람들이 진을 치고 있었다.

그러나 그 속에 전혀 예기치 못한 인물들이 끼어 있었다. 퇴마사 일행과도 구면인 백제암의 사천왕과 성곤, 근호, 무련 등의 모습을 발견한 순간 퇴마사 일행은 너무도 놀라웠다.

"어……? 아니, 어째서……."

준후가 놀라 중얼거리자 일로와 이로가 뛰어나오며 외쳤다.

"이놈! 장준후!"

그에 무색도 한마디 거들었다.

"정말 당신들 대단하군. 칠십 명의 총을 든 성당 기사단원들을 순식간에 따돌리다니. 하지만 어차피 당신들은 도망칠 수 없소."

현암은 입술을 깨물면서 사방을 둘러보았다. 현암은 상처를 입은 상태에서 무리하게 공력을 쓴 탓에 기혈이 들끓고 있었고, 선혈을 토해 입가에는 핏자국이 있었다. 하지만 현암 자신도 언제 피를 토했는지 기억조차 없었다.

박 신부도 얼굴빛이 밀랍같이 변했고, 자꾸만 다리가 꺾이려 하고 있었다. 준후 역시 급하게 많은 술수를 썼고 부적마저도 한꺼번에 써 버렸기 때문에 뾰족한 방도가 없었다. 지금 상황에서는 아네스 수녀와 무색 두 사람도 뿌리치기 어려울 판인데, 하물며 이 많은 사람을 모조리 상대한다거나 따돌린다는 것은 도저히 역부족이었다.

무색이 다시 나섰다.

"우리는 당신들을 해치고 싶지 않소. 다만 당신들이 나흘 동안만 조용한 곳에서 쉬어 주면 그뿐이오."

"준후 녀석은 우리가 데리고 간다!"

일로가 카랑카랑하게 소리를 쳤다.

그러나 아네스 수녀는 일로를 무시한 듯, 박 신부를 쳐다보며 말을 건넸다.

"당신들은 결코 성공할 수 없어요. 이제 그만 항복해요. 당신들은 절대 페루로는 못 가요."

그 말에 현암은 눈살을 찌푸렸다.

"페루……?"

그러자 아네스 수녀는 흥 하고 코웃음을 치며 되받았다.

"우리는 이미 다 알고 있어요. 안데스산맥의……."

아네스 수녀의 말을 끊으며 현암이 소리쳤다.

"어떻게 알았지? 아니, 혹시……."

"협조자가 있었죠. 당신들 친구조차 당신들이 틀렸다는 걸 인정했어요. 그러니 헛된 저항은 하지 말아요. 조금이라도 저항한다면…… 그때는……."

현암 곁에 있던 승희가 화를 못 이겨 외쳤다.

"역시 바이올렛! 이 할망구가……!"

날카로운 눈길로 승희를 쏘아보며 아네스 수녀가 싸늘하게 말했다.

"조용히 해. 한마디라도 더 떠들면 모조리 죽여 버리겠어. 아니, 더 떠들라고. 그래야 너희들을 당당히 죽일 수 있으니깐."

협박에 가까운 그 말을 듣고 승희는 지지 않고 외쳤다.

"네가 뭔데? 수녀복을 입고서도 하는 말은 참 곱군그래? 하늘이 무섭지 않아?"

"닥치라고 했어!"

느닷없이 아녜스 수녀가 예의 한 줄기 냉기를 승희를 향해 뿜어냈다. 그러나 현암이 왼손을 뻗고 준후가 오른손을 뻗어 동시에 그 냉기를 쳐냈다. 그 틈에 승희가 또다시 소리쳤다.

"너 같은 거야말로 파문감이야! 너 같은 게 무슨 성직자야? 바티칸에서 네가 한 짓을 알면 너야말로 파문감이라고! 아니, 종교재판감이야!"

아녜스 수녀가 독이 올라 다시 매섭게 손을 쓰려고 하는데 무색이 슬며시 그 앞을 막아섰다.

"이제 되지 않았소? 구태여 살생할 필요가 어디 있소? 이미 잡힌 자들이니 그만해 둡시다."

준후가 눈을 돌려 보니 어느새 열여섯 명의 승려가 그들의 주위를 빈틈없이 에워싸고 있었다. 그들은 모두 기다란 나무 지팡이를 들고 있었는데 준후는 그 지팡이가 총보다도 훨씬 무서울 것이라는 느낌을 받았다.

현암이 문득 한숨을 쉬더니 박 신부에게 말했다.

"이젠 정말 끝이군요……."

그 말은 진정에서 우러나왔기 때문에 한 음절, 한 음절마다 절망감과 슬픔이 가득했다. 그러나 박 신부는 거의 인사불성이 됐는지, 아니면 너무 낙담해서인지 대답조차 하지 않았다. 승희는 박 신부와 현암이 그토록 낙담하는 모습을 본 일이 없어 화가 치밀어 올랐다. 그래서 다시 욕이라도 퍼부으려는 찰나…….

요란한 굉음과 함께 공항 문 양옆에 박혀 있던 커다란 유리창 수십 장이 동시에 터져 나가면서 무시무시한 바람이 불어닥쳤다. 실로 엄청난 기세였다.

공항 문밖에는 수많은 사람이 있었지만, 그 무서운 바람과 함께 깨진 수천 개의 유리 조각이 날아들자 모두가 혼비백산했다. 그들 중 많은 사람들이 주술사나 능력자들이었는데도 대부분은 놀라 그 자리에 엎드렸고, 소수의 사람만이 나름의 방법으로 바람을 막아 냈다.

열여섯 명의 용화교 승려들은 창문에 가까이 있었으나 눈부시게 빠른 동작으로 지팡이를 돌려서 유리 조각과 바람을 쳐 냈다. 그 틈에 지팡이가 다른 곳으로 돌려지자 퇴마사들을 둘러싸고 있던 포위망은 자연스럽게 풀렸다. 그런데 주변 수십 미터 반경의 유리창이 동시에 깨어졌는데도 정작 퇴마사들의 등 뒤에 있던 유리문만은 깨어지지 않았다. 오히려 그 네 사람은 무엇인가에 끌려서 뒤로 당겨지는 느낌을 받았다.

좌우간 그 기회를 놓칠 수는 없었다. 현암이 박 신부와 승희를 잡고 다시 안으로 달려 들어가자 아네스 수녀가 당황해서 무시무시한 열기를 내뿜었다.

“어딜!”

준후가 그 앞에 뛰어들면서 재빨리 삼매신수의 검은 물안개를 쏘아 내어 아녜스 수녀의 열기를 받아 냈다. 그러자 열기와 습기가 부딪쳐 순식간에 거대한 증기구름이 피어올랐다. 그때 무색이 소맷자락을 휘두르며 준후에게로 몸을 날렸고 현현이로도 동시에 몸을 날렸다.

아녜스 수녀를 상대하는 순간에 세 사람이 달려들자 준후는 깜짝 놀랐다. 하물며 그 세 사람 모두 고수 중의 고수가 아닌가? 준후는 급히 리매를 불러내고는 힐기보법을 써서 문 안으로 뛰어들었다.

허나 두 마리의 리매가 허공에 나타나려는 순간, 무색이 손바닥을 뻗었고 현현일로와 이로는 손가락을 갈퀴처럼 만들어 리매를 잡았다. 무색의 손에 맞은 리매는 그대로 사라졌고 일로와 이로의 손에 잡힌 리매는 놀랍게도 두 조각으로 찢어져 버렸다.

아무리 아직 완전히 모습을 드러내기 전이라 힘이 없었다고는 하지만 그 강력한 리매를 단번에 없애 버린 세 사람의 능력을 보고 준후는 깜짝 놀랐다. 사실 무색은 불가의 공력이 있었고 현현이로는 도가의 공력이 있었기 때문에 잡귀나 정령에 가까운 리매에게는 치명적이었던 것이다.

준후는 그런 생각을 할 겨를도 없이 안으로 굴러 들어가듯 하면서 다시 그들을 막아서려 했다. 그러나 세 사람뿐만 아니라 아네스 수녀까지도 몸을 날려 준후에게로 달려들고 있었다. 그 넷을 동시에 상대한다면 제아무리 준후라도 삼십 초를 채 버티지 못할 것 같았다.

그때였다. 준후가 무슨 수를 쓰기도 전에 한 사람의 그림자가 그 사이에 끼어들었다. 곧이어 요란한 굉음이 울리자마자, 준후는 어찌할 틈도 없이 그 사람에게 잡혀서 현암 쪽으로 던져졌다. 그 사람의 손은 너무도 빨라서 준후는 방비할 틈조차 없었다.

준후가 날아가면서 언뜻 보니 놀라운 광경이 벌어졌다. 이로와 무색이 언제 밀려 났는지 저만치에서 비틀거리고 있었고, 아네스 수녀의 몸도 뒤로 나가떨어지고 있었다. 그렇지만 준후가 놀란 것은 그 막강한 네 사람이 동시에 한 사람에게 밀려 났기 때문만은 아니었다. 나타난 사람이 너무 뜻밖의 인물이었기 때문이다.

'저 사람은……?'

그는 아하스 페르츠, 즉 해밀턴이었다. 그리고 재빨리 공중제비로 땅에 내려서는 순간, 준후는 자신을 향해 달려오는 아라와 준호를 보고 또다시 놀랐다. 더군다나 더 놀라운 일은, 저만치에서 어서 달려오라고 손짓하는 사람의 모습이었다. 연희였다!

"연희 누나?"

준후가 놀라서 멍하니 서 있는데, 준호와 아라가 얼른 준후를 잡아끌었다.

"나중에 말해!"

둘은 다짜고짜 준후를 끌고 달리기 시작했다. 달리면서 보니 황달지 교수가 승희와 함께 박 신부를 부축해서 달리는 모습도 보였다. 그리고 현암은 로파무드를 등에 업은 시타 교수가 부축하고 있었다.

"어디로 가는 거야?"

준후가 정신없이 달리면서 묻자 아라가 헉헉거리면서 답했다.

"어디긴 어디야! 비행기! 빨리 가야 돼!"

준후가 멍하니 달리면서 보니, 사방에 이상한 것들이 보였다. 원숭이 떼와 개, 비둘기, 소 등의 동물들이었다. 공항 직원들은 하나도 보이지 않았다. 보나 마나 아라가 술수를 발휘해서 동물들을 긁어모아 공항을 마비시킨 것이리라.

출국 수속을 하는 곳도 텅 비어 있었고 간혹 쓰러진 직원들과 경관들이 보였다. 아하스 페르츠의 짓이라면 당연하겠지만, 거의 저항도 못 해 보고 당한 것 같았다.

일사천리, 아무도 가로막는 사람 없이 그들은 활주로까지 달려 나갔다. 그러자 저만치에서 쌍발기 한 대가 이륙하지 않고 주위를 선회하는 모습이 보였다. 달리다가 너무나 지쳤는지 박 신부가 쓰러지자 시타 교수가 현암을 연희와 승희에게 넘기고 황달지 교수와 함께 박 신부를 거의 짊어지다시피 하고 달렸다.

순간, 비행기의 문이 열리더니 조그마한 아이가 모습을 드러냈다. 바로 수아였는데, 수아가 뭐라고 외치자 갑자기 박 신부의 몸이 허공에 뜨더니 마술처럼 술술 날아서 비행기 쪽으로 갔다. 정령들이 한 일이겠지만 도무지 믿어지지 않는 광경이었다.

그러자 현암도 기운을 내어 달렸고, 마침내 일행은 비행기의 안으로 무사히 들어갔다. 장거리 달리기를 한 셈이라 모두들 숨이 턱에 닿았고 승희는 현기증까지 일으켜서 쓰러질 듯 의자에 앉았다. 그들이 다 오르자마자 비행기는 선회해서 활주로를 향하기 시작했다.

그때 저만치에서 아하스 페르츠가 날듯이 달려왔다. 비행기는 그를 기다려 주는 듯 잠시 서 있었으나 아하스 페르츠는 마구 떠나라는 듯 손짓했다. 곧이어 그의 뒤를 수없이 많은 사람이 따라오는 것이 보였다. 아네스 수녀와 그 일행이리라.

그들 중 한두 명이 총을 쏘아 댔지만 역효과가 났다. 총소리가 나자 공항 경비대가 사이렌 소리를 내며 달려온 것이다. 이미 쌍발기는 활주로에 들어섰고 아하스 페르츠는 실로 놀라운 속도로 거의 날다시피 해 비행기를 따라잡아 문고리에 매달렸다.

그가 매달려 안으로 들어오자 비행기는 곧 활주로를 미끄러져 올라 이륙했다. 한숨 돌린 준후가 언뜻 보니 뒤에 남은 추적자들은 공항 경비대를 피해 뿔뿔이 흩어지고 있었다.

잘못된 예언

"고맙습니다."

어느 정도 정신을 수습한 현암이 맨 처음 입 밖으로 낸 말이었다. 그 말에 아하스 페르츠, 아니 해밀턴이 부드럽게 웃어 보였다.

"별말씀을."

박 신부는 몹시 기력이 빠졌는지 아직도 기절 상태였고 승희도 어지러워 의자에 푹 파묻혀 앉아 있었다. 그리고 준후는 연희에게 가서 눈물을 흘리며 뭔가를 이야기하고 있었다. 아마도 연희를 도인들 손에 넘겼던 일을 사과하는 모양이었다.

현암은 비행기 안을 천천히 둘러보았다. 준호와 아라, 수아 그리고 황달지 교수, 시타 교수와 죽은 듯이 누워 있는 로파무드를 비롯해서 해밀턴과 조종사가 탑승자의 전부였다. 탑승자에 비해 비행기가 상당히 큰 편이라 자리가 많이 남았다.

"이 비행기…… 멀리까지 갈 수 있습니까?"

현암이 묻자 해밀턴은 고개를 끄덕였다.

"이건 내 전용기요. 추가 연료 탱크가 있어서 지구 반대쪽이라도 한 번에 갈 수 있소."

"비행기가 여러 대 있네요. 당신, 정말 부자군요."

조금 기운을 차린 듯, 별생각 없이 꺼낸 승희의 말에 해밀턴은 고지식하게 대꾸했다.

"오랜 세월을 살다 보면, 돈은 얼마든지 생기는 법이오. 쓸 만해 보이는 물건을 발견하고, 그걸 그냥 지니고만 있으면 되지. 한 삼사백 년 지나면 무서울 정도로 값이 오르니 말이오. 은행을 이용하는 방법도 있고. 뭐, 은행이 없는 시절에도 비슷한 것은 있었으니."

"은행요?"

"일 달러를 연리 오 퍼센트로 삼백 년만 맡겨 두면 얼마가 되는지 아시오?"

"모르겠는데요?"

"대강 이백이십칠만 달러가 되오. 백 달러라면 이억 이천칠백만 달러가 되고. 물론 한 계좌에 그만큼 오래 넣어 둘 수 없으니 몇 년 단위로 계좌를 바꿔야 하지만."

그 말에 현암이 웃었다.

"당신이 예전에 천오백만 달러를 그토록 쉽게 제시한 것도 이상하지 않군요. 당신에게는 삼백 년 전의 칠 달러에 불과했을 테니까요."

그 말을 듣자 해밀턴은 가볍게 웃어 보였고 현암도 싱겁게 웃었다.

"좌우간 좋은 방법이군요. 하지만 나는 삼백 년을 기다릴 수 없거든요."

"나에게 시간은 처치 곤란할 정도로 많으니까. 그건 그렇고……."

해밀턴은 본론을 꺼내려는 듯 현암의 눈을 똑바로 바라보았다.

"이제부터는 뭘 할 거요?"

"뭘 하다뇨? 남미로 가야죠."

"남미?"

"예. 페루로 가야 합니다."

"거긴 무슨 일로? 한국으로 돌아가는 것 아니었소?"

"아닙니다. 일을 끝내야죠."

현암의 말에 해밀턴은 눈을 약간 찡그려 보였다.

"역시……."

"예?"

"나는 지금 아하스 페르츠가 아니오. 그렇다고 해밀턴이라고 할 수도 없지만…… 굳이 말하자면 해밀턴에 가깝소. 그러니 나를 해밀턴이라 불러 주시오. 나에게 이제는 복수심이나 증오는 거의 남지 않았소. 모든 것이 당신들 덕분이지."

현암은 해밀턴이 왜 이 이야기를 하는지 조금 어리둥절했으나 그는 개의치 않고 계속 말했다.

"내가 타보트를 얻으려 한 것은 아하스 페르츠를 없애기 위함이었고…… 비록 타보트를 손에 넣지는 못했지만 이제 아하스 페르츠는 없어졌소. 나는 당신들에게 갚을 수 없는 빚을 진 거요. 그래서 달려온 것이오. 허나……."

현암은 해밀턴의 눈동자가 빛나는 것을 보자 불길한 생각이 들었다.

"당신들이 아직도 악마들 편을 든다면 나는 당신들을 저지해야만 하오……."

"우리는 악마들의 편을 들지 않습니다!"

현암이 크게 외쳤다. 그 소리에 놀라 잠을 청하려던 승희가 번쩍 눈을 떴고 아이들과 준후, 연희 등도 이쪽을 바라보았다.

그러나 해밀턴은 단호히 말했다.

"당신들은 속고 있소."

"이야기를 들어 보십시오. 이건……."

해밀턴은 현암의 말을 들으려고 하지 않고 약간 언성을 높였다.

"나는 이제 아하스 페르츠의 기억을 공유하게 됐소. 처음에는 너무 의외의 사실을 많이 알게 돼 약간 당혹스러웠지만, 좀 더 생각해 보니 금방 모든 것을 알 수 있게 됐소. 전에 아하스 페르츠가 당신을 비행기 안에서 죽이려 했을 때, 악마가 나타났소. 그 때문에 아하스 페르츠는 당신을 죽이는 것을 많이 꺼리게 됐으며, 결국 악마가 당신을 구해 주었소. 또 칼키파의 신전 아래에서 아기들의 영혼이 습격해 왔을 때는 나조차도 그들을 막을 수 없었소. 그때 아기들의 영혼을 물러가게 한 것은 바로 악마인 블랙 엔젤이었소."

"아닙니다! 그때 아기들의 영혼을 물러가게 한 것은 저 아이들입니다."

현암이 다급하게 말했지만 해밀턴은 고개를 저었다.

"물론 저 아이들 때문에 영혼들이 금방 우리를 덮치지는 않았지. 그러나 저 아이들이 설득하고 있을 때도 영혼들은 결정을 내리지 못하고 있었소. 하지만 그들은 결국 물러갔고, 그들을 물러가게 만든 것은 바로 블랙 엔젤의 힘이었소."

'그렇다면 블랙 엔젤이 바이올렛이란 말인가?'

현암은 퍼뜩 그런 생각이 들었지만 채 그 말을 묻기도 전에 해밀턴이 말했다.

"악마들은 당신들을 이용하고 있소. 하지만 당신들은 나쁜 사람이 아니며, 나는 당신들에게 진 빚을 조금이나마 갚고 싶소. 당신들은 지금 생각하고 있는 것을 그만두어야 하오. 악마들은 적그리스도의 탄생을 간절히 바라고 있소. 그래서 악마들은 당신들에게 최후의 힘을 짜내게 해, 그를 보호하기 위해 당신들을 이용하고 있는 거요."

"우리가 무슨 큰 힘이 있다고 우리를 이용하려 하겠습니까?"

"아니오. 악마들의 힘은 강하지만, 많은 사람과 신앙의 힘 앞에는 이길 수 없소. 더구나 악마들이 직접적으로 인간의 일에 관여하고 영향을 끼칠 수 있는 범위에는 한계가 있소. 그래서 그들은 인간들을 이용하지. 나도 그랬고, 고반다도 그랬으며 바이올렛도 결국 그 범주 안에 있소. 이제는 당신들도 그렇소. 당신들의 힘이 강하지만, 무엇보다도 당신들의 의지가 사람들의 기를 꺾는 거요."

"의지가……?"

"그렇소. 당신들은 악인들이 아니오. 오히려 눈물이 날 만큼 의인들이라 할 수 있소. 당신만 하더라도 과거의 나…… 아하스 페르츠 같은 괴물도 따뜻한 시각으로 보여 주었고, 이후에도 그런 마음을 버리지 않았소. 그 때문에 나는 무슨 일이 있어도 당신들을 해칠 수는 없을 것 같소. 그리고 그런 것은 다른 사람들에게도 해당하겠지. 당신들은 인덕이 있소. 그것은 악마들로서는 얻을 수 없는 소중한 것이오. 그런 당신들을 조종해서 적그리스도를 보호하게 할 수만 있다면, 세상의 절반은 그들 편이 된 것이나 다름없을 테니까."

현암은 당장 변명하지 않고 조용히 해밀턴의 얼굴을 바라보았다. 현암의 표정을 보며 해밀턴은 쓸쓸한 미소를 지었다.

"어쨌거나 결론을 말하자면, 현재 당신들은 위험한 상태요. 하지만 난 이단 심판소건, 다른 어떤 자들이건 당신들에게 손을 대거나 해치지 못하게 해 줄 것이오. 하지만 당신들은 이 비행기 안에서 더 이상 밖으로 나갈 수 없소. 일이 모두 끝나는 나흘 동안 당신들은 이 안에 있어야 하며, 내가 절대 당신들을 내보내 주지 않을 거요. 저 조종사는 절대적으로 내 말만 듣는 사람이며, 만에 하나 내가 당신들에게 제압당하면 그대로 탈출하거나 자살해 버릴 거요. 적그리스도 문제에서는 이제 손을 떼시오. 아마 수많은 자들이 몰려갈 테니, 알아서 제대로 처리가 될 거요."

"어떻게 그런 사실들을 알았죠?"

"나는 아직 성당 기사단에 대한 영향력을 잃지 않고 있소. 그리고 그중에는 이단 심판소와 줄이 닿는 사람도 있고 말이오. 아네스 수녀의 직접적인 명령을 받는 자들 중에서도 나와 통하는 자들이 몇몇 있소. 나에게는 비밀이란 없다오."

승희는 아까 현암이 소리 지를 때부터 눈을 떠서 해밀턴의 이야기를 듣고 있었다. 승희는 거의 낙담하고 있었다. 어떻게 벗어날 수 있겠는가? 지금 일행의 상태로는 해밀턴을 물리칠 수 없거니와 물리친다 해도 조종사가 말을 듣지 않는다면 끝장이지 않는가?

그때 저만치에서 준후가 외쳤다.

"그래선 안 돼요!"

그와 동시에 연희가 앞으로 나서자 해밀턴은 현암에게 조용히 말했다.

"아가씨가 계시니 이야기하기가 불편하군."

그 말을 듣는 순간 연희는 불쾌하다는 듯이 목소리를 높였다.

"내가 있으면 왜 이야기를 못 한다는 거죠? 항상!"

연희는 사실 특별히 준후를 나무라지 않았으나 내심 상당히 신경이 곤두서 있었다. 다른 때에는 그렇지 않았는데, 이번 일에 있어서는 모든 사람이 자신을 따돌리려는 낌새가 있음을 그녀도 진작부터 눈치채고 있었다.

왜 이번 일에서만은 내 앞에서 그 어떤 종류의 깊은 이야기도 하지 않으려는 것일까? 왜 이번 일에서만은 모든 사람이 나를 빼돌려 안전한 장소에 두려고 하는 것일까? 연희는 답답해서 견딜 수 없던 차에 해밀턴의 말을 듣자 곤두섰던 신경이 폭발해 버린 것이다.

"묻고 싶은 게 있어요. 일단 저와 우리 일행을 이렇게 그 위기에서 벗어나게 해 주신 것에는 고맙게 생각해요. 그런데…… 그 자리에서 왜 나만 구하신 거죠?"

연희가 해밀턴에게 무섭도록 빠르고 능숙한 말로 쏘아붙이자 해밀턴은 조금 당혹해했다.

"무슨 소리요?"

"저는 아까 아네스 수녀와 많은 사람들 사이에 있었어요. 거기서 당신은 나를 구했죠. 그런데…… 왜 성난큰곰은 구하지 않은 거죠?”

결정적인 순간에 공항의 유리창을 깨뜨리고 튀어 나가 연희를 구해 낸 것은 바로 해밀턴이었다. 현암이나 박 신부나 준후라 하더라도 그렇게 많은 능력자들의 사이에서 사람을 구해 낸다는 것은 불가능한 일이었다.

또한 아이들과 황달지 교수에게 안전한 길을 일러 주고, 그들을 추격하는 수많은 무리의 무서운 공격을 한 몸으로 받아넘긴 것도 해밀턴이었다. 그러나 해밀턴은 그때 연희를 구했지, 중상으로 쓰러져 있는 성난큰곰에게는 눈길조차 주지 않았다. 연희는 바로 그 사실을 기억하고 있는 것이다.

“나는…… 그럴 여력이 없었소.”

“그건 말이 되지 않아요. 그때는 나와 성난큰곰, 두 사람 다 적들의 가운데 있었어요. 그리고 보통의 경우라면 당연히 중상을 입은 성난큰곰을 먼저 구할 거예요. 나는 그때 아네스 수녀에게 계속 손목이 잡혀 있었고 성난큰곰은 아무도 돌보지 않는 상태로 땅에 쓰러져 있었어요. 그를 구하는 것이 나를 구하는 것보다 훨씬 쉬웠을 테죠. 그런데 당신은 나부터 구해 냈어요.”

“여자를 먼저 구하는 게 순서요. 더구나 더 위험한 처지에 있었으니 말이오.”

해밀턴은 궁색한 대답을 했지만 연희는 고개를 저었다.

“더 위험하다고요? 성난큰곰은 숨이 끊기기 직전이었어요. 좋아요. 아무튼 당신이 성난큰곰을 못 보았다고는 하지 않겠죠? 그건 부정할 수 없겠죠?"

"그렇소."

"그렇다면 당신이 아네스 수녀를 밀쳐 내고 나를 구해 냈을 때, 손을 한 번만 더 뻗으면 그도 구할 수 있었을 거예요. 하지만 당신은 그대로 아이들이 달아난 방향으로 달려가 버렸어요. 왜 그를 버렸죠?"

해밀턴은 의외의 질문에 당혹해하면서도 수천 년을 살아온 사람답게 금세 변명거리를 찾아냈다.

"그는…… 너무 무거웠기 때문이오. 아무리 나라도, 거기 모인 수많은 자를 혼자 당해 낼 수는 없지 않소? 움직임이 느려지면 잡힐 것 같아서……."

그럴듯한 변명이었지만 연희는 이해한 표정이 아니었다. 그녀는 천천히 고개를 저으며 말했다.

"그렇지 않아요. 내가 알기에 당신은, 현암 씨보다도 강한 사람이에요. 보통 사람이라면 몰라도 당신만 한 사람이 그만한 무게를 이겨 내지 못할 리 없어요. 해밀턴 씨, 소모적인 대화는 그만두죠. 내가 그렇게 중요한 사람인가요?"

"당신은 어째서 그런 생각을……."

해밀턴은 뭐라 부정하려 애썼지만 연희는 틈을 주지 않고 몰아붙였다.

"그것 말고는 생각할 방법이 없어요. 준후는 주술 막 안으로 들어가면서도 굳이 나를 데리고 가지 않으려고 나를 때리기까지 했어요. 아이들까지 데리고 들어가면서 말이에요! 왜 그래야 했지?"

연희가 날카롭게 외치면서 준후를 바라보자 준후의 얼굴은 하얗게 질렸다. 준후가 아무 말도 하지 못하자 연희는 이번에는 현암과 승희를 바라보며 말했다.

"승희야, 난 너도 믿었어. 친동생같이 생각했어. 하지만 너는 이번 일이 시작되자마자 세크메트의 눈을 받아 갔고, 내내 나에게 한마디도 해 주지 않았어. 일이 어떻게 돼 가고 어떻게 진행되는지, 앞으로 어떻게 할 것이며 어떤 어려움이 있다는 이야기를 단 한마디도 하지 않았어! 다른 때에는 그런 적이 없었는데…… 도대체 왜 그런 거니? 응?"

승희도 말을 할 수 없었다. 그러자 연희는 와락 울음을 터뜨리며 외쳤다.

"결국…… 결국 모든 게 나 때문이니? 나 때문에 세상이 흐트러지는 거야? 세상이 망하는 거야?"

"그렇지 않아! 언니!"

승희가 다급하게 말했으나 연희는 발작적으로 외쳤다.

"그게 아니면 대체 뭐야! 그것밖에…… 그것밖에는 생각할 수 없어!"

연희는 원래 온화하고 참을성이 많은 성격이었다. 그러나 그런 사람이 폭발하면 후유증이 더 큰 법이라 연희는 거의 패닉 상태에 빠져든 것 같았다. 하지만 해밀턴까지를 포함한, 상황을 알고 있는 모두는 속이 타서 미칠 지경이었음에도 무어라 변명의 말조차 할 수 없었다.

황달지 교수, 시타 교수 등은 상황을 몰랐기 때문에 멍하니 연희를 바라만 보았다. 아라가 연희를 불쌍하다고 여겨서 뭔가 말하려 했으나 준호가 잡았다. 적어도 지금은 끼어들 상황 같지 않아서였다.

현암이 굳은 얼굴로 간신히 입을 열어 중얼거리듯 말했다.

"연희 씨, 미안합니다. 하지만 오해하지 마세요. 그러나 이번 일에는 그럴 만한 이유가 있었어요. 모든 게 연희 씨를 위해서입니다."

"나를 위해서라고요? 난 그런 것 필요 없어요! 나는 불안해서 견딜 수가 없어요!"

"왜 불안한 겁니까? 연희 씨. 결코 당신은 잘못한 것이 없습니다. 하지만 알지 말아야 할 것도……."

그 말이 미처 끝나기도 전에 연희는 버럭 소리를 질렀다. 연희에게서는 처음 보는 모습이었다.

"내가 알고 싶은 건 진실이라고요!"

현암도 버럭 화가 치밀어서 마주 보고 소리를 쳤다.

"당신에게는 알려 줄 수 없는 게 단 한 가지 있는데, 그게 바로 진실입니다!"

현암이 소리를 치자 비행기 안이 쩌렁쩌렁 울렸다. 급기야 연희가 흐느끼기 시작했다. 현암은 몹시 당황해서 화를 풀고 연희에게 말했다.

"연희 씨, 당신은 중요한 사람입니다. 그것만은 분명합니다. 하지만 그것 이상으로는 생각하지 마세요."

연희는 흐느끼면서 간신히 말했다.

"나는…… 나는 불안해서 견딜 수가 없어요. 나는…… 나는 아무 잘못도 없는데…… 왜 내가 이런 일을 겪어야 하죠? 그것도 아무것도 알지 못하면서…… 얼마나…… 얼마나 불안한지 알아요? 성난큰곰이…… 그가 피투성이가 돼 쓰러져 있는데…… 그는 구원받지 못했어요. 나 때문에…… 내가 그렇지 않았다면…… 그가 여기 있을 텐데…… 그건…… 그건……."

그때 승희가 눈물을 글썽거리면서 얼른 연희를 부축했다.

고개를 들어 연희가 준후를 보고 말했다.

"준후야, 날 기절시킬 수 있니?"

"예?"

"차라리 그러고 싶어. 난 아무것도 모르는 게 좋다면서? 하지만…… 너무 신경이 쓰여."

그러자 해밀턴이 일어섰다.

"수면제를 드리겠소."

해밀턴은 기내의 한 벽장에서 병 하나를 꺼내 약 몇 알을 털어 손에 들고 연희 앞으로 걸어갔다.

"대단히 죄송합니다. 내 생각이 짧았던 것에 대해서는 대단히 죄송합니다. 당신에게는 너무도 불안한 일이었겠지요. 그러나…… 조금만 더 참아 주십시오."

연희는 힘없이 고개를 끄덕였다.

"얼마나 더요? 나흘 동안?"

해밀턴은 연희의 물음에는 대답하지 않고 말을 돌렸다.

"만약 성난큰곰이 지금까지 죽지 않았다면, 내가 무슨 수를 써서라도 그를 구해 내겠소. 바티칸을 초토화하는 한이 있어도 말이오. 그러니 안심하십시오."

해밀턴이 내미는 약을 연희가 힘없이 받으려는 순간, 누군가가 해밀턴의 손을 탁 뿌리쳤다. 준후였다. 바닥에 흩어지는 약을 힐끔 노려보다가 준후가 연희의 앞을 막아섰다.

"난 당신을 믿을 수가 없어요."

준후가 서툰 영어로 말했다. 그 말에 해밀턴은 침울한 안색으로 뒤로 한 걸음 물러섰다. 연희와 승희를 비롯해 모두가 놀랐지만 전혀 개의치 않고 준후가 날카롭게 말했다.

"연희 누나, 눈을 감아요."

준후는 연희가 눈을 채 감기도 전에 손가락으로 수인을 짚으며 연희의 머리 위에 원 하나를 그렸다. 이내 연희는 힘없이 눈을 감고 쓰러졌다. 승희가 얼른 연희의 몸을 받아 안아 뒤쪽의 칸막이가 쳐진 곳으로 옮겼다.

해밀턴은 잠시 침울하게 서 있다가 땅에 떨어진 약을 주웠다. 준후가 재빨리 그중 한 개의 알약을 집어 들었다.

해밀턴은 고개를 설레설레 저으며 말했다.

"나를 정 믿지 못하겠다면 내가 이것을 먹겠네."

그 말에 대꾸도 하지 않고 준후는 현암을 보며 목소리를 높였다.

"형! 왜 바보같이 그냥 있는 거예요? 해밀턴 씨는 나쁜 사람은 아니지만, 그도 세상을 구하는 데에는 수단과 방법을 가리지 않는다고요."

"무슨 소리니?"

"형! 지금 어른이 된 라미드 우프닉스는 해밀턴 씨가 다 죽였고, 이제 연희 누나 한 명만이 남아 있을 뿐이라고요. 그리고 해밀턴 씨가 저걸 먹어도 해밀턴 씨는 죽지 않아요. 그는 아하스 페르츠니까요."

해밀턴은 준후의 말을 알아듣지 못했지만 준후의 완강한 모습에 이미 분위기는 충분히 눈치채고 있었다. 그는 한숨을 내쉬며 현암의 얼굴을 보았다. 현암이 준후의 말을 그대로 전해 주자 해밀턴은 또다시 한숨을 내쉬며 중얼거렸다.

"그러는 것도 무리는 아니오. 맞소, 내가 그런 짓을 했소. 하지만 내가 직접 그런 짓을 한 것은 아니오. 아시다시피 내가 라미드 우프닉스를 건드리는 것은 위험한 일이지. 그러나 그 비밀을 알고서 라미드 우프닉스를 수호하는 내 부하들은 상황이 위험해지면 즉시 보호하던 라미드 우프닉스들을 모두 죽이게 돼 있었소."

현암이 눈살을 찌푸리자 해밀턴은 천천히 말했다.

"변명할 생각은 없소. 하지만 내가 할 수 있는 방법은 그 정도뿐이었소. 나는 내 안에 잠든 아하스 페르츠가 다시 깨어나면 제일 먼저 그들을 죽이려 할 것이라는 걸 알았소. 그래서……."

"그렇다면 연희 씨를 제외한 라미드 우프닉스 모두가 죽었단 말입니까?"

"전원이라고는 할 수 없소. 그러나 나는 알려진 라미드 우프닉스는 거의 다 파악하고 있었소. 그리고 알려진 사람 중 지금 남은 사람은 저 아가씨뿐이오. 나머지 사람들은 아기로 다시 태어나려 하거나 태어났겠지. 혹 몇몇이 더 있을지 몰라도 그건 아무도 모를 거라 생각하오."

"당신은 대체 어떻게……."

현암이 화를 내려는데 갑자기 박 신부의 목소리가 들렸다. 탈진해 쓰러져 있던 박 신부가 그제야 정신을 차린 것이다.

"잠깐만…… 우선은 이야기를 들어 보세나."

박 신부가 말하자 현암과 준후 모두 입을 다물었다. 박 신부는 힘겹게 몸을 일으키더니 해밀턴에게 물었다.

"기내에 다른 별실이 있습니까?"

"있소. 아까 연희 씨가 간 별실도 좋고, 그 뒤쪽에 또 다른 공간이 있소."

박 신부가 준후를 쳐다보았다.

"준후야, 네가 아이들을 데리고 그리로 좀 가 있어 주겠니?"

준후는 좀 불만스러운 표정이었지만 다른 사람도 아닌 박 신부의 말이라 아이들을 데리고 비행기 뒤쪽으로 갔다. 곧이어 황달지 교수도 눈치 빠르게 시타 교수를 끌고 준후의 뒤를 따라갔다.

이제 박 신부와 현암, 그리고 해밀턴만이 남게 됐다. 먼저 박 신부가 입을 열었다.

"우리를 정말 못 가게 할 생각이십니까?"

"그렇소. 첫째로 당신들이 악마들의 계획을 방조하게 놔둘 수 없고, 둘째로는 당신들의 안전을 위해서요. 당신들이 그곳에 간다면, 절대 살아남지 못할 거요."

박 신부는 무겁게 한숨을 쉬더니 잠시 작은 소리로 기도했다. 그러고는 해밀턴에게 말했다.

"하지만 우리는 가야 합니다."

"당신들은 갈 수 없소."

"왜 갈 수 없다는 겁니까? 어째서 우리가 악마들의 계획을 방조한다는 거죠?"

"내가 아하스 페르츠에서 지금의 나로 돌아오게 된 직후부터 줄곧 생각해 보았고, 몇 가지 결론을 얻었소. 징벌자는 제거해야만 하며, 그래야 한다는 증거는 많이 있소."

"하지만……."

현암이 뭐라 말하려 하자 박 신부가 조용히 현암을 만류하고 대신 말했다.

"지금 우리가 말해 봐야 당신은 듣지 않겠지요?"

"미안하지만 그럴 것 같소."

"우리가 당신을 이길 수도 없겠지요?"

"이긴다 해도, 비행기 조종법을 모른다면 죽음을 자초할 뿐이오."

그 말을 듣는 순간 현암이 발끈했다. 박 신부는 성질을 내려는 현암을 말리며 조용히 뭔가 생각해 본 다음 입을 열었다.

"일단 이야기를 좀 나누어 보십시다. 아직 분명하지 않은 사실이 몇 가지 있습니다만……."

"지금에 와서 숨길 생각은 없소. 당신이 묻고 싶은 게 있다면 무엇이든 말해 드릴 수 있소."

"감사합니다. 일단 라미드 우프닉스의 주술에 대해 알고 싶습니다. 그리고 아하스 페르츠의 계획에 대해서도……."

그러자 해밀턴은 무거운 표정으로 말했다.

"나는 이제야 모든 것을 파악할 수 있게 됐소. 라미드 우프닉스의 주술…… 모든 것의 시작은 여기서 비롯된 거요. 인간을 멸망시키지 않으려고 인간이 만든 것이 결국은 인간의 목을 조이는 셈이니까."

현암은 해밀턴을 믿지 못하는 표정을 지었지만 박 신부는 조용히 그에게 물었다.

"모든 것을 안다고 하셨습니까? 어떻게 아시게 됐죠?"

"나는 지금껏 아하스 페르츠가 무엇을 바랐는지 몰랐지만, 이제는 알게 됐으니까. 뭐, 구태여 말하자면 그도 나의 일부였지만, 이제 그의 인격은 없어진 것 같으니 타인처럼 이야기하겠소."

"아하스 페르츠가 바라던 것은 무엇입니까?"

"그는 세상의 종말이 오기를 바랐소. 그래서 자신을 이 지경으로 만든 그리스도를 다시 한번 십자가에 못 박는 것이 그가 바라는 일이었소. 하지만 말세가 저절로 오는 것을 기다리는 것은 몹시도 지루한 일이었지. 그것은 그에게 가장 큰 고통이었소. 그래서 그는 말세를 앞당길 방법을 찾으려 했지. 물론 그의 힘을 동원하면 전쟁을 일으키게 할 수도 있었겠지만, 그는 그런 것으로 인간이 멸망하지는 않으리라고 생각했소. 인간 스스로의 어리석음과 그들 스스로가 쌓아 온 큰 죄악이 있어야만 인간의 말세가 도래하는 것이며, 그때 그리스도가 재림할 테니까 말이오. 그러기 위해 그는 라미드 우프닉스의 주술을 이용하기로 생각한 거요."

"그 주술에 대해서는 대략 이야기를 들었습니다만…… 그러나 이제 인간이 아닌 존재가 라미드 우프닉스를 죽일 가능성은 거의 없어졌으니 그건 끝난 것 아닌가요?"

"그렇지 않소. 나도 아직 모르던 비밀이 있었소."

"그게 뭔가요?"

"아하스 페르츠나 고반다는 스스로 움직인 것이 아니오. 그들은 모두 악마의 힘을 받았고, 그들의 뜻을 이루기 위해 움직이고 있었소. 그리고 내 짐작이 맞다면, 바이올렛 역시 그러할 거요."

박 신부와 현암은 뜻밖의 새로운 사실을 듣자 놀란 눈으로 잠시 서로를 마주 보았다. 바이올렛이 그렇다는 것은 예측했지만, 아하스 페르츠나 고반다는 각각 개인적인 목적으로 말세가 오기를 바랐던 것으로 알고 있었는데…….

해밀턴은 두 사람의 놀란 얼굴을 보며 말했다.

"아하스 페르츠는 그리스도를 상대하기 위해 악마와 손을 잡았소. 사실 악마가 미리부터 그것을 계획했는지도 모르지. 그리고 바이올렛은 말할 것도 없고, 고반다 역시 악마의 부하나 마찬가지였소."

"하지만 고반다의 오라는 너무나도 순수했소. 그가 악마와 손을 잡았다는 건……."

박 신부가 이해할 수 없다는 표정으로 말끝을 흐리자 아하스 페르츠가 이내 되받았다.

"내가 알기로, 고반다의 몸을 둘러싼 오라는 고반다의 것이 아니오."

"그러면……?"

"그것은 인도 성자들의 영혼의 정수를 담은 힘이오. 그리고 아마도 당신들이 바바지라 부르던 그 사람의 힘도 포함돼 있을 거요. 그 오라는 고반다를 보호하기 위해서 있는 것이 아니라, 고반다에게서 세상을 보호하기 위해 쳐진 것이오. 그는 오라 막에 갇혀 있었던 거지."

"그렇다면 고반다의 정체는……."

"지금과 비슷한 위기가 오래전에 있었소. 구태여 그것에 대해 자세히 설명할 필요는 없다고 여기오만, 그는 오십 년 전에 악마들의 사주를 받아 세상에 보이지 않는 위협을 가하려 했소. 그리고 그때도 지금의 당신들처럼, 세상을 종말로 몰고 갈 수도 있었던 위기를 막아 낸 사람들이 있었고, 고반다는 그 사람들의 희생으로 오라 막에 갇혀서 아무런 힘도 쓰지 못하는 존재가 되고 만 것이오."

"보이지 않는 위협이라니……."

현암이 약간 어깨를 움찔하며 중얼거리자 해밀턴은 조용히 말했다.

"그 오라가 없었다면 당신들 전부와 내가 합세했어도 고반다를 당해 낼 수 없었을 거요. 하지만 그는 오라에 갇힌 다음에도 그 오라의 광채를 빙자해 많은 추종자를 만들었고 많은 사람을 타락시켰소. 내가 알기로 그는 바바지의 수제자 한 사람을 타락시켜서 세상을 뒤엎을 음모를 꾸미게 은연중에 조작한 것으로 알고 있소……."

"바바지의 수제자? 그렇다면 혹시……."

"그렇소. 당신들이 상대했던 자, 블랙 서클을 만들었던 마스터요. 나도 그의 진짜 이름은 모르오만."

"그랬군요."

현암은 한참 있다가 고개를 끄덕였다. 그렇게 생각하니 전에 고반다와 대적했을 때 가졌던 모든 의문을 풀 수 있었다.

"그렇다면 바바지님이 마지막 순간에 고반다와 대면했을 때, 스스로 사라지신 것 또한……?"

"그렇소. 아마도 고반다를 둘러친 오라 막을 보강하는 의미였겠지. 아무리 고반다의 영향으로 타락했다고는 하나 마스터의 행동에는 자신의 책임도 있다고 생각해서 그런 길을 갔을 수도 있지."

"허나 그 때문에 고반다는 사람들의 믿음을 얻게 돼 칼키파의 세력이 커졌고, 결과적으로 수많은 사람이 죽지 않았습니까?"

"하지만 고반다가 만약 스스로의 힘으로 과거의 속박에서 벗어날 수 있었다면 피해는 더 컸을 거요. 고반다가 바바지를 직접 만나러 간 것은 자신감이 있었기 때문이오. 아마도 고반다 스스로 그 막 안에서 힘을 키워 그것을 바바지의 눈앞에서 깨뜨리려 했을지도 모르지. 바바지는 그 사실을 눈치채고 그를 가둔 오라를 보강해서 그가 날뛰는 것을 막았고 말이오."

현암은 그제야 바바지의 마음을 알 수 있을 것 같아 고개를 끄덕였다. 그때 박 신부가 화제를 돌렸다.

"본론으로 돌아갑시다. 당신은 악마들의 계획을 안다고 했는데, 그건 뭡니까?"

해밀턴은 짧게 한숨을 내쉬다가 입을 열었다.

"잠시 이야기가 옆으로 흘렀소만, 본론으로 들어갑시다. 단도직입적으로 말해, 악마들은 모든 힘을 다해 징벌자의 탄생을 지키려 하고 있소. 그들은 징벌자의 탄생이 예언가들에 의해 알려졌다는 것도 알고 있고, 다름 아닌 라미드 우프닉스 주술의 영향이라는 것도 알고 있소. 그 때문에 악마들은 나나 고반다 등을 시켜 가능하면 라미드 우프닉스를 죽이도록 해 말세를 앞당기려 했소. 그리고 꼭 말세를 앞당기지는 못하더라도 라미드 우프닉스를 없애는 것은 필요했소."

"어째서죠?"

"라미드 우프닉스는 심연의 눈을 지녔으며, 그 때문에 징벌자의 탄생을 미리 알아볼 수 있다고 하오. 그러니 징벌자를 보호하려면 라미드 우프닉스가 없어져야 하는 거요."

"그러나 지금 라미드 우프닉스는 연희 씨 외에는 아무도 남지 않았잖습니까? 그 말대로라면, 우리 외의 다른 사람들은 라미드 우프닉스를 찾지 못할 텐데요?"

현암이 지적하자 해밀턴은 고개를 저었다.

"그들은 다른 방법을 쓸 거요. 라미드 우프닉스가 없어도 징벌자를 찾을 수 있는 다른 방법을……."

"다른 방법이라고요? 그런 방법이 있나요?"

"몇 가지가 있을 수 있소. 그리고 악마들은 우리로 하여금 만약 라미드 우프닉스를 죽이지 못한다면 일을 방해할지도 모를 강력한 능력자나 주술사들을 해치라고 했소."

"주술사나 능력자들이 징벌자의 탄생을 꿰뚫어 볼 것이기 때문입니까?"

"그렇소. 나는 그 의도를 알기 때문에 당신들의 생각에 절대 동조할 수 없는 거요."

현암과 박 신부는 해밀턴의 이야기를 들으면서 무엇인가가 잘못됐다고 생각했다. 뭐라 꼭 집어 말할 수는 없었다. 너무나도 많은 일들이 너무나도 짧은 시간 사이에 벌어져서 아직 갈피를 잡을 수 없었지만 뭔가가 잘못 돌아가고 있다는 것만은 분명했다. 특히 자신들이 악마들의 계획에 동조한다는 것만은 절대 동의할 수 없었다. 그러나 어디서부터 어떻게 시작해야 변명이 될지 잘 알 수 없어 적이 불안했다.

그런 심정으로 먼저 박 신부가 입을 열었다.

"하지만 우리가 악마들의 생각에 동조한다면 왜 악마들이 우리를 해치려 했겠소? 그 때문에 우리들의 동료 중 여럿이 목숨을 잃었는데……."

"그런 일이 있었다고요? 좀 더 자세히 말해 주지 않겠소?"

박 신부가 그간 있었던 일과 더불어 당시의 정황을 이야기하자 해밀턴은 잠자코 듣더니 고개를 저었다.

"그건 이렇게 해석이 가능하오. 당신들은 그때까지 마녀 협회의 바이올렛이 징벌자의 어머니라는 사실을 몰랐지만, 그것을 알게 되면 당신들이 변심할 것으로 아스타로트는 생각한 거요. 블랙 엔젤은 당신들의 마음이 변하지 않을 거라 생각했겠지만 말이오."

"하지만 블랙 엔젤도 우리를 해치려 했습니다. 그리고 그 때문에 백호 씨가 자살하는 일까지 벌어졌습니다."

이번에는 현암이 나섰다. 그 말에 해밀턴은 또다시 고개를 저었다.

"그건 순간적인 일이오. 아니, 모르지. 블랙 엔젤은 자신의 마음을 읽혔기 때문에 당신들에게 분노한 것인지도……."

해밀턴이 이야기하는 사이 뒤 칸에 있던 준후와 승희가 이쪽으로 걸어왔다.

준후가 날카로운 목소리로 말했다.

"당신이 틀렸어요."

승희가 해밀턴에게 준후의 말을 번역해 주기 시작했다. 연희만큼 능숙한 통역자가 아니라서 자신의 감정이 섞여 들어갔지만 그래도 의사 전달은 됐다.

"준후 말에 의하면 해밀턴 씨, 당신이 틀렸대요. 그러니까…….

메소포타미아의 점토판에 있는 구절 말이에요. 기억하나요?"

"물론 기억하지. 나와 프렌체스코 주교가 그것을 복사해 수많은 자들에게 뿌리게 했으니까."

그러면서 해밀턴은 그 내용을 처음부터 끝까지 틀리지 않고 줄줄 읊었다.

"'살아 있는 것은 모두 죽으며 흥한 것은 모두 망하는 법. 인간의 세상도 이와 같으니 없어지는 것도 순간일지라. 과거의 홍수도 그러했으며 이후에도 느닷없이 세상은 사라진다. 세상이 사라지는 것도 섭리이지만 우리가 살려고 하는 것도 섭리일 터. 있는 힘을 다해 그 시기를 늦추고 피해야 한다는 생각에서 기록을 남기노라. 볼 눈이 있는 자는 보고, 기억할 수 있는 자는 기억하라. 홍수가 세상을 한 번 망하게 했지만 같은 일이 두 번 벌어지지는 않을 것이다. 세상이 끝나려 할 때, 고대의 주술이 셋에 의해 깨어지고. 이를 막는 자, 막지 않으려는 자, 동방의 땅에서 큰 싸움이 벌어지리라. 그러나 잊지 마라, 잊지 말고 기억하라. 세상의 위기를 가져오는 자는 아직 뱃속에 있으며, 그 어미, 백만의 눈과 백만의 손을 가진 여인은 먼 동방의 후손들이 몰락한 땅 귀퉁이에서 해가 사라지기만을 초조하게 기다리고 있노라.'"

해밀턴의 말이 끝나자 준후가 열띤 목소리로 입을 열었다.

"점토판의 마지막 부분은 틀림없이 바이올렛을 말하는 거죠. 백만의 눈과 백만의 손을 가진 여인이란 것은 바로 수백만 아기들 영을 다루는 것을 말하는 것일 테니까요. 근데 백만이라고 번역한

게 맞나요?"

준후가 묻자 해밀턴이 여유 있게 되받았다.

"그건 많다는 뜻이다. 메소포타미아는 육십진법을 썼고, 본문은 육십을 네 번 곱한 숫자다. 즉, 실제로 환산하면 천이백구십육만이지만 육십이 두 번이면 큰 것이고 세 번이면 아주 큰, 네 번이면 어마어마하게 많은 수를 일컫는다."

그러나 준후는 별로 중요하지 않다는 듯이 말했다.

"그리고 동방의 후손들이 몰락한 땅 귀퉁이…… 이것도 남미가 틀림없어요. 그리고 이제 나흘 남은…… 아니, 이제 사흘인가요? 일식은 해가 사라지는 것임이 틀림없죠. 그렇다면 이 점토판의 예언은 모두 그대로 맞는다는 이야기일 테죠?"

"당연히 그럴 테지."

해밀턴이 고개를 끄덕이자 준후는 날카롭게 지적했다.

"그런데 지금 상황과 맞지 않는 것이 있어요. 잘 보세요. 세상이 끝나려 할 때, 고대의 주술이 셋에 의해 깨어지고 이를 막는 자, 막지 않으려는 자, 동방의 땅에서 큰 싸움이 벌어지리라. 그렇죠?"

"그게 왜 맞지 않는다는 거냐?"

"그 싸움이 벌어진 곳은요?"

"그 싸움은 인도에서 이미 벌어지지 않았나? 인도는 메소포타미아에서 볼 때는 동방이니 틀리지 않았지."

"그렇다면 셋은요?"

"그건 여러 가지로 볼 수 있지. 너와 신부님이나 미스터 현암일 수도 있고, 나와 고반다를 위시한 악마들의 일파와 반대편 일파, 너희 일행의 세 파로 볼 수도 있다만, 아무튼 해석할 수 없는 부분은 아니지."

"그럼 고대의 주술이란 게 뭐죠?"

"라미드 우프닉스를 둘러싼 거겠지."

"그렇지 않아요. 예언자는 분명 고대의 주술이 깨어진다고 나왔어요. 그러나 라미드 우프닉스의 주술은 아직 깨어지지 않았잖아요."

"하지만 예언이란 것을 문맥 그대로 해석할 수는 없는 법이다. 라미드 우프닉스의 주술은 원래 세상을 구하려던 것인데 오히려 세상을 해치는 것이 됐으니 깨어진 것이라고 할 수 있어."

해밀턴의 해석을 듣고 준후는 고개를 끄덕였다.

"그렇게 볼 수도 있군요. 그렇다면 이 예언은 전혀 틀린 바가 없군요."

"그렇지. 네가 보기에도 일목요연하지 않으냐?"

"바로 그게 문제예요. 제 생각에, 이것은 진짜가 아닌 것 같아요."

"무슨 소리냐?"

"이건 예언 같지가 않아요. 나는 『해동감결』을 주로 해석해 왔기 때문에, 예언서가 어떤 것인지 대강 알아요. 예언은 미래를 앞질러 말하는 것이라서 이렇게 명확할 수 없으며, 아는 내용이라도 불투명하고 불분명하게 적게 마련이죠. 그러나 이건…… 마치 광고를 한 것 같아요. 절대로 예언이 이런 식으로 이루어질 수는 없어요!"

준후는 절실하게 말했지만 해밀턴은 준후의 말을 잘 알아듣지 못했다.

"예언이 명확하면 그만이지, 이런 식이 어디 있고 저런 식이 어디 있느냐?"

해밀턴이 딱 잘라 말하자 준후는 이번에는 호소하듯 현암과 박 신부를 향해 말했다.

"신부님! 현암 형! 나는 그토록 믿었던 『해동감결』마저 버렸어요. 지금 우리가 왜 예언에 연연해야 하죠? 그 예언이 틀리지 않았다는 보장이 어디 있어요? 예?"

그 말을 듣고 박 신부와 현암은 둘 다 머릿속이 환해지는 것을 느꼈다. 먼저 현암이 해밀턴을 보고 외쳤다.

"그렇습니다! 그 예언석! 그 내용이야말로……!"

그와 거의 동시에 박 신부도 해밀턴을 향해 외쳤다.

"타보트의 뒷면에 새겨진 글…… 모세가 남겼다는 그 글은……!"

둘은 서로 다른 생각을 하고 있었기에 각기 다른 점에 착안했지만 둘 다 동시에 거의 같은 결론에 도달한 것이다. 두 사람의 말을 듣고 해밀턴이 놀라 눈을 크게 떴다.

세 명의 분신

하늘 한 귀퉁이도 보이지 않을 정도로 울창한 숲을 헤치고 나와 시야가 트이자마자 눈앞을 가로막은 것은 거대한 산맥이었다. 산맥까지는 아직도 멀었지만 몹시도 높고 험하며 웅장한 데다가 산 아래 자락을 온통 뒤덮고 있는 빽빽한 정글은 하겐으로 하여금 경외감마저 느끼게 했다.

일기 예보에는 거대한 폭풍이 휘몰아친다고 했는데, 꼭 일기 예보가 아니어도 금방이라도 폭풍이 몰아칠 것 같은 후덥지근한 긴장감이 감도는 날씨였다.

하겐은 눈으로 달려드는 커다란 파리와 벌레들을 손으로 휘저어 쫓으며 입을 열었다.

"장관이군. 저기인가?"

그의 뒤를 따라 나온 키가 큰 흑인도 잠시 그 광경을 바라보다가 대답했다.

"내 고향 킬리만자로를 생각나게 하는군. 하지만 여기는 너무 습해."

하겐이 고개를 끄덕이자 흑인이 다시 중얼거렸다.

"왜 우리만 이런 힘든 길로 가야 하는 거지?"

하겐은 간단히 대답했다.

"포위망을 구축하기 위해서지."

"그건 나도 알아. 하지만 왜 우리만 이 고생을 해야 하냔 말이야."

"산을 기어오르는 것보다는 낫지. 이쪽에는 그래도 산길이 제대로 나 있으니까."

"차라리 산을 오르는 게 낫겠어."

하겐은 대답하지 않고 뒤를 돌아보았다. 그사이 숲에서 줄잡아 열다섯 명 정도 돼 보이는 사람들이 걸어 나왔다. 그들은 모두 중년에 접어든 남자들이었지만 머리 색깔과 나이, 그리고 피부색이 서로 달랐다. 그러나 모두의 심각한 표정 속에서 그들이 뭔가 위험하고도 중요한 일을 앞두고 있다는 낌새를 느낄 수 있었다.

하겐이 눈짓하자 안경을 끼고 키가 작달막한, 독실한 표정의 남자가 허리에 찬 작은 잡낭에서 지도와 나침반을 꺼내 방향을 확인했다.

"이제 대여섯 시간만 걸으면 되겠군요."

남자가 말하자 하겐은 무표정한 얼굴로 한 번 고개를 끄덕여 보였다. 그러고 나서 그는 손을 저어 일행에게 출발 신호를 했다. 그때 비명이 들려왔다. 하겐이 놀라 돌아보니, 대열의 맨 끝에 있던 남자가 땅에 쓰러져 있었는데, 어디서 나타났는지 모를 뱀들이 떼거리로 남자의 몸을 덮고 있었다.

"뱀?"

뱀들은 계속 숲에서 꾸역꾸역 밀려 나와 하겐 일행에게 기어 오고 있었다. 뒤로 도망칠 수도 있었지만 쓰러진 사람을 그냥 내버려둘 수도 없어서 일행이 머뭇거리는 사이 어느새 뱀들은 그들의 주위를 완전히 포위해 버리고 말았다.

작은 물뱀부터 색깔이 선명한 독사 무리, 그리고 무서우리만큼 굵고 커다란 아나콘다까지 있었다. 아나콘다는 사람을 통째로 삼켜 버릴 만큼 컸는데, 그런 뱀이 네 마리나 있었다.

"파치!"

하겐이 이름을 부르자 하겐과 이야기하던 키 큰 흑인이 재빨리 등에 진 배낭에서 피리 같은 것을 꺼냈다. 그가 피리를 입에 대는 순간 높고도 날카로운 소리가 사방에 울려 퍼졌다. 그러나 뱀들은 조금도 기세가 약해지지 않고 사람들을 향해 덤벼들려고 했다.

"제길! 이놈들은 누군가의 조종을 받고 있어!"

파치는 피리를 던져 버리고 굵직한 동물 뼈로 만든 곤봉을 꺼내 양손에 들었다. 그러자 다른 사람들도 저마다 무기를 꺼내 들었다. 하겐이 싸우라는 지시를 내리기도 전에 뱀들이 덤벼들어서 사람들은 죽자 살자 하고 뱀들과 싸울 수밖에 없었다.

능력자는 무기나 술수를 발휘해 싸웠지만 일행 중 삼분의 일 정도는 특수한 능력이 없는 보통 사람이었다. 그들도 권총이나 나이프를 꺼내 들었다. 한바탕 악전고투가 시작됐지만 뱀의 숫자는 무척이나 많았다.

하겐이 마법의 주문을 외워 파이어 볼을 내쏘고, 다른 능력자들도 제각기 술수를 발해 뱀들을 죽였지만, 뱀들은 끊임없이 나타나 덤벼들었다. 총을 쏘던 사람들은 실탄이 다 떨어지자 뱀에게 물려 쓰려져 갔고 능력자들 중 힘이 다한 사람들도 점차 위태해졌다. 안 되겠다 싶어서 하겐이 외쳤다.

“파치! 안 되겠다! 조종자를 잡자!”

그 외침이 끝나기가 무섭게 파치는 짐승 같은 소리를 지르면서 양손에 든 곤봉을 무섭게 휘둘러서 앞을 막고 있던 커다란 아나콘다 한 마리의 머리를 박살 내 버렸다. 그 틈을 타서 하겐은 파이어 볼 세 방을 쏘면서 뱀들의 포위망 밖으로 몸을 날렸다.

“이글 아이!”

하겐이 다시 주문을 쓰자 숲과 나무로 가려진 곳이 모조리 투명하게 변해 하겐의 시야에 들어왔다. 그러자 숲속에서 하겐은 검은 머리를 길게 늘어뜨린 한 여자를 발견할 수 있었다.

“저 여자다!”

하겐이 숲을 헤치며 그 여자를 향해 몸을 날리는 순간, 그녀는 힐끗 하겐을 돌아보며 미소를 지었다. 오싹하리만큼 요염한 미소였다. 그러나 그녀의 보라색 눈은 악마처럼 기분 나쁜 빛을 발하고 있었다.

하겐은 움찔하면서도 다시 파이어 볼을 한 방 날렸지만 그녀가 한 손을 들자 불덩어리는 그 손에 잡혀 맥없이 꺼지고 말았다.

“제법이군?”

그녀가 말하면서 크게 소리를 내지르자 하겐은 알 수 없는 힘에 밀려 나가떨어져 버리고 말았다. 엄청난 충격이었다. 온몸이 저리고 힘을 전혀 쓸 수 없었다. 이제는 죽는구나 하고 있는 찰나 파치가 달려왔다. 그는 아프리카 전래의 주문을 고래고래 소리 지르듯 외치며 곤봉을 무섭게 휘둘러 여자에게 덤벼들었다.

순간 그녀는 훌쩍 몸을 날리며 말했다.

"흥, 급한 일이 생겼군. 잠시 목숨을 붙여 주마."

그녀는 파치가 다시 덤벼들기도 전에 연기처럼 사라져 버렸다. 그리고 일행을 둘러쌌던 뱀 떼도 혼란에 빠지더니 흩어져 도망치거나 남은 사람들에게 맞아 죽었다.

하겐은 침울한 표정으로 파치의 부축을 받아 일행에게로 돌아왔다. 일행 중 네 명이 쓰러졌는데, 그중 두 명은 커다란 아나콘다에게 몸이 감기고 물려서 차마 눈 뜨고 볼 수도 없을 만큼 흉측한 모습이 돼 있었다. 전신의 뼈가 박살 난 것이다.

하겐은 한숨을 쉬며 중얼거렸다.

"바이올렛…… 틀림없어."

"그런데 왜 그냥 갔을까? 몰살시킬 기회였는데……."

파치가 중얼거리자 하겐은 침울하게 대답했다.

"글쎄……."

헬기의 엔진 소리는 요란했다. 아녜스 수녀는 비행기는 여러 번 타 보았지만, 헬기를 타는 것은 이번이 처음이었다. 그녀는 앞 유리와 밑바닥까지 모두 유리로 만들어진 헬기의 좌석을 바라보며, 아무래도 멀미가 날 것 같다는 기분이 들었다. 그녀가 탄 헬기는 지휘용이라 앞 유리가 투명했지만 그녀의 뒤편에서 시동을 걸고 있는 다른 헬기들은 페루군의 중무장 헬기들이었다.

"모두 이 지점으로 가면 되는 겁니까?"

조종사가 아녜스 수녀에게 지도를 보이며 물었다. 안데스산맥 부근의 한 점에 붉은 동그라미가 그려져 있었다. 아녜스 수녀는 고개를 돌려 뒷좌석에 앉은 침울하고 창백한 인상의 노인을 바라보았다. 그러자 그는 딱딱한 표정으로 고개를 끄덕여 보였다.

그의 옆에는 바이올렛이 앉아 있었는데, 항상 입담 좋던 뚱뚱한 그녀의 얼굴은 며칠 사이에 몹시도 창백해지고 야위어 보였다. 그녀는 힘없이 의자에 기대어 앉아 있었고, 금방이라도 창밖으로 뛰어내릴 것 같은 표정이었다.

아녜스 수녀는 그런 바이올렛에게 신경 쓰지 않고 다시 조종사에게 고개를 돌려 말했다.

"어서 뜨십시다. 시간이 없어요. 폭풍이 오고 있어요."

조종사는 아녜스 수녀의 자못 곱상한 얼굴을 보며 웃었다. 아녜스 수녀는 수녀복이 아닌 평복을 입고 있었으므로 조종사는 그녀가 수녀라는 것을 알지 못했다.

"그런데 무슨 일입니까? 게릴라들이라도 나온 건가요?"

아녜스 수녀는 딱 잘라 말했다.

"명령받은 대로 뜨기나 하세요."

조종사는 얼굴에서 웃음기를 거두고 다소 화난 듯 조종간을 당겼다. 아녜스 수녀가 탄 헬기가 요란한 로터 소리와 함께 이륙하자 뒤를 이어 두 대의 거대한 수송용 헬기와 세 대의 중무장 헬기가 떴다. 중무장 헬기에는 벌컨포와 지상 공격용 로켓 포드, 그리고 대전차 미사일까지 장착돼 있었다.

헬기가 이륙하는 순간, 아네스 수녀는 오싹한 기분이 들었다. 이유도 알 수 없이 기분이 나빴다. 급히 고개를 돌려 보니 비행장 저편 구석에 한 명의 여자가 서 있는 것이 보였다. 기다란 검은 머리의 여자였는데, 상당히 나이가 든 노파 같았다. 그 여자가 손을 쳐드는 것을 아네스 수녀는 보았다. 그리고 그 순간, 그녀의 얼굴에서 두 개의 보랏빛 눈이 번쩍이는 모습도.

바로 그 순간, 귀가 터질 듯한 굉음과 함께 아네스 수녀가 탄 헬기가 크게 흔들렸다. 흔들리는 와중에 저만치에서 같이 이륙하던 중무장 헬기 한 대가 폭발해 불덩어리가 된 채 땅으로 떨어져 내리는 모습이 보였다.

"안 돼!"

아네스 수녀가 소리를 지르는 순간 여자는 다시 손을 쳐들었고 이번에는 수송용 헬기 한 대의 꼬리 로터가 박살 났다. 꼬리 로터를 잃은 헬기는 원심력 때문에 빙빙 돌다가 마구 휘청거리면서 떨어져 내리더니 땅에 처박혀 와장창 찌그러져 버렸다.

"저 여자!"

아네스 수녀가 조종사에게 외쳤다.

"저 여자를 쏴요! 폭탄이건 뭐건 모조리! 어서!"

그 말에 조종사 역시 외쳤다.

"미쳤어요? 여긴 우리 공항이오! 더구나 사람을……!"

폭발의 충격 때문에 조종사는 헬기의 중심을 잡는 것만도 바빴다. 아네스 수녀는 더 볼 것도 없이 헬기 문을 열고 뛰어내렸다.

사오십 미터가 넘는 높이였지만, 아녜스 수녀는 원소력 중 바람의 기운을 극도로 사용하면 그 정도의 높이라도 다치지 않고 내릴 수 있었다.

아녜스 수녀는 있는 힘을 다해 원소력을 써서 땅에 내린 후 바람처럼 몸을 날려 검은 머리의 노파에게 달려들었다. 그러나 그 노파는 보라색 눈을 한 번 더 번쩍이더니 말없이 사라져 버렸다. 정말로 연기처럼 그 자리에서 사라져 버린 것이다.

아녜스 수녀는 양손에 기운을 극도로 몰았다가 그녀가 없어지자 애꿎은 땅바닥을 박차듯 힘껏 굴렀다. 그녀가 다시 눈을 돌려 뒤를 보니, 나머지 헬기들은 놀라서인지, 다시 정비를 해야 한다고 생각해서인지 서서히 땅에 내리고 있었다.

아녜스 수녀는 그쪽으로 달려가서 막 땅에 내린 지휘용 헬기에 올라탔다.

"뭐 하는 거예요? 어서 다시 띄워요!"

"하…… 하지만 정비를……."

조종사는 아녜스 수녀가 공중에서 뛰어내려 날아갔다가 다시 돌아오는 것을 보고 기가 질려 말조차 제대로 하지 못했다.

아녜스 수녀가 무서운 얼굴로 조종사에게 명령했다.

"어서 가요!"

그녀의 뒷좌석에 앉은 뚱보 바이올렛은 거의 기절 직전이었지만, 그 옆에 있던, 침울하고 창백한 인상의 남자는 눈썹 하나 까딱하지 않았다. 그는 천천히 성호를 긋고 조종사에게 말을 건넸다.

"어서 갑시다. 시간이 없어요. 불쌍한 희생자들의 영혼은 주께서 돌봐 주실 겁니다……."

산맥의 맞은편에서는 일단의 사람들이 험한 산비탈을 라마를 타고 올라가고 있었다. 원주민 안내자의 인도에 따라 사십 마리가 넘는 라마가 긴 행렬을 이루었다. 라마들은 험하고 바위 부스러기가 널려 있어 위험하기 짝이 없는 벼랑가를 태연하게 잘도 걸어갔다. 그 위에 탄 사람 중에 두려움을 느끼는 사람이 없는 듯했다.

하지만 막 밟고 지나간 벼랑가의 바위 부스러기가 우르르 떨어져 높이를 알 수 없을 정도의 벼랑 아래로 떨어져 내리는 소리가 들릴 때마다 어깨를 움칫거리는 사람들도 있었다. 그들 중에는 무색과 용화교의 십육 나한들도 끼어 있었다. 무색은 눈이 잘 보이지 않았으므로 십육 나한 중 한 명이 그가 탄 라마의 고삐를 대신 잡고 앞서 나가며 그를 인도하고 있었다.

험준한 산굽이를 대열의 반 정도가 돌아 들어갔을 때였다. 무색이 있는 대열 중간에서는 앞서 돌아 들어간 대열이 보이지 않는 곳이었는데 별안간 대열이 멈추어 섰다. 그리고 대열의 앞에서 외치는 소리가 들려왔다. 원주민 안내자의 목소리였다. 소리가 들리자 앞장선 제일 나한이 손짓했고 통역관이 재빨리 무색에게 달려갔다.

"누가 앞을 막고 있답니다."

통역관의 말에 무색은 고개를 한 번 갸우뚱하며 물었다.

"어떤 사람인가? 남자인가 아니면……."

"여자랍니다. 그것도 혼자인데 길을 비켜 주지 않는답니다."

"여자가?"

무색이 고개를 갸웃하는 순간 갑자기 대열의 앞쪽에서 굉음과 사람들의 비명, 라마들의 울부짖는 소리가 들려왔다. 그리고 곧이어 몇 마리의 라마와 사람들이 벼랑 아래로 굴러떨어지는 소리가 났다. 무색은 라마의 등에 탄 채로 몸을 날렸다. 그리고 십육 나한 중 네 사람이 그의 뒤를 따라 몸을 날렸다.

굽이를 돌아서는 순간, 그들 앞에 커다란 구름 덩이 같은 것이 날아들었다. 그러나 무색은 놀라지 않고 침착하게 양손을 뻗었고 네 사람의 나한들도 동시에 손을 뻗어 구름 덩이 같은 것을 후려쳤다.

퍽 소리와 함께 구름 덩이가 부서져 없어지는 순간, 무색은 뒤에서 연이어 다른 구름 덩이가 날아오는 것을 보고 깜짝 놀랐다. 이미 공력을 한 번 발휘한 뒤라 호흡이 맞지 않아 이어지는 것을 받아칠 자신이 없었다. 무색은 급히 몸을 훌쩍 날렸고 세 사람의 나한도 몸을 날렸는데 한 명은 너무 길이 좁아 미처 몸을 날리지 못하다가 그 구름 덩이에 맞았다.

"아아악!"

길게 비명을 지르면서 그 사람은 미칠 듯한 고통에 온몸을 마구 문지르면서 그대로 벼랑 아래로 떨어져 내려갔다. 무색은 허공에서 몸을 빙글 회전시켜서 몸을 거꾸로 세운 채로 호흡을 조절한

다음 벼랑을 한 번 발로 내디뎠다가 다시 아래로 제비처럼 날아 다그쳐 들어갔다.

무색의 손이 휙휙 허공을 가를 때마다 쿵쿵하는 소리가 났다. 두 개의 구름 덩이를 쳐 내고 나자 흑단 같은 검은 머리를 발치까지 기른 소녀의 모습이 나한들의 눈에 보였다. 그러나 무색은 그녀를 볼 수 없었다. 무색의 손이 그 여자를 후려치려는 순간, 그 여자가 까르르 웃었다.

"여기가 어디라고 함부로 들어오는 거야? 숨바꼭질이라도 해 볼까?"

그러자 남은 세 명의 나한도 제각기 주먹과 발로 여자를 공격해 들어갔다. 무색의 손이 여자의 몸에 닿으려는 순간, 그녀의 모습은 마치 마술처럼 사라져 버리고 말았다. 네 사람은 급히 공력을 거두고 몸을 돌려 자리에 섰는데, 이번에는 대열의 뒤편에서 비명과 함께 라마와 사람이 벼랑으로 떨어지는 소리가 들려왔다.

"이…… 이……!"

무색이 분노하면서 다시 몸을 날리려는데 무색의 뒤편에 여자의 모습이 마술처럼 휙 하고 나타났다. 그것도 한 명의 나한 바로 등 뒤에 나타난 것이었다. 워낙 가까운 거리였고 좁은 벼랑길이었기 때문에 무색은 그녀의 기운은 느낄 수 있었지만 미처 손을 쓸 수도 없었다. 그녀는 다시 까르르 웃으면서 마치 술래잡기라도 하듯 한 명의 나한을 밀었다.

"너, 쳤다."

그 나한은 공력도 상당하고 많은 수련을 쌓은 사람이었으나 바로 등 뒤에 순식간에 나타나서 밀치는 데에는 어찌할 수 없었다. 비명과 함께 나한이 떨어져 내리자 무색은 이를 갈면서 그녀를 덮치려 했으나 그녀는 이번에는 깡충깡충 뛰어서 벼랑길 저쪽으로 가 버렸다.

"급한 일이 생겼으니 나중에 놀아 주지. 안녕."

그녀가 다시 한번 손을 뻗자 벼랑길 한 모퉁이가 굉음과 함께 터져 나갔다. 라마들이 놀라 날뛰고, 사람들은 그녀를 상대하기보다는 놀란 라마들에 올라탄 자신들이 벼랑 아래로 떨어지지 않으려고 안간힘을 써야 했다. 그사이 그녀는 다시 흔적도 없이 사라졌다.

무색을 따라온 네 사람 중 이제 두 사람만이 살아남았는데, 그들은 모두 어깨를 덜덜 떨 만큼 화가 나 있었다. 그러나 무색은 노기를 드러내지 않고 그중 제육 나한에게 물었다.

"그녀의 얼굴을 보았는가?"

"예."

"그녀의 머리가 검은색이었나?"

"그렇습니다."

"동양인이었나?"

"아닙니다. 남미 여자 같아 보였습니다."

"눈 빛깔은?"

"예?"

"그 여자의 눈 빛깔을 물었다."

"음…… 보라색이었던 것 같습니다. 언뜻 보아 확실하지는 않지만……."

그 말에 무색은 한숨을 쉬며 중얼거렸다.

"역시…… 그 여자인가?"

돌연 무색이 크게 소리를 질렀다.

"모두 내려서 등을 벼랑에 바짝 붙이고 걸어라! 저쪽은 우리가 올 것을 알고 있다. 수단과 방법을 가리지 않을 것이니 우리도 보는 즉시 있는 힘을 다해 상대해야 한다!"

무색의 말대로 일행이 라마에서 내려 벼랑에 등을 붙이고 서자 제육 나한이 물었다.

"그 여자는 누굽니까?"

"바이올렛이다. 아마 그 여자의 분신이겠지. 모두 세 명이 있다고 들었는데 역시 놀랍고도 무섭구나. 극히 조심해야 한다. 조심……."

그러자 제사 나한이 물었다.

"그런데 왜 그냥 가 버렸을까요? 우리를 모두 위험하게 만들 수도 있었을 텐데…… 이런 좁은 길에선 방법이 없지 않습니까?"

"글쎄다. 그건 알 수 없지. 혹시……."

무색은 뭔가 떠오르는 생각이 있었으나 입을 열어 말하지는 않았다.

"좌우간 어서 벼랑길을 수리해라. 이러다가는 일식 때까지 도착할 수 없겠다."

일식까지는 이제 열두 시간이 남아 있었다. 그리고 조금 있으면 이 일대에 거대한, 극저기압의 폭풍이 휘몰아치리라. 그전까지 산을 벗어나려면 서둘러야 했다.

악마의 계략

하늘이 어두워지면서 사정없이 비를 퍼부어 댔다. 드디어 폭풍이 시작된 것이다. 하늘이 워낙 먹장 같은 구름으로 뒤덮여, 만약 일식이 아니라 할지라도 해를 볼 수는 없을 것 같았다. 폭풍의 기세는 대단해서 사방에는 금방이라도 날려 버릴 것 같은 바람이 불었고 빗물들이 바람에 날려 땅에 떨어져 흐르지도 못하고 공중에서 맴돌았다.

몰아치는 강풍에 나무들이 세차게 흔들리다가 부서졌고 떨어진 나뭇잎들이 공중에서 으깨어져 모래알처럼 얼굴을 때렸다. 그 조각이 얼굴에 박히듯이 스칠 때마다 아플 정도로 폭풍의 기세는 심했다.

그런 폭풍이 몰아치는 황량한 능선 부근의 마을이었다. 그곳은 아마도 오래된 옛 도시인 것 같았으나, 너무도 많이 부서져 문화재로서의 가치는 전혀 없을 듯했다. 돌로 쌓은 담들과 뼈만 남은 건물들은 자못 웅장했고 규모가 컸지만 이미 모두 부서지고 쇠락했으며 이끼와 풀들이 덮여 사람이 살고 있는 곳 같지 않았다. 몇

채의 오막살이집들도 있지만 사람들은 모두 어디론가 떠나 버린 듯 황폐하기만 했다.

"여기가 맞는가?"

박 신부가 숨을 몰아쉬며 크게 물었다. 크게 외치지 않으면 들리지도 않았을 정도로 바람이 거셌다. 일행은 박 신부와 현암, 준후, 승희, 그리고 연희 다섯 명뿐이었다. 다섯 사람은 흠뻑 젖었으며 휘몰아치는 강풍 때문에 휘청거리며 걷고 있었다.

앞장서 걷던 연희가 입을 열었다.

"그런 것…… 같아요."

비행기 안에서 잠들었다가 깨어난 후, 연희의 행동은 자못 이상했다. 뭔가에 홀린 듯, 마치 꿈을 꾸고 있는 상태 같았다. 이목을 숨기기 위해 페루 공항에는 밤에 내리게 됐는데, 연희는 비행기에서 내리자마자 들뜬 듯 방향을 가리켰고 박 신부 일행은 그 뒤를 따랐다.

이틀 동안의 여행 끝에 그들은 마침내, 지도 한 번 살펴보지 않고 정글 사이를 뚫고 나와 산을 올랐다. 누구도 입을 열지 않았고, 누구도 어떻게 연희가 길을 안내하는 것인지 묻지 않았다. 승희와 준후는 몇 번이나 입을 열려 했지만 그때마다 박 신부가 조용히 손짓으로 그들이 입을 여는 것을 막았다.

"저기……."

연희는 다 허물어져 가는 커다랗고 웅장한 어느 담벼락을 가리켰다. 그리고 다음 순간, 연희는 잠들 듯 스르르 눈을 감으며 그 자리에 쓰러졌다. 승희와 준후가 얼른 연희를 부축한 뒤, 준후가 연희를 업었다. 비는 계속 쏟아졌으나 다행히 바람은 조금 잠잠해지기 시작해서 주변이 조용해졌다. 그러자 오히려 귀가 먹먹한 듯한 느낌이 들었고 주변의 경치가 더더욱 황량하게 느껴졌다.

'저기에 정말 사람이 살까? 바이올렛이 있는 곳이라고는 생각하기 힘든데…….'

준후가 혼자 생각하는데 이번에는 박 신부가 절름거리면서도 뚜벅뚜벅 힘 있게 걸음을 옮겼다. 그러다가 그는 그 자리에 우뚝 멈추어 서서 갑자기 오라 막을 펼쳤다.

"준비하게."

그 말에 현암은 금이 간 월향검을 다시 꺼냈다. 승희는 준후에게서 연희를 받아 부축했다. 준후가 벽조선과 부적을 꺼내 손에 드는 순간 눈앞에 갑자기 세 사람의 모습이 나타났다.

모두 여자였고, 한결같이 길고 검은 머리카락과 보랏빛 눈을 지니고 있었다. 한 명은 아직 앳된 소녀였고, 한 명은 요염한 젊은 여인이었으며 한 명은 주름진 노파였다. 머리 길이는 소녀가 제일 길어서 발끝까지 닿을 듯했고, 여인의 머리는 허리께까지 닿을 정도였으며 노파의 머리는 어깨를 덮을 정도였다. 그 셋은 마치 한 사람인 것처럼 동시에 말했다.

"갈 수 없다."

"너희는……? 바이올렛의 분신들?"

박 신부가 별로 놀라지 않는 표정으로 묻자 여자들은 고개를 끄덕이며 오지 말라는 듯 손을 내저었다. 그러나 박 신부는 어깨를 한 번 으쓱해 보이고서는 빗물을 뚝뚝 떨구며 다시 천천히 걸음을 옮겼다. 그러자 셋이 다시 동시에 말했다.

"누구도 그녀를 해칠 수는 없다."

그 말에 박 신부는 천천히 되받았다.

"우리는 그녀를 해치지 않소."

여자들이 다시 말했다.

"거짓말이다."

"거짓말이 아니오."

셋이 서로 얼굴을 마주 보다가 고개를 돌려 동시에 물었다.

"만약 정말이라면, 너희는 그녀를 보호하기 위해 왔단 말인가?"

고개를 끄덕이며 박 신부가 대답했다.

"그렇소."

또다시 셋이 말했다.

"믿을 수 없다."

"어떻게 하면 믿겠소?"

"지금 그녀를 해치러 수많은 자들이 오고 있다. 정말 그녀를 구하고 싶다면 그들을 막아라."

오가는 대화를 듣다가 현암이 차분하게 여자들에게 물었다.

"당신들이 막지 그러오?"

여자들은 동시에 말했다.

"우리들로는 힘이 부족하다."

"힘으로 모든 것을 막을 수 있다고 보시오?"

여자들은 대답하지 않았다. 그러다가 이내 셋이 동시에 말했다.

"그렇지 않으면, 너희를 믿을 수 없다. 그녀를 만날 수 없다."

그러자 준후가 흥 하고 코웃음을 치며 비아냥거렸다.

"너희가 그녀를 지킨다고?"

셋은 지체 없이 동시에 말했다.

"그렇다."

현암이 나섰다.

"우리가 그녀를 해치려는 자들과 싸워 주기를 바라는 건가?"

"그렇다."

"그사이 너희는?"

"여기를 지킨다."

느닷없이 현암이 껄껄껄 웃었다. 여자들은 조금도 표정이 변하지 않은 채 현암을 잡아먹을 듯 노려보았다.

현암이 웃음을 멈추고 물었다.

"우리가 그녀를 죽이러 왔다면?"

그 말에 여자들은 자못 긴장하며 외쳤다.

"너희는 우리 손에 죽는다."

"너희가 과연 이길 수 있을까?"

셋은 동시에 똑같이 코웃음을 치며 되받았다.

"너희의 힘을 과신하지 마라."

그 말에 현암이 대꾸했다.

"물론 너희는 막강해. 하지만 우리가 그녀를 죽이려 한다면, 너희는 절대 우리를 이기지 않을 거야. 아마도 져 주겠지. 그렇지 않아?"

여자들은 그 말에 놀란 듯 대답하지 않았다. 그 틈에 현암이 다시 말했다.

"만약 그러지 않고 우리가 너희 말대로 각지에서 온 자들과 싸우다가 죽으면, 너희는 알아서 없어지겠지? 그리고 그들은 필사적으로 독이 올라 그녀를 죽일 테고. 이렇게 되든 저렇게 되든 그녀는 죽는다. 그게 너희들의 계획 아닌가? 안 그래?"

셋은 노해 동시에 부르짖었다.

"헛소리!"

그때 박 신부가 조용히 입을 열었다.

"그들은 오지 않는다. 너희의 계획은 다 드러났어."

그러자 셋이 다시 외쳤다.

"거짓말이다! 그들이 오고 있어! 수십, 수백 명의 능력자들이다! 너희는 절대 그녀를 지켜 내지 못해! 절대!"

박 신부가 차분한 목소리로 말했다.

"그들은 오지 않을 거다. 이미 사람들을 보냈어. 너희의 계획은 모두에게 알려질 거고, 아무도 그녀를 해치려고 하지 않을 거다……."

무색 일행은 비와 바람을 무릅쓰고 산 중턱에까지 도달했다. 시간이 별로 남지 않았기 때문에 그들은 서두르고 있었다. 그때, 대열의 뒤편에 있던 사람이 외쳤다.

"누가 옵니다!"

몇 시간 전에 호되게 당하고 난 다음이라 모두가 무섭게 긴장했다. 무색은 곧 소리친 사람에게 외쳤다.

"몇 사람이냐?"

"한 사람입니다!"

"여자인가?"

"아닙니다. 남자입니다."

"그래……."

무색은 바이올렛이 아닌 것 같아 조금 마음이 놓였지만 그대로 방심할 수는 없는 일이라서 남은 열네 나한 중 다시 네 명을 직접 거느리고 대열의 뒤편으로 갔다. 다가오는 사람은 무색에게 몹시 낯선 자였다. 비를 잔뜩 맞아 후줄근하지만 밝은 인상으로 다가오는 그 남자가 보이지도 않았지만 느낌으로도 그가 누구인지 전혀 알 수 없었다.

그가 유유히 다가와서 무색에게 인사를 건넸다.

"안녕들 하시오?"

무색이 인상을 쓰면서 물었다.

"당신은 누구요?"

"당신들은 나를 모르시겠지만, 나는 당신들 이야기를 많이 들었소. 무색 스님 맞으시오?"

"중국인이시군."

"그렇소."

"조금 아까 당신이 누구냐고 물었소. 그리고 왜 우리에게 온 것인지도."

"당신들을 더 이상 가지 못 하게 하려고 왔소."

그는 바로 황달지 교수였다.

"너희들, 여긴 또 웬일이냐?"

비슷한 시각, 산속으로 접어드는 또 다른 산길의 중턱쯤에서 현현일로는 낯익은 사람을 만나 깜짝 놀랐다. 그들 앞에 불쑥 튀어나온 것은 다름 아닌 준호와 아라, 수아. 이 세 아이였다. 아이들은 폭풍 속에서 오랫동안 기다렸는지 비를 홀딱 맞고 몸을 떨고 있는 측은한 모습이었다.

현현일로와 이로는 아네스 수녀와 협상하기로 하고 도인들을 이끌고 산맥을 중심으로 하는 포위망의 일익을 담당하고 있었다. 그런데 수천 킬로미터 떨어진 남미의 산맥에서 느닷없이 사라졌던 세 아이가 코앞에 나타났으니 놀라지 않을 수 없었다. 그들 일행에는 현현파와 오의파, 무련과 사천왕에 승현까지 모두가 함께였는데 그들 중 놀라지 않은 자가 없었다.

"더 가시면 안 돼요."

준호가 공손히 인사한 다음 일로에게 말했다. 일로는 급한 성격답게 대뜸 화부터 냈다.

"네 이놈! 너 준후란 녀석이 어디 있는지 알지? 썩 그 녀석이 있는 곳을 대라!"

일로가 소리치자 아라가 나섰다.

"준후 오빠를 왜 찾으시는지 알아요. 오빠가 한빈 거사님을 해쳤다고 생각하시죠? 그렇죠?"

"그렇다. 그러니 어서 그 녀석이 있는 곳을 썩 대란 말여."

"준후 오빠는 그분을 해치지 않았어요! 그분은 천지 공사를 실패해서 기운이 쇠해지자, 시해법을 써서 원신을 내보내신 것뿐이에요."

"네가 어찌 아느냐?"

"준후 오빠에게서 직접 들었어요! 그때 그분의 시신이 이상할 정도로 가벼웠던 것은 기억하시죠? 사십구일이 지나면, 그분은 원신으로 환생해서 돌아오실 거라고요! 기다려 보면 알 거 아니에요!"

"하지만 그분은 공격당한 흔적이 있었다, 그건 틀림없이 준후 녀석이 한 짓이었다!"

"그건 일부러 그런 거예요!"

"일부러? 아니, 무얼 위해서 일부러 그런 짓을 한단 말이냐? 응?"

"전부를 이리 모이게 하기 위해서요! 지금 여기 엄청나게 큰일이 벌어지고 있는 줄은 아시죠? 그래서…… 준후 오빠는 자신이 위험해지더라도, 다른 사람들은 조금이라도 도움을 받게 하려고 그런 거라고요! 그런데…… 그런데 아저씨들은……."

아라가 울먹이자 준호가 나서서 말했다.

"아무튼 중요한 것은 앞으로의 일이에요. 여러분은 가셔선 안 돼요."

"너는 만날 때마다 계속 그 이야기만 되풀이한다만, 말하려거든 증거를 대봐!"

그러자 준호가 말했다.

"지금부터 제 이야기를 들어 주세요. 그러면 이해하실 거예요."

"꼬맹이들 이야기나 듣고 있을 만큼 한가하지 않다!"

이번에는 수아가 앞으로 나서면서 고개를 설레설레 저었다.

"못 가요. 이야기를 들어 줘요."

그때 별안간 주변의 나무며 벼랑 같은 것들이 무섭게 자라나서 그들 일행은 마치 독 안에 갇힌 것 같은 기분이 됐다. 물론 수아가 부리는 정령들의 힘이었다. 하지만 일로는 단계가 높은 도인답게 흥 하고 코웃음을 치며 말했다.

"그런 잡술 따위에 홀릴 내가 아녀. 수작 부리지 말어."

그때 이로가 일로에게 다가와 넌지시 말을 건넸다.

"형님, 아무래도 이 아이들도 무슨 내력이 있는 듯하우. 뭐, 몇 시간이 걸릴 것도 아니니 이야기를 한 번 들어 보는 것도 나쁘지 않다고 보우."

그때 승현이 절룩거리며 앞으로 나섰다.

"이야기도 듣지 못할 만큼 급한 것은 없는 줄로 압니다. 그러니 잠시만 짬을 내는 것이……."

승현은 지난번 큰 부상으로 기절했으나 며칠이 지난 지금은 어느 정도 운신을 할 정도로 회복됐다. 그는 전부터 퇴마사들과 준후에게 호의적인 편이라 이번에도 애써 주는 것이었다.

그뿐만 아니라 다른 도인들도 퇴마사들을 믿고 있었고, 전에 준호가 한 말과 지금 아라가 하는 말이 은근히 사리에 맞다고 여겼기 때문에 아이들의 말을 들어 보려는 눈치였다. 시해법의 내용 같을 것을 아라가 알 리가 없었으니 아무래도 아이들의 말에 신뢰가 간 것이다. 할 수 없다고 느낀 일로는 에헴 하고 헛기침을 한 번 하고는 뒤로 한 발짝 물러서 등을 돌렸다.

"빨리 혀! 헛소리는 하지 말구."

먼저 이로가 물었다.

"누가 너희를 보냈느냐?"

"우리가 스스로 왔어요."

"왜? 그리고 우리가 이리로 올 것이란 건 누가 가르쳐 줬지?"

그것을 알려 준 것은 아하스 페르츠였다. 그는 성당 기사단과 프리메이슨, 장미 십자회에 걸친 방대한 정보망을 가지고 있었기에 아네스 수녀의 행동도 전부 파악할 수 있었던 것이다. 그러나 그 말을 하기가 민망해서 준호가 잠시 머뭇거리자 수아가 나서면서 영리하게 한마디 했다.

"어른들이 가르쳐 줬어요."

다행히 이로는 그 부분에선 더 이상 묻지 않고 말했다.

"그래, 무슨 이야기냐? 그리고 너희를 어떻게 믿지?"

이번에는 아라가 무련 비구니를 보며 말을 건넸다.

"저기…… 예쁜 비구니 언니?"

무련이 의아해하며 다가가자 아라는 뒤에 메고 있던 기다란 보따리를 꺼내어 그녀에게 넘겨주며 말했다.

"이걸 돌려드리랬어요. 그러면 증거가 될 거라고……."

무련은 그것을 풀어 보지도 않고 손에 잡자마자 무엇인지를 알았다. 그것은 바로 예전에 현암에게 주었던 청홍검이었다.

"이걸……? 그렇다면 현암 시주가?"

아라가 고개를 끄덕이자 무련은 일로와 이로를 보며 말했다.

"일단은 이 아이들의 말을 들어 보아야 할 것 같군요."

"아저씨가 이걸 가지고 언니에게서 가르침을 받으랬어요. 그래도 되나요?"

무련은 당돌한 아라의 눈동자를 보고 쓸쓸한 듯, 당혹한 듯 한 번 가볍게 웃어 보였다.

"그 이야기는 나중에 하자. 우선 이야기부터 해 보겠니?"

그러자 준호는 긴장을 풀기 위해 몇 번 심호흡을 한 뒤 말을 시작했다.

"간단하다면 간단하고, 복잡하다면 복잡한 이야기죠. 결론부터 말씀드리자면, 여러분들은 더 가시면 안 돼요. 악마들의 함정에 빠지게 돼요."

비슷한 시각, 시타 교수는 로파무드를 업은 채 또 다른 장소에서 칼키파의 잔당들과 아사신의 사람들을 설득하고 있었다. 로파무드는 아직 몸을 자유롭게 움직일 수는 없었지만, 이제는 의식이 돌아와 말은 할 수 있었다.

그녀는 바바지의 죽음에 대한 비밀을 밝혔다.

"여러분들은 고반다에게 속았고, 악마에게 속았습니다. 악마가 바라는 것은 인간의 손으로 무고한 사람을 죽이는 것입니다. 징벌자를 없앤다는 명목으로 말입니다. 고반다가 칼키를 자처했던 것은 그가 바로 이 계획의 주모자였기 때문입니다."

"그 말을 어떻게 믿는가?"

"생각해 보십시오. 맨 처음, 메소포타미아의 점토판이 나와서 세상에 떠돌게 되면서 말세의 비밀이 알려지기 시작했습니다. 하지만 그 점토판은 믿을 수 없습니다!"

"물론 점토판은 가짜였다. 하지만 그 원본은 분명 수천 년 전에 만들어진 진짜였어! 누가 그걸 조작할 수 있단 말인가?"

자이나 교도였다가 칼키파로 개종한 구레나룻을 기른 요기가 반론을 제기하자 로파무드가 대답했다.

"물론 그렇습니다. 아무도 그것을 조작할 수는 없겠지요. 인간이라면 말이죠."

"뭐? 그렇다면……."

"그렇습니다. 인간은 수천 년을 살 수 없지만, 악마들은 가능합니다. 그들은 세상의 처음부터 존재해 왔어요. 그들은 오늘의 이때를 노리고 수천 년 전부터 인간에게 영향력을 끼쳐 이런 조작을 해 왔던 겁니다."

또 다른 곳에서는 해밀턴이 하겐 일행을 만나 이야기하고 있었다. 폭풍이 몰아치는 속에 우뚝 서 있는 해밀턴의 모습은 마치 산처럼 거대하게 보였다. 하겐과 파치 등은 아하스 페르츠와 직접 싸운 적이 없기 때문에 그에 대한 거부감이 그리 크지 않았다.

해밀턴은 조용히, 그리고 차분하게 그들에게 설명했다.

"나도 속을 뻔했소. 수천 년을 존재해 왔으면서도 말이오. 내가 태어나기 이전부터 음모가 진행되리라고는 짐작하지 못했었소."

"하지만 점토판이 가짜라는 것을 어떻게 알았습니까?"

"처음에는 눈치채지 못했소. 그러나 그 예언의 내용 때문에 알 수 있었소. 예언하는 자는 누구나 이런 문제에 부닥치게 되오. 즉 미래는 결정돼 있는가 아니면 변하는가에 대한 번민 말이오. 이것은 누구도 결론지을 수 없는 문제요. 물론 사람들 개개인은 각자의 소신대로 행동하면 그만이지만, 예언가들은 그럴 수 없소. 만약 미래가 결정지어진 것이라면 문제가 없지만, 미래가 변동되는 것이라면 자신이 예언한 것 때문에 다시 미래에 영향을 끼치게 돼, 결론적으로는 예언이 달라질 수 있기 때문이오."

"그건 이해할 수 있소."

의외로 정규 교육 같은 것과는 아예 상관이 없어 보이는 파치가 제일 먼저 말했다.

"그 때문에 예언은 지난 후에야 알아볼 수 있도록, 또는 아주 깊은 고찰 끝에야 풀어 볼 수 있도록 알아보기 어렵게 기록하는 것이 보통이오. 노스트라다무스도 그랬고, 성서의 『요한 묵시록』도 그러하며, 그 외의 모든 예언서가 바로 그러한 이유로 아무나 미리 알아볼 수 없도록 만들어지는 것이오. 굳이 말하자면 인연이 있는 자에게만 전하려는 뜻이라고 할 수 있지."

"그래서요?"

하겐이 묻자 해밀턴이 대답했다.

"그런데 메소포타미아의 예언석은 그렇지 않았소. 너무도 분명하게 기록돼 있었으며 너무나 명확하게, 수천 년 후의 날짜까지도 나와 있으니 말이오. 이것은 거의 광고에 가깝소. 허나 그것이 몇천 년 전에 기록된 것이기에 지금의 우리는 놀라고도 두려워서, 그 예언을 믿지 않을 수 없게 됐지. 이게 바로 악마들의 주의 깊은 함정이오."

"타보트 뒤편의 예언은? 모세가 남겼다는 그 내용은……."

"그것도 거짓이오."

해밀턴이 딱 잘라 말하자 하겐이 소리쳤다.

"그건 거짓일 수 없소! 랍비 안나스는 좋은 자는 아니지만, 그것 때문에 일생을 걸었소. 절대 거짓일 수 없단 말이오!"

"거짓일 수 있소."

그래도 여전히 믿지 못하겠다는 듯이 하겐이 집요하게 물었다.

"그러면 타보트의 글귀가 위조된 것이란 말이오? 타보트는 신성한 물건이오. 더욱이 그것을 직접 만지거나 접하는 자는 누구나 죽는데, 누가 그것을 위조할 수 있겠소? 더구나 그것은 당신의 손으로 봉인해 두지 않았소?"

"물론 그랬소. 그러나 그것을 봉인해 둔 자는 지금의 내가 아닌

악한 아하스 페르츠였소. 나는 이중인격이었기 때문에 그것을 알지 못했고, 타보트의 행방을 추적해 내는 데 수백 년의 세월을 보냈소."

"그러면 그 글귀를 위조한 것은 당신이오?"

"그건 아니오. 악한 아하스 페르츠는 죽고 싶지 않아 했소. 그러니 타보트를 악숨에서 발견하자마자 그것을 깊숙이 감추고 믿을 만한 부하들로 하여금 감시하게 만들어서 그의 또 다른 인격인 나조차도 발견할 수 없게 만들었지. 악한 아하스 페르츠는 그것을 결코 열어 보지 않았소."

"그러면?"

"고반다가 한 짓이오."

"고반다가?"

"그렇소. 생각해 보시오. 나, 과거의 아하스 페르츠는 비록 악마들과 손을 잡기는 했지만 그들의 부하는 아니었소. 무엇보다도 악마들이 나를 믿을 수 없었을 거요. 아하스 페르츠는 강하기는 했지만, 변덕스러울 뿐만 아니라 자주 지금의 나, 해밀턴의 인격으로 돌아오곤 했소. 그러니 내가 맡은 역할은 타보트를 깊숙이 봉인하는 것 정도였을 거요. 그런데 타보트를 공개할 시기가 되자 악마들이 고반다를 부추겨 타보트를 훔쳐 내게 한 거요. 아하스 페르츠도, 고반다도 같은 악마의 수하에 있었는데도 굳이 그런 도둑질을 한 것은 그런 이유에서였소. 그리고 물론 그런 사실이 나, 해밀턴의 귀에 들어오게 한 것도, 그래서 그 현장을 직접 목격하게 만든 것도 그들의 계략이었소. 그렇게 하면 타보트가 세상에 다시 나왔다는 소문이 날 수밖에 없으니까 말이오."

"하지만 무엇 때문에 그런 짓을 한 거지?"

오의파의 성곤이 신음을 내며 묻자 준호는 우물쭈물 대답했다.

"그건…… 그러니까 이래요. 일단 타보트가 세상에 알려지는 건 악마들 입장에서는 꼭 필요해요. 그래야 그 뒤에 있는 글귀를 읽을 테고, 그것을 믿을 테니까요."

"하지만 고반다는 주술 막을 치고 그것을 지키려 하지 않았나?"

"여러분은 잘 모르시겠지만 고반다는 그것을 순순히 신부님에게 내주었어요. 이미 위조는 끝났으니까요."

"고반다는 어떻게 타보트를 만질 수 있었을까?"

"고반다가 한 게 아니라 부하들을 시킨 거겠죠. 그건 정확히 알 수 없어요. 혹은 고반다의 오라가 성스러운 것이라 타보트로부터도 보호받을 수 있었는지도 모르죠. 아니면 수많은 부하의 희생을 치르면서 조금씩 새겼거나, 무슨 기계를 사용했을 수도 있고요."

"하지만 의문점이 있어."

현현파의 근호가 잠시 말을 끊었다가 다시 이었다.

"그 말대로라면 타보트는 지금껏 아무도 손대지 않았는데, 어떻게 안나스는 그 전설을 들은 거지?"

"아까도 말했듯이, 이건 수천 년 전부터 꾸며진 음모예요. 그런 소문이 퍼지게 만드는 것은 문제도 아니죠. 그 소문이나, 모세의 무덤에 남았었다는 기록도 악마들의 사주를 받은 자들이 조작해 둔 것이라 생각하면 모든 문제가 풀리죠."

"그렇다면 악마들이 진정으로 바라는 바는……."

무색이 신음하듯 말끝을 흐리자 황달지 교수는 마치 강의라도 하는 것처럼 차근차근 설명했다.

"물론 세상을 혼돈으로 몰아넣는 거요. 우리들이 말세를 열 적 그리스도가 나타났다고 믿게 되고, 그 아이를 죽이게 되면 정말로 그 징벌이 내려지는 거요."

"그렇다면 악마들은 왜 직접 그 아기를 죽이지 않는 거요?"

"그것은 저도 잘은 모릅니다만…… 아마도 세상의 법칙에 그런 것이 있는 것 같소. 악마들이 직접 나타나면 우리보다 훨씬 강력하오. 그러니 그들이 만약 직접 나타나 손을 쓴다면 세상은 벌써 오래전에 망하거나 지옥이 됐을 거요. 그러나 그러지 못한 것은 아마도, 이 세상에서는 그들이 직접적으로 손을 쓰는 것이 금지돼 있다고밖에 볼 수 없소. 즉, 악마도 어느 정도 인간을 해칠 수는 있지만, 세상일에 크게 영향을 줄 수 있는 일은 할 수 없도록 극도로 통제받는다고나 할까?"

"그러면 왜 하필, 지금 이때 이런 일을 벌이는 거죠?"

제사 나한이 탄식하듯 묻자 황달지 교수가 대답했다.

"그건 아무도 모르오. 천기의 운행에서 지금이야말로 틈이 드러나는 때일 수도 있고, 인간의 죄악과 도덕의 타락이 이런 일이 벌어지기 알맞을 정도로 무르익었는지도 모르오. 사실 모든 사람이 세상이 망할지도 모른다는 불안 속에 살아간 것은 어제오늘의 일이 아니오. 전쟁, 핵무기, 환경 오염, 도덕적 타락, 불임, 생태계 파괴, 복합적인 지구의 노쇠…… 어느 것 하나 세상이 망한다는 위험을 주지 않는 것이 없소. 지금은 인간의 위기요. 그건 맞습니다만……."

로파무드가 차분한 목소리로 말했다.

"칼리 유가의 종말기, 무르익어 썩어 가는 인간 세상, 그 모든 것이 말세와 가장 합당한 때이므로 그렇게 믿기 쉽습니다. 더구나 과학 문명을 맹신하고 정신을 등한시하는 지금의 시대에 예언이라는 것은 사람들의 뇌리에 파고들기 쉽습니다. 종교도 우스워지고 과학도 인간을 배신했고 도덕도 땅에 떨어져서 믿을 것이라고는 아무것도 없는 시대야말로 수천 년 전의 메시지는 공포감을 주기에 족합니다. 자, 여러분 생각해 보세요. 물론 바이올렛은 용서받을 수 없는 여자입니다. 그러나 그의 아기도 죄가 있나요? 그 아기를 악마의 자식, 세상을 망하게 할 자라고 몰아붙여 그 아기를 단죄할 수 있는 사람이 여기 누가 있나요? 세상 어디에 있나요?"

해밀턴이 말했다.

"모든 것이 제대로 돌아가게 놓아둡시다. 악마들은 그것을 바라고 있소. 그래서 일부러 사람들을 자극하고, 마치 그들이 힘을 다해 징벌자를 지키려는 것처럼 연기하고 있소. 그러나 그것은 모두 거짓이오. 그것에 홀려서 순수한 아기를 죽이면, 그런 아이를 태어나지 못하게 만들면 그야말로 신의 분노와 징벌이 떨어질 것이오."

황달지 교수가 말했다.

"이제껏 행해진 가장 큰 죄악들은 대부분 세상을 위한다는 미명 아래 행해졌소. 그런 과오를 범하지 맙시다. 그냥 모든 것이 제대로 돌아가게 놓아둡시다."

로파무드와 시타 교수가 함께 말했다.

"모든 것이 제대로 돌아가도록……."

준호와 아라도 입을 모아 말했다.

"모든 것이 제대로 돌아가도록……."

수아도 조그만 소리로 덧붙였다.

"아기를 해치지 마세요. 아기는 죄가 없어요."

"연극은 여기까지다. 블랙 엔젤, 그리고 아스타로트. 너희는, 너희는 실패했어. 수천 년 동안 꾸며 온 계략도 이제는 끝이다."

그 말이 떨어지자 세 명의 여자가 느닷없이 몸을 부르르 떨었다. 그리고 갑자기 안개처럼 몸이 헝클어져 가다가 한데 엉겨 뭉쳤다. 잠시 후 세 명이 서 있던 자리에 여섯 장의 검은 날개를 지닌 악마, 블랙 엔젤이 서 있었다.

"너희는 정말 대단하구나……. 결국…… 결국 너희는 그녀를 죽이지 않을 거야?"

박 신부는 조용히 고개를 끄덕여 보였다. 돌연 블랙 엔젤이 소름이 끼치는 목소리로 깔깔거리며 웃었다.

박 신부는 조용히 서 있다가 블랙 엔젤에게 말했다.

"수천 년 동안 사람들을 미혹시켜 온 악마, 더 이상은 속지 않는다. 너희는 졌어."

"지금 내가 너희를 모두 죽이면?"

그 말에 박 신부는 차분히 말했다.

"우리가 너를 당해 내지 못한다고 해도 변하는 것은 없어. 너는 절대로 아기를 죽일 수는 없어. 아기는 아직 아무런 죄도, 인과도 없기 때문이지."

블랙 엔젤의 날개 끝이 파르르 떨렸다. 박 신부는 그 모습을 보며 태연히 덧붙였다.

"네 마음을 나에게 보인 것이 실수였다. 너는 마지막에 가서는 우리에게 징벌자를 해치라는 암시를 주려 한 것이겠지만, 세크메트의 눈은 네가 짐작한 것보다 훨씬 강했어."

블랙 엔젤이 날카롭게 외쳤다.

"내 계획을 눈치챘어?"

"그건 아니지만, 네가 불안해하는 것은 알 수 있었다. 바로…… 우리 때문에 말이다."

"흥!"

코웃음을 치는 블랙 엔젤을 보며 현암이 나섰다.

"너는 왜 고집을 부렸지? 너는 그녀를 우리 손으로 죽이게 하려고 갖은 모험을 했어. 그렇지 않았으면 이렇게 꼬리가 드러나지 않았을 텐데 말이야."

현암이 정확하게 지적했지만, 예상외로 블랙 엔젤은 태연스러운 표정으로 되받았다.

"너희 손으로 하는 것이 가장 좋았기 때문이지. 그리고……."

블랙 엔젤은 갑자기 현암을 가리키며 소리쳤다.

"네놈을 파멸시키고 싶었어. 네놈 손으로 가장 큰 죄악을 짓게 하고 싶었어. 하지만……."

잠시 말을 끊고 블랙 엔젤이 미소를 지었다.

"……잘 안되네. 그래도 뭐, 아직 모든 게 끝난 건 아니니까. 여전히 나는 이길 수 있어. 너희는 필요 이상으로 인간들의 마음을 선하다고 믿는데, 정말 그럴까? 너희가 보낸 사람들이 과연 모두를 설득할 수 있을까? 그들이 과연 전부 마음을 돌려 그녀를 죽이지 않으려고 할까?"

"그때는 우리가 막는다."

"아, 그런 식으로 죽여 달라고 하는 거야? 세련되지 못하게."

그때 승희가 버럭 소리를 질렀다.

"너는…… 너는 백호 씨를 죽게 했어! 그리고 윌리엄스 신부님도! 이반 교수님도! 모두 네가 해친 것이나 마찬가지야! 우리는 결코…… 결코 너에게 지지는 않아!"

박 신부는 오라 막을 부풀어 올렸고 준후는 만부원진을 펼쳤으며 현암은 공력을 끌어올렸다. 블랙 엔젤도 막 힘을 뿜어내려고 하는 찰나였는데, 돌연 손을 멈추었다. 연희가 부축하고 있던 승희의 손을 뿌리치고 일어나 퇴마사들의 앞을 막아섰기 때문이다.

"너……?"

연희의 얼굴은 평소에 볼 수 없었던 단호한 표정이 어려 있었다. 그녀는 아무 말도 하지 않았으나, 블랙 엔젤은 그녀의 얼굴을 잠시 바라보다가 흥 하고 코웃음을 치더니 순식간에 오간 데 없이 사라져 버렸다. 블랙 엔젤은 사라졌지만 악마가 남긴 말은 주위를 메아리치며 계속 떠돌았다.

"기억해 둬. 나는 지지 않아. 너희가 이기는 것이 우리의 패배를 의미한다고 생각해? 승패란 건 우리에게 아무 의미도 없어. 그냥 너희가 고통받으면 즐거울 뿐이야. 너희는 아직도 우릴 몰라. 더구나…… 너희는 여전히 내가 계획한 대로 움직이고 있는 거야, 알았어?"

준후는 그 말을 듣고 얼굴빛이 어두워졌지만 아무 말도 하지 않았다.

한편, 현암과 박 신부는 블랙 엔젤과 한판을 치러야 할 것이라는 생각만 했을 뿐, 연희가 그 앞에 나설 줄은 미처 생각하지도 못했다. 그리고 블랙 엔젤이 단지 연희가 앞을 막아선 것만으로 사라져 버린 것도 뜻밖이었다.

"어떻게 된 거죠?"

준후가 묻자 현암은 속으로 생각했다.

'아마도 연희 씨가 라미드 우프닉스이기 때문에 블랙 엔젤이 해칠 수 없었는지도 모른다. 악마가 직접 라미드 우프닉스를 해칠 수는 없을 테니까. 하지만…….'

아무도 대꾸하지 않자 준후가 말했다.

"난 불안해요. 아무래도…… 내가 죽었어야……."

그러자 현암은 나직하게 되받았다.

"그 이야기는 하지 않았으면 한다."

그때 갑자기 연희가 뚜벅뚜벅 걸음을 옮기기 시작했다. 일행은 약간 놀랐지만 아무 말 없이 그 뒤를 따랐다. 이상하게도 연희의 행동에서 방해하지 못할 기이한 분위기가 느껴졌다.

연희는 커다랗게 쌓여 있는 돌무더기 중 한 개의 돌을 손가락으로 가리켰다. 현암이 다가가서 자세히 보니 다른 돌무더기에는 이끼가 잔뜩 얽혀 있었지만 그 돌만은 누군가가 손을 댄 듯한 흔적이 역력했다.

현암은 돌을 잡고 밀고, 당겼지만 돌은 전혀 움직이지 않았다. 최후로 힘을 써서 돌을 옆으로 돌리자 갑자기 우르릉하는 소리와 함께 돌무더기의 한쪽이 교묘하게 열리면서 입구가 드러났다.

"놀랍군요, 연희 씨."

현암이 무심코 말하자 연희는 입구 쪽으로 손짓해 보였다. 연희의 행동이 아무래도 이상했지만 지금은 그녀를 따르는 수밖에 없었다. 입구로 들어서면서 준후가 박 신부에게 작은 소리로 속삭였다.

"다른 사람들이 잘해 줄까요?"

"글쎄다……."

솔직히 박 신부는 자신이 없었다. 만약 그들이 실패한다면 퇴마사들이 나설 수밖에 없는 노릇이고, 그들은 겨우 네 명인 데다 부상이 심한 상태라서 그들 중 한 무리도 당해 내기 어려운 것만은 틀림없는 사실이었다. 하지만 박 신부는 최소한 다른 사람들을 마지막 위험에 빠지게 하고 싶지 않았기에 그런 방법을 택한 것이었다.

최후의 시련

"믿을 수 없소!"

하겐이 돌연 소리쳤다.

해밀턴의 안색이 복잡하게 변해 갔지만 하겐은 개의치 않고 말을 이어 나갔다.

"당신의 이야기는 너무도 황당하오. 믿을 수 없소."

"그러나 사실이오."

"증거를 대시오. 그렇지 않고서는 믿을 수 없소. 당신의 말은 처음부터 끝까지 하나의 거대한 가설일 뿐이오. 증거가 있지 않고서는 도저히 믿을 수 없소."

"어떤 증거를 제시하려고 하오?"

아사신의 우두머리, 제사십칠 대 하산이 물었다.

"증거가 있기는 하오?"

무색이 물었다.

"그 말을 입증할 증거는 있느냐?"

현현이로가 묻자 준호가 자신 있게 대답했다.

"있어요!"

로파무드도 말했다.

"그건 바로……."

황달지 교수도 말했다.

"당신들 편의 손에 있소."

해밀턴은 조용히 대답했다.

"타보트요. 아네스 수녀의 손에 있는 타보트를 조사해 보시오."

하겐이 눈을 크게 뜨자 해밀턴이 계속 말했다.

"만약 내 말이 옳다면, 아네스 수녀의 손에 있는 타보트의 글귀는 새겨진 지 그리 오래되지 않았을 거요. 고반다가 위조한 것이니까 말이오. 그것만 확인한다면 모든 것은 명백하게 드러날 거요."

하겐은 그 말을 듣고 급히 파치에게 눈짓해 보였다.

"뭐라고요?"

아네스 수녀는 헬기 안에서 펄쩍 뛰어오를 뻔했다.

[어서 조사해 주시오. 타보트를 직접 볼 수 없다는 것은 알지만, 당신들은 성의를 지니고 있으니, 타보트의 힘으로부터 보호받을 방법도 알 거요. 이건 중대한 문제요!]

그녀는 지금 무색과 무선 통화를 하고 있었는데 다른 곳에서도 무선 통화가 계속 울려왔다. 하겐도, 현현이로도, 아사신의 사십칠 대 수령인 하산과 칼키파의 리더도 계속 연락을 취하고자 했다. 그리고 그들 이외에 다른 방향으로 가고 있는 또 다른 그룹들도 그 무선을 자연스럽게 듣고는 아네스 수녀에게 줄기차게 재촉했다.

아네스 수녀의 안색이 파랗게 질렸다. 초조한 안색으로 그녀의 얼굴을 바라보는 바이올렛의 얼굴도 심각했다. 안내자로 앉아 있던 그녀의 귀에도 상대의 이야기가 들려왔다. 그 옆에 앉아 있던 깡마른 노인은 이미 리시버(전기 진동을 음향 진동으로 변환하는 장치)로 그 이야기를 듣고 있었는데, 리시버 너머의 사람들이 소리를 질러 대고 있었기 때문이다.

그 사람이 아네스 수녀에게 말했다.

[어서 헬기를 내리게 하시오. 안 그래도 이 폭풍 속을 헬기로 뚫고 나간다는 건 무리였소.]

"아닙니다. 이건 전천후 헬기라서……."

아네스 수녀가 변명하듯 말하자 그는 다시 조용하지만 단호하게 말했다.

[어서 아무 데나 내리게 하시오. 그리고 말한 것처럼 타보트를 확인해 봅시다.]

마지못해 아네스 수녀가 하얗게 질린 얼굴로 조종사에게 지시하자 조종사는 고개를 끄덕여 보였다. 아무리 전천후 헬기라고 해도 조종사로서는 이 폭풍 속을 뚫고 간다는 것이 마음에 들 리 없었다.

곧 헬기 편대는 적당한 공터를 찾아 굉음 소리와 함께 착륙했다. 그리고 그 남자는 헬기가 내리자마자 비를 맞으며 바로 땅에 내려섰다. 아네스 수녀도 그의 뒤를 따를 수밖에 없었다. 그리고 그는 세 명의 직속 사제들에게 흰 천으로 싼 보따리를 우산을 받쳐 가져오게 했다.

그것은 교황청에서 특별히 제작한 것으로, 타보트의 힘으로부터 사람들을 보호하기 위해 만들어진 상자였다. 그 안에는 물론 '문제의' 타보트가 보관돼 있었다.

아네스 수녀는 아무 말 없이 그 뒤를 따랐고 세 명의 직속 사제가 그 주변을 둘러싸고 다른 사람들은 일절 가까이 오지 못하게 했다.

"아네스 수녀, 와서 같이 확인합시다."

"주교님……."

그 사람은 프란체스코 주교의 뒤를 이어 새로 이단 심판소의 장이 된 라파엘 주교였다. 그는 조심스럽게 돋보기를 꺼내 상자의 유리 너머로 타보트 뒷면의 글귀를 들여다보고는 한숨을 쉬었다.

"당신 같은 꼼꼼한 사람이 처음부터 이런 것을 보지 못했을 리가 없는데……."

아녜스 수녀는 아무 말도 하지 않았다. 타보트 뒷면에 새겨진 글씨는 치밀했지만, 그것이 수천 년 전에 새겨진 것이라고는 도저히 볼 수 없는 흠이 몇 군데에 있었던 것이다.

"아녜스 수녀, 어떻게 된 일인지 해명해 보시오."

아녜스 수녀가 아무 말도 하지 않자 라파엘 주교는 역정을 냈다.

"어서 타보트를 확인해 보시오. 나는 애당초 이런 일을 벌이는 것 자체를 좋아하지 않았소. 하지만 마누엘 대주교님이 너무 강하게 주장하는 바람에 끼어들게 된 거요. 그 사실은 아시지요?"

"예……."

"마누엘 대주교는 아무래도 너무 과격했소. 이전 프란체스코 주교와는 궁합이 맞았는지 모르지만 나는 다르오. 그분은…… 그분은 정말 문제가 있군. 광신은 교황 성하께서도 결코 바라시는 길이 아니오."

"하지만 주교님……."

"지금 이단 심판소의 장은 나요. 그리고 이 일에 대한 전권이 있는 것도 나요. 아직 상황을 판단할 수 없어 당신에게 일임했지만, 아무래도 다시 생각해 보아야 할 것 같군."

라파엘 주교는 아녜스 수녀를 노려보며 말을 이었다.

"당신은 확실히 정상이 아니오. 당신은 동료들의 죽음 때문에 개인적인 복수를 하려는지도 모르겠군. 그러나 그런 일은 용납될 수 없소. 아마도 이번 일은 그대로 넘어갈 수는 없……."

라파엘 주교는 더 이상 말을 이을 수가 없었다. 라파엘 주교가 서 있는 곳에 불덩이와 함께 커다란 폭발이 일어나 버렸기 때문이다. 라파엘 주교와 세 명의 직속 사제들은 불에 타면서 튕겨 날아가 버렸고 아녜스 수녀도 옷자락에 불이 붙은 채 데굴데굴 굴렀다.

폭풍을 동반한 비가 내려 바닥에 물이 흥건했지만 아녜스 수녀의 몸에 붙은 불은 잘 꺼지지 않았다. 군인들 몇이 소화기를 꺼내어 뿌린 후에야 아녜스 수녀의 몸에 붙은 불이 꺼졌는데, 그녀의 옷은 검게 그을리고 머리칼까지도 타 버린 데다가 부상이 심한 것 같아 보였다.

다른 교황청 사람들이 놀라서 달려오자 아녜스 수녀는 소리쳤다.

"그들이오! 악마들이!"

사람들은 몹시 놀랐다. 교황청 내에서는 허락받지 않은 사람에게는 절대 타보트를 볼 수 없게 했기 때문에 주교 주변에는 일부러 아무도 가지 않았고 직속 사제 세 사람만이 가 있었다.

폭발이 일어난 것은 믿을 수 없는 일이지만 아까만 해도 악마들의 공격으로 헬기 두 대가 떨어진 바 있었기에 사람들은 그 말을 믿을 수밖에 없었다. 더구나 라파엘 주교와 사제들에게 물으려 해도, 확인해 보니 그들은 모두 즉사해 버린 후였다.

이전의 이단 심판소의 프란체스코 주교와 가디언들은 아녜스 수녀를 제외하고 모두 죽었고, 지금 있는 사람들은 아녜스 수녀가 새로 요청해서 모은 사람들이었다. 그들 대부분은 아네스 수녀에게 그런 능력이 있다는 것을 알지 못했고, 아는 사람도 설마 아네스 수녀가 그런 짓을 하리라고는 꿈에도 상상할 수 없어 그저 당황할 수밖에 없었다.

그때 혼란에 빠진 사람들에게 아네스 수녀가 외쳤다.

"그들이 공격해 왔소! 그냥 둘 수 없어요! 모두 출발합시다! 주교님도 그런 명령을 내게 내리신 바 있어요!"

"하지만 주교님이 안 계신 지금……."

"수녀님도 상처를 입었는데……."

몇 사람이 불안한 듯 아네스 수녀를 바라보았지만, 온통 그슬려서 무섭게 보이는 얼굴로 아네스 수녀가 완강하게 외쳤다.

"내가 책임집니다. 지금 이 일을 인계받은 사람은 나뿐입니다. 내가 책임질 테니 원래대로 출발합시다! 어서요! 시간이 없습니다! 일식은 이제 몇 시간 남지 않았어요! 세상을 위해서입니다!"

아네스 수녀는 언뜻 타보트 상자 쪽을 보았다. 그 상자는 이미 산산조각으로 박살 난 것 같았고, 몇 사람이 타보트를 생각해 내고 놀라서 발을 굴렀지만 아네스 수녀는 이제 틀렸다면서 그들을 헬기로 몰았다.

불구덩이 속의 타보트를 힐끔 보며 아네스 수녀는 생각했다.

'타보트 따위, 없어지는 것이 나아.'

타보트를 구한다면 그 뒷면의 글귀가 발각될 것이다. 비록 중요한 성물이었지만 아네스 수녀는 그것을 포기할 수밖에 없었다.

다시 헬기의 시동이 걸리고, 아녜스 수녀는 조종사에게 외쳤다.

"어서 가세요."

그때 바이올렛의 목소리가 들려왔다.

"당신…… 당신…… 그렇다면…… 당신이야말로……."

아녜스 수녀가 돌아보니, 바이올렛의 겁먹은 눈이 보였다. 그녀는 아녜스 수녀가 무슨 짓을 했는지 알아챈 것이다. 아녜스 수녀의 얼굴이 하�게 질리면서 가슴이 두근두근해졌다.

"내가 무슨 짓을 했다고……?"

바이올렛은 고개를 저으면서 말했다.

"나는 특별한 힘은 없지만…… 약간의 능력은 있어. 그런 것만은 알 수 있어. 그런 것만은. 당신은…… 당신은 도대체 왜 그러는 거야? 무얼 위해서? 혹시……."

아녜스 수녀의 공허한 눈빛에서 바이올렛은 진실을 깨달았다. 아녜스 수녀는 이제 세상을 구하기 위해서나 악마들을 상대하기 위해 움직이고 있는 것이 아니었다. 그녀는 프란체스코 주교를 이성(異性)으로 보지는 않았지만 그와 비슷한 연애 감정을 품고 있었다.

그런데 프란체스코 주교는 죽었고, 그녀로서는 이제 세상의 종말이나 그녀의 신앙보다도 그가 남긴 유지를 이어받고 그것을 실행하는 것만이 중요했다. 그녀는 자신을 속이고 있었다. 프란체스코 주교의 말이야말로 옳다고, 그의 말을 그대로 지켜야만 한다는 집념에 사로잡혀 있는 것이다. 그녀의 신앙은 가톨릭을 위한 것이 아니라 가톨릭을 믿는 프란체스코 주교를 향한 것이었다. 어떤 것도 그녀 앞을 막을 수는 없었다.

"당신……."

바이올렛은 순간 가슴속에서 뭔가 치밀어 오르는 것 같아 말문이 막혀 버렸다. 그렇다면 퇴마사들이 옳았단 말인가? 자신은 세상을 위해서 배신까지 감수했는데…… 모두를 배신하고, 죽음에 이르게까지 만들었는데…….

그 순간, 아네스 수녀는 마지막 남은 양심의 굴레를 벗어던졌다. 그녀는 더 이상 망설이지 않고 뾰족하게 소리를 질렀다.

"바로 너구나! 이 마녀!"

"아, 아냐! 너는……."

바이올렛이 채 뭐라 항변하기도 전에 아네스 수녀는 좌석에서 몸을 반쯤 일으키며 무섭게 바이올렛에게 달려들었다. 이미 헬기는 이륙해 상당한 고도로 떠올라 있었다. 아네스 수녀는 발악하는 바이올렛을 쥐고 약간의 원소력을 발동해 그녀를 헬기 밖으로 내동댕이쳤다. 바이올렛은 저항하지 못하고 찢어지는 듯한 비명을 지르면서 땅으로 거꾸로 떨어져 버렸다.

"무슨 일입니까?"

조종사가 놀라서 돌아보자 아네스 수녀는 눈을 번득이며 대꾸했다.

"아무 일도 아니오. 마녀 하나가 숨어들었거든."

조종사는 그녀의 눈빛에 질려서 입을 다물어 버렸다. 정말로 너무도 무서웠기 때문이다. 조종사는 입을 다물었지만 속으로 생각했다.

'세상에 마녀가 정말 있다면 그건 이 여자일 거야. 정말 말세야, 말세.'

아네스 수녀는 눈을 감고 잠시 생각에 잠겼다. 자신이 생각해도 이건 미친 짓이었다. 용서받을 수 없었다. 하지만…….

'용서받을 마음은 추호도 없다. 다만…… 다만…….'

그녀는 프란체스코 주교를 기억해 냈다. 마녀로 몰려서 부모를 죽게 만들고 마을에서 쫓겨나 죽어 가던 자신을 발견해서 받아들여 주고, 수녀원에 넣어 주고, 이제껏 키워 준 그 사람. 그리고 그가 그 무서운 소용돌이 속으로 뛰어들기 직전 처참하게 부르짖던 목소리가 떠올랐다. 아네스 수녀는 약해지려는 마음을 다시 한번 옹골지게 다잡으며 속으로 중얼거렸다.

'당신은 틀리지 않아요. 절대 틀리지 않을 거예요.'

눈물이 흐를 것 같았지만 아네스 수녀는 참아 냈다. 마음을 독하게 먹어야 했다. 프란체스코 주교의 명에 따라 사람을 죽일 때도 그녀는 항상 양심의 가책을 느꼈지만 프란체스코 주교의 말이 우선이었다. 신에 대한 신앙심보다 프란체스코 주교에 대한 신앙심이 우선이었다. 지금도 자신이 결코 틀리지 않으리라고, 그래서 자신은 순교자가 될 것이고, 프란체스코 주교의 말대로 세상을 구하고야 말 것이라고 아네스 수녀는 자신을 타일렀다.

마음을 다잡은 그녀는 아직 시끄럽게 떠들고 있는 무전기의 수

화기를 듣고 냉랭하게 말했다.

"타보트는 위조가 아닙니다. 모두 예정대로 진행하시오."

갑자기 시끄럽던 수화기들이 모조리 조용해졌다. 아네스 수녀는 다시 한번 또박또박 말했다.

"우리는 이미 수없이 당했소. 라파엘 주교님도 방금 악마들에게 돌아가셨소. 이제 시간이 없으니 어서 진행하고, 앞을 가로막는 자들은 모조리 죽여 버리시오."

악마는 바로 너야. 아네스 수녀의 마음속에서 양심의 소리가 말했지만 이제는 작고 공허한 메아리일 뿐이었다.

가브리엘 수사는 이마에 한 손을 얹고 눈을 감은 채 헬기 안에 힘없이 기대앉아 있었다. 그는 방금 성난큰곰이라는 다친 거한이 도망치도록 내버려두었다. 그것은 순전히 동정심 때문이었다. 아네스 수녀는 그 남자가 부상 때문에 이번 일에는 어떤 일도 하지 못할 것을 알면서도, 그를 은밀히 죽이라고 가브리엘 수사에게 명한 바 있었다. 그러나 가브리엘 수사는 차마 그를 죽일 수 없었다. 다쳐 움직이기도 힘든 자를 죽일 수는 없었던 것이다. 차라리 자신이 징벌을 받기로 하고, 조금 전 혼란을 틈타 그를 풀어 주었다. 나중에 책임질 일이 두려웠지만, 방금 아네스 수녀가 바이올렛을 헬기에서 밀어 떨어뜨리는 것을 본 그는 이제 확신하게 됐다.

'아네스 수녀는 미쳤어. 나는 이 일에 끼지 않겠다.'

가브리엘 수사는 결심했다. 그리고 자신이 타고 있는 헬기의 조종사에게 말했다.

"기수를 돌려주시오. 나는 가지 않겠소."

"예?"

가브리엘 수사는 아녜스 수녀와 함께 남은 생존자였기 때문에 아녜스 수녀의 권한이 커짐과 동시에 그의 권한도 덩달아 커져 있었다. 그는 씁쓸히 말했다.

"나는…… 아무래도 결정을 내릴 수 없소. 나는 돌아가서, 교황 성하께 모든 전말을 보고해야겠소."

"직접 말입니까?"

"그렇소, 직접."

말하면서 가브리엘 수사는 입술을 깨물었다. 성난큰곰에게서 아까 들은, 이반이라는 남자의 냉혹하면서도 어딘가 마음이 끌리는 얼굴이 떠올랐다. 자신을 조카와 너무도 비슷했다고 말했던 남자. 물론 그에게 정은 없었다. 그러나 과연 세상을 망치려는 악인이 단순한 복수심 때문에 죽어 가는 순간까지 악마의 부하인 괴물에 두 토막이 나면서까지 입안에 총을 쏘아 함께 죽어 갈 수 있을까? 그것이 정말 단순한 복수심 때문일까? 그와 함께 장렬히 죽어 갔다는 성공회의 사제도 정말 세상의 종말을 바라는 악인일 수 있을까? 복수심은 남은 사람들을 위해서 댄 핑계일 뿐이었다. 자신들이 남기 위한 핑계.

'정말 악한 짓은 지금 우리가 하는 거야. 아녜스 수녀는 미쳤어.'

그러나 지금의 가브리엘 수사는 앞으로 벌어질 일을 막을 힘이 없었다. 할 수 있는 일이라고는 자신의 손을 더럽히지 않는 정도, 그리고 일이 어떻게 되든지 간에, 진상을 밝혀내는 일 정도였다.

연희는 조용히 돌로 된 지하실의 복도를 마치 예전에 와 보기라도 한 것처럼 자연스럽게 걷고 있었다. 그녀는 아무런 말도 하지 않았고, 일행 역시 아무도 입을 열지 않았다. 다만 그들 중 현암만은 뭔가 신기하다는 듯한 표정을 짓고 있었다.

지하실 복도는 예상보다는 매우 깔끔했고 잘 정돈돼 있었다. 그리고 양쪽 벽에는 작은 기름등잔들이 꽂혀 있어서 그렇게 어둡지도 않았다. 한참을 걸어 몇 굽이를 돌아서자 한 개의 방이 나타났고, 연희는 그 문을 천천히 밀었다.

대뜸 현암이 연희가 문을 여는 것을 제지하고 자신이 먼저 들어가려 했지만, 연희는 현암에게 미소만 한 번 지어 보이고는 문을 열고 안으로 들어섰다. 그곳은 수수하지만 깔끔하게 정돈된 방이었다. 그 중앙에는 한 개의 침대가 놓여 있었고, 그 위에는 방금 잠에서 깬 듯한 얼굴의 여자 한 명이 앉아 있었다.

기다란 검은 머리카락에 수수한 얼굴의 여인. 만삭이 된 배에 손을 얹고 있는 여인. 준호와 아라와 연희가 아기들과의 교감 속에서 보았던 그 여자였다.

연희가 조심스레 스페인어로 여자에게 말을 걸었지만, 여자는 알아듣지 못하는 듯 고개를 저었다. 그러자 연희는 다시 말을 바꾸어 몇 가지의 말을 해 보다가 이윽고 아주 기이한 발음의 말로 여자와 대화를 시작했다.

이번에 연희는 다른 사람들에게 이야기를 통역해서 들려주지 않았고 혼자 이야기했는데, 갑자기 승희가 깜짝 놀라 입을 딱 벌렸다.

승희는 긴장한 나머지 주머니 속에 손을 넣고 세크메트의 눈 한 쪽을 무의식중에 꽉 쥐고 있었는데, 그리로 연희의 마음속이 그대로 전달됐다. 그 때문에 승희는 마야 토착어로 이야기하는 연희와 여자의 대화를 알아들을 수 있었다.

그 여자의 첫마디는 바로 이것이었다.

당신이 바로 라미드 우프닉스?

그러나 연희의 대답은 더더욱 놀라웠다.

맞아요. 당신이 바로 바이올렛?

바이올렛이 아니에요. 그건 내 이름을 영어로 바꾸어 부른 것일 뿐이죠. 결국…… 오고야 말았군요…….

그래요. 당신은 어서 여기를 피해야 해요. 위험할지도 모르니까요.

하지만 그녀는 고개를 저으며 말했다.

나는 속지 않아요. 더 이상 속아서 사람들을 해치고 싶지 않아요. 뱃속의 아기가 보고 있어요. 내 아기에게 죄짓는 모습을 보여 주고 싶지 않아요…….

그러더니 그녀가 이내 덧붙였다.

당신은 죽을 거예요. 당신을 보자마자 그 일을 하랬어요. 당신을 죽이라고.

누가요?

나를 지켜 주던 그녀들이. 그녀들은 어디 갔죠? 당신들이 해쳤나요?

그녀들은 당신을 지켜 주지 않아요. 당신을 해치려 한 것은 바로 그녀들이에요. 바로 악마예요.

믿을 수 없어요!

믿지 않아도 할 수 없어요. 당신은…….

당신은 왜 죽지 않죠? 나를 찾아낼 수 있는 것은 라미드 우프닉스뿐이에요. 그리고 라미드 우프닉스는 자신의 정체를 알게 되면 바로 죽어요. 그런데…… 그런데 당신은 왜…….

승희는 그 말을 듣는 순간 펄쩍 뛰면서 여자를 후려치려고 했다. 연희를 죽게 만들 수 없었기 때문이다. 하지만 승희가 미처 행동하기도 전에 연희가 조용히 말했다.

나는 이미 죽었기 때문이에요…….

승희는 너무도 놀라서 비틀거리다가 그 자리에 털썩 주저앉았다. 그러자 연희는 조용히 돌아서서 승희를 보고 말했다.

"미안해, 승희야. 미안해요, 모두…… 나는 이미 그 사실을 알고 있었어요. 하지만…… 하지만 지금 이때를 위해서……."

현암, 준후가 모두 놀라 멍하니 있는데 승희가 별안간 울음을 터뜨렸다.

"언니! 연희 언니! 뭐야? 어떻게 된 거야? 응?"

연희가 조용히 미소를 지으며 대답했다.

"난 무슨 일이 있어도 진실을 알고 싶었어. 그래서 이걸……."

그러면서 연희는 손을 펴서 세크메트의 눈을 내밀어 승희의 손에 쥐여 주었다. 세크메트의 눈을 내려다보며 승희가 울먹였다.

"이걸…… 이걸 언제! 내가 보관하고 있는 줄로만 알았는데!"

"비행기에서 깨어나자마자 이걸 가졌어요. 승희가 꿈을 꾸고 있더군요. 어떻게 하면 나를 지킬 수 있을까, 어떻게 하면 나를 구할 수 있을까 걱정하는 꿈을…… 그래서 이걸 가졌고…… 알게 됐지. 모두 미안해요. 모두에게 걱정을 끼쳤어요……."

"하, 하지만…… 연희 누나는 살아 있잖아요!"

준후가 외치자 연희는 조용히 웃으며 말했다.

"아니. 내가 움직일 수 있는 것은…… 모두 그 사람 덕분이야. 그들이 도와주었어……."

준후뿐만 아니라 현암조차도 도저히 연희가 죽었다는 사실을 믿을 수가 없었다.

"그들이라니……?"

현암이 묻자 연희는 미소를 지었다.

"기억 안 나요? 내가 생각했던 사람…… 그리고 그 친구들…… 이미 죽은 사람들 말이에요……."

현암은 앗 하는 소리를 질렀다. 그렇다면 리의 영혼이? 그리고 친구들이라면…… 블랙 서클에서 해방됐던 과거의 승정들?

"정말…… 정말 그랬단 말인가요?"

현암은 연희가 최면 상태처럼 움직일 때부터 어딘가 그 느낌이 낯익다는 인상을 받았다. 퇴마사 중에서 리를 만나 본 것은 현암뿐이었는데 그 느낌은 바로 그의 느낌이었던 것이다.

"그래요. 그들은 모두 고마워하고 있어요. 그들의 영혼을 구제해 주어서. 그리고 그들을 미워하지 않고 용서해 주어서……."

"하지만……. 어떻게……?"

준후가 더듬거리며 물었다.

"기억 안 나니, 준후야? 그들 중에는 미라를 다루는 고대 주술사도 있었고, 좀비를 다루는 사람도 있었지. 그들이 힘을 합치면, 내 영혼을 조금 더 몸에 붙잡아 두고 몸을 움직이는 것 정도는 할 수 있어. 사악한 주술일 수도 있지만, 잘만 쓰면 좋은 것이기도 해. 덕분에 여러분에게 도움을 줄 수 있었으니까……."

그제야 현암과 준후는 연희가 이미 죽은 사람이라는 것을 눈치챘다. 준후는 갑자기 으왁 하고 울음을 터뜨렸고 현암은 어깨를 떨며 주르륵 굵은 눈물을 흘렸다. 박 신부는 조용히 손을 마주 잡고 기도를 올리며 말했다.

"고맙네, 연희 양…… 덕분에…… 덕분에……."

"신부님은 알고 계셨나요?"

현암이 외치듯 묻자 박 신부는 슬프게 고개를 끄덕였다.

"하지만 이미 늦은 다음이었네……."

그러자 준후가 눈물을 펑펑 쏟으며 소리쳤다.

"이게…… 이게 뭐야! 연희 누나! 죽지 마요! 죽으면 안 돼!"

고개를 저으며 연희가 미소를 지었다.

"미안하다, 준후야. 하지만 모두가 정해진 일이야. 과거 판첸 라마가 나에게 마지막 남기신 말씀이 있지. 마지막 날에, 사람이지만 사람 아닌 자가 동행해야 한다고…… 그게 바로 나였어. 지금의 나…….”

“연희 씨!”

현암이 목이 꽉 멘 소리로 외쳤고, 승희는 엉엉 울면서 연희를 붙잡고 매달렸다.

“언니! 언니! 가지 마! 가지 마! 나 때문에! 나 때문에!”

“울지 마. 다 내 잘못이야.”

“내 잘못이야! 나 때문이야! 나 때문!”

“아냐, 승희야. 다 내 호기심 때문인걸. 그리고…… 그리고 나는 행복해. 이제야 나는 자유로워졌어. 그리고…… 그를 다시 만났어. 이제는 함께 있을 거야…….”

연희의 몸 주위로 리가 남겼던 염체들이 반짝거리며 나타나 주위를 장식하듯 빛나기 시작했다.

“이제 모든 것을 부탁해요. 나는…… 이제 더 이상은…… 같이 있을 수 없어요……. 하지만…… 울지 마세요, 슬퍼하지 마세요……. 나는 내가 원하던 것을 얻었어요. 여러분도…… 여러분도 모두 원하시는 것을 얻기 바라요…….”

연희는 최후의 눈을 감으며 승희의 머리를 쓰다듬어 주었다.

“승희야, 네 행복을 찾으렴.”

그러고는 현암에게 말했다.

“현암 씨, 먼 곳을 보지 마세요…….”

끝으로 연희는 준후와 박 신부를 보며 슬픈 미소를 지었다.

“준후야, 안녕. 신부님, 안녕. 여러분들 덕에 저는 지금껏 뜻있게 살아왔어요. 그리고…… 그리고 이제는 그를 만났고…… 행복해요. 이제는…… 이제는 정말로…… 안녕……."

연희 주변의 작은 염체들이 다시 한번 눈부시게 빛나다가 꺼지자 연희의 몸도 그 자리에 천천히 쓰러져 갔다.

승희와 준후는 미친 것처럼 울부짖었고, 현암은 장승처럼 똑바로 서서 어깨를 조금씩 들썩였으며 박 신부는 기도하면서 조용히 눈물을 흘렸다. 백호가 죽었을 때나 윌리엄스 신부 등이 죽은 것을 알았을 때도 괴로웠지만, 연희의 죽음은 모두에게 있어서 또한 남달랐다. 모두가 슬픔을 억제할 수 없었다.

갑자기 승희가 미친 듯 몸을 일으키더니 침대 위의 바이올렛을 보며 소리쳤다.

"너……! 네가 죽인 거야! 네가…… 네가……."

박 신부가 조용히 말했다.

"아니다, 승희야. 그녀는 그러려 했지만, 연희 양은 그녀가 죽인 게 아냐."

현암도 여전히 눈물을 흘리면서도 침착하려 애쓰며 덧붙였다.

"블랙 엔젤의 최후의 계략이었을지도 몰라. 연희 씨를 앞세워 이곳으로 올 줄 알고…… 바이올렛의 입에서 라미드 우프닉스의 말을 꺼내도록 만들었을 거야."

생각해 보면 무서운 음모였다. 퇴마사들이 물론 바이올렛을 죽일 생각은 없다 해도, 급히 말문을 막으려면 힘을 쓸 수도 있다. 그런데 바이올렛은 임산부라, 자칫하면 작은 충격에도 위험해질 수 있었다.

설령 때늦게 바이올렛을 건드리지 않더라도 연희가 죽게 되면 분노한 퇴마사들이 무심코 손을 휘두를 수도 있는 것이다. 정말로 빠져나갈 수 없는 함정이었는데, 정말로 뜻밖의 방법으로 그 함정을 피할 수 있었던 것이다. 그러나 아직도 일이 끝난 것 같지 않았다.

차가운 표정으로 퇴마사들을 바라보고 있던 바이올렛이 갑자기 작은 소리로 주문 같은 것을 중얼거렸다.

준후가 깜짝 놀라며 외쳤다.

"저 여자! 주문을 외워요!"

현암도 박 신부도 놀랐지만 어떻게 손을 쓸 수가 없었다. 바이올렛은 임신한 상태였으니 약하게라도 후려칠 수도 없었고, 놀라게도 할 수 없었다. 실로 눈을 뻔히 뜨고 당해야 할 판이었다.

"그거야!"

승희가 부르짖었다. 주변의 공기가 이상한 울림으로 떨려 오기 시작한 것이다. 웅웅거리는 기이한 울림, 아기들의 영혼이 나타나는 조짐이었다. 그 느낌이 전해져 오자 네 사람은 긴장했다. 아무리 강한 주술 능력으로도 그 아기들의 영혼을 막을 수는 없었다. 하지만 박 신부는 굳은 표정으로 단호히 말했다.

"마음을 굳게들 먹게."

현암이 퍼뜩 생각나는 것이 있어서 말했다.

"도망칩시다. 일단 이런 좁은 곳은 벗어나야 합니다."

박 신부는 그 말에 고개를 끄덕여 보였다. 그러자 준후가 눈부시게 빠른 힐기보법을 사용해 바이올렛의 뒤로 돌아가서 그녀를 다짜고짜 둘러업었다. 바이올렛은 의외로 심각한 저항을 별반 하지 못했다.

그 모습을 보면서 박 신부는 조바심을 냈다.

"조심해라! 조심! 조심!"

아기들의 수많은 영혼이 밀려오는 듯, 벌써 돌벽이 흔들리며 바닥까지 우르릉거리며 기분 나쁘게 흔들렸다. 준후가 앙탈하는 바이올렛을 둘러업자 현암이 겉옷을 벗어 그녀의 등에 씌웠고 승희가 그 뒤를 바짝 따라갔다. 그러고 나서 박 신부는 오라 막을 최대로 펼치면서 뒤를 엄호했다.

지하실의 복도를 채 빠져나가기도 전에 돌벽이 와르르를 무너지면서 아기들의 영혼이 밀어닥쳤다. 박 신부는 눈을 감고 전력을 다해 오라를 발했고 그러자 아기들의 영혼도 잠시 주춤하며 뒤로 밀려 났다.

"어서 달려! 어서!"

박 신부가 뒤에서 외치자 현암은 준후의 어깨를 탁 한 번 치고는 다시 뒤로 달려가서 박 신부를 둘러업고 뛰었다. 며칠 조섭을 했지만 현암이나 박 신부는 아직 상처가 회복되지 않은 상태였다.

현암은 무리해서라도 공력을 써서 달릴 수 있었지만 박 신부가 다리를 저는 것은 오래된 일이라 그렇게라도 하지 않으면 빠져나갈 수 없을 것 같았다. 다행히 아기들의 영혼은 그들의 '어머니'인 바이올렛이 다칠까 봐서인지 무모한 공격은 하지 않아 박 신부도 오라 막으로 그럭저럭 막아 낼 수 있었다.

"어서 출구로!"

준후가 날듯이 달려 복도를 벗어나 출구로 나가는 순간, 준후는 눈앞이 아찔할 만큼 강한 빛을 받고는 자신도 모르게 눈을 감았다. 이어서 승희가 외마디 소리를 지르면서 준후를 떠받쳤다. 다음 순간, 우두두 하는 소리와 함께 준후가 있던 곳의 돌에 수십 개의 구멍이 뚫리며 돌가루와 파편이 분분히 날았다.

준후는 넘어지면서도 애써 바이올렛이 충격을 받지 않도록 하려 했지만 그녀는 외마디 비명을 질렀다. 그녀가 비명을 지르자마자 연이어 박 신부를 둘러업은 현암이 마치 공처럼 문에서 튀어나왔고 그 뒤를 이어 예의 무시무시한 아기들의 영혼이 밀물처럼 쏟아져 나왔다.

현암은 너무 급한 나머지 달리지 못하고 박 신부와 함께 데굴데굴 굴렀고 영혼들은 그 위로 곧바로 날아왔다. 준후는 이제 끝장이구나 하고 눈을 질끈 감았다.

"엎드려!"

다시 승희의 목소리가 울려 퍼지자 준후는 자신도 모르게 몸을 낮추며 바이올렛의 몸을 감쌌다. 곧이어 요란한 폭음이 터지면서 사방에 불덩이와 불씨가 우박처럼 쏟아져 내렸다. 방금 출입구 앞에 대기하고 있다가 빛을 비추고 총을 쏜 것은 헬리콥터였는데, 바로 그 헬리콥터가 폭발한 것이다.

"누가……?"

넘어져서 죽는가보다 생각했던 현암이 의아해 고개를 들어 보니, 아기들의 영이 마치 검고 커다란 원생동물처럼 비가 쏟아지는 어두운 하늘을 주름잡으며 또 다른 헬기를 공격하는 것이 보였다. 아마도 퇴마사들보다도 이자들이 더더욱 위험하다고 판단한 것 같았다.

곧이어 두 번째의 헬기 뒷부분이 아기들 영의 공격을 받자 쇠로 된 헬기 꼬리가 삽시간에 믹서가 갈아진 것처럼 부스러져 없어졌고 헬기는 빙빙 돌며 추락했다. 그러자 헬기에 타고 있던 많은 사람들이 비명을 지르면서 헬기에서 마구 뛰어내렸다.

헬기의 고도가 그리 높지 않아 사람들은 균형을 잃고 땅에 처박혔지만 죽을 정도의 부상은 입지 않았다. 아기들의 영은 그 사람들을 향해 다시 뻗어 나가려고 했다.

그것을 본 박 신부가 뛰쳐나갔다.

"안 돼!"

박 신부는 오라 줄을 쏟아 내어 아슬아슬하게 몇 명의 사람들을 밀어 냈다. 아무리 그들이 적이라지만 전과 같은 참극이 되풀이되는 것을 차마 볼 수 없었던 것이다.

그때 승희가 피를 흘리며 일어났다. 승희는 기관포 총탄에 스쳐서 한쪽 팔이 뼈까지 드러날 정도로 찢어져 있었는데도 그때까지 그런 상처를 입은 것을 깨닫지도 못하고 있었다.

"현암 군! 월향검을 줘! 어서!"

현암이 거의 무의식중에 월향검을 던지자 월향검이 날아가 승희의 손에 잡혔다. 승희는 준후를 밀어 내고 바이올렛에게 달려가서는 그녀의 목에 칼을 대고 그녀의 손에 연희가 다시 돌려준 세크메트의 눈을 쥐여 주었다. 그러고는 다급하게 소리쳤다.

"중지시켜!"

본색을 드러내는 건가? 너는…….

"어서 중지시켜! 아무도 해치지 못하게 해! 어서!"

내가 목숨을 아까워할 것 같아? 나는…… 아…… 나는 절대…….

바이올렛은 비로소 해산의 고통이 시작되는 것 같았다. 이제부터 몇 시간이 걸릴지는 알 수 없었지만 바이올렛은 고통에 겨워 승희의 옷자락을 잡고 늘어졌다.

"어서 아기들의 영혼을 불러! 너는…… 너는 뱃속의 아기에게 부끄럽지도 않아? 사람을 죽이는 걸 꼭 아기에게 보여 줘야겠어?"

승희는 바이올렛에게 마구 외쳐 댔다. 퇴마사나 마녀 협회의 입장에서 벗어난, 같은 여자로서였다.

그러다가 승희는 칼을 거두고 말했다.

"난 네가 미워. 하지만 우린 너를 해치지 않아. 해치려면 벌써 했지. 그러니 제발…… 그만둬. 우리 말을 들어 줘. 응?"

세크메트의 눈을 통해 마음이 열리자 바이올렛도 승희가 자신을 해치지 않을 것을 안 듯했다. 이윽고 바이올렛은 뭐라고 중얼중얼 주문을 외웠고 아기들의 영혼이 다시 돌아와 그들 앞을 막아섰다. 하지만 여전히 그들을 경계하는 것 같았다.

그 틈을 타서 박 신부는 옷자락을 찢어 승희의 상처를 일단 싸매 주었다. 승희는 그제야 고통을 느끼는지 인상을 쓰다가 현암에게 말했다.

"현암 군, 나 잘했어?"

현암은 잠시 승희를 바라보다가 섬섬 환한 미소를 지었다. 비에 머리와 옷이 흠뻑 젖고 상처까지 입어 파랗게 질린 화장기 없는 맨얼굴의 승희가 이상하게도 현암의 눈에는 너무도 아름다워 보였다. 현암은 고개를 끄덕여 보였다.

그때 준후가 말했다.

"저기 아네스 수녀가 있어요……. 모두들 실패한 걸까요? 만약 그렇다면 어떻게 하죠?"

박 신부는 한숨을 쉬며 되받았다.

"하는 데까지는 해 봐야지. 어쨌든 시간을 끄는 것이 중요하다."

그사이 아네스 수녀와 일행이 헬기에서 모두 뛰어내렸다. 헬기는 더 이상 버틸 수 없는지 다시 떠나가 버렸다. 무장 헬기들은 이미 모두 파괴됐기 때문에 더 이상 도움이 되지 않기 때문이기도 했다. 하지만 그들도 아기들의 영을 중간에 두고는 선불리 다가설 수 없었다.

그러는 동안 준후가 다시 바이올렛을 업자 퇴마사들은 조심스럽게 반대쪽으로 도망쳐 갔다. 아네스 수녀 등은 이를 갈았지만 아기들의 영이 앞을 막고 있는 한, 어찌할 방법이 없었다.

"이대로만 된다면 문제가 없겠군요."

준후는 이대로만 된다면 아무 일 없이 잘 도망칠 수 있다고 생각했다. 승희는 바이올렛이 측은한지 숲속으로 가는 동안 그녀의 이야기를 했다.

"알고 보니 불쌍한 여자야. 오지에서 아무것도 모르며 자랐는데…… 어느 날 마을 사람들이 모조리 쫓겨났어. 그들이 살던 곳이 뭔가로 지정됐는지 쫓겨나게 된 거야. 그녀의 아버지는 저항했지만…… 결국에는 당하고 말았어."

"어떻게 그럴 수가 있죠?"

"이들은 인디오고, 인디오들은 사람대접을 받지 못하고 있어. 허울만 좋은 법률로 보호한다고 하지만, 이들에게는 인권이 없어. 악한 자들이 손을 대도 하소연할 길이 없는 거야. 결국 아버지는 죽임을 당하고, 나머지 가족들은 강제로 끌려가고…… 그녀 역시 처참하게 당했어. 여러 명에게……."

"흠."

현암이 한숨을 내쉬자 승희는 바이올렛의 얼굴로 흘러내리는 빗물을 닦아 주며 말을 이었다.

"그때 그녀는 맹세한 거야. 이런 세상은 망해 버리라고. 차라리 망해 버리라고…… 그때 그녀의 귀에 목소리가 들려왔지. 분명 블랙 엔젤이었을 거야. 그리고 세 여자가 그녀를 거두었지. 그때부터 그녀는 기이한 힘을 지니게 됐고 세 여자의 말을 따르게 됐어. 하지만 그녀는 시키는 대로만 했을 뿐, 아직 정말로 누구를 죽였다거나 하는 느낌이 없어. 지금은 오로지 마음속에 미움밖에 남지 않았지만, 원래 나쁜 여자는 아니었어. 가엾게도……."

그때 바이올렛이 계속 소리를 지르며 고통스러워하며 손에 쥔 세크메트의 눈을 떨어뜨렸다. 승희가 그것을 다시 집어 쥐여 주려다가 바이올렛이 그럴 상태가 아닌 것을 보고는 현암에게 주었다.

지금으로서는 바이올렛의 고통을 줄여 줄 별다른 방법이 없었다. 준후는 그녀가 고통에 못 이겨 어깻죽지를 거의 다 할퀴어 놓는 것도 참아야 했다. 더구나 비는 그치기는커녕 약간 잠잠해졌던 바람마저 더더욱 매섭게 불기 시작했다. 이대로라면 바이올렛과 아기, 둘 다 위험할지 모른다고 생각한 박 신부가 입을 열었다.

"안 되겠다. 이대로 너무 비를 맞으면 산모와 아기 둘 다 위험해. 어디 비바람을 피할 장소를 찾아야겠다."

이제는 바람이 매섭게 휘몰아쳐 가까이서 이야기할 때도 귀에 대고 소리를 질러야 겨우 들릴 정도였다. 그 말을 듣고 현암과 승희는 비바람을 피할 만한 곳을 찾기 시작했다.

"저기!"

승희가 한 지점을 가리켰다. 투시력으로 동굴 하나를 찾아낸 것이다. 그 동굴은 짐승이 살던 곳인 듯, 좁고 침침했으며 냄새가 났지만 적어도 비바람은 몰아치지 않았다. 그러나 매우 좁아 모두 들어갈 수는 없었다. 승희가 간신히 바이올렛 옆에 있을 수 있었을 뿐, 나머지 세 사람은 동굴 밖에서 계속 비바람을 맞아야 했다.

"이대로 아기가 태어나면…… 모두 끝나는 건가요?"

준후가 묻자 박 신부는 조용히 고개를 끄덕였다.

“정확히는 모르지만 그럴 거다. 어떻게 그럴 수 있는 건진 몰라도…….”

사실 준후는 내심 몹시 혼란스러워하고 있었다. 다른 예언들이 악마의 조작이었던 것은 밝혀진 사실이었지만 『해동감결』만은 아직도 준후의 마음속에 강하게 자리 잡고 있었다. 그것만은 놀랄 정도로 정확히 모든 일을 예측했고 그 예언의 내용도 악마가 어떻게 손댈 수 있는 것이 아니란 사실도 분명했다.

그러나 그들은 『해동감결』에서 당부한 바를 어겼다. 과연 그대로 괜찮을까? 준후는 불안하기 짝이 없었다. 비록 박 신부와 현암 때문에 어떤 행동을 취하지는 않았지만 준후의 마음에는 불안감이 커졌다.

준후는 더 참지 못하고 힘겹게 말을 꺼냈다.

“저 아이가…… 정말로 징벌자라면 어쩌죠……? 우리는 『해동감결』을 어겼어요. 우리가 하는 일이…… 정말로 옳은 것일까요?”

“너 또 왜 그런 소리를 하는 거지?”

현암이 화를 내려 하자 박 신부가 조용히 말했다.

“무고한 아이를 지키는 것이 왜 잘못됐단 말이냐?”

준후는 애써 용기를 내어 되받았다.

“나는…… 나는 느낄 수 있어요. 신부님, 신부님은 느끼지 못하나요? 예? 정말 내가 잘못 느끼는 건가요?”

준후가 외치자 박 신부는 침울한 표정을 지었다. 현암은 준후가 무슨 소리를 하는지 몰라 물었다.

“무슨 소리냐? 뭘 느낀다는 거야?”

준후는 입술을 바르르 떨다가 쏘아대듯 말했다.

“저 아기…… 뱃속에 있는 아기…… 정말 저 아기가 우리가 생각한 대로 죄 없고 순진한 아기라면…… 대체 이 느낌은 뭐죠? 이 어두운 느낌은요?”

“어두운 느낌이라고?”

현암이 놀라서 다시 묻자 준후는 떨면서 대답했다.

“어두운 느낌…… 저 아기는 분명…… 분명 제대로 된 아기가 아니에요. 우리가 짐작한 대로의 아기라면 어떻게…… 어떻게 뱃속에서부터 저렇게 음침하고 어두운 기운을 내뿜을 수 있는 걸까요?”

그러고 보니 현암도 아까부터 온몸이 몹시 떨리고 음습한 기운을 느끼고 있었다. 그것은 비바람을 맞아서 그런 것이라고 생각하고 대수롭지 않게 여겼다. 그러나 사실은 그게 아니었단 말인가?

준후는 이제 흥분을 이기지 못해 소리쳤다.

“예? 신부님! 왜 말씀이 없으시죠? 왜 아니라고 하지 못하시는 거죠? 예?”

그러나 박 신부는 입을 굳게 다물고 있을 뿐이었다. 현암은 너무도 놀라서 두 사람의 얼굴을 바라보다가 급히 동굴 안으로 뛰어 들어갔다. 동굴 안을 보던 현암은 깜짝 놀랐다. 동굴 안에는 음습하고 검은 기운이 가득했고 그 가운데 승희가 쓰러져 있었다. 바이올렛은 여전히 고통을 호소하며 쓰러져 뒹굴고 있었으니 바이올렛의 짓은 아니었다.

현암은 깜짝 놀라 승희를 끌고 나오려는데 문득 현암의 귓가에 소리가 들려왔다.

미워.

현암은 깜짝 놀라 주위를 둘러보았으나 일행 외에 아무도 보이지 않았다. 오로지 바이올렛만이 비명을 지르고 있을 뿐이었다. 바이올렛이 혀를 깨물 것 같아 현암은 급히 나뭇가지 하나를 주워 입에 악물리려 했다. 그런데 현암의 손이 바이올렛의 몸에 닿자 날카로운 바늘 끝 같은 느낌이 전해져 왔다.

손대지 마!

현암은 깜짝 놀라 바이올렛의 몸에서 손을 떼었다. 그러나 그 악의에 찬, 뾰족한 부르짖음은 현암의 귓가에서 계속 맴돌았다.

죽여 버릴 거야……. 모두! 모두!

현암은 너무도 놀라고 두려워서 급히 승희를 끌고 밖으로 달려 나갔다. 준후가 하얗게 질린 얼굴로 두 주먹을 쥐고 부들부들 떨며 서 있는 것이 보였다. 현암은 눈을 크게 뜨고 준후에게 물었다.

"준후야, 혹시 네가 말한 게……."

"현암 형, 들었어요?"

현암이 고개를 끄덕이자 준후는 아래턱을 덜덜 떨며 말했다.

"나는…… 그녀를 업고 가는 내내…… 그 아기의 부르짖음을 들었어요. 어떻게…… 아기가…… 갓난아기가…… 모두를 죽인다고 하고 있어요. 악의에 가득 차서는……."

준후가 떨면서 이야기하는데 멀리서 번개가 번쩍였다. 승희가 비를 맞자 악 소리를 지르며 깨어나서는 현암에게 매달렸다.

"현암 군! 현암 군?"

"괜찮아, 승희야. 괜찮아."

현암이 승희를 감싸 주자 승희는 흑흑 울었다.

"무서워! 무서워! 저 안에…… 누군가가 있어! 누군가가! 아냐. 그건 아기야! 아기가……!"

"겁내지 마."

"아냐. 난 느꼈어! 느꼈다고! 바이올렛의 배에 손을 대는 순간…… 아기가 외쳤어! 나에게 외쳤어! 나에게 손댄 놈은 죽여 버린다고! 어떻게…… 어떻게 이런 일이……!"

"진정해! 진정하라고!"

현암이 승희에게 고함지르듯 말하자 승희는 고개를 설레설레 저으면서 말했다.

"신부님…… 신부님! 우리가 틀렸어요. 저 애는…… 저 애는…… 난 느꼈어요. 저 애는 세상에 대한 복수를 하려고 해요. 내 말을 믿어야 해요! 난 투시력이 있어요! 저 애는, 뱃속에 있는 어린 아기가! 세상을 망하게 할 궁리를 하고 있단 말이에요!"

승희가 소리를 지르는데 번개가 번쩍 내리꽂히더니 날카로운 빛이 사방을 감쌌다.

준후가 천천히 박 신부 앞으로 다가갔다.

"신부님…… 저 아기는…… 악마예요! 악마의 자식이에요. 우리가 틀렸어요…….”

아이들의 선택

아녜스 수녀가 있는 장소에는 차츰 긴박감이 감돌고 있었다. 퇴마사들이 떠난 지 십오 분도 채 지나지 않아 바이올렛의 주술력에 한계가 왔다. 바이올렛의 통증이 점점 심해지자 아기들의 영을 속박하고 있던 주술이 점차 느슨해져 갔고, 급기야는 주술적인 유대가 끊어져 버린 것이다. 아기들의 영혼은 점차 웅성거리면서 혼란스러워지기 시작했다.

아녜스 수녀가 아무리 독한 마음을 품었어도 지난번 직접 본 바 있는 아기들의 영과 정면으로 충돌할 수는 없었다. 하지만 그녀는 아기들의 영혼이 통제력을 잃어 가고 있다는 것, 그리고 시간이 지날수록 혼란이 더해지리라는 것을 눈치채고 있었다. 이런 상태라면 조금만 더 기다리기만 한다면 지난번같이 당하지만은 않을 것이었다.

‘어차피 아기들일 뿐이다. 깊은 생각 같은 것은 없어. 게다가 일식까지는 시간이 있으니 조금만 더 기다리면 돌파할 수 있다. 조금만 더…….’

아녜스 수녀는 초조하면서도 애써 그런 기분을 삭이며 스스로에게 말했다. 그녀는 각오하고 있었다. 마음먹은 대로 일을 이루건 그렇지 않건, 일식이 끝난 이후에도 살아 있을 생각은 없었다. 그렇게 마음먹자 오히려 상황을 냉철하게 판단할 수 있었다. 통제력을 잃은 아기들의 영혼은 단지 그들 앞을 가로막고 있을 뿐, 더 이상의 능동적인 행동은 하지 않았다. 그 때문에 아녜스 수녀 쪽의 사람들이 속속 모여드는 것을 보고서도 그들은 아무런 힘도 쓸 수 없었다.

이제 아녜스 수녀 측으로 점차 사람들이 모여들고 있었다. 무색 일행은 황달지 교수를 묶어서 끌고 왔으며 아사신과 칼키파의 연합 세력도 로파무드와 시타 교수를 끌고 왔다. 그들 모두는 어느 정도 공감하고 아녜스 수녀를 의심하기는 했지만, 막상 아녜스 수녀가 타보트가 위조되지 않았다고 단언하자 할 수 없이 예정대로 도착한 것이다.

그러나 하젠과 파치 일행은 약속한 위치에 도달하지 못했다. 그들은 해밀턴이 강제로 붙잡아 두고 있었던 것이다. 그러나 이것만으로도 아녜스 수녀 측의 인원은 어느덧 육십 명 이상으로 불어났다. 그리고 그중 삼분의 이 정도가 대단한 능력을 지닌 사람들이었으며, 나머지 사람들도 모두 경기관총과 수류탄 등으로 중무장하고 있었다.

무색과 아사신의 후계자 등은 아녜스 수녀에게 타보트를 보여 달라고 할 참이었지만 아녜스 수녀는 아기들의 영혼을 구실 삼아 그런 요구를 슬그머니 넘겼다.

"더 기다릴 수 없다. 모조리 해치워 버려라!"

아네스 수녀가 외치자 모든 능력자가 아기들의 영혼을 쫓아내기 시작했다. 그들은 지난번 인도에서의 참극을 전해 들었기 때문에 전문적으로 영혼을 제압할 수 있는 부적이나 무기를 휴대하고 있었고, 그에 대비한 훈련도 했다. 게다가 아기들의 영은 일사불란하게 움직일 수 없었던 탓에 그들은 점차 우세를 차지해 나갔다.

그러나 아네스 수녀가 오산한 것이 있었으니, 그것은 영혼들의 숫자였다. 그 자리에 있던 아기들의 영혼은 일부분에 지나지 않았던 것이다. 아기들의 영혼은 자신들이 밀리자 도움을 청했고 또 다른 영혼들이 정글 속에서부터 나타나, 그렇지 않아도 폭풍우 때문에 시커먼 하늘을 회색으로 뒤덮으며 몰려왔다.

아네스 수녀와 다른 사람들은 그 광경을 보고 덜컥 겁이 났지만 이제는 돌이킬 수 없는 일이었다.

준호와 아라, 수아가 한국의 도인들과 함께 그 장소에 도착한 것은 그때였다.

현현일로와 이로는 결국 아네스 수녀의 말을 따랐으나 그렇다고 아이들을 묶어서 데리고 올 만큼 염치가 없지는 않았다. 그리고 승현이나 무련, 성곤 등이 아이들을 잘 다독이고 옹호해 주었기 때문에 준호와 아라도 대놓고 그들과 싸울 수도 없는 입장이었다.

아라는 싸우자고 했지만 준호는 약간 더 신중했다. 일단 그들이 이해하지 않으니 차차 기회를 보자는 것이었다. 결국 싸워서 이길 수도 없는 것을 알고 아라도 승낙했다. 그들 중 가장 강한 것은 사실 수아였는데, 수아는 너무 어려서 싸움을 시키기도 뭣했고 시킨다 해도 제대로 할 수 있을 것 같지도 않았다.

아라와 준호가 막 산비탈을 올라서자마자 수많은 사람과 아기들의 수없이 많은 영혼이 치열하게 싸우는 광경을 보았다. 이로도 그 광경을 보고는 대경실색해 급히 모든 사람에게 아녜스 수녀를 도우라고 명령했다.

사천왕과 오의파 사람들, 무련과 현현파 사람들이 모두 달려 나갔고 이로도 달려 나갔다. 그들은 지난번 칼키파의 신전에 가지 않았기 때문에 그 영혼들이 얼마나 무서운지, 그리고 준호와 아라가 아기들의 영혼과 대화가 통한다는 사실을 모르고 있었다.

"저기 아기들이 또 있네?"

아라가 깜짝 놀라며 외치자 준호도 놀란 듯 고개를 끄덕였다.

"저건 안 돼. 저 아이들도 불쌍하고……."

당장 앞으로 달려 나가려는 준호를 아라가 얼른 붙잡았다.

"어떻게 하려고?"

"말려 볼 거야. 지난번처럼!"

"말리면 어떻게 해! 저놈들은 전부 다 준후 오빠를 해치려는 나쁜 놈들이야!"

준호는 그 말을 듣고 조금 우물쭈물했다.

"하지만……."

그때 승현이 아라에게 물었다. 그는 부상 때문에 싸우지 않고 뒤처져 남아 있었던 것이다.

"너희가 저것들을 막을 수 있니?"

"예!"

준호가 대답했지만 아라는 톡 쏘듯이 외쳤다.

"하지만 돕고 싶지 않아요! 우리가 왜 저 사람들을 도와주어야 하죠?"

승현도 마음이 꺼림칙했지만 돌아가는 상황이 몹시 급했다. 그는 곧 준호와 아라에게 말했다.

"그렇다고 사람들이 죽는 것을 그냥 볼 생각이냐?"

"하지만……."

준호가 말끝을 흐리자 대뜸 아라가 외쳤다.

"준후 오빠를 더 이상 쫓지 말아요. 그리고 다른 사람들도 그들을 쫓아가지 못하게 해 줘요! 그런다면 한번 해 볼 수 있지만, 그렇지 않으면 목에 칼이 들어와도 못 해요!"

승현은 상황이 너무 다급해서 군소리하지 않고 수아를 덥석 안아 올린 다음 아라와 준호를 끌고 싸움터 속으로 뛰어들었다.

승현이 대뜸 아네스 수녀 쪽으로 가서 외쳤다.

"할 말이 있소!"

아네스 수녀는 힐끗 뒤를 돌아보고는 낯익은 아이들이 와 있는 모습을 보고 깜짝 놀랐다. 그러나 이내 화를 냈다.

"할 말 없소!"

"이대로 가면 모두 죽소. 이 아이들의 도움을 받으시오."

그러나 아네스 수녀는 딱 잘라 말했다.

"그렇겐 못 해요!"

"미쳤소? 당신 혼자가 아니라 모두 죽는단 말이오! 이 아이들에게 그 사람들의 뒤를 쫓지 않겠다고 약속만 한다면……."

그러나 다음 말을 하기도 전에 승현은 아네스 수녀에게 떠밀려 뒤로 비틀거리며 넘어지려 했다. 그때 무색이 재빠르게 다가와 그를 부축하며 물었다.

"정말로 그럴 수 있소?"

"할 수 있을 겁니다."

"내 목숨을 걸고 약속을 지킬 테니, 어서 아이들로 하여금 저 영혼들을 진정시키도록 하시오! 하루 동안 아무 데도 나오지 말고 숨어 있으라고 말이오! 그러면 되지 않소?"

무색의 말을 듣고 승현은 눈을 크게 뜨고 무색을 바라보았다.

"정말입니까?"

"물론이오! 어서 더 늦으면 모두가 위험해지오! 어서!"

승현은 준호와 아라에게 그 말을 전했다. 그러자 아라는 기쁜 얼굴로 준호에게 말했다.

"됐어! 우리가 준후 오빠를 구하게 될 거야!"

준호는 안 그래도 사람들이 죽는 것을 두고 볼 수 없어서 설령 무색이나 아네스 수녀가 아무 말을 하지 않았다 해도 아기들과 접촉해 볼 생각이었다.

드디어 두 아이가 아기들의 영혼을 향해 말을 거는데 아기들의 영은 잘 반응하지 않았다. 결국 무색과 이로가 좌우에서 그들을 보호하는 가운데 준호와 아라는 간신히 아기들의 영혼과 대화를 할 수 있었다. 하지만…….

"큰일 났어요."

준호가 울상이 돼 승현에게 말했다.

"왜 그러느냐?"

"아기들이 몹시 흥분해 있어요. 화가 났어요. 모두 나쁜 어른들이라고……."

승현은 암담한 기분이 돼 어쩔 줄을 모르는데 아라가 소리쳤다.

"할 수 없어요! 모두 자업자득이에요!"

그래도 준호는 한 번 더 애를 쓰며 간곡하게 아기들의 영혼과 대화를 시도했다. 그러나 승현이나 다른 누구도 그 내용을 엿들을 수는 없었다. 그때 별안간 아라가 펄쩍 뛰며 외쳤다.

"너 미쳤어? 응?"

준호가 침울하게 대답했다.

"미치지 않았어."

"이 사람들을 어떻게 믿어? 응?"

"그래도…… 할 수 없잖아. 사부라면 이렇게 했을 거야……. 그들도 약속했잖아."

그 말에 아라도 말문이 막힌 듯 잠시 멍하니 준호의 얼굴을 바라보다가 이윽고 고개를 끄덕여 보였다. 승현은 무슨 일인지 궁금해서 준호에게 물었다.

"뭐냐? 무슨 일이니? 응?"

"저 아이들…… 정말 그러는지 아닌지 두고 본대요. 인질이 필요하대요."

"인질?"

"예……. 저 아이들은 바이올렛을 자신들의 어머니라 여기고 있어요. 그녀가 죽게 될까 봐 몹시 두려워해요……."

"이미 무색 스님이 약속하지 않았느냐? 누구라도 인질이 되라면 되겠다."

"하지만 어른들은 믿을 수 없다고……."

"그러면……?"

승현은 한숨을 내쉬었다. 그렇다면 이 아이들이 스스로 자청해 인질이 되기로 한 모양이었다. 승현은 너무도 창피하고 낯이 뜨거워서 무색에게 그 이야기를 전해 준 다음 화를 냈다.

"당신들은 모두 이 아이들만도 못합니다. 이 아이들을 보시오. 이 아이들을 배신하는 일은 결코 없어야 할 겁니다."

그에 무색이 진지하게 대꾸했다.

"약속은 반드시 지키오."

모든 사람이 꿀 먹은 벙어리처럼 입을 열지 못했다. 사실 조금만 더 아이들이 늑장을 부렸어도 모든 사람은 전멸했을 터였다. 아네스 수녀나 무색 같은 사람들은 살아남을 수 있겠지만, 그보다 능력이 못한 자들은 목이 떨어졌다 다시 붙은 것이나 다름없었다.

"난…… 아무래도 저 사람들을 믿을 수 없어."

아라가 중얼거리자 준호는 어두운 안색으로 말했다.

"미안해. 하지만 할 수 없었어. 나 혼자만 가고 싶은데……."

"그럴 순 없어. 나도 그렇게 뻔뻔스러운 애는 아냐. 그리고……."

아라는 조금 부드러운 목소리로 말을 이었다.

"너, 알고 보니 괜찮은 애구나……."

"내가? 너를 위험에 같이 빠뜨리는데도?"

아라는 말없이 웃었다. 아라가 준호를 향해 이런 미소를 보낸 것은 이번이 처음이라 준호는 약간 가슴이 두근거리는 것을 느꼈다.

잠시 후, 아라와 준호는 아기들의 영이 자신들의 몸을 에워싸고 허공으로 들어 올리는 것을 느꼈다. 두렵기도 했지만 그보다는 안도감이 더 컸다. 아라와 준호는 둘 다 준후를 생각하고 있었다. 그리고 준후와 다른 사람들 그 누구도 죽지 말고, 다치지 말고 무사히 일이 끝나기만을 바라면서 산맥 아래의 깊숙한 정글로 옮겨져 갔다.

아라와 준호가 아기들의 영과 함께 사라지자 모든 사람은 맥 빠진 기분이 됐다.

그때, 아네스 수녀가 차갑게 내뱉었다.

"어서 전진해! 그자들을 찾아!"

그 말에 승현과 도인들은 깜짝 놀라면서 외쳤다.

"그럴 수는 없소! 당신들은 약속하지 않았소?"

아네스 수녀는 수치심에 얼굴을 붉게 물들이면서도 독하게 말했다.

"나는 약속한 적이 없소."

"정말 당신이 사람의 탈을 쓴 자요? 엉?"

승현이 화를 내자 무색이 앞으로 그를 막아 나섰다.

"내가 약속을 한 것이니 내가 책임지겠소. 조금 물러서 주시오."

승현은 화를 참지 못해 씨근거리면서도 약간 뒤로 물러섰다. 무색이 뒤로 돌아서서 천천히 입을 열었다.

"용화교의 모든 제자들은 들으라."

승현과 도인들은 무색이 아네스 수녀를 막으려 한다고 생각했으나 그의 입에서 떨어진 말은 너무도 뜻밖이었다.

"이후로, 아네스 수녀의 말을 들어 전력을 다해 그 여자를 찾아라. 그리고 그것을 방해하는 자는 누구든 제지하라. 단, 그 여자를 제외하고는 가급적 살생하지 않도록 하라!"

"이게 무슨……! 당신은!"

승현은 너무도 화가 나서 제대로 말조차 하지 못했다. 이번에는 이로와 다른 도인들마저도 꿈틀하면서 금방이라도 무색에게 달려들 기세였다.

무색이 천천히 몸을 돌려 승현에게 말했다.

"나도 이러기는 싫었소. 하지만 나 한 사람보다는 세상이 중요하오. 그리고 나는 약속은 지킬 것이오."

그 말이 떨어짐과 동시에, 무색은 자신의 손으로 자신의 머리를 탁 하고 후려쳤다. 누가 말리고 어쩔 틈도 없이, 무색은 귀와 코에서 피를 쏟으며 그 자리에서 절명해 잘린 거목처럼 넘어졌다.

승현은 경악했다. 그러나 무색의 비장한 모습을 보고 난 후 충격 때문에 쉽게 움직일 수가 없었다. 오히려 대로하면서 먼저 뛰쳐나간 것은 무련이었다. 그녀는 어느새 아라에게서 돌려받은 청홍검을 빼 들고 있었다.

"이럴 수는 없어! 이건 모조리 잘못됐어! 이런 짓을 한다고 세상이 구해지지는 않을 거야! 나는 너희를 믿지 않아!"

그녀가 무서운 기세로 외치면서 아녜스 수녀에게 덮쳐 들어가자 네 명의 나한들이 떼를 지어 그녀 앞을 막아섰다. 무련이 아미검법을 발휘해 청홍검을 휘두르자 네 명의 나한들은 몹시 놀라며 조금씩 물러섰지만, 무련 또한 그들 중 한 사람도 맞힐 수가 없었다. 그 광경을 보고 사천왕이 이윽고 결심한 듯, 크게 외치면서 달려 나갔다.

"나는 그들을 믿겠다! 이런 엉터리 같은 짓을 그만둘 거다!"

그러자 오의파의 성곤과 제자들도 소리를 지르면서 달려 나갔다.

"우리 앞을 막지 마라!"

그러나 용화교의 나한들과 제자들이 주르르 열을 지어서 그들 앞을 막아섰다.

"당신들은 뭐 하는 거요!"

나한들이 슬픈 표정으로 대꾸했다.

"우리는 무색 스승의 유지를 따를 뿐이다. 너희는 한 발짝도 움직일 수 없다."

사천왕은 분노를 터뜨리며 나한들에게 덤벼들었다. 오의파도 덤벼들었고 현현파의 근호와 다른 제자들도 잠시 망설이다가 이윽고 사부의 허락도 받지 않고 싸움판에 끼어들었다.

급기야 그 싸움은 점점 커져서 이로를 제외한 한국 도인들 전체와 용화교도 전체의 싸움이 돼 버렸다. 도인들은 아네스 수녀에게 욕을 퍼부으며 이런 짓을 해서는 안 된다고 외쳤다. 그러나 아네스 수녀는 자신들의 부하들을 데리고 재빠르게 그곳을 빠져나가 버렸다.

그러는 사이, 세 명의 나한이 무련과 증장에 의해 상처를 입었고 현현파 제자 두 사람이 다쳤다. 그것을 보자 아직 결정을 내리지 못하고 잠자코 있던 이로조차도 팔을 걷어붙이고 싸우기 시작했고, 이번에는 아사신과 칼키파의 잔여 교도들이 끼어들었다.

폭풍우가 몰아치는 속이었다. 사람들은 정신없이 싸워 댔다. 수아는 너무도 놀라고 무서워서 울음을 터뜨리고 말았다. 그 덕분에 정령들이 나타나서 도인들 편을 들어서 싸움은 그럭저럭 비슷한 형세가 됐다.

로파무드는 몸을 잘 움직일 수 없었지만 수아를 보호하면서 계속 인도어로 된 노래를 불러 주며 달랬고, 황달지 교수는 아예 눈을 가려 버렸다. 그 곁에 시타 교수는 한숨을 쉬면서 계속 분해하며 이를 갈고 있었다. 그들은 직접 싸울 수도 없으니 도저히 어떻게 할 수가 없었다. 아네스 수녀와 그 일파는 벌써 퇴마사들을 추격해 갔으니 이제는 정말 끝장이 날 것 같았다.

현암의 고백

바이올렛은 무섭게 번개가 내리꽂히는 속에서 산고의 고통에 비명을 질러 댔다. 그러나 출산의 때가 임박해 올수록 그녀의 배에서 풍겨 나오는 어둠의 기운은 점점 짙어만 갔다. 이제 준후만이 아니라 현암도 당황해서 초조하게 박 신부의 얼굴을 바라보고 있었다.

"이건…… 이건 정말……."

승희는 갑자기 울면서 부르짖었다.

"저것 때문에……! 저런 아이 때문에 모두들 목숨을 버렸단 말이야? 이럴 순 없어! 이럴 순 없다고!"

승희의 목소리가 처절하게 울려 퍼지는 가운데 준후가 현암에게 물었다.

"현암 형, 어떻게 생각해요?"

그러자 현암은 이를 뿌드득 갈며 대답했다.

"모르겠다, 나도 모르겠어."

순간 준후는 싸늘한 어조로 또박또박 말했다.

"난…… 난…… 저 여자를 죽일 거예요. 저 아기도……."

준후의 말에 현암은 준후를 무서운 눈빛으로 쏘아보았다.

"그건 안 된다."

"왜죠? 예?"

준후가 전에 없이 대들자 현암이 말했다.

"아직은…… 아직은 모른다."

"여기까지 와 놓고 뭘 모른다는 거죠? 예?"

"블랙 엔젤의 속임수일지도 몰라. 아니……. 그것 자체가 속임수였나? 아냐……. 나는 모르겠어. 종잡을 수가 없다. 하지만 그래서는 안 돼."

"이건 속임수 따위가 아니에요! 저, 저 녀석은 악마의 자식!"

그 순간, 준후는 갑자기 눈에서 불이 튀는 것 같은 느낌을 받으며 몸을 휘청거리다가 넘어졌다. 따귀를 맞은 것이다. 준후를 때린 것은 현암이 아니라 그때까지 조용히 있던 박 신부였다. 준후는 맞은 것에 대해 항변하지는 않았으나 무서운 눈길로 동굴 안을 쏘아보았다.

그때 박 신부가 준후에게 말했다.

"사과해라."

"뭐라고요?"

준후가 되묻자 박 신부는 다시 한번 천천히 말했다.

"저 아기에게 사과해라. 너는 해서는 안 될 말을 했어."

"하지만……."

준후가 조금 수그러들며 말끝을 흐리자 박 신부는 조용히 타일렀다.

"저 아이의 마음이 어둠에 차 있고, 무서운 것은 나도 안다. 하지만…… 하지만 저 아기를 해칠 수는 없어. 저 아기는 아직 아무 죄도 짓지 않았다. 누구도 아직은 저 아이를 비난할 수 없어……."

그러면서 박 신부는 넘어진 준후를 일으켜 세웠다.

"준후야, 나는 세상의 그 어떤 것도 정해진 것은 없다고 믿는다. 저 아기의 마음도 정해진 것은 아닐 거야. 저 아기의 마음이 어둠에 물들어 있다면, 그것은 저 아기가 속했던 환경 탓이고 궁극적으로는 지금의 세상 탓이다. 그것을 욕할 것이 아니라 바로잡아 주어야만 하는 거야……."

"신부님……."

준후가 울먹이자 박 신부는 준후의 등을 어루만지면서 현암에게 말했다.

"현암 군."

"예……?"

"준후를 잘 타일러 주게나. 나는 출산을 도와야 할 것 같네."

그 말에는 준후가 섣불리 행동하지 못하도록 해 달라는 의미가 포함돼 있었다.

그런데 박 신부는 잠시 멈칫하며, 현암을 보며 말을 이었다.

"내가 전에 이야기했던가?"

"예?"

"월향검 이야기 말이네. 안나스가 죽기 전에 말해 주었다네. 월향검을 해방하는 방법이 있다고."

의외로 현암은 약간 심드렁하게 되받았다.

"그랬습니까?"

현암을 보며 박 신부가 소리 없이 웃었다.

"그건 저주가 아니라네. 저주는 이미 끝났고, 자네가 원하기만 한다면 월향검은 해방될 거라는군. 혹시나 싶어서 말해 두는 걸세."

이윽고 박 신부가 동굴 속으로 들어가자 현암은 잠시 월향검을 만지작거리면서 준후와 함께 숲을 거닐었다. 비와 바람은 여전히 몰아쳤지만 너무 오랫동안 빗속에 있어서인지 아니면 현암의 분위기 때문인지 그런 느낌은 들지 않았다. 동굴에서 꽤 떨어진 곳까지 와서야 현암이 나뭇등걸에 앉아 준후가 다가가 그 옆에 앉았다.

현암은 준후에게 말했다.

"준후야, 마음을 가라앉혀라. 신부님의 말이 맞다. 우리는 힘이 아닌, 마음으로 싸워야 해. 그것이 어둠을 이길 수 있는 유일한 길이다. 저 아이를 미워해서는 안 돼……."

"나도…… 알아요……. 하지만 그렇게 되지 않는 걸 어떡해요. 만약…… 만약 우리가 틀렸으면……."

"틀리지 않을 거야. 신부님께서 그렇게 말씀하시니까."

그 말에 어느 정도 불안감이 깃들어 있다는 것을 준후는 놓치지 않았다.

"형도……?"

"나는 다르다. 신부님처럼 확신도 없지만, 너처럼 흥분하고 싶지도 않아. 나는 이렇게 믿는다. 내가 진정으로 원하고 옳다고 생각하는 바대로 행하면, 그것으로 그만이다. 솔직히 세상이 망할 수도 있다고 생각하면 마음이 무겁다. 하지만…… 세상이 망하는 것은 결과다. 아직 결과를 놓고 행동할 수는 없어. 세상을 구한다고 옳지 않은 행동을 하는 것은 잘못이야."

"하지만 세상이 망해 버리면……."

"옳은 일을 했는데도 세상이 망한다면…… 그건 세상 자체가 잘못된 것일 수밖에 없어. 만약 그렇다면 그런 세상은 망해 버리는 게 나을지도 몰라."

현암이 뜻밖의 말을 하자 언제 따라왔는지 승희가 옆에서 불쑥 나타났다.

"나는 이놈의 세상, 지긋지긋해. 차라리 망해 버렸으면 좋겠어. 정말 솔직한 심정이야……."

현암은 그 말을 듣고 쓴웃음을 지었다. 이제 준후도 조금 마음이 풀렸다.

"형은 역시 정의파군요. 약간 정도가 지나칠 정도로……."

"그런가?"

그때, 갑자기 저만치에서 휘르르 하고 이상한 소리가 들려왔다. 현암은 깜짝 놀라 준후를 떠밀어 내고는 승희의 옷자락을 잡고 몸을 굴렸다. 그다음 순간, 현암이 앉아 있던 자리에서 무엇인가가 요란한 소리를 내며 폭발했다. 놀랍게도 그것은 작은 소구경 로켓이나 유탄 같았다. 그 뒤를 이어 우박 같은 총소리가 들려오며 여기저기 나무가 쓰러지며 총알구멍이 뚫렸다.

"제길!"

현암이 갑자기 몸을 휘청거렸다. 준후가 놀라서 현암에게 달려가려 했지만 현암은 손을 저으며 준후에게 소리쳤다.

"어서 가!"

"안 돼요!"

그와 동시에 넘어졌던 승희가 벌떡 일어나 소리를 지르며 현암에게 달려왔다.

"현암 군!"

"승희야! 어서 가!"

"안 돼! 안 가!"

"준후야!"

현암이 준후를 부르자 준후는 급히 부적들을 있는 대로 꺼내 숲쪽을 향해 던졌다. 너무 급하게 던져서 만부원진을 이루지는 못했지만 그래도 부적들 모두 불이 붙어서 사방으로 쏘아져 날아갔다. 그러나 억수 같은 비 때문에 부적들은 도중에서 힘을 잃고 꺼졌다. 준후는 리매를 불러냈다. 준후가 모든 힘을 다 썼기 때문에 나타난 리매는 다섯 마리였다. 그들이 쿵쾅거리며 숲으로 달려가는 틈을 타서 준후는 재빨리 현암 곁으로 갔다.

"현암 형! 다쳤어요?"

그러자 현암은 묘한 미소를 지었다.

"헛소리. 무적 현암이라고 들어 봤니? 내가 다칠 것 같아?"

그때, 리매의 비명이 들려오면서 두 마리의 리매가 동시에 사라져 가는 느낌이 왔다. 빗발같이 쏘아 댄다 해도 총으로는 리매를 어쩌지 못했다. 필경 저편에도 무서운 주술사가 있는 것 같았다. 그렇다면…….

"아녜스 수녀!"

준후의 얼굴이 일그러졌다. 다른 자들이라면 몰라도 그녀는 쉬운 상대가 아니었다. 더구나 저쪽은 완전 무장한 많은 부하들까지 있지 않은가?

그때 현암이 준후에게 말했다.

"잘됐군. 나는 그 여자가 얼마나 센지 한번 봐야겠다. 아직 나만 그 여자와 겨루어 보지 못했잖아."

"예?"

준후가 화들짝 놀라자 현암은 준후에게 찡긋 윙크를 해 보았다.

"나는 지금, 막 천정개혈대법의 구 단계 관문을 뚫었다. 이제 누가 버텨 낼 수 있는지 한번 보겠다."

"예?"

준후는 현암이 무슨 말을 하는지 알 수 없었다. 전에 듣기로는 천정개혈대법의 구 단계는 절대 인간의 힘으로는 이룰 수 없다고 들은 것 같았는데…… 현암이 말을 이어 나갔다.

"너라고 해도 저 총알 속에서는 당해 낼 수 없다. 어서 신부님과 승희……."

그 말이 떨어지는 순간, 승희가 현암의 뺨을 철썩 때렸다.

"난 안 가!"

승희는 처연한 눈빛으로 현암을 바라보았다. 현암도 승희를 바라보았다. 두 사람은 쏟아지는 비와 총알 속에서도 눈 한 번 깜박이지 않고 잠시 동안 서로를 바라보았다. 그러다가 현암이 천천히 금이 간 월향검을 꺼내 들었다. 그리고 조용히 검집을 쓰다듬으며 말했다.

"나는…… 사실 알고 있었어. 월향이 나와 마음이 통하게 된 이후부터…… 저주는 이미 풀렸고 월향은 언제든지 해방될 수 있다는 걸. 그런데…… 나는……."

"괜찮아, 괜찮아. 현암 군……."

승희는 월향검을 보자 울 듯한 표정이 됐지만 이내 차분하게 마음을 가다듬었다. 그러나 다음 순간, 승희는 간곡한 어조로 말했다.

"같이만 있어 줘, 응?"

현암이 월향검을 들고 말했다.

"월향, 미안하다. 이제는 작별이야. 나는…… 나는…… 더 이상 할 말이 없어……."

순간 월향검에서 긴 신음 같은 것이 나면서 뭔가 희고 반쯤 투명한 것이 나왔다. 그것은 여자의 모습이었는데 준후와 승희, 둘 다 그녀의 모습을 처음으로 본 것이다. 그녀의 면모를 자세히 보기도 전에 월향은 쓸쓸한 미소를 승희에게 보내고는 천천히 사라져 버렸다.

현암은 월향검을 높이 들어 저만치 있는 벼랑으로 던져 버렸다. 그러고 나서 작은 소리로 중얼거렸다.

"다음 생에서 만나자……."

"형!"

준후는 현암을 이해할 수가 없었다. 지금은 가장 중요한 싸움을 앞둔 때가 아닌가? 그런데 자신에게 가장 중요한 무기를 버린다는 것은…… 그때 승희의 밝은 눈빛을 보고는 준후는 그만 입을 다물었다. 섬광이 스치듯 현암의 마음을 완전히 이해할 수 있게 된 것이다. 가장 중요한 시기에 가장 강한 방법으로 현암은 승희에게 지금껏 하지 못한 무언의 말을 한 것이다.

현암이 표정을 바꾸면서 준후에게 전에 없이 강한 어조로 말을 건넸다.

"준후야, 내 말을 잘 들어라. 나는 지금껏 너에게 단 한 번도 제대로 된 부탁을 해 본 적이 없다. 알고 있니?"

"아…… 그건……."

현암의 눈은 빛났고 얼굴엔 엄숙한 기운이 가득했다. 그는 천천히, 긴장했거나 화가 났을 때 내는 특유의 낮은 목소리로 또박또박 준후에게 말했다.

"지금 처음으로 그걸 하겠다. 너는 최대한 빨리, 신부님을 모시고 이곳을 피해라. 여기는 내가 맡는다. 다시 돌아오는 바보짓은 하지 마라. 알았지?"

"형!"

"두 번 말하지 않겠다."

현암은 두 번 심호흡을 한 후 조용히 눈을 감았다. 순간 현암의 몸에서 아찔하리만치 강한 기운이 뿜어져 나왔다. 준후로서도 이제껏 한 번도 본 적이 없는 강하면서도 조금의 사악함도 없는 기운이었다.

준후는 그만 그 기운에 압도당해 주춤 뒤로 물러섰다. 준후의 눈에서는 눈물이 하염없이 흘러내리기 시작했지만 쏟아지는 비에 적셔 어느 것이 눈물인지, 빗물인지 알 수 없었다.

"형…… 죽지 마. 응? 절대로! 절대로 죽으면 안 돼! 응?"

잠시 말이 없던 승희가 입을 열었다.

"내 목숨이 붙어 있는 한 현암 군은 염려 마. 알았어?"

준후는 다시 승희를 바라보며 간절하게 말했다.

"승희 누나도…… 제발…… 다시 만나요……. 예?"

현암이 눈을 감은 채 무겁게 말했다.

"승희는 내가 지킬 거다."

두 사람 사이에는 이제 끼어들 수 없는 무언가가 느껴졌다. 준후는 마음이 무거웠다. 아무래도 이번에 헤어지면 다시는 현암과 승희를 만나지 못할 것 같은 기분이 들었다.

할 수 없이 준후는 박 신부가 있는 동굴 쪽으로 달려갔다. 총알이 쏟아졌지만 힐기보법을 응용해서 준후는 눈부시게 달려갔다. 준후는 달리는 중에 승희가 마지막으로 외치는 소리를 들을 수 있었다.

"신부님을 잘 부탁해……!"

준후가 사라지고 나자 현암이 웃으며 승희를 바라보았다. 그의 머리 위를 총알이 핑 스치고 지나가자 승희가 피식 웃었다.

"고마워."

"미안해."

"솔직히 말하면…… 나 벌써 두 방 맞았어."

그 말에 현암도 쓴웃음을 지으며 되받았다.

"나도 파편을 좀 맞았어."

어느새 빗물에 흠뻑 젖은 승희의 옷은 어깨부터 서서히 붉은 기운이 번져 가고 있었고, 현암이 앉아 있는 곳 주변은 온통 붉은색이었다.

"조금만 더 일찍 말해 주었으면…… 더 좋았을걸……."

승희의 목소리엔 아쉬움이 가득 묻어났다.

"마지막일지도 몰라."

현암의 말에 승희는 밝게 웃으며 대답했다.

"그래도 좋아. 이제는 시원해. 정말로."

현암은 조용히 총알이 쏟아지고 있는 저편을 돌아보며 말했다.

"그래도…… 저자들은 어떻게든 막아 봐야겠지?"

"하하…… 이번에도 저자들을 해치는 방법은 쓸 수 없겠지? 그냥 막아 내고 또 막아 내고 막아 내야지? 우리는 어떻게 되더라도…… 이런 말도 안 되는 싸움, 사실 지겨워."

승희가 웃으며 투덜대자 현암은 조용히 말했다.

"미안해. 마지막까지도……."

여전히 미소를 머금고 승희가 되받았다.

"상관없어. 나는 이미 오래전부터, 언젠가는 이런 날이 오리란 걸 알았거든."

그리고 두 사람은 손을 꼭 잡은 채로 동시에 숲을 향해 몸을 날렸다.

준후는 달리면서 울었다. 현암이 외치는 사자후의 엄청난 울림도 들렸고 우박 같은 총소리와 포 소리, 아녜스 수녀의 외치는 소리와 주술의 느낌들이 마구잡이로 들려왔다. 준후는 듣지 않으려고 애쓰면서 달렸다. 달리면서 준후는 외쳤다.

"거짓말쟁이!"

준후는 현암이 전에 했던 말을 기억해 냈던 것이다.

— *준후야, 천정개혈대법 구 단계가 있기는 하지만, 인간이 쓸 수 있는 것은 아니란다. 인간의 몸은 그만한 힘을 버티기에는 너무 약하거든. 아마 그걸 쓰면 폭탄같이 자신과 주변을 한꺼번에 날려 버리게 될 거야. 위력……? '탄' 자 결의 한 천 배가량 될까?*

"거짓말쟁이!"

준후는 귀를 막고 눈까지 감고 뛰었다. 행여나 보일지도 모르는 섬광과 무서운 폭음을 막기 위해서. '탄' 자 결의 천 배나 된다는 폭발음이 행여라도 들릴까 봐서…….

뒤늦은 깨달음

"잠깐 멈추시오!"

정신없이 뒤엉켜 싸우던 사람들은 난데없이 들려온 커다란 호통에 문득 손을 멈추었다. 그 소리는 사람을 위압하는 기운이 가득 실려 있어서, 이로나 아사신의 하산조차도 손을 멈추지 않을 수 없었다. 돌아보니 그곳에는 바로 아하스 페르츠, 즉 해밀턴이 서 있었다. 그리고 그의 뒤에는 하겐과 파치, 그리고 거대한 덩치의 한 남자가 작고 땅딸막한 여자를 안고 서 있었는데, 그는 바로 성난큰곰이었다.

"아?"

황달지 교수와 로파무드 등은 성난큰곰을 보고 깜짝 놀랐다. 그러나 그들을 더더욱 놀라게 한 것은 그의 품에 안겨 있는 참혹할 정도로 흙투성이가 된 여자의 모습이었다. 그녀는 바이올렛이었다.

"모두들 멈추시오! 당신들은 모두 속았소!"

해밀턴이 다시 한번 크게 호통을 쳤다. 성난큰곰의 품에 안긴 바이올렛이 가늘고 힘없는 소리로 입을 열었다.

"모두…… 모두 아네스 수녀를 잡아요. 그녀야말로……."

"뭐요?"

"무슨 소리요?"

칼키파와 용화교, 아사신의 사람들은 모두 놀라며 그녀를 바라보았다. 그들은 이 뚱뚱하고 작은 노파가 아네스 수녀에게 이 장소를 알려 주었다는 것을 알고 있었다. 그런데 이곳에서 그녀가 만신창이의 몰골로 나타날 줄은 그 누구도 전혀 상상하지 못했다. 그러나 사람들을 더욱 놀라게 한 것은 그녀가 품에 꼭 안고 있는 물건이었다. 타보트 상자였다. 진흙투성이였지만 바이올렛이 손으로 문질러 닦았는지 안의 타보트는 똑똑히 보였다.

"이걸…… 보세요……. 타보트의 글씨는 위조된 것…… 아네스 수녀가 모두를 속이고……."

아네스 수녀는 주술로 라파엘 주교와 직속 사제들을 죽였을 때 타보트 상자도 박살 나 버렸을 것으로 생각했다. 그러나 타보트는 성물답게 무엇인가 힘이 있었던 듯, 그 지독한 폭발 속에서도 상자는 망가지지 않았던 것이다. 그리고 아네스 수녀에 밀려 헬기에서 거꾸로 떨어진 바이올렛은 몸의 뼈가 온통 부러지는 중상을 입었지만, 자신의 잘못을 깨닫고 죽을힘을 다해 그 장소로 기어가서 타보트 상자를 찾아냈다.

그곳은 이미 아네스 수녀의 힘에 의해 큰 구덩이로 변해 있었고, 비 때문에 진흙 수렁이 돼 있었다. 바이올렛은 그 진흙 구덩이로 굴러 들어가 죽을힘을 다해 타보트 상자를 건져 냈다.

그리고 타보트의 뒷면의 글자가 새로 새겨진 것을 보고는 후회의 눈물을 흘렸지만 탈진해서 진흙탕에 빠져 죽어 갔다. 그런 그녀를 급히 구한 사람이 있었다.

아네스 수녀는 전혀 모르고 있었지만 라파엘 주교가 죽을 때의 혼란을 틈타 성난큰곰이 도망쳐 근방에 숨어 있었던 것이다. 사실상 가브리엘 수사가 놓아준 것이었지만…… 하지만 성난큰곰도 갇혀 있다가 도망쳤기 때문에 타보트가 그곳에 버려진 채로 있다는 것은 알지 못했다.

그러나 그는 헬기에서 바이올렛이 산 채로 떨어지는 것을 보았고, 그 또한 극히 중상을 입은 터였지만 간신히 달려와 일단 바이올렛이 진흙 구덩이에 빠져 죽어 가는 것을 건져 낸 것이다.

때마침 하겐과 파치 등을 제압하고 달려온 해밀턴이 그들을 발견했다. 해밀턴은 하겐에게서 아네스 수녀의 반응을 듣고, 아네스 수녀가 분명 일을 저지를 것 같아 그녀가 간 코스를 추적해서 따라오다가 두 사람을 구한 것이다. 해밀턴은 바이올렛이 아네스 수녀가 모두를 속인 증거인 타보트를 얻은 사실을 알고 하겐과 파치를 설득하는 데 성공했다. 그리고 급히 이곳으로 달려온 것이다.

"그들은…… 그들은……. 이제 안전한가요?"

바이올렛은 거의 죽어 가고 있었으나 애타게 그 말만을 되풀이했다. 성난큰곰은 이미 아네스 수녀가 완전 무장한 부하들을 데리고 그들을 쫓아 떠났다는 것을 듣고는 아연해 있었다. 그러나 마지막까지 눈을 감지 못하는 바이올렛에게 차마 그런 사실을 알려줄 수는 없었다. 그는 바이올렛에게 조용히 말했다.

"그럴 거요."

"정말요……? 아…… 그럼…… 그럼 됐어요. 직접 만나 미안하다고 말하고 싶은데…… 내 죄가 정말 큰데……."

바이올렛의 의식이 꺼질 듯하자 성난큰곰은 급히 말했다.

"당신이 아니어도 악마는 누군가를 이용했을 거요. 자책할 것 없소. 오히려 당신은 속절없이 싸우다 죽을 뻔한 많은 사람을 구했고, 친구들에게 씌워진 오해를 풀어 주었소. 당신은…… 어서 정신 차리시오! 어서!"

"아…… 아…… 그러고 싶은데…… 미안하다고…… 말하고 싶은데……. 미안해요……. 미안……."

그 말을 끝으로 바이올렛은 스르르 숨을 거두었다. 입심 좋고 떠들기만 잘해서 골칫덩어리인 바이올렛이었지만, 그녀가 숨을 거두자 그녀를 아는 모든 사람이 눈물을 흘렸다.

성난큰곰은 늑대가 울부짖는 듯한 소리를 한참이나 지르고 난 다음에야 눈물을 거두었고, 황달지 교수도 그녀와 아웅다웅하던 일을 떠올리며 눈물을 흘렸다.

아무튼 진상이 밝혀지고 상황을 깨닫고 나자 모든 사람은 분통을 터뜨렸다. 도인들은 속은 것보다도 준호와 아라 같은 아이들의 생명을 속절없이 내맡기게 된 것이 억울해 발을 굴렀고, 용화교의 신도들은 무색이 아녜스 수녀를 위해 자결까지 한 것을 억울해했다. 다른 파벌 사람들의 놀라움과 부끄러움과 분노 또한 그에 뒤지지 않았다.

하지만 아녜스 수녀는 벌써 오래전에 그들만을 남겨 둔 채 자신의 부하들만 이끌고 떠난 후였다. 과연 그들을 지금 추적한다고 잡을 수 있을까? 과연 아녜스 수녀의 행동을 막을 수 있을까? 그때는 이미 현암 등을 향해 총구를 내뿜은 후였지만 비가 심하게 퍼붓고 바람 소리가 거세서 누구도 그것을 알지 못했다. 다만 그들은 마음 급하게 분주히 움직일 뿐이었다. 해밀턴은 개탄했다.

"당신들은…… 모두…… 모두 그들에게 감사해야 하오. 엎드려 절이라도 해야 하오! 그들은 그런 와중에서도 자신들의 몸을 돌보지 않고 세상을 지키려 했고, 사람들을 공격하려는 당신들까지 구하려고 했소. 더구나 지금은…… 아무튼 모두 기도라도 하시오! 이제 세상의 운명이 그들에게 달렸소! 그들이 아네스 수녀를 막아준다면 다행이지만, 그렇지 않으면 세상은 끝장이오!"

곁에 있던 파치가 입을 열었다.

"그보다는 먼저 움직입시다! 늦었어도 멍하니 있는 것보다는 움직이는 게 낫습니다!"

그 말이 떨어지기가 무섭게 해밀턴은 급히 사람들에게 지시했다. 지구상에 살아 있는 인간들 중 그보다 나이 많고 그보다 강한 자는 없었으므로 모두가 그의 지시에 따랐다.

"용화교도들은 아기들의 영혼에게 잡혀간 아이들을 찾으시오. 그리고 아사신은 북동쪽, 칼키파는 남동쪽, 그리고 한국 도인 분들과 하겐 씨 일행은 나를 따라 정동쪽을 수색하십시다. 어서 빨리 아네스 수녀가 바이올렛을 해치는 것을 막아야, 박 신부 일행을 구해야 하오."

"너무 늦었으면 어떻게 합니까?"

하겐이 묻자 해밀턴은 무섭게 되받아쳤다.

"만약 늦었다면, 세상은 끝나겠지."

"어떻게 망하게 될까요? 솔직히 나는 믿어지지 않습니다."

"간단하오. 우리가 지금 생각하지 못하는 방법으로 망할 거요.

틀림없소. 꼭 지금 당장 망하지는 않더라도 종말의 시계는 돌아가는 거요. 그건…… 그건 생각하지 맙시다…….”

그러다가 해밀턴은 문득 생각난 것이 있다는 듯이 다급하게 말했다.

“우리가 한 가지 잊은 것이 있소! 우리는 더 서둘러야 하오!”

“무슨 말입니까?”

“안 되겠소! 나 먼저 가겠소! 미스터 하겐, 당신들이 인솔하시오!”

그러고는 해밀턴은 무서운 속도로 비바람 속을 뚫고 달려갔다. 그의 마음속에 걷잡을 수 없는 불안감이 밀려들기 시작한 것이다.

‘이럴 수가…… 왜 그 생각을 못 했을까? 왜?’

지금 아녜스 수녀의 무리도 문제였지만, 더더욱 무서운 자들이 있었다. 바로 악마들이 직접 움직이는 것이었다. 해밀턴은 과거 악마와도 손을 잡았던 경험이 있었기에 느낄 수 있었다.

‘멍청이, 왜 그 생각을 못했는가? 악마가 직접 운명을 바꿀 수는 없다 할지라도, 인간에 쓰인 하수인들을 시킨다면 적어도 박 신부 일행은 해치울 수도 있다. 아스타로트가 가만히 있을 리 없다. 전에도 놈들은 그들을 노렸었는데…… 지금 여기 와 있을 게 분명하다! 만약 박 신부 일행이 쓰러지면 아무도 앞서간 아녜스 수녀 일행을 막을 수 없다. 아니, 악마들은 또 다른 하수인을 시켜서 바이올렛을 죽일지도 모른다. 그것만은……! 그것만은……!’

해밀턴은 무서운 속도로 정글을 달려갔지만 아무래도 너무 늦은 것 같다는 암담한 생각이 들었다.

처음과 같이, 이제와 항상 영원히……

박 신부와 준후는 있는 힘을 다해 달리고 있었다. 준후에게서 현암의 일을 전해 듣고 박 신부는 아무 말도 하지 않았다. 다만 급히 고통을 호소하며 몸부림치는 바이올렛을 준후에게 업게 하고 달려 나갔을 뿐이었다.

준후는 박 신부의 얼굴이 마치 송장처럼 핏기가 없어지고 안경 테두리가 뿌옇게 흐려진 것을 보았다. 그것은 비단 빗물 때문만은 아닌 것 같았다. 그러는 준후 자신도 도저히 더 견딜 수 없을 정도였기 때문이다.

'현암 형은 죽었을 거야. 승희 누나도…….'

생각하면 할수록 견디기 어렵고 미칠 것 같았다. 준후는 달리면서 마구 짐승처럼 소리를 질렀으나 기분은 조금도 가라앉지 않았다. 더구나 등 뒤에 업힌 바이올렛의 몸속 아기는 계속 미칠 것 같은 어두운 느낌으로 준후의 마음을 찔러 댔다.

차라리 죽어 버려. 죽어! 모두 죽어 버려!

'이런 악마 때문에…… 연희 누나도, 승희 누나도, 현암 형도…… 희생됐다는 건가……? 응?'

준후는 미쳐 버릴 것 같았다. 당장이라도 등에 업힌 바이올렛을 내팽개치고 배를 짓밟아 곤죽을 만들어 버리고 싶었다. 그러고는 스스로 폭탄이 돼 터져 나가 버리고 싶었다. '탄' 자 결의 천 배 위력으로, 아니 천억 백 위력으로. 이 쓸모없는 세상, 저주받은 세상과 함께.

별안간 뒤에서 박 신부가 조용히 부르는 소리가 들렸다. 작은 목소리였는데도 기이하게 그 소리는 요란한 비와 바람 소리를 뚫고 준후에게 똑똑히 들려왔다.

"준후야, 잠시만 멈추렴."

준후는 미칠 것 같았지만 할 수 없이 그 자리에 멈추었다. 박 신부는 조용히 그 자리에 무릎을 꿇고 앉더니, 준후에게 말했다.

"네 기분은 알겠다. 그러나…… 마음을 가라앉히렴."

준후는 대답하지 않았다. 박 신부는 조용히 성호를 긋더니 다시 말을 이었다.

"너와 나는 종교가 다르고, 믿는 바, 생각하는 바도 다르지. 그러나 같이 기도했으면 좋겠다. 너는 너 나름대로 해도 좋단다."

그리고 박 신부는 조용히 짧은 기도문을 읊었다. 거창한 기도문이 아니라, 가톨릭 교인이라면 누구나가 알고 있는 영광송이었다.

> 영광이 성부와 성자와 성령께
>
> 처음과 같이,
>
> 이제와 항상 영원히.
>
> 아멘.

아주 짧은 기도였지만 준후의 마음은 이상하게도 가라앉았다. 특히 '처음과 같이, 이제와 항상 영원히'라는 구절이 마음에 들었는데, 현암이 들었더라면 이 구절을 아주 마음에 들어 했을 것 같다는 생각이 까닭 모르게 들었다. 준후는 자신도 모르게 속으로 그 구절을 따라 했다.

'처음과 같이, 이제와 항상 영원히…….'

조급해하면 안 된다고 준후는 생각했다. 그들이 처음에 출발했을 때도 보상을 바라거나 고생을 마다하려는 생각은 없었다. 오로지 옳은 일만을 하려 했다. 그것도 사람들에게 옳은 일. 그것을 위해 목숨을 걸었고 돌아보지 않고 외길만을 달려왔다. 그리고 수아나 준후 등을 통해 미래의 일까지 배려하려 해 왔다. 그러한 박 신부의 생애가 바로 그 기도문 한 구절에 그대로 드러나 있었다.

'신부님은 그걸 말하고 싶으셨던 거야.'

준후는 문득 자신이 부끄러워졌다. 자신도 모르는 사이 세상을 구한다는 생각에 자꾸 휩쓸리고, 근본을 잊고 자꾸만 다른 쪽으로 생각이 가는 자신이 부끄러워진 것이다.

준후의 표정이 많이 풀어지자 박 신부는 조용히 다시 한번 성호를 긋고는 미소를 지었다. 박 신부는 눈도 뜨지 않았고, 준후 쪽으로 돌아보지도 않았지만 모든 것을 느끼고 있는 것 같았다.

박 신부가 천천히 일어서며 준후에게 말했다.

"현암군과 승희가…… 너에게 무슨 이야기를 했지?"

준후가 들은 그대로 말하면서도 마음이 조급해 뒤를 돌아보자 박 신부가 차분하게 말했다.

"나는 현암 군을 믿는다. 아네스 수녀는 절대 금방 우리 뒤를 쫓지 못할 거야."

준후가 다시 얼굴을 붉히며 현암이 했던 이야기를 전하자 박 신부는 조용히 고개를 숙였다. 그리고 준후가 마지막으로 승희가 남긴, 신부님을 부탁한다는 말을 전하자 박 신부의 어깨가 가늘게 떨리기 시작했다. 아마도 눈물을 흘리고 있는 듯했다.

박 신부는 고개를 숙인 채 말했다.

"현암 군이 잊은 모양이구나. 전에 현암 군이, 너에게 하고 싶어 하던 이야기가 있었단다."

"그게 뭐죠?"

"너는 항상 네 수명에 대해 이야기했지? 현암 군은 그걸 믿지 않는다 했어. 운명은 스스로 개척하는 거라고 현암 군은 항상 주장했다. 그리고 네가 언제까지나 그런 생각을 하면 거기서 벗어날 수 없다고, 네가 스스로 과감하게 운명의 굴레를 깨야 한다고 말했어."

준후는 다시 왈칵 눈물을 터뜨렸지만 소리 내어 울지는 않았다.

박 신부가 조용히 일어나서 말을 이었다.

"나도 비슷한 생각이란다. 준후야, 그걸 잊지 마라."

준후가 고개를 끄덕였다.

"그러면 준후야, 어서 가렴."

"예?"

준후는 놀라서 박 신부를 바라보자, 박 신부는 한숨을 지으며 말했다.

"또 다른 손님들이 있단다. 내가 맞아야 할 것 같구나. 그러니 어서……."

준후는 그 말에 깜짝 놀라 주위를 둘러보았다. 그러고 보니 저편에서 오싹한 기운이 느껴지고 있었다. 무어라 형언할 수 없을 만큼 기분 나쁘고 악의에 찬 그런 느낌이었다. 그리고 웅웅 하는 기분 나쁜 울림도 느껴졌다. 준후는 그런 느낌을 한 번 느낀 적이 있었다. 바로 이반 교수와 윌리엄스 신부가 뒤에 남던 그때 느꼈던 것과 같은 기분이었다…….

"신부님! 이건……!"

박 신부는 기도를 마치고 바이올렛은 업은 준후를 돌아보았다. 그의 얼굴은 극심한 부상에도 불구하고 잔잔한 미소가 감돌았다. 하지만 쏟아지는 폭우에 박 신부의 백발이 된 머리칼이 헝클어졌고 흠뻑 젖은 옷 때문에 그의 모습은 몹시 처연하고도 비장해 보였다.

"여길 피하거라. 내가 어떻게든 시간을 끌어 보마. 너는 저들을 대적할 수 없다. 저들은 거의 완전한 악마야. 저들에게는 나 같은 성직자가 제일 적합하단다."

준후는 울부짖듯 외쳤다.

"그럴 순 없어요! 신부님! 돌아가시면……."

"왜 그러는 거냐? 누가 죽는다는 거지?"

박 신부는 애써 웃어 보였다.

"여기서 버틴다고 해서 죽는 것은 아니다. 어서 가거라. 시간이 없으니…….”

“하지만……! 하지만……! 현암 형도 갔고, 승희 누나도……!”

“그들도 죽지는 않았을 거다. 왜 너는 자꾸 불길한 소리를 하는 거냐?”

“하지만 승희 누나가…… 나한테 신부님을…… 신부님을 부탁했는데……!”

준후는 거의 악을 쓰다시피 했다. 그러나 박 신부는 냉정하게 고개를 저었다.

“나는 괜찮다. 저들은 나를 어쩌지 못해. 그리고 지금 우리에게 중요한 것은 시간이다. 아기가 태어나기만 하면, 어떻게든 일은 모두 제대로 될 거다.”

“아니에요! 속이지 마세요!”

준후는 엉엉 목을 놓아 울었다.

“모두 나를 두고 가 버리는 건가요? 모두 죽었어요! 모두 죽었어! 이제는…… 이제는 신부님밖에 남지 않았는데……! 신부님밖에는…… 차라리 내가 죽을래요! 내가!”

준후는 처절하게 울다가 그 자리에서 풀썩 쓰러질 듯 주저앉아 버렸다. 준후의 등에서는 산고의 고통을 이기지 못해 거의 혼수상태가 된 바이올렛이 준후의 어깨를 움켜쥐고 쥐어뜯었으나 준후는 느끼지도 못했다.

다시 박 신부가 고개를 저으며 말했다.

“준후야, 믿음을 가져라. 왜 나밖에 남지 않았다는 거냐? 아직 수아가 있고 아라가 있고 준호가 있다. 그 아이들을 네가 아니면 누가 이끌고 돌본단 말이냐?"

"난…… 난 할 수 없어요!"

"너는 할 수 있다. 아니, 네가 해야만 해!"

"이 꼴을 또 당하려고 그 아이들을 가르친단 말인가요?"

"사람들이 알아주지 않더라도, 누군가는 있어야 한다. 그 아이들은 자질이 충분하고, 너 아니면 가르칠 수가 없단다."

"나도 못해요! 나는…… 나는……."

준후는 자신의 생명이 이제는 불과 며칠밖에 남지 않았다고 말하려 했지만 방금 박 신부에게서 현암이 전했다는 이야기를 들은 터라 차마 그 말을 할 수 없었다.

뒤에서 웅웅거리는 기분 나쁜 울림이 점점 더 크게 들려왔다. 그러자 박 신부는 황급히 단호한 어조로 말했다.

"나는 네 어깨에 짐을 하나 더 얹고 있는 거다. 준후야, 우리가 이제껏 무엇을 위해 살아왔지? 그리고 무엇을 위해 애써 왔지? 준후야. 현암 군을 비롯해서 승희도, 연희 양도 백호 씨도, 윌리엄스 신부님도 이반 교수님도…… 그리고 나도…… 모두가 남은 사람을 믿고, 남은 사람에게 미래를 맡겼기 때문에 홀가분하게 상대를 맞을 수 있었던 거다. 그 짐을, 제발 벗어던지려 하지 말아다오……."

준후는 대답도 하지 못하고 더욱 크게 엉엉 울었다. 그때 준후의 등 뒤에 업힌 바이올렛이 다시 찢어지는 듯한 비명을 질렀다.

그러자 박 신부가 다시 외쳤다.

“어서! 급하다! 준후야, 솔직히 지금 내 다리로는 그 여자를 업고 걸을 수 없단 말이다. 어서 가라. 어서!”

준후는 마침내 박 신부의 호령에 간신히 몸을 일으켰다. 그러고는 준후는 울음이 섞여서 알아들을 수조차 없는 목소리로 박 신부에게 울부짖었다.

“약속해 줘요! 죽지 않겠다고요!”

그러자 박 신부가 즉시 외쳤다.

“약속하마! 죽지 않겠다. 됐느냐?”

웅웅거리는 소리는 점점 커져서 이제는 산비탈을 뒤흔들 정도가 됐다. 준후는 이를 악물고 걸음을 옮겨 가파른 산 위쪽으로 걷기 시작했다. 박 신부는 준후의 등 뒤에 대고 외쳤다.

“더 빨리! 더 빨리 가거라!”

준후는 점차 힘을 내어 힐기보법의 기운을 써 달렸다. 준후의 모습이 순식간에 점이 됐다가 사라져 가자 박 신부는 조용히 슬픈 미소를 지으며 중얼거렸다.

“내 마음만은 죽지 않을 거다, 준후야…….”

‘준후가 잘해 주겠지. 이제는 아이들의 시대가 될 거야. 나는 물러날 때가 됐어. 이미 오래전에…….’

속으로 중얼거리면서 박 신부는 몸을 돌렸다. 산 아래쪽의 비탈에서 들려오던 웅웅거리는 소리는 어느덧 사라졌지만, 그 대신 산비탈 아래쪽으로부터 수많은 기괴한 형상의 그림자들이 나타나기 시작했다. 아스타로트가 불러낸, 반은 사람이고 반은 악마들인 것들이 분명했다. 그들 중에는 늑대 인간도 있는 것 같았고 좀비 같은 것들도, 이반 교수를 해친 노스페라투 비슷한 흡혈귀도 끼어 있을 터였다. 그 숫자는 거의 헤아릴 수조차 없어서 산비탈이 까맣게 메워지고 있었다.

박 신부는 다리가 아파서 서 있을 기운조차 없었다. 그러나 마음은 오히려 홀가분했다. 애당초 이겨 낼 자신은 별로 없었으니까. 박 신부는 다리가 불편해져서 바닥에 아무렇게나 앉으면서 오라 막을 펼쳤다.

'다 이루지는 못했지만…… 이제 후회는 없다.'

박 신부는 그 빛나는 분과의 만남을 다시 떠올렸다. 그분은 박 신부에게 말했다. 자신을 대신하라고. 그렇지 않으면 자신이 돌아와 다시 한번 수난을 받아야 할 거라고…….

'준후는 믿을 수 있어. 준후는 잘 해낼 거야.'

박 신부는 조용히 미소를 지었다.

최후의 망설임

준후는 미친 것처럼 빗속을 뚫고 달렸다. 이제는 눈물조차 나오지 않았다. 준후는 마치 궁지에 몰린 짐승처럼 벌겋게 충혈된 눈을 부릅뜨고 오로지 달리기만 했다. 나뭇가지에 얼굴과 몸이 긁혀도 눈 한 번 깜박이지 않았다. 아까 박 신부의 말을 듣고 가라앉았던 마음이 다시 울렁거리며 들뜨기 시작했다.

'모두 죽었어. 모두…… 이제는 모두 죽었을 거야…….'

인간에게 쫓기고, 악마에게 쫓기고, 이제는 또 무엇에 쫓겨야 하는 것일까? 다시 한번 바이올렛이 비명을 지르면서 준후의 머리칼을 움켜쥐었다. 우스운 꼴이겠군. 준후는 지독한 살의를 느꼈다. 전보다도 훨씬 더.

'짓밟아 버리고 싶어. 으깨 버리고 싶어. 토막 내 버리고 싶어.'

준후의 마음이 두근거렸다. 이상한 열기가 준후의 몸에 차올랐다. 귓가에서 간질이며 속삭이는 소리가 들려오는 듯했다. 악마들의 최후 발악인지도 몰랐다. 그 유혹은 이제까지 험한 길을 걸어온 준후로서도 상상할 수 없을 정도로 강력한 것이었다.

지금이라도 늦지 않았어. 그 망할 년을 죽여. 그 새끼도 같이.

준후는 거의 비명에 가까운 고함을 지르면서 나무 한 그루를 정통으로 들이받았다. 준후는 튀어 나갔지만 무의식중에 균형을 잡았다. 그와 동시에 바이올렛은 다시 신경 거슬리는 비명을 질러대며 준후의 얼굴을 사정없이 잡아 뜯었다.

세상을 구하고 싶지 않아? 이유 없이 목숨을 버린 네 친구들의 복수를 해 주고 싶지 않아?

줄기차게 주변에서 번갯불이 번득였다. 끝이 없을 것 같은 나무와 나무, 그리고 나무들. 덩굴과 덩굴, 덩굴들. 준후는 달리다가 문득 심한 어지럼증을 느꼈다. 등에 업고 있는 악의에 가득 찬 덩어리가 준후의 몸을 짓눌러 왔다. 그 시커먼 어둠과 분노와 악의와 저주가. 속이 울렁거리면서 토할 것 같았다. 무릎을 꿇고 풀썩 주저앉아 준후는 토하려 했지만 속만 뒤집힐 듯 더욱 괴로워졌을 뿐 아무것도 나오지 않았다.

'괴로워. 벗어나고 싶어.'

갑자기 준후의 귀가 멍해지며 아무런 소리도 들려오지 않게 됐다. 빗소리? 바람 소리? 들리지 않았다. 눈앞에 보이는 모든 것들이 흑백으로 멍해지면서 준후의 머릿속도 꿈꾸는 듯이 몽롱해졌다. 영화를 보는 듯 편안한 기분이었다.

손이 덜덜 떨려 왔다. 그리고 손이 느닷없이 움직이더니 땅에 쓰러져 신음하는 바이올렛의 목덜미로 저절로 향해졌다. 그러자 뱃속이 조금 편해졌다.

"내가 한 게 아냐. 나는 몰라."

준후는 누군가에게 변명이라도 하듯 중얼거렸다. 손이 움직여서 바이올렛의 목덜미를 감아쥐려고 했다. 즐거운 기분이었다.

'나는 몰라.'

바이올렛의 얼굴이 고통으로 일그러졌다. 주변이 번갯불이 번쩍이고 비추어졌다. 그 순간 준후는 갑자기 격렬한 아픔을 느끼면서 손을 놓아 버렸다. 번개 치는 소리와 함께 뭔가 익숙한 소리를 들은 것 같았다. 무슨 소리였더라? 누군가의 비명과도 같고, 외침과도 같은 소리.

준후는 문득 정신을 차렸다. 다시 쏟아지는 빗소리와 바람 소리가 들려왔다. 그리고 바이올렛이 캑캑거리고 있었다.

'내가…… 내가 무슨 짓을 한 거지?'

준후는 깜짝 놀라 손을 들어 그녀를 부축하려 했으나 손이 움직이지 않았다. 그리고 손이 무서우리만큼 아팠다. 눈을 돌려 보니 자신의 왼손에 낯익은 칼 한 자루가 꽂혀 땅에 손을 못 박아 두고 있었다. 현암이 던져 버린 금이 간 월향검이었다.

"월향검이……?"

준후가 놀라 멍하니 있는 순간, 월향검은 갑자기 금이 커지며 쩍쩍 갈라지더니 퍽 하고 깨어져서 없어져 버렸다.

"뭐, 뭐야?"

준후는 깜짝 놀라 그 자리에서 벌떡 일어났다. 그런데 일어서 보니 손의 아픔도 사라졌고 손을 들어 보니 상처도 없었다. 그렇다면 환각을 본 것인가? 어째서?

땅바닥에는 바이올렛이 마치 짐승처럼 꿈틀거리고 있었다. 쏟아지는 빗물 속에서도 그녀의 양수가 터지고 다리 사이에는 피가 배어 나오는 것을 볼 수 있었다. 다시 그녀와 준후의 주변을 무서운 바람이 쏴와 하고 쓸고 지나갔고 바이올렛은 비명을 지르면서 아무것이라도 잡을 생각인 듯 손을 마구 뻗어 댔다.

준후는 급히 그녀의 손을 잡아 주려고 손을 내밀었다. 그녀의 힘이 엄청나 준후는 손가락이 으스러지는 것 같았다. 문득 주변이 어두워졌다. 안 그래도 폭풍 때문에 대낮인데도 길이 어두웠지만 이제는 아예 깜깜해지고 있었다.

'일식이다.'

준후는 속으로 중얼거렸다. 얼마 지나지 않아 어둠이 사방을 뒤덮었다. 그리고 어둠은 점점, 점점 깊어만 갔다. 조금만 더 있으면 아무것도 보이지 않을 것 같았다. 불현듯 현암과 박 신부, 승희의 얼굴이 떠올랐다.

'이런 더러운 여자를 위해서 모두가…….'

"그만둬! 그만두라고!"

준후는 머리칼을 잡혔고 한 움큼의 머리칼이 뜯겨 나갔다. 머리 가죽이 벗겨지는 것 같았다. 그리고 준후는 다시 눈을 찔렸다. 육체의 아픔도 컸지만, 바이올렛의 뱃속에서 전해지는 무시무시한 증오와 악의가 준후를 거의 미치게 만들었다.

죽어 버려. 그게 싫으면 죽여!

"그만둬!"

준후는 더 이상 견딜 수 없었다. 정신이 나간 것도 아니었고 박 신부와 현암의 말을 잊은 것도 아니었다. 세상의 운명을 잊은 것도 아니었다. 그러나 준후는 너무도 괴로웠다. 더 이상은 참을 수 없었다. 뱃속에서 꿈틀거리는 검은 악의의 덩어리를 더 이상 두고 볼 수 없었다. 그 아기도 산모와 함께 고통을 느끼는지 아까보다도 더더욱 무서운 악의와 저주를 뿜어내고 있었다.

틀렸어! 이 아기는 악마야. 세상을 망하게 할 거야! 나는 복수를 해야 해! 복수를 해야 해!

준후가 말하는 것도 아닌데 자신이 중얼거리는 것처럼 귓속이 울려왔다. 바이올렛의 일그러진 얼굴, 그리고 끔찍한 그녀의 손톱이 다시 준후의 살갗을 파고들었다. 순간 뱃속에서 양수 속을 둥둥 떠다니는 눈도 못 뜬 아기가 자신을 저주하며 추하게 일그러진 웃음을 보였다. 세상은 망할 것이었다. 이 아기를 살려 두면 세상은 망한다고 준후는 생각했다. 이제는 거의 확신했다. 그러나 아기를 죽인다는 것은…….

도대체 어떻게 해야 할까? 빙빙 도는 준후의 눈 속으로 자그마한 하나의 발이 나타났다. 바이올렛의 다리 사이로 작은 발이, 꼬물거리며 비집고 나오고 있었다. 그러나 그다음 순간, 아주 조금밖에 없던 빛마저도 완전히 사라지고 준후의 밝은 눈에는 아무것도 보이지 않게 됐다. 일식이 완전히 진행된 것이다.

"이대로는 안 돼."

괴로움에 못 이겨 무심코 내뻗은 준후의 손에 뾰족한 돌멩이가 잡혔다. 준후는 외마디 소리를 지르면서 그 돌멩이를 높이 쳐들었다. 순간 무서운 소리와 함께 근처에 세 번이나 연속으로 번개가 치고 벼락이 떨어져 나무들이 요란한 소리와 함께 터져 나갔다.

기원전 2657년,
단기전 324년

치우천은 절벽 위에 우뚝 솟은 버드나무에 기대어, 드넓은 벌판 너머 지평선 뒤로 붉게 저물어 가는 저녁노을을 뚫어지게 바라보고 있었다. 마치 그곳에 맥달의 모습이 남아 있기라도 한 것처럼.

그의 준수하며 영기 발랄했던 모습은 많이 사그라졌고 희끗희끗한 흰머리가 노을에 비쳐서 붉게 보였다. 한웅 직을 버리고 세상을 떠돈 지 벌써 몇 년. 그동안 그의 마음을 잡고 놓아주지 않은 것은 맥달의 일이었다.

지금 이 장소는 과거 치우천과 맥달이 황제를 정벌하러 떠날 때 함께 석양을 바라보며 이야기를 나누었던 추억의 장소였다. 치우천이 기대어 서 있는 나무 또한 그때 맥달이 기대어 섰던 나무였다. 이미 오랜 세월이 흘러서 나무가 무척 자라고 무성해진 것과 자신이 늙은 것만이 달랐을 뿐, 모든 것이 그때와 똑같았다. 바람도, 벌판도, 그리고 노을도…….

치우천은 노을을 뚫어지게 바라보면서 속으로 중얼거렸다.

'맥달, 당신이 틀렸소. 당신은 헛되이 목숨을 버린 것이오…….'

그의 눈에서 한 줄기 눈물이 흘러내렸다. 치우천은 세상을 등진 후, 각지를 돌면서 맥달의 행적을 찾았다. 우사 중에서도 가장 뛰어났던 우사이며 비견할 자가 없는 예언자답게 맥달의 손길은 사람의 눈에 띄지 않게 후세들을 안배해 여기저기에 깔려 있었다.

그것들을 찾아다니며 확인한 치우천의 노력은 다름 아닌 맥달이 목숨을 버리면서까지 남긴 의지를 헛되이 하지 않기 위함이었다. 풍백 비렴과 다른 사람들이 많은 심혈을 기울여 미래에 대한 안배를 했지만 치우천은 보이지 않게 그것을 재삼 확인하고 안배를 더욱 확실하게 하는 데 남은 일생을 기울일 작정이었다.

비록 한웅 직에서 물러났고 맥달과 같은 예지력은 없다 해도, 치우천 또한 이인(異人)이었으니 그녀가 남긴 안배를 보다 확실히 감추어 후세에 면면히 보존되도록 하는 일은 자신보다 적격인 사람이 없었던 것이다.

그러나 그는 몇 달 전, 충격적인 것을 발견했다. 맥달이 남긴 『해동감결』의 숨겨진 내용을 풀어 읽게 된 것이다. 그 내용은 교묘해서, 유심히 보지 않으면 지나치도록 잘 풀어 헤쳐 감추어져 있었다. 대략 사천칠백 년 후의 일 같은데, 치우천으로서는 거기에 나와 있는 내용을 정확히 짐작할 수는 없었지만, 분명 충격적인 내용이 있었다.

하지만 비렴이나 다른 사람들은 그런 먼 훗날의 일에는 아무래도 관심이 많이 가지 않았고, 더구나 맥달이 안배한 것이라 그 말을 그대로 믿고 따르기만 했을 뿐, 그 누구도 그 내용을 발견하지는 않은 듯했다. 그러나 치우천은 달랐다. 그는 맥달이 목숨을 바치며 이루어 낸 예언이 이루어지도록 세심한 부분까지 신경을 썼기 때문에 암호화된 그 내용을 풀어 읽어 낼 수 있었던 것이다. 그 때문에 치우천은 고뇌에 빠지게 됐고 삽시간에 기운을 잃어버렸다.

'맥달의 다른 예언은 아무 탈이 없다. 그러나 마지막 예언…… 그것은…… 이루어질 수 없을 것이다.'

치우천은 무심코 소매를 들어 눈물을 닦았다. 맥달이 그런 예언을 남겼으리라고는 도저히 믿을 수 없었다. 그것을 보고 난 연후에야 치우천은 맥달이 왜 천벌을 받아 죽임을 당하게 됐는지 이해할 수 없었다.

'전승자에 대한 맥달의 예언은 너무도 독한 것이다. 믿을 수가 없다. 어찌해서 그러한 예언을…….'

치우천은 그 내용을 믿을 수가 없어서 몇 번이나 다시 살펴보았다. 하늘의 뜻에 부응하는 듯 온화하고 착한 맥달이 지시할 만한 내용이 아니었다. 그녀는 분명, 아주 확실하고도 단호한 어조로, 전승자에게 모든 죄를 자신의 몸에 지운 후 가장 가까운 사람의 손에 죽어야 한다고 명하고 있었다. 그래야만 모든 일이 생각지 않은 방향으로 진전돼 세상이 구원될 것이라고 말이다.

치우천은 뭔가 다른 내용이 있을까 해서 그 암호를 백방으로 풀어 보려 했지만 허사였다. 그러자 치우천은 그 내용이 과연 사천칠백 년 후의 '전승자'에게 전한 것이 맞는가를 확인하려 애썼다. 하지만 그녀의 많은 예언 중에서도 그 사천칠백 년 후의 '전승자'에게 들인 공이 각별해서 그녀가 그 말을 진심으로 하지 않았다고 볼 수도 없었다.

그녀의 안배는 수천 년의 세월 동안 '전승자'에게 『해동감결』을 전달하고 그가 그것을 믿도록 하는 데 믿을 수 없을 정도로 많은 노력을 기울이고 있었던 것이다.

치우천은 아무리 맥달의 예언이라고는 하나 이것은 틀렸다는 생각이 떠나지 않았다.

'맥달의 예언대로 앞날의 세상이 어떻게 이루어질지 나는 알 수 없었다. 하지만 이것은 결코 올바른 길이 아니다. 어떻게 죄가 없는 사람에게 죄를 덮어씌운단 말인가? 어떻게 그러한 일로 하늘이 정한 바가 바뀔 수 있단 말인가? 더구나 그 예언 때문에 전승자는 가장 가까운 사람에게 미움을 사고, 가장 가까운 자의 손에 죽게 될지 모른다. 어떻게 그러한 일을…… 맥달이…… 내가 알고 있는 맥달이 시켰단 말인가.'

치우천은 가슴이 무너지는 것 같았다. 맥달의 죽음을 알았을 때도 잠시 슬퍼했을 뿐, 그녀의 뜻을 위해 크게 웃으며 말을 몰아 달리던 그였다. 그러나 그녀의 남긴 뜻이 이러한 내용인 것을 알았을 때, 그는 가슴이 무너져 내려앉는 듯한 충격을 이길 수 없었다. 그러나 그를 더더욱 괴롭힌 것은, 그러한 예언은 결코 이루어질 것 같지 않다는 생각이었다.

'그녀는 항상 하늘의 뜻을 짚어 그 내용을 알렸지만, 그 뜻을 거스르지는 않았다. 그러나 이번 일만은 그렇지 않다. 그녀는 하늘의 뜻을 거슬러 바꾸려고 했다. 그것도 이러한 방법으로…… 그것이 정말 이루어질 수 있을까?'

치우천은 자신도 모르게 고개를 저었다. 천기는 인간에게 알려지는 정도로는 바뀌지 않는다. 그러나 그것을 거스르려고 행동하면 천기 또한 변화한다. 그 때문에 인간은 크게 정해진 하늘의 뜻을 바꿀 수 없는 것이다. 그러나 맥달은 그렇게 하려 했다.

'그렇다면 그녀의 죽음은 대체 무슨 의미가 있는 것인가?'

그래서 치우천은 더더욱 슬펐다. 아무리 후세의 수많은 사람을 구하기 위해서라지만, 맥달은 거의 사악하다고까지 할 수 있는 예언을 남겼고, 후세의 누군가는 그 내용을 지키기 위해 목숨을 잃을 것이다. 그래서 맥달은 생명을 잃게 된 것이다. 그리고 그러한 방법으로는 천기가 바뀔 리 없었다. 그렇다면 맥달의 생명과 자신의 노력과 그녀가 모든 것을 바친 예언, 그 모든 것이 헛된 일이었다는 말인가?

치우천은 너무도 비통해서 자신도 모르게 버드나무의 둥치를 주먹으로 두들겼다. 주먹이 까져서 피가 흘렀지만 느끼지도 못했다. 그러다가 치우천은 버드나무를 끌어안고 엉엉 목 놓아 울음을 터뜨렸다.

얼마나 울었을까. 문득 치우천은 버드나무에 새겨진 한가득의 표식을 발견했다. 그것은 맥달이 평소에 즐겨 사용하던 자신의 표식 인새의 무늬였다. 그것을 보고 치우천은 이상하다는 생각이 들었다. 지난번에 여기 왔을 때, 치우천은 맥달이 그러한 표식을 새기는 것을 보지 못했고, 맥달이 다시 이 근방을 지나친 일도 없었다.

그런데 이 표식은 언제 새겨진 것일까? 자세히 보니 그 표식의 밑에는 가느다란 화살표 하나가 새겨져 있었다. 상당히 오래전에 새긴 듯했다. 그 화살표는 버드나무 밑의 땅을 가리키고 있었다.

이상하다는 생각에 치우천은 단검을 뽑아 그 밑의 땅을 파 보았다. 조금 파니 칼끝에 무엇인가 덜컥하고 걸리는 느낌이 왔다. 황급히 꺼내 보니 지난날 자신이 그녀에게 선물했던 옥으로 만들어진 작은 상자였다.

"이것이 어찌 여기에……."

치우천은 너무도 놀라워 황급히 그것을 꺼내 열어 보았다. 그러자 그 안에는 희귀한 비단 한 조각이 들어 있었다. 치우천이 황제군을 격파했을 때 얻어 맥달에게 준 비단 같았다. 맥달은 그것으로 흰옷을 해 입었는데, 그 한 조각을 여기에 남겨 둔 것이다.

"맥달! 맥달이구려……. 당신이구려!"

치우천은 너무도 반갑고 기뻤다. 마치 그녀가 다시 살아 돌아온 듯한 기분이었다. 그는 서둘러서 비단 조각을 펼쳤다. 그곳에는 주사(朱砂)로 다음과 같은 글이 쓰여 있었다.

당신이 분명 이곳을 다시 찾아 주시리라 믿습니다. 당신은 너무나도 총명한 분이고, 저를 생각해 주시는 분이니 분명 이 자리에 돌아와서 이것을 보시리라 믿습니다. 저는 이제 더 이상 예언할 능력도 없으나 당신이 분명 이 자리에 돌아오리라는 것만은 알 수 있습니다. 당신의 마음이 바로 제 마음이니까요.

당신은 많이 슬프실 것입니다. 쇤네는 죽음을 앞에 두고 있지만, 당신이 슬퍼하실 것을 생각하면 마음이 아파 눈을 감을 수 없습니다. 그래서 여기 위험을 무릅쓰고 글을 남깁니다.

슬퍼하지 마세요. 저는 사악한 여인이 아닙니다. 저는 하늘의 뜻을 그르치려 하지도 않았으며, 후손들이 구원받지 못할 것도 아닙니다. 저는 그렇게 믿습니다.

사람들은 예언을 절대적이라 믿고 그에 따르기 일쑤이지만 당신은 분명, 예언이란 것은 한계가 있다는 것을 아실 것입니다. 저 또한 그런 사실을 알고 있습니다. 저는 전승자에게 옳지 않은 길을 따르라 말했지만, 그것은 이유가 있는 것입니다…….

"이유가 뭐요? 맥달……."
치우천은 읽어 내려가다가 자신도 모르게 중얼거렸다.

……저는 제가 선택한 그 전승자가 결코 옳지 않은 길은 택하지 않을 사람이며, 또 그의 주위에 있는 사람들도 설혹 그 전승자가 제 말을 따르더라도 전승자를 해칠 만큼 맹목적이지는 않으리라 믿습니다. 저는 미래를 짚어서 미래를 예언했지만, 결코

미래를 제 손으로 바꾸는 말 같은 것은 남기지 않았습니다. 제 말로 인해 미래를 결정짓게 되면 미래는 또다시 스스로 변하기 때문입니다. 예언을 통해 미래를 바꾸기 위해서는 그 예언이 먼저 깨어져야 합니다. 그래서 저는 전승자가 제 예언을 깨뜨려 주기를 바라는 것입니다…….

"아하!"

치우천의 눈이 빛났다.

……그 때문에 저는 제 전승자와 그의 동료들에게 최후의 사악한 명령만을 남겼을 뿐, 그 이후의 일에 대해서는 언급하지 않았습니다. 저는 그 때문에 목숨을 잃을 것이지만 아쉽지 않습니다. 저는 그들이 제 말을 어기고 제 예언을 쓰레기처럼 던져 버릴 것을 믿고 바라기 때문입니다. 저는 이미 수많은 예언과 기적을 남겨 그들로 하여금 제 말을 믿도록 했지만, 결국 그들은 제 말을 따르지 않으리라 믿고 있습니다. 그것이 어떤 결과를 낳을지는 모르지만, 저는 모든 일이 올바르게 되리라 믿습니다.

제가 남긴 예언을 얻어 낸다면 그들은 강한 사람일 것이고, 그것을 받아들여 세상을 구하려고 노력한다면 그들은 착한 사람일 것이기 때문입니다. 그러한 사람들은 제아무리 제가 보여 준 예언과 기적이 있다 해도 옳지 않은 길을 맹목적으로 따를 사람들은 아니라 생각하기 때문입니다. 천기를 세우고 세상을 구하는 것은 힘도, 예언도, 지혜도 아닙니다. 그러한 사람들만이 옳은 길을 택할 수 있고 그러한 사람들의 바른 마음만이 세상을 구할 수 있는 것입니다.

"그렇소! 바로 그렇소! 맥달…… 그대는 진정……!"

천. 아마 그들로서 저의 예언은 끝이 날 것입니다. 그리고 그 이후로 저는 그들에게서 잊히고, 아마도 앞날에 대한 예언으로 모든 세상이 흔들리는 일이 다시는 없으리라 믿습니다. 그러한 바른 마음의 사람들이 남아 있고, 그런 사람들이 애쓰는 한 말입니다. 그리고 저는 이후의 세상이 진정으로 구원될지 그렇지 않을지 알 수 없습니다. 그것은 그들의 문제이며, 사람들이 자초해서 만들어 낸 문제입니다. 더구나 저는 그들에게 이러한 비뚤어진 도움밖에는 줄 수 없기 때문입니다.

다만 저는 진정으로 후손들, 당신과 나의 후손들일지도 모를 그들이 구해지기를 바라며, 그렇게만 된다면 지금 잊히거나 욕을 들어도 기쁠 것입니다. 그리고 저는 그들이 그렇게 해 주리라 믿습니다. 지금이나 이후에나 결국 사람들은 사람들이며, 저는 사람들을 좋아하고 사람들을 믿기 때문입니다…….

"아아……."
치우천은 비로소 기쁨의 눈물을 흘렸다. 맥달의 죽음은 헛된 것이지만 헛된 것이 아니었다. 치우천은 그제야 비로소 그녀의 진정한 위대함을 다시 한번 느낄 수 있었다.

치우천이 이룩한 주신 제국이 치우천의 목숨보다 중요한 것이라면, 그녀의 예언은 그녀의 목숨보다 중요한 것이라 할 수 있었다. 하지만 그녀는 진정으로 큰일을 위해 스스로의 목숨과 스스로의 예언까지도 모두 희생시켜 버린 것이다. 목숨을 잃은 것은 물론, 그녀는 아마도 그릇된 예언자로, 사악한 여인으로 영원히 매도될지도 몰랐다. 그러나 그녀의 얼굴조차 볼 수 없는 먼 훗날의 사람을 믿고 그 모든 것을 맡겼다. 까마득해서 짐작조차 할 수 없는 먼 훗날의 후손들을 위해…….

치우천은 마지막으로 남은 몇 줄의 글로 눈을 돌렸다.

……천. 그러나 한 가지 바라는 것이 있습니다. 먼 훗날의 후손들이 모두 저를 욕하고 미워해도, 당신만은 모든 것을 알아주기를 바랍니다. 저도 결국은 한 사람의 여자에 불과합니다. 저도 사랑받고 싶고 사람들에게 존경받고 싶으며, 당신과 함께 평안히, 행복하게 살아가고 싶었습니다.

하지만 그렇지 못해서 너무나 슬프며, 당신께 미안합니다. 더구나 저는 당신에게도 제 의도를 숨겨야만 했습니다. 그것이 이 글을 쓰는 지금 이 순간에도 너무나 제 마음을 아프게 합니다. 그러나 저는 당신이 저를 이해해 줄 것으로 믿고 있었기에 모든 것을 참을 수 있었습니다. 당신께 마지막으로 묻습니다. 천, 저를 이해해 주시겠지요? 당신만은 저를 미워하지 않으시겠지요? 제가 당신을 사랑하듯이, 당신도 언제까지나 저를 믿고 사랑해 주시겠지요……?

"그렇소! 맥달! 그렇소!"

치우천은 감격의 눈물을 쏟으면서 벌떡 몸을 일으켰다. 그리고 그는 다시 한번, 맥달과 함께 바라보던 붉은 저녁노을을 바라보았다. 그러면서 치우천은 속으로 생각했다.

'고맙소, 맥달. 당신은 나를 믿었구려. 한순간이나마 흔들렸던 내 자신이 부끄럽소. 이제야 나는 당신의 뜻을 알겠소. 이제야…….'

치우천, 아니 대주신 제국의 자오지 한웅은 미소를 띠며 자리에서 일어섰다. 치우천은 한웅 자리를 버렸지만 신하들은 모두가 그가 돌아오기만을 기다려 아직 새 한웅을 세우지 않고 있었다.

치우천은 생각했다.

'맥달의 말은 세상에 알려져서는 안 된다. 허나 맥달은 참지 못하고 나에게만 이것을 보도록 해 주었다. 그러나 내가 여기서 다시 속세와 연을 맺으면, 맥달이 세운 모든 것이 무너질지도 모른다. 맥달은 나를 믿고 나에게 글을 남긴 것이다…….'

치우천은 또다시 노을과 하늘과 드넓은 벌판을 바라보았다. 끝이 보이지 않는 벌판이었지만 자신이 세운 주신 제국의 천분의 일도 되지 않는 땅이었다. 하지만 주신 제국조차 맥달의 뜻에는 따를 수 없을 것 같았다. 치우천은 호탕하게 웃어 젖혔다. 그 웃음소리에 하늘과 땅과 모든 것이 일순간 흔들려 없어져 버리는 듯했다.

치우천은 크게 소리쳤다.

"세상이여! 사람들이여! 평안하라! 천년만년 영원토록 평안하라!"

그러고 나서 치우천은 눈을 감고 흐뭇한 미소를 지었다. 이미 나이가 들어 쇠약해 보이던 그의 용모는 일순 젊었던 때의 빛나는 광채를 되찾은 듯했다.

'이제 모든 일이 끝났으니…… 안심하고 당신의 곁으로 가리다. 맥달…… 많이 기다렸소……. 나도 언제나 당신을 사랑했소…….'

해가 벌판 너머로 지고 저녁노을이 최고도로 붉게 물들었을 때, 절벽 위에 치우천의 모습은 더 이상 보이지 않았다. 그리고 치우천과 맥달이 기대어 섰던 버드나무는 일순간에 말라 버리고 잎이 모두 저버렸다. 그러나 그 말라 버린 나뭇등걸은 의연하고도 범접하기 어려운 기이한 풍모를 잃지 않아 그 이후 오랜 세월이 흘러도 썩지 않고 그대로 남아 있었다.

에필로그

일식의 순간이 끝나고 다시 주변이 밝아지고 있었다. 준후는 헉헉거리며 가쁜 숨을 내쉬었다. 준후의 손에 쥐인 뾰족한 돌멩이에 바이올렛의 피가 묻어 있었다. 쏟아지는 비는 금방 핏물을 씻어 주었지만 준후는 얼른 그것을 던져 버렸다.

'내가…… 내가 잘한 걸까?'

준후의 얼굴은 멍했다. 복잡한 생각이 순식간에 주마등같이 머릿속을 휩쓸며 지나갔다. 세상은 어떻게 될까? 내 행동은 과연 옳은 것일까? 만약 잘못된 것이었다면, 모든 책임은 내가 지는 것일까? 신부님이나 현암 형, 승희 누나의 죽음은 과연 헛되지 않은 것일까?

다음 순간, 준후는 망설이지 않고 손을 뻗어 아기의 발을 잡아당겼다. 그러고는 뾰족한 돌로 바이올렛을 내리찍었다. 그 동작은 거꾸로 나오다가 걸린 아기를 구하기 위해 일종의 절개를 한 것이다. 어두웠기 때문에 망설였지만 번갯불이 내리치는 순간, 준후는 돌을 내리칠 수 있었다. 그리고 그 덕분에 늦지 않게 됐다.

준후는 그 악의에 가득 찬 검은 기운이 뭉클뭉클 배어 나오는 아기를 꺼내고 조금 당황해서 망설이다가 탯줄을 이빨로 잘라 끊었다. 그제야 아기는 소리를 내며 울기 시작했다. 그러나 저주의 목소리는 그쳤어도 그 아기의 주변은 완전히 암흑과도 같았다. 악마만큼이나 불쾌한 음산함과 기분 나쁜 끈끈함이 그득했다.

준후는 이제 절망했다. 세상은 끝이다. 그들이 틀린 것이다. 이 아이는 분명 세상을 망하게 하고도 남을 것 같았다. 징벌자는 태어났다. 이제는 되돌릴 수 없다. 그러나…….

'나는 아기를 죽일 수 없었어…….'

준후가 허탈한 표정으로 앉아 있는데, 바이올렛이 다시 용을 썼다. 준후는 의아해했다. 여자의 분만에 대해 아는 것은 별로 없었지만 아기를 낳고 난 다음 산모는 평안해진다고 들었는데…….

준후가 어쩔 틈도 쓰기 전에 바이올렛의 다리 사이에서 뭔가가 불쑥 내밀어졌다. 그때서야 준후는 깜짝 놀라면서 그것을 받아 들고 당겼다. 아이의 머리였다. 바이올렛이 잉태한 아기는 쌍둥이였던 것이다. 준후는 놀랐지만 준후의 놀라움은 그것만이 아니었다.

'이럴 수가!'

방금 준후의 손으로 받아 꺼낸 두 번째 아기는 너무도 특이했다. 아기는 막 태어났음에도 티 하나 묻지 않은 깨끗한 모습이었으며 그 아기의 주변에는 평화로운 기운과 거룩한 엄숙함이 가득

했다.

준후는 자신도 모르게 소스라치게 놀라며 무릎을 꿇고 앉았다. 누가 시켜서 그렇게 한 것도 아니고, 머리로 생각해서 그리한 것도 아니었다. 그 아기는, 단지 막 태어났을 뿐인 작은 아기인데도, 그 거룩함과 고귀함에 자신도 모르게 무릎을 꿇게 된 것이다.

"이럴 수가!"

준후는 너무도 놀라고 또 놀라워서 눈물을 펑펑 흘렸다. 첫 번째 아기는 분명 징벌자였다. 그러나 그의 뒤를 이어 태어난 두 번째 아기는 구원자임이 틀림없었다. 세상의 운명을 짊어진 두 명의 아기는 놀랍게도 같은 뱃속에서 태어난 것이다.

'그렇구나! 그런 것이었구나!'

준후는 그제야 예언을 깨달을 수 있었다. 한빈 거사나 현암이 남긴 이야기도 깨달을 수 있었다. 징벌자를 죽이면 왜 구원자가 사라지게 되는지, 이치는 너무도 분명했다.

두 아기는 준후의 품에서 꼬물거리더니 발버둥 치며 둘이 서로 꼭 껴안았다. 그러더니 두 아기의 어두움과 밝음이 서로 섞여 사라져 갔다. 첫 번째 아기의 어두움도 사라져 갔고 두 번째 아기의 광명도 사라져 갔다. 그렇게 준후가 바라보는 잠깐, 두 아기를 둘러싸고 있던 기운은 모두 사라지고 두 아기는 보통 아기로 돌아갔다. 왜 징벌자가 무사히 탄생하기만 하면 모든 일이 끝나는지도 이제야 명확해졌다. 말세의 시계는 멈추었다. 아니, 당장은 사라져 버렸다. 다시 언제 나타날지 모르지만, 지금 이 순간을 무사히 넘김으로써 구원자를 스스로의 손으로 없애 버릴 뻔했던 위기는 사라진 것이다.

'아아…….'

준후는 너무도 신기하고 감격해 눈물을 흘리면서 두 명의 막 태어난, 꼬물거리는 작은 생명을 들여다보았다. 구원자니 징벌자니 하는 것보다도, 이제는 새 생명이 태어나 이렇게 움직인다는 사실이 더없이 신기하기만 했다.

준후는 바이올렛을 기억해 내고 그녀를 돌아보았으나 그녀는 이미 숨이 끊어져 있었다. 하지만 그녀의 얼굴에는 평안한 미소가 드리워져 있었다. 그녀의 입술은 차갑게 식었으나 준후에게 이렇게 말하는 것 같았다.

'아이들을 잘 돌봐 주세요.'

'그래……. 그렇구나……'

준후가 한없는 회상에 잠겨 가슴 벅차게 눈물을 흘리자, 준후의 품에 안긴 두 쌍둥이가 꼬무락거리며 뭔가를 달라는 듯 울기 시작했다. 준후는 순간 당황했지만 곧 크게 웃음을 터뜨렸다. 너무나도 밝고 유쾌하게 웃음을 터뜨렸다.

그러다가 갑자기 준후는 주르륵 눈물을 흘리며 허공을 향해 외쳤다.

"신부님……! 현암 형! 승희 누나……! 그리고 모두들……! 여러분이 옳았어요! 정말로 옳았어요! 세상은 구해졌어요! 만약 세상이 구해지지 않았더라도, 이 아기들이 태어난 것만으로도 그럴 가치가 있었어요!"

그때 준후는 인기척을 느끼고 뒤를 돌아보았다. 그의 눈에, 눈물을 글썽이고 있는 장승 같은 해밀턴의 모습이 보였다. 그도 몹시 감동한 듯했고, 준후에게 뭔가 묻는 듯했다. 말로 하지 않아도 나머지 사람들은 어디 있느냐는 질문 같았다. 준후는 쓸쓸히 고개를 저었다. 그러자 해밀턴은 믿을 수 없다는 듯 고개를 젓더니만 사방을 번득이는 눈초리로 둘러보며 쏜살같이 뛰어나갔다.

준후는 다시 크게 심호흡했다. 이런 마음 약한 생각을 할 때가 아니다. 믿어야 한다. 그리고 자신도 찾아보아야 한다. 준후는 품에 안은 두 명의 아기에게 이야기하며 정글 속을 달리기 시작했다. 해밀턴이 간 방향과는 반대 방향이었다.

"아기들아, 너희들은 어떻게 생각하니? 응? 현암 형은 죽지 않았을 거야. 그래, 현암 형이 얼마나 강한데. 거기다가 승희 누나가 옆에 있잖아? 그리고 신부님은 약속했어. 나와 약속을 했다고. 신부님은 절대 약속을 어기시는 분이 아냐. 그래, 틀림없어! 더구나 신부님은 성직자인데, 악마 따위에게 당할 것 같아? 천만의 말씀. 모두 다 무사할 거야. 모두 다. 아하스 페르츠도 찾으러 갔어. 반드시 구할 거야. 구해 낼 거야!"

준후의 말이 마지막에 가서는 조금 격양되자 아기들은 조금 놀란 듯 울먹이기 시작했다.

준후는 얼른 아기들을 얼러 주면서 말했다.

"울지 마. 울지 마. 응? 내가 놀라게 했니? 응? 아니지? 나도 말이야, 오래 살 거야. 신부님과 형과 누나가 살았는데, 내가 왜 죽겠어? 그렇다면 나도 살아남을 거야. 오래오래 살 거야. 그리고 말이야, 이제부터 나는 준호와 아라와 수아를 가르칠 거야. 로파무드 누나도 함께. 모두 함께 말이야. 너희도 같이 가자. 응? 이제부터 같이 가는 거야. 모두 같이 말이야……."

준후는 애써 즐거운 듯 말하고 있었지만, 그의 눈에서는 하염없이 눈물이 흘러내렸다. 두 아기를 안았음에도 준후의 발걸음은 가벼웠다. 준후는 두 아기를 안은 채 깊숙한 정글 속으로 서서히 사라져 갔다.

어느새 그친 것인지, 아니면 태풍의 눈에 들어선 것인지, 비가 어느덧 그치고 바람도 잠잠해졌다. 그리고 일식이 지나간 밝은 태양이 무성한 정글을 비추기 시작했다.

—말세편 완결

퇴마록 말세편 5

초판 1쇄 인쇄 2025년 5월 8일
초판 1쇄 발행 2025년 6월 5일

지은이 이우혁

책임편집 양수인
편집진행 북케어(김혜인, 전하연) 교정 양서현
디자인 studio forb 본문 조판 정유정
책임마케팅 최혜령, 박지수, 도우리
마케팅 콘텐츠 IP 사업본부
해외사업팀 한승빈
경영지원 백선희, 권영환, 이기경, 최민선
제작 제이오

펴낸이 서현동
펴낸곳 ㈜오팬하우스
출판등록 2024년 5월 16일 제2024-000141호
주소 서울특별시 강남구 테헤란로 419, 11층 (삼성동, 강남파이낸스플라자)
이메일 info@ofh.co.kr

ISBN 979-11-94654-82-7 03810